원숭이 전쟁

권력의 독은
권력이 무너져도 사라지지 않는다

원숭이 전쟁

리처드 커티 지음
유수아 옮김

내인생의책

차례

3부 원숭이 전쟁

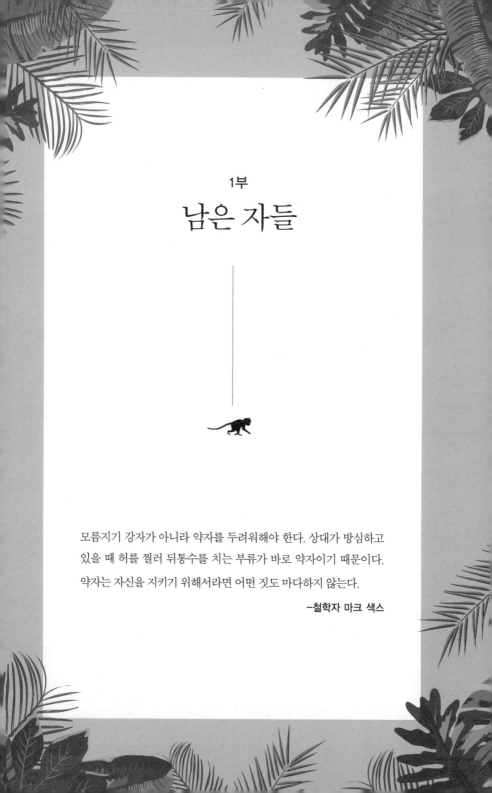

1부

남은 자들

모름지기 강자가 아니라 약자를 두려워해야 한다. 상대가 방심하고 있을 때 허를 찔러 뒤통수를 치는 부류가 바로 약자이기 때문이다. 약자는 자신을 지키기 위해서라면 어떤 짓도 마다하지 않는다.

-철학자 마크 색스

뉴델리 타임스   2007년 10월 21일

야생 원숭이, 인간 덮쳐 살해하다

델리시 거리에 떼를 지어 다니는 야생 원숭이의 수가 늘어남에 따라 시민의 경각심이 높아지고 있다. 이들 원숭이 무리는 공공건물과 사원, 시장 등을 어슬렁거리며 제멋대로 사람을 공격하거나 물건을 훔치고 있다.

설상가상으로 오늘 아침 델리시 부시장 S. S. 바지와 씨가 리서스원숭이 떼의 공격을 받아 사망하는 일이 발생했다.

목격자에 따르면 바지와 부시장은 자택 발코니에서 신문을 읽다가 리서스원숭이 떼의 습격을 받았다고 한다. 부시장은 원숭이 떼의 포위공격을 피하려다 발코니에서 떨어져 복합중상을 입었다.

부시장은 급히 병원으로 후송되었지만, 오늘 아침 심각한 내출혈로 유명을 달리하고 말았다.

시 당국은 현재 원숭이로 인한 재앙을 타개할 해결책을 마련해내야만 하는 비상사태에 직면했지만, 직접적인 행동에 나서지 못하고 있다. 신앙심 깊은 힌두교도들이 모든 원숭이를 원숭이신 하누만의 현신으로 믿고 있기 때문이다.

최근 몇 달간, 시 당국은 몸집이 더 크고 성질이 더 포악한 랑구르원숭이를 이용해 리서스원숭이를 쫓아내려는 시도를 하고 있지만, 그다지 큰 성과는 없어 보인다.

1장
살아남다

습격은 정오에 시작되었다.

공동묘지 담을 넘은 랑구르 전사들이 괴성을 지르며 공격을 시작했다. 갑작스러운 기습에 리서스원숭이들은 비명을 지르며 허둥지둥 도망쳤다. 랑구르 전사들이 묘비들 사이로 쏟아져 들어왔다. 충격과 공포가 퍼져나갔다. 곳곳에서 비명이 퍼지고 피비린내가 진동했다.

갑작스런 사태에 파피나는 정신을 차릴 수가 없었다.

햇살 속에서 느긋하게 휴식을 즐기고 있었는데, 한순간 엄마의 팔에 붙들려 뱅골보리수 위로 몸이 붕 떠올랐다. 정신을 차리고 보니, 살아남기 위해 허겁지겁 도망치는 무리 속에 섞여 있었다.

엄마는 파피나를 매단 채 나뭇가지 사이를 획획 날며 이동하고 있었다. 저 아래 랑구르 전사들이 묘지 구석구석을 번개같이 누비고 다니는 모습이 보였다. 랑구르 전사들은 붙잡은 리서스원숭이들을 살벌한 괴성과 함께 으슥한 그늘로 끌고 갔다. 그리고 매서운 발톱으로 살갗을 난도질해 숨통을 끊어놓았다.

차마 더는 볼 수가 없어 눈을 질끈 감는데, 문득 잊고 있던 물건이 생각나 버렸다.

"아, 맞다, 내 조각상!"

"뭐?!"

엄마가 믿을 수 없다는 듯 소리를 질렀다.

"꼭 가지러 가야 해요!"

파피나는 조각상만 찾아오면 모든 일이 다 괜찮아지기라도 할 것처럼 절박하게 외쳤다.

"안 돼!"

"제발요!"

그 순간, 눈앞에 보이던 나뭇가지가 아래로 뚝 떨어졌다. 험상궂게 생긴 랑구르원숭이 두 마리가 모녀를 향해 훌쩍 뛰어오른 것이다.

엄마는 얼른 나뭇가지를 놓고 아래로 뛰어내리면서 허겁지겁 팔을 뻗어 덩굴가지 하나를 잡고 몸을 날려 가까스로 돌담을 그러잡았다. 그리고 돌담 건너편으로 훌쩍 뛰어내렸다. 파피나와 엄마 모두 공동묘지 밖은 난생처음이었다.

이제 남은 선택지는 달아나는 것뿐이었다.

파피나의 아빠는 여느 때처럼 먹을 것을 찾아 기웃거렸다. 석류 몇 개를 슬쩍해 어슬렁거리며 집으로 향하는데, 으슥한 그늘에서 벌벌 떨고 있는 원숭이 몇이 눈에 띄었다. 비참한 몰골을 보니 빈민가 원숭이들인가 싶었다. 그런데 그 원숭이 중 하나가 자기 이름을 부르는 게 아닌가! 파피나의 엄마인 윌로우의 목소리, 바로 자기 가족이었다.

엄마가 더듬더듬 이야기를 시작했다.

"습격…… 피…… 학살…… 랑구르들이……."

파피나의 아빠는 귀를 의심했다. 버려진 공동묘지는 오래전부터 리서스의 보금자리였다. 다들 모를 리가 없는데? 그곳은 수십 년 전 인간들이 방치한 이래 리서스 무리들이 터를 잡고 살아온 곳이었다.

아빠는 석류 하나를 쪼개어 하얀 속껍질을 짜 이마에 문질렀다. 보편적으로 통용되는 평화표식이었다. 그렇게 아빠가 공동묘지로 돌아가려 하자 엄마가 팔을 붙잡았다.

"안 돼요!"

"가야만 해."

"안 된다구요!"

"우리 집인데, 이렇게 맥없이 쫓겨날 순 없잖아!"

그때, 누군가 다리를 꽉 그러잡았다. 파피나였다. 아빠를 말리려는 것이 분명했다.

아빠는 목소리를 누그러뜨리며 딸을 감싸 안았다.

"걱정하지 마라. 곧 집으로 돌아갈 수 있을 테니까."

아빠는 파피나를 들어 겁에 질린 눈을 똑바로 맞추며 말을 이었다.

"그러면 이건 어떠니? 가서 네 조각상이 잘 있는지 확인해 보마."

파피나는 말없이 고개를 끄덕였다. 아빠는 마지막으로 딸을 힘껏 안아주고 돌아섰다. 그리고 모든 것을 바로잡겠다는 결의에 찬 몸짓으로 지붕 위로 훌쩍 뛰어올라 날쌔게 달려갔다.

파피나는 공공도서관 지붕 위에 말없이 앉아 있었다. 가슴이 자꾸 뛰었다. 우리가 왜 저토록 증오에 찬 공격을 당하게 되었을까? 저들과 다르게 생겨서? 회색이 아니라 갈색 털이라서? 검정이 아니라 붉은 얼굴이라서? 그치만, 리서스든 랑구르든 원숭이인 건 마찬가진 걸. 어떤 원숭이든 자기네가 살 곳은 필요한 법이고.

파피나는 공동묘지에서 눈을 돌려 지붕 위에 서로 옹송그리고 늘어앉아 덜덜 떨고 있는 생존자들을 바라보았다. 어쩌다 이 모든 일이 일어나게 된 건지 영문을 알 수 없어 혼란스러웠다.

하지만 가장 큰 두려움은 이거였다. 오후가 다 지나도, 아빠가 돌아오지 않았다는 것. 해가 지평선 너머로 사라질 즈음, 파피나는 아빠를 영영 볼 수 없으리라는 끔찍한 예감에 사로잡혔다. 마음속에 구멍이 하나 뚫린 것만 같았다. 영원히 무엇으로도 채울 수 없는 커다란 구멍이.

"이제 떠나야 해."

파피나의 슬픔을 뚫고 엄마의 목소리가 들려왔다. 고개를 들어 보니, 엄마가 손짓으로 부르고 있었다.

"싫어요."

엄마가 지붕 위로 올라와 파피나의 손을 잡아끌었다.

"가자, 당장!"

"아빠 없이는 못 가요!"

파피나는 세차게 손을 뿌리쳤다.

"랑구르 전사가 쫓아오기 전에 이곳을 벗어나야 해."

파피나는 손으로 귀를 틀어막았다.

"말 좀 들어! 어떻게든 살아남아야 해. 아빠도 그걸 바랄 거야."

엄마는 파피나를 꼭 붙들고는 계단 모양의 담을 내려갔다.

살아남은 리서스원숭이들은 겁에 잔뜩 질린 몸짓으로 조심조심 콜카타 거리로 향했다.

2장
으슥한 그늘

마이코는 마치 천국으로 들어가는 기분이었다. 엄마에게 꼭 매달려 도시의 정신없는 소음을 통과하자마자, 돌연 소리가 잦아들며 시원한 녹음에 잠긴 공동묘지가 나타났기 때문이다. 공동묘지가 인간에게는 살기 이상한 곳일지 몰라도 원숭이에게는 완벽한 장소였다. 높은 담장이 도시의 혼란과 소음을 막아 주었고, 작은 비석들이 줄지어 서 있어 이동하기 좋았다. 천막처럼 하늘을 덮은 뱅골보리수의 굵은 가지들은 호기심과 모험심을 불러일으켰다.

신이 난 마이코는 엄마의 등에서 폴짝 뛰어내려 랑구르 군대의 뒤를 따라 중앙통로로 내달렸다.

"마이코!"

엄마가 부를 때는 이미 저만치 달려나간 후였다.

마이코는 쓰러진 비석 위로 훌쩍 뛰어가 나지막한 가지를 잡고는 모퉁이를 획 날아 돌아가다가, 깜짝 놀라 급히 멈춰 섰다.

탑처럼 거대한 영묘궁이 위용을 뽐내고 있었다. 조각을 새긴 기둥이 주위를 둘러쌌고, 길쭉한 건물에는 네 귀퉁이마다 거대한 호랑이 조각이 서 있었다. 그리고 영묘궁의 둥그런 지붕 위에 랑구르의 지도자들이 줄맞춰 모여 있었다.

가운데 자리에는 '위대한 영도자' 고스포더가 크고 잘생긴 외양을 뽐내며 당당히 서 있었다. 털은 완전한 회색빛이었고, 정수리에 왕관처럼 솟아난 하얀 털이 돋보였다. 양옆에 앉은 이들은 부사령관들로, 영도자가 특별히 신임하는 자문관들이었다. 두 부사령관을 기준으로 영도자의 정예부대원들이 두 줄로 쭉 도열해 섰다.

마이코는 경외심에 찬 눈빛으로 숨을 죽인 채 정예부대원들을 올려다 보았다. 이렇게 많은 랑구르 전사가 도열해 있는 광경은 본 적이 없었다. 탄탄한 몸집에 긴 팔다리, 더 길쭉한 꼬리. 회색 몸통 곳곳에는 전차 선로처럼 여러 줄이 나 있는 전사들이 많았다. 전투의 흔적으로, 전사에게는 영광의 상처였다. 하지만 어린 마이코의 눈에는 흉터투성이 얼굴과 너덜너덜한 귀 때문인지 전사들의 모습이 기괴하게만 보였다.

본능적으로 뒷걸음치는 마이코를 누군가 확 잡아끌었다. 엄마였다.

"혼자서 돌아다니지 말라고 몇 번을 말해야 알아듣겠니?"

엄마는 마이코를 등에 훌쩍 태웠다. 생전 처음으로 마이코는 엄마에게 잡힌 것이 다행스럽게 느껴졌다.

그즈음 마지막 군단이 도착했다. 도열한 원숭이 전사들이 너나 할 것 없이 주먹으로 땅을 쿵쿵 치기 시작했다. 그들 나름대로 기쁨을 드러내는 방법이었다. 흥분의 파도가 모두를 휩쓰는 동안, 영도자 고스포더는 극도의 행복에 취한 듯 만면에 웃음을 활짝 띠고 있었다. 그러다가 드디어 연설을 하려고 팔을 들어 올렸다.

"랑구르 동지 여러분, 오늘은 정의가 악을 물리친 날입니다! 용기가 보답받은 날이기도 합니다!"

고스포더가 일성을 내뱉자, 드높은 함성이 전사들 사이를 뒤덮었다.

"이 멋지고 굉장한 새 보금자리를 보십시오!"

고스포더가 공동묘지 전체를 감싸 안듯 양팔을 확 펼치며 말을 이었다.

"지금은 한 가지 생각만 하면 됩니다. 우리는 여길 차지할 자격이 충분하다!"

함성이 귀를 먹게 할 정도로 울려 퍼졌다. 마이코도 이 장엄한 광경에 홀려 다른 이들처럼 웃음을 터뜨렸다. 저 위 영묘궁 지붕에 우뚝 선 고스포더의 위풍당당한 모습을 보니, 왜 모두가 그를 사랑하며 믿고 따르는지 알 수 있었다.

환호를 만끽하며 고스포더는 지나온 역사를 되짚기 시작했다.

"우리 중 나이가 있는 동지들은 분명히 기억할 겁니다. 고작 삼 년 전만 해도 우리는 빈민가 원숭이로 불리며 먹을 것을 찾아 도시의 더러운 곳들을 어슬렁거려야만 했다는 사실을 말입니다. 전 어린 시절

마음껏 뛰어놀거나 크게 웃어 본 적이 없습니다. 늘 허기진 배와 사투를 벌여야 했으니까요."

마이코는 연설이 끝없이 이어지리라는 불길한 예감이 들었다.

"이제 그만 돌아가요."

마이코가 엄마의 귀에 대고 속삭였다.

"쉿! 조용하렴."

이렇게 되면 선택지는 둘뿐이다. 지루함을 참든가, 아니면 냉큼 도망치든가.

마이코의 눈이 하늘을 얼기설기 뒤덮은 나뭇가지들로 향했다. 그동안의 경험을 볼 때 저기로 도망쳐봐야 엄마에게 잡힌다. 주위로 눈을 돌리니 이상한 모양의 작은 집처럼 생긴 석재 구조물들이 미로처럼 늘어선 곳이 보였다. 마이코는 그곳을 도망지로 찜했다.

마이코는 살그머니 엄마에게서 떨어져 살금살금 군중 쪽으로 다가갔다. 그대로 군중의 맨 가장자리까지 간 다음, 그늘진 오솔길들을 눈으로 대충 훑은 후, 공동묘지 안쪽으로 발걸음을 옮겨갔다. 그리고 뒤쪽을 흘끔 살핀 뒤, 아무도 보지 않는다는 것을 확인하고 스리슬쩍 군중을 벗어났다.

어린 원숭이라면 공동묘지 안에서 축축하고 다 썩어가는 구조물들을 발견하면 덜컥 겁부터 내겠지만, 마이코는 아니었다. 신기하고 즐거웠다.

왜 돌마다 이상한 표시가 있는지, 왜 인간들은 자신들이 살기에는 너무 작은 집들을 이렇게 많이 만들어 놨는지, 기껏 만들어 놓고도 왜 이 곳을 내팽개쳐 둔 것인지, 무척 궁금했다. 마이코는 늘 질문이 넘쳐났다. 호기심에 작은 피라미드를 기어올라가서 둥근 지붕으로 옮겨 탄 후 비석 사이로 훌쩍 뛰어내렸다.

그러고는 이내 얼어붙은 것처럼 멈칫했다.

저 위 그늘에서 무언가가 어른거렸다. 마이코는 재빨리 비석 뒤로 몸을 숨겼다. 길 끝자락의 으슥한 그늘 속에서 한 무리의 랑구르 보병들이 흙바닥에 뭔가를 질질 끌고 가고 있었다.

걸걸한 목소리가 들려왔다.

"죽일 땐 벼락같이! 치울 때는 빗물처럼! 내가 늘 말했었지!"

보병들이 경례를 올려붙이자, 포고 장군이 그늘 밖으로 모습을 드러냈다.

"몬순 시기의 폭우처럼 말이야. 봄비가 아니라."

장군이 음습하게 노려보며 덧붙였다.

"알겠습니다, 장군님! 앞으로 주의하겠습니다!"

보병들이 긴장할 만도 했다. 포고 장군은 무시무시한 무용담의 주인공이었다. 얼굴을 가로지른 영광의 흉터뿐 아니라 텅 비어 버린 한쪽 눈 모두 이 무용담을 뒷받침하고 있었다.

원숭이 전쟁

"깔끔히 치우도록. 나는 '깔끔히'라고 했다."

장군이 한쪽 눈을 굴리며 보병 하나 하나를 엄격하게 쳐다보며 말을 이었다.

"규칙을 어기는 자는 군인이 아니지."

"도망쳤다 돌아온 놈이라 생각했습니다."

"다시 돌아온 놈이라고?"

포고 장군이 당황한 기색으로 되물었다.

"우리가 덮쳤을 때 놈은 숨어 있었습니다, 장군님."

"미친 놈이었군."

포고 장군은 땅바닥에 널브러진 덩어리를 살펴보다 어깨를 으쓱했다.

"뭐, 썩기 전에 얼른 치워버리도록."

"네, 장군님."

대답을 들은 장군은 나뭇가지로 훌쩍 뛰어오르더니 금세 사라졌다.

마이코도 사라져 버리고 싶었지만 발이 떨어지지 않았다. 어쩔 수 없이, 두 명의 보병이 바깥 담장 위에 올라가 자리를 잡고 앉는 모습을 지켜볼 수밖에 없었다.

"자, 어서 올려. 얼른 치우자고."

나머지 보병들이 자신들이 질질 끌고 온 덩어리를 잡아 올리자, 마이코의 피가 갑자기 차갑게 식었다. 축 늘어진 팔다리와 축 처진 꼬리,

이리저리 흔들리는 머리, 그것은 덩어리가 아니라 원숭이 사체였다.

마이코는 털썩 주저앉았다. 흐르는 눈물을 닦을 정신도 없었다. 속이 울렁거렸다. 보병들이 담장 위로 사체를 들어 올리자, 끔찍하고 참혹한 모습이 훤히 보였다. 가슴은 살이 벌어져 속까지 드러났고, 한쪽 귀는 물어 뜯겨 사라진데다 팔다리는 상처투성이였다. 찢겨진 살에서는 여전히 피가 뚝뚝 떨어졌다.

마이코는 숨을 깊이 들이마셨다. 사체에서 낯선 체취가 맡아졌다. 저 사체는 랑구르원숭이가 아니다. 눈을 깜빡이고 자세히 봤다. 갈색 털에 짧은 꼬리. 리서스원숭이였다.

담장 위에 올라간 보병들이 사체의 팔다리를 잡고 좌우로 흔들었다.

"자, 이게 우리식 평화다."

다른 보병 하나가 비웃으며 사체 이마의 석류즙 자국에 돌을 던졌다.

보병들은 한바탕 낄낄대더니, 마치 쓸모없는 나뭇가지를 버리듯 사체를 담장 밖으로 내던져 버렸다.

마이코는 모든 호기심이 싹 사라졌다.

쿵쾅거리는 가슴을 안고 얼른 뒤돌아 내달렸다. 묘지를 가로지르고 이끼 낀 조각상들을 돌아 비석들 사이를 미끄러져 겨우 큰길에 다다랐다. 거기서 잠시 숨을 돌리고 안전한 군중 속으로 슬며시 숨어들었다. 이리저리 얽힌 군중의 다리 사이를 꾸물꾸물 뚫고 지나자, 거의 맨 앞줄에서 홀린 듯 영도자 고스포더의 연설을 듣고 있는 엄마가 보였다.

마이코는 엄마 등에 올라가 털을 꽉 잡고 방금 본 섬뜩한 장면을 머릿속에서 지우려고 애를 썼다. 연설에 귀를 기울이며 군중의 환호에 동참하면 괜찮아질 거라는 생각을 했다.

"⋯⋯우리 랑구르 전사만이 진정 평화를 위해 싸울 수 있는 용기를 가진 것입니다⋯⋯."

고스포더는 여전히 유창하게 힘이 넘치는 연설을 하고 있었고, 그 거창한 문장들에 랑구르 군중의 가슴은 뜨겁게 달아오르고 있었다.

마이코의 가슴만 예외였다. 영도자는 방금 전 무슨 일이 일어났는지 알기는 할까?

바로 그때 마이코의 마음속 의문은 두려움으로 바뀌었다. 포고 장군이 나뭇가지에서 뛰어 내려 조용히 영묘궁 지붕 위의 자기 자리로 돌아오자, 영도자 고스포더가 무언가를 묻듯 장군을 바라보았고 장군은 조용히 고개를 끄덕였기 때문이다.

둘 다 알고 있구나.

마이코는 양심의 가책을 느꼈다. 그는 봐서는 안 될 께름칙한 비밀을 목격한 셈이었다. 엄마의 등에 매달린 채 수많은 랑구르 군중에게 둘러싸여 있지만 마이코는 갑자기 이 세상에 혼자 남겨진 것 같았다.

3장
갈 곳을 잃다

살아남은 리서스원숭이들은 넋이 나간 채 거리를 비틀거리며 돌아다니다가, 지금껏 살아온 도시에 대해 제대로 아는 것이 없다는 사실을 깨닫고 자괴감에 빠졌다.

음식을 구해오는 일은 늘 수컷의 임무였고, 세대가 거듭될수록 암컷 원숭이들은 혼잡하고 시끄러운 도시 생활과는 점점 담을 쌓아 왔다. 그런데 전쟁이 나면 제일 먼저 학살되는 건 수컷들이라 모든 생존 요령도 수컷들과 함께 사라져버렸다. 암컷들이 지난날의 어리석음을 후회하는 건 당연했다.

공동묘지 밖 세상은 어지러웠다. 돌조각이 후두둑 떨어지는 낡은 건물들은 휘청휘청 흔들렸고, 거대한 파도가 지나간 듯 썩어가는 쓰레기 더미들이 거리 곳곳에 널브러져 있었다. 장사꾼들이 호객하는 소리, 다 낡은 아파트에서 새어나오는 부부싸움 소리, 마구 울려대는 자동차 경적까지 사방에는 소음이 가득했다.

이렇듯 혼잡한 거리를 리서스원숭이 무리는 정처 없이 돌아다녔다. 어디에도 쉴 곳이 없었다. 홀리 강둑에 다다랐을 즈음엔 지치고 고단해서 더 나아갈 수도 없었다.

파피나는 태어나서 이렇게 넓은 강을 본 적이 없었다.

"와, 물결치는 것 좀 봐!"

파피나는 그윽하고 세찬 강물에 전율을 느끼며 홀린 듯 감탄을 내뱉었다.

하지만 아무도 파피나의 감탄에 반응을 보이지 않았다.

어미 원숭이 중 하나인 카파가 체념한 듯 어깨를 으쓱했다.

"하, 이게 끝인가 보네. 이제 각자 제 갈 길을 찾아야지."

"이렇게 우리 무리를 깰 순 없어요!"

피그가 갑자기 소리를 질렀다. 피그는 가장 어린 축에 속하는 어미 원숭이로, 등에는 새끼 원숭이 두 마리를 업고 있었다.

"이게 무슨 무리야? 지도자도, 남자도 없어. 애기들뿐이지. 여자들 끼리 뭘 한다고."

카파가 콧방귀를 꼈다.

"그럼, 새로운 지도자를 뽑으면 되겠구나."

제일 연장자인 로우나가 말했다. 행동이 민첩하지도 사고가 예리 하지도 않지만, 로우나는 다수의 생각을 잘 파악했다.

"누구를 뽑죠? 할머니, 당신이 이끌어주실 건가요? 이 상황에서 벗 어나도록?"

카파가 몰아세우자, 로우나는 쭈뼛거리며 물러났다. 지도자로서 책임감 있게 무리를 이끄는 일은 로우나의 능력 밖이었다. 그건 로우나도 알고 카파도 안다. 모두의 약점을 훤히 꿰고 있다는 사실, 바로 이 점이 카파의 대단한 능력이었다.

침묵이 흘렀다. 카파는 누군가 나서서 자신을 지도자로 추천하기를 기다렸다. 그러나 파피나의 엄마인 윌로우가 마침내 입을 열었을 때는 전혀 다른 종류의 말이 흘러나왔다.

"근데, 왜 우리한테 지도자라는 게 필요하지?"

다들 의아한 표정으로 윌로우를 쳐다보았다.

"우리는 원숭이야. 원숭이 무리라면 당연히 지도자가 있어야지!"

카파가 비웃듯 소리쳤다.

"랑구르원숭이가 쳐들어왔을 때 지도자가 우리를 지켜줬어? 아니잖아. 어쩌면 이제부터는 새로운 방법을 찾아야 할지도 몰라."

윌로우가 반문하며 대꾸했다.

"지도자가 없으면 누가 결정을 내리겠니?"

로우나는 주장을 굽히지 않았다.

"우리 모두가 결정하면 되죠."

윌로우가 망설임 없이 대답했다.

"모두가?!"

카파가 화난 듯 이빨을 드러냈다.

　　　　　　　　　　　　　　　　　　　　　원숭이 전쟁

"우리 모두 생각이 다른데, 어쩌려고 그러누!"

로우나가 놀라 소리쳤다.

"공동묘지 벽에 둘러싸여 안전하게 살 때는 우리 각자 다른 생각을 가질 수 있었지만, 지금은 생존이 유일한 목표잖아요. 우리가 우리 자신을 책임을 져야만 할 때가 된 거죠. 우리 모두가요."

윌로우의 말에 담긴 냉철한 현실인식 때문인지 다들 고민에 잠겼다.

"그럼, 정확히 어떻게 해야 한다는 말인가요?"

피그가 물었다.

"우리 모두 문제에 대해 토론하고 생각을 나눠야지. 그런 다음 결정을 내리는 거야. 공동합의로. 개미들이 하듯이."

"아니, 진짜로 개미들한테 뭔가 배울 게 있다고 생각하는 거야?!"

카파가 코웃음을 쳤다.

"와, 재미있겠어요! 전 좋아요."

피그가 이제야 이해가 간다는 듯 배시시 웃었다.

피그가 동의를 표하자 몇몇 원숭이들이 용기를 내어 고개를 끄덕였고, 서서히 윌로우의 의견에 힘이 실렸다.

"자, 그럼, 어느 쪽으로 가볼까요? 다들 생각해둔 길은 있겠죠?"

원숭이들은 민숭민숭 서로를 쳐다보다가 강 건너편을 바라보고 다들 입을 닫았다.

"바로 이런 상황이 지도자가 없을 때 원숭이 무리에게 벌어지는 일이지.”

으슥한 구석에서 느닷없이 낯선 목소리가 들려왔다.

“모조리 강둑에서 굶어죽기 십상이겠군.”

리서스원숭이들이 깜짝 놀라 옹송그리며 한데 모여 어린 원숭이들을 에워쌌다. 그리고 목소리가 들려온 곳을 노려보았다. 다들 랑구르 전사들이 쫓아온 줄 알고 두려움에 떨었다.

“피 맛을 보고 싶어? 더 가까이 와보시지!”

카파가 용감하게 쏘아붙였다.

“정 원하신다면.”

으스스한 말투로 대답을 하며 모습을 드러낸 무리는 보넷원숭이 정찰대였다.

파피나는 눈을 크게 뜨고 보넷 무리를 쳐다보았다. 정수리 부분에 수북이 솟은 대걸레 같은 머리털 때문에 털모자라도 쓴 줄 알았다. 개중 몇몇은 뒷다리로 서서 걸으면서 위협적인 분위기를 조성했다.

윌로우는 보넷원숭이를 본 적이 없었지만 이들이 이 도시에서 제일 오래된 원숭이 종족이며 절대 복종을 요구하는 무리라는 사실은 잘 알고 있었다. 거친 대응은 더 큰 문제만 일으킬 뿐이라는 것을 깨달은 윌로우가 황급히 앞으로 나섰다.

“우리는 종족이 습격을 당해서 새롭게 정착할 곳을 찾고 있을 뿐이에요.”

원숭이 전쟁

"그럼, 자네들뿐인가? 남자들은 없고?"

보넷 정찰대 우두머리가 곰곰이 생각에 잠긴 듯한 말투로 윌로우에게 다가서며 묻자, 파피나는 슬쩍 엄마에게 다가가 손을 꽉 잡았다. 어느새 보넷 무리가 그들을 둘러싸고 있었다.

"그런데, 여긴 우리 구역이니, 자네들이 여기 머문다는 건 안 될 말일세."

보넷 우두머리가 단호하게 선을 그었다. 사실만 담담히 말하는 것 같았지만 경고에 더 가까웠다.

"무슨 해를 끼치려는 게 아니에요. 이 도시에 대해 잘 몰라서 그래요. 정말이에요."

윌로우가 다급히 대꾸하자, 보넷 우두머리가 콧방귀를 뀌며 입을 열었다.

"내 조언 하나 하지. 서둘러 살아갈 요령을 터득하게. 안 그러면 두 달도 넘기지 못할 게야. 이 도시에 원숭이가 살지 않는 곳은 없네. 모는 종족이 각자 자기 구역을 갖고 있지. 여긴 우리 구역이고."

보넷 우두머리는 할 말 다했다는 듯 등을 돌렸다. 하지만 윌로우는 허겁지겁 달려가 앞을 막아섰다.

"그래도 어딘가 우리가 머물 만한 공간쯤은 있겠죠?"

윌로우가 애원하며 매달리듯 물었다.

"아직도 안 떠났나?"

보넷 우두머리의 인내심이 바닥을 드러내고 있었다.

"제발요. 우리에겐 어린 아기들도 있어요. 다들 굶주림과 추위에 떨고 있어요. 더 걷지도 못할 만큼 지쳤다구요. 부탁드려요."

보넷 우두머리가 어린 리서스원숭이들이 불안에 떨고 있는 모습을 오만한 눈길로 쓱 쳐다보았다.

"뭐, 빈민가라도 찾아보라고."

보넷 우두머리가 거만하게 말하자, 다른 보넷원숭이들이 입술을 삐딱하게 들어올리며 사악하게 웃어젖혔다.

"우리는 빈민가 원숭이가 아니라네!"

로우나가 거세게 반발하자, 보넷 우두머리가 뒤를 홱 돌아보며 로우나에게 얼굴을 바짝 갖다 대고는 사납게 으르렁거렸다.

"그게 그거지, 내 눈엔 선택의 여지가 없어 보여."

"하지만, 불공평해요. 당신네들도 원숭이잖아요, 우리와 똑같은……."

"불공평?"

윌로우의 반발에 보넷 우두머리가 정색을 하며 소리질렀다.

"자네들이 공동묘지 안에서 편안히 지낼 때 '불공평'에 대해 신경이라도 쓴 적이 있나? 단 한 번이라도 바깥 세상이 어떨지 생각해 본적이 있냔 말일세! 우리는 수많은 세월을 거치면서 이 거리를 얻어낸 거라고. 싸우고 싸워서 마침내 차지한 거지. 경솔히 보금자리를

　　　　　　　　　　　　　　　　원숭이 전쟁

뺏겨놓고 어디서 함부로……. 뭐, 우리가 상관할 바는 아니지."

보넷 우두머리가 열을 내다가 이내 어깨를 으쓱하며 무심한 표정을 지었다.

"그럼, 이렇게 우리를 버리고 떠날 거란 말씀이세요?"

윌로우가 대뜸 반박했다.

보넷 우두머리가 잠깐 멈춰 서서 정찰대와 음습한 눈빛을 교환하더니, 손가락으로 피그를 가리켰다.

"이 여자랑……. 저 아이는 데려가주지."

우두머리가 제일 앳되고 어여쁜 암컷 원숭이를 고르자, 정찰대의 얼굴에 음흉한 미소가 번졌다. 파피나는 그 웃음이 무슨 의미인 줄 몰라 어리둥절했다.

윌로우가 다른 동료들을 급히 끌어당겨 모으며 낮게 속삭였다.

"위험한 기운이 느껴져."

"하지만 좋은 기회잖아요? 여기서 아기들이 얼마나 버틸 수 있겠어요?"

피그가 입을 열었다.

"저들 무리에도 여자는 많을 테니, 도중에 널 이용하고 처리해버릴지도 몰라."

카파가 음침한 어조로 경고했다.

"우릴 해칠 작정이었다면 진작 그랬겠죠, 안 그래요?"

피그가 되물었다.

"자, 피그, 정 가고 싶으면 가도 돼. 자기 생각대로 하는 게 최고지."

윌로우는 피그가 얼마나 지쳐 있는지 알 수 있었다.

"윌로우 아주머니라면 가실 거예요?"

피그가 윌로우를 살피며 조심스레 물었다. 윌로우는 보넷 무리를 꼼꼼히 훑어보았다. 무언가 꿍꿍이가 있는 것 같아 꺼림칙했다.

"아니, 나라면 안 가."

피그에게는 그 대답이면 충분했다.

"그럼, 저도 됐어요."

피그는 보넷 무리에게로 돌아서서 산뜻한 미소를 지으며 선언했다.

"죄송해요, 더 나은 자리가 있을 것 같네요."

다들 터져 나오는 웃음을 꾹 참았다. 평소에 약간 맹했던 피그가 딱 적절한 때에 통쾌한 한방을 날려 준 셈이다. 보넷 정찰대는 아무도 웃지 않았다. 갈 곳도 없이 이리저리 헤매는 암컷 무리 주제에 너무 건방져서 짜증이 난 모양이었다.

보넷 우두머리가 성큼성큼 다가와서 뒷발로 서더니, 사악하게 내려다보며 입을 열었다.

"나중에 다시 올 때도 여기에 그대로 있으면 지금처럼 친절하진 못할 거란 걸 명심하게!"

엄포를 놓은 보넷 우두머리가 정찰대에 손짓을 하자 다들 일사불

란하게 자리를 떴다.

파피나는 엄마와 피그, 다른 원숭이들을 올려다보며 자부심을 느꼈다. 그래, 합의란 것은 바로 '이런 식으로' 이루어지는 거구나.

가슴은 미어졌지만 그날 밤 처음으로 아빠를 그리워하는 일은 관두자고 결심했다. 이 이상한 신세계에 맞서 싸우려면 정면으로 당당히 부딪치는 수밖에 없다는 사실을 깨달았기 때문이다.

4장
선택받다

"이건 내 거!"

브레리가 소리쳤다.

"어째서?"

마이코가 되받아쳤다.

"내가 형이니까."

"그게 무슨 상관이야?"

조금 전, 마이코와 브레리 형제는 새로운 집을 보고 신이 나서 날뛰었다. 새 보금자리는 소규모의 가문묘 건물이었다. 평평한 돌천장이 느긋하게 드러눕기에 좋아 보였고 사방의 난간은 과일이 떨어지면 잘 익어갈 저장고로 그만이었다. 하지만 문제는 형제가 안으로 뛰어 들어가서 시원하고 어두운 공간에 죽 나열된 네 개의 넙적한 무덤돌을 발견하면서부터 시작되었다. 둘 다 똑같은 무덤돌을 침대로 삼고 싶어 했다.

형 브레리가 이빨을 드러내며 으르렁거렸다.

"이걸 원해? 그럼, 덤벼보든가!"

마이코는 망설였다. 으스대는 형의 얼굴에 한방 세게 날리고 싶었지만, 결과를 감당할 수 없을 것이 뻔했다. 사관후보생인 브레리는 덩치가 크고 근육질이었다. 한 번에 세 마리도 상대할 만큼 힘이 세다는 평판이 자자했다. 반면 마이코는 다들 말하길 몸집이 왜소하다고 했다.

마이코는 자신의 자그마한 덩치가 늘 부끄러웠다. 자라면서 또래보다 몸집이 컸던 적이 단 한 번도 없었다. 엄마인 키마는 '애들마다 성장속도가 다른 법이잖아.'라든가, '마이코가 요즘 좀 아팠어.'라면서 항상 핑계를 입에 달고 살았다.

결국 진실은 이렇다. 마이코는 작은 원숭이고, 랑구르 군대에서는 육체적 힘이 전부였다.

"자, 그럼, 이제 해결된 거지?"

브레리가 넙적한 무덤돌 위로 팔을 뻗치며 흡족한 듯 덧붙였다.

"원래 더 작은 쪽이 지게 돼 있는 법이야."

마이코는 순간 화가 치밀어 올라 브레리를 향해 뛰어올랐다. 브레리의 등에 올라타서 땅으로 끌어 내려버린 것이다.

"오호라, 한방 먹고 싶다는 말이지?!"

브레리가 조롱하며 몸을 획획 흔들어댔지만, 마이코는 형의 등을 꽉 붙잡은 채 형의 손아귀를 가까스로 피했다. 그렇게 싸움의 맛을 음미하던 브레리가 뒤쪽으로 몸을 날렸다.

"이건 어떠냐!"

브레리가 마이코를 매단 채 벽에 힘껏 부딪쳤다. 마이코는 숨이 막혀 신음을 내뱉으면서도, 브레리의 털 속에 손톱을 더 깊이 박아 넣었다. 브레리는 마이코의 꼬리를 잡아채서 있는 힘껏 내리칠 수밖에 없었다.

마이코가 비명을 지르며 별 수 없이 손을 놓아버리자, 브레리는 땅바닥에 떨어져 정신이 얼얼한 마이코를 빙글빙글 돌리며 괴롭히기 시작했다.

"한심하게, 꼴 한 번 좋다!"

브레리가 히죽히죽 웃더니, 마이코를 머리 위로 들어올렸다. 마치 트로피라도 받은 원숭이 같았다.

"내가 주인이다!"

마이코는 굴욕감에 있는 힘을 다해 벗어나려고 몸을 비틀었지만 소용이 없었다.

"어서 따라 말해!"

브레리가 명령했다.

"싫어!"

"내가 주인이다!"

"싫다고!"

그 순간, 다른 목소리가 쩌렁쩌렁 방 안을 울렸다.

"내가 주인이지!"

머리 위로 마이코를 든 채 계속 빙빙 돌던 브레리는 문 앞에 서 있는 아빠를 발견했다.

"당장. 동생을 내려놔."

아빠인 트럼블이 단호하게 말했다.

브레리는 잠깐 망설였다. 아주 짧은 시간에 살짝 지나쳐 간 반항의 기미였지만 트럼블은 어느새 맏아들이 부모 품을 벗어나기 시작했다는 것을 깨달았다. 조만간 브레리는 홀로서기를 할 터였다.

그래도 지금은 트럼블이 이 가정의 가장이었고, 몇 가지 훈육 요령도 갖추고 있었다.

"어서 내려놔. 비좁고 금이 간 다른 집과 바꿔버리기 전에. 그러면 더는 다툴 일도 없겠지."

마이코와 브레리는 아빠가 절대 빈말을 할 원숭이가 아니라는 사실을 잘 알고 있었다. 브레리는 마지못해 마이코를 땅바닥에 툭 떨어뜨린 뒤, 살금살금 눈치를 보며 밖으로 나가버렸다.

"어디 다쳤니?"

트럼블이 걱정스럽게 묻자, 마이코는 고개를 저었다. 트럼블이 훌쩍 뛰어 다가와서는 마이코를 감싸 안았다. 둘 다 아무런 말이 없었고, 말할 필요도 없었다. 몇 년 동안 트럼블이 뜯어 말린 싸움은 그 수를 다 헤아릴 수 없을 정도였다. 브레리의 몸속에는 앙심의 피가 강력하게 흐르고 있었다. 특히 마이코를 괴롭히며 얻는 즐거움이 제일 큰 모양이었다.

바로 그때, 바깥에서 키마가 그들을 부르는 소리가 들려왔다.

"여기 신선한 망고가 한가득이네! 진짜 싱싱하고 즙이 많아!"

마이코와 트럼블은 갑자기 배가 고파졌다.

달이 청명하게 떠오르자, 키마는 가족 모두를 집 밖으로 내보낸 뒤 바닥에 갓 딴 야자수잎들을 늘어놓았다. 브레리는 사관후보생 친구들이랑 새로 발견한 울창한 나무를 타러 갔다. 홀로 남겨진 마이코는 지붕 위의 풍경이 어떤지 살펴보기로 했다.

그런데 힘겹게 박공지붕 위로 올라가 보니, 아빠가 이미 차가운 달빛을 맞으며 지붕에 앉아 있었다. 주위에는 돌더미들이 조심스럽게 나열되어 있었다.

젊은 시절 트럼블은 정예부대에 소속되어 전투를 벌이다가 큰 부상을 당하는 바람에 일찌감치 제대해야 했다. 그래도 랑구르 군을 위해 일하고 싶은 마음은 여전해서, 병참 장교로 자원하여 군대의 보급을 책임지게 되었다. 원체 논리력이 뛰어나 병참 업무에 적합하기도 했지만 성공적인 업무 수행의 열쇠는 바로 이 돌더미들이었다.

수없이 많은 계절에 걸쳐 트럼블은 콜카타 거리를 구석구석 살피면서 작은 돌멩이들을 모아들였다. 어떤 돌멩이는 색깔이 여러 겹이었고 또 어떤 돌멩이는 까만색이었지만 유리처럼 투명한 돌멩이도 간간이 눈에 띄었다. 트럼블은 이 돌멩이들을 조심스럽게 잘 닦아서 복잡한 회계 정리에 사용했다. 어떤 돌멩이는 식량을, 어떤 돌멩이는 무기를 나타냈다. 이 정도쯤은 마이코도 알 만했지만, 획기적인 부분은 늘어놓은 코코넛 껍데기 속에 이 돌멩이들을 어떻게 분배하느냐에 달려 있었다. 덕분에 트럼블은 어느 부분의 보급이 모자라고 앞으로 어떤 물품을 더 확보해야 하며 어떤 사안을 미뤄둘 수 있는지를 확실히 알 수 있었다.

이 돌멩이 회계 방식을 완전히 이해하는 원숭이는 트럼블뿐이었지만, 랑구르 군으로서는 보급이 문제 없이 이루어지기만 하면 그만이었다. 덕분에 랑구르 군은 식량이나 무기 부족을 걱정할 필요가 없어졌다.

마이코는 아빠가 돌멩이들을 이 더미에서 저 더미, 이 코코넛에서 저 코코넛으로 신중히 옮기는 모습을 지켜보았다. 아빠의 일을 방해하지 않으려고 마이코는 조용히 입을 다문 채 아빠의 등을 가로질러 난 흉터 자국을 손가락으로 마냥 훑어 내렸다.

상처는 오래전에 아물었지만 왠지 털이 다시 자라나지 않아서 분홍색의 불룩한 자국이 능선처럼 도드라져 보였다. 누가 만져도 무감각한 것이 이상했다. 마이코는 기억이 어렴풋한 어린 시절부터 이 상처 자국을 따라 훑어 내리기를 좋아했다. 점점 더 세게 눌러서 아빠가 깜짝 놀라 뒤돌아볼 때까지 멈추지 않곤 했다.

그런데 이번만큼은 마이코의 괴로운 심정을 알아채기라도 한 듯 아빠가 금세 뒤돌아보았다. 아빠는 돌멩이를 가만히 내려두고 어깨 너머로 말을 걸었다.

"왜, 다른 애들과 놀지 않고?"

마이코가 어깨를 으쓱하며 되물었다.

"이거 아팠어요? 그러니까, 제 말은, 이 상처가 생겼을 적에요."

마이코는 흉터 자국을 한 번 더 쓸어내렸다.

"당시에는 안 아팠어. 전투가 한창이었거든. 하지만 나중에 꿰맬 적에는……."

트럼블은 그때의 고통이 떠오른 듯 얼굴을 찌푸렸다.

"피가 많이 났어요?"

"아, 그럼. 정말 엄청난 상황이었지."

마이코가 고개를 끄덕였다. 이제 진짜 핵심을 파고들 차례였다.

"그러면…… 아빠가 정예부대에 소속되었을 당시에…… 그러니까, 그런 일을…… 정말 해야만……."

"죽여야만 했냐고?"

마이코는 마음을 읽힌 것 같아 깜짝 놀란 눈으로 아빠를 쳐다보았다.

원숭이 전쟁

"네 형도 네 나이쯤에 똑같은 질문을 했었다."

트럼블이 아들의 놀란 표정을 보고 얼굴에 미소를 떠올렸다.

"어린 원숭이라면 다들 궁금해 하지. 아주 자연스러운 현상이야."

"그래서 대답은요?"

마이코가 끈질기게 답을 요구했다.

"정예부대원은 전체 군대를 보호해야 해. 때때로 아주…… 어려운 일을 해야 한다는 뜻이기도 하지."

트럼블이 완곡하게 대답했다.

"그래서 정말 그랬다구요?"

트럼블이 고개를 끄덕였다. 마이코는 몸집은 작아도 날카로운 구석이 있었다.

"그 사실이 꺼림칙하니?"

마이코는 대답을 망설였다. 사지가 잘린 채 숨을 거둔 원숭이가 벽위로 질질 끌려 올라가던 모습이 떠올랐다. 벌어진 상처며 축 늘어진 머리, 피가 찐득하게 묻은 털이 뇌리에 선명했다.

"아빠의 전투는…… 치열한 싸움이었겠죠."

"정확하게는 위험한 전투였지."

마이코가 듣고 싶던 대답이 아니었다.

"그런 뜻이 아니라…… 전사의 명예 같은 거 말이에요. 서로 죽일 때도 정정당당하게 겨뤘던 거죠?"

트럼블은 말문이 막혔다. 살면서 이 비슷한 질문도 받아본 적이 없었다. 랑구르족은 전투부대였다. 그저 전투에 임할 뿐이었다.

"뭐가 그렇게 괴로운 거니?"

마이코는 망설였다. 물음에 대답을 하려면 먼저 낮에 목격한 끔찍한 비밀을 털어놓을 수밖에 없었기 때문이다.

"조금 무서워졌나 봐요."

마이코가 겨우 짜낸 대답이었다.

"그래서 훈련이 있는 거다. 훈련을 받으면 두려움이 사라지지."

"하지만 전쟁으로 끔찍하게 다치거나 죽기도 해요. 그런데도 전쟁만이 유일한 방법이라니……. 정말일까요?"

트럼블이 한숨을 쉬었다.

"그저 믿으면 되는 문제야. 모든 일에 일일히 의문을 가질 필요는 없단다. 영도자를 믿고 따르면 돼."

"그렇지만 질문을 하는 건……."

마이코가 얼굴을 찡그리며 말을 이어갔다.

"그건 우리 원숭이들이 마땅히 해야 할 일이잖아요. 원숭이는 늘 질문을 던져야 해요."

"랑구르족은 다른 원숭이와 다르단다. 선택받은 종족이니까."

트럼블이 엄숙하게 입을 열었다.

"평화를 위한 전투에 임하도록 말이지. 우리 랑구르족은 저 바깥

세상에서 활개치고 다니는 야생 원숭이 무리로부터 이 거리를 안전하게 지키는 임무를 맡았어. 위대한 영도자가 내린 결정에 하나하나 토를 달기 시작했다면……."

트럼블은 잠시 말을 멈추고 공동묘지 전체를 둘러보았다.

"우리는 이 모든 걸 손에 넣지 못했을 테지."

마이코는 고개를 들어 울창한 나무들을 쳐다보았다. 나무들 주위로 날벌레 떼가 이리저리 날아다니며 정신없이 춤을 추고 있었다. 확실히 이 공동묘지는 원숭이가 살기에 나무랄 데 없는 장소였다. 하지만 마이코는 아무리 노력해도 원숭이 사체에 대한 기억을 떨쳐낼 수가 없었다.

마이코가 여전히 의심을 지우지 못하는 상태인 것을 눈치 챈 트럼블은 아들의 어깨를 단단한 손으로 꽉 잡았다.

"이 도시가 우리를 필요로 하고 있단다. 그러니 우리는 강해질 수밖에 없어."

5장
뱀

파피나는 차가운 새벽 달빛 아래에 누워 덜덜 떨었다. 추위가 아니라 두려움 때문이었다.

밤을 지내기에는 좋지 않은 곳이라고 엄마에게 말했었지만 다들 너무 지쳐서 이것저것 생각할 여유가 없었다. 한밤중이 될 때까지 잘 곳을 찾아 거리를 돌아다녔지만, 가는 곳마다 쫓겨나기 일쑤였다. 다른 원숭이 종족의 군대나 떠돌이 개 떼, 들쥐들이 이들을 내몰았고, 한 번은 야생 돼지 가족에게 떠밀려 나기도 했다.

그래서 윌로우와 카파, 피그, 로우나는 파피나를 비롯한 나머지 원숭이들을 이끌고 도시를 이리저리 돌아다닌 끝에 녹초가 되어버렸다. 그렇게 멈춰 선 곳이 바로 여기 빈민가 끝자락의 쓰레기 처리장이었다. 다행히 아무도 이들을 내쫓지 않아서 다들 그대로 잠이 들어버렸다.

물론 파피나만 빼고.

파피나는 아무도 이곳을 원치 않는 이유가 있을 거라는 불길한 예

원숭이 전쟁

감이 들었다. 그리고 대체 그 이유가 뭔지 골몰하느라 잠들지 못한 채 뒤척였다.

파피나 무리가 자리 잡은 곳은 쓰레기장 한가운데 움푹 꺼진 공간이었다. 개방 하수로 세 개가 만나는 지점이어서 악취가 무시무시했다. 하지만 도시의 변방인 이쪽 지역에는 별의별 악취가 다 진동했다. 고작 악취 하나 때문에 이곳을 다른 동물들이 싫어한다는 것은 말이 되지 않았다.

파피나는 산처럼 쌓여 여차하면 흘러내릴 것 같은 색색가지 쓰레기 더미들을 바라보았다. 그리 아름다운 광경은 아닐지라도 먹다 버린 음식물은 풍부해 보였다. 서식지에 그리 까다롭지 않은 들쥐라면 이곳에서 번성할 수도 있었을 텐데, 그들조차 이곳을 버려둔 것이다.

바로 그때 작은 소리가 들려왔다.

파피나는 벌떡 일어나 앉았다. 온몸의 신경을 곤두세운 채 곁눈질로 주변을 살폈다. 그러다가 홱 뒤로 돌자, 쓰레기 더미 산에서 빈 깡통 하나가 천천히 굴러 떨어졌다.

주위가 다시 잠잠해졌지만, 파피나는 무언가 이상하다는 것을 본능적으로 느꼈다.

파피나는 뒷다리로 서서 귀를 쫑긋 세운 채 언뜻언뜻 들려오는 소리의 정체를 캐내보려 애를 썼다. 아침 요깃거리를 찾아 어슬렁대는 개들이 짖어대는 소리, 빈민가 갓난아기들이 칭얼대는 소리, 하수로에 오수가 흘러가는 소리 등등. 그러다가 쓰레기 더미 사이로 무언가가 미끄러지듯 부스럭거리는 소리가 불길하게 들려왔다.

파피나는 쿵쾅거리는 가슴으로 그 소리를 좇아 고개를 쭉 빼들었다. 깡통이 또 하나 쓰레기 언덕을 굴러 내려왔다. 그리고 그 깡통을 시작으로, 찢겨진 쓰레기 봉지 더미들이 작은 산사태를 일으켰다. 쓰레기 잔해가 만들어낸 구불구불한 골짜기를 보고 있자니, 쓰레기 산 아래에서 무언가가 움직이고 있다는 끔찍한 예감이 들었다.

한 손을 뻗어 엄마를 깨웠지만 엄마는 손을 휘휘 저으며 그저 뒤돌아 누울 뿐이었다.

파피나는 고민에 빠졌다. 정말 위험이 코앞까지 다가왔다면 얼른 모두를 깨워야 하겠지만, 그저 바람 때문이거나 혼자만의 상상에 불과했다면 지쳐 쓰러진 무리를 너무 일찍 깨우게 되는 셈이었다.

파피나는 쓰레기 더미의 움직임을 조심조심 따라가봤다. 움직임은 쓰레기 골짜기를 지나 쓰레기 산 바로 밑까지 이어졌다.

그러다가 갑자기 움직임이 멈추었다.

쓰레기 더미 아래에 있는 무언가가 파피나의 존재를 알아챈 것이다. 파피나는 쓰레기 사이로 난 컴컴한 틈 속을 들여다보았다. 서늘한 질감의 무언가가 쓱 움직이는 것이 보였다.

뱀이다.

파피나가 뒷걸음질을 치자, 그 괴물이 서서히 밖으로 올라오기 시작하더니 가볍게 쓰레기 장막을 털어내고 물결치듯 거대한 근육 덩어리를 자랑스레 드러냈다. 비단뱀은 몸뚱이에 비해 괴기스러울 정도로 조그마한 머리를 비틀어서 먹잇감을 쏘아보았다.

파피나는 최면에 걸린 듯 차갑고 까만 눈을 쳐다보았다. 오직 죽음만이 느껴졌다. 뱀의 목 근육이 꿀렁 움직이는 것을 보자마자 공격이 임박했음을 간파했다.

파피나의 몸속에 아드레날린이 치솟았다. 비단뱀의 머리가 파피나를 살짝 지나쳐 덮쳐오자 파피나는 몸을 돌려 냅다 뛰었다. 비단뱀의 공격을 대신 받게 된 쓰레기 더미가 마치 폭탄을 맞은 듯 잔해를 흩날렸다. 파피나는 첫 공격을 피했다는 사실이 아직도 믿기지 않았다.

"뱀이야!!"

파피나가 울부짖었다.

'뱀'이라는 소리에 원숭이들이 벌떡 일어났다. 로우나는 겁에 질려 배수관을 타고 다 쓰러져가는 담장 위로 올라갔다. 피그는 발작을 하듯 벌벌 떨면서 아직 잠에 빠져 있는 새끼들을 배수관 쪽으로 질질 끌고 갔다. 그런데 서두르는 와중에 새끼 중 하나가 발이 걸려 넘어져 쓰레기 산의 급경사 아래로 확 미끄러졌다.

피그는 순간 몸이 얼어붙었다. 품속의 새끼들을 안전하게 옮겨야 할지, 아니면 아래로 떨어진 새끼를 구하러 가야할지 끔찍한 선택의 기로에 선 것이다.

이 모든 상황을 지켜보던 카파가 담장 위에서 뛰어내리면서 외쳤다.

"내가 구해올게!"

카파는 새끼 원숭이를 잡아채서 피그에게 던졌다. 하지만 너무 세게 뛰어내렸다. 쓰레기 더미가 무너지는 바람에 카파는 발 디딜 곳을 찾지 못한 채 담장 멀리로 내팽개쳐지고 말았다.

파피나는 자신 쪽으로 밀려오는 쓰레기 더미를 보고, 급히 몸을 돌려 달아나려 애를 썼다. 하지만 공포에 질려 발밑을 살필 겨를도 없었던 나머지, 지금 자신이 달아나기는커녕 쓰레기 잔해 속으로 서서히 가라앉고 있다는 사실을 뒤늦게 깨달았다.

도움을 구하려고 입을 달싹거리는데, 어디선가 불쑥 손 하나가 나타나 파피나의 팔을 잡아 쓰레기 더미 위로 끄집어올렸다.

"이제 괜찮아! 엄마가 왔어!"

엄마였다. 자신의 안전은 안중에도 없이, 믿을 수 없을 만큼 빠른 속도로 발 디딜 곳들을 한눈에 파악해 쓰레기장을 가로질러 뛰어온 것이다.

"엄마 발만 잘 따라와!"

엄마가 담장을 향해 뛰기 시작했다. 바로 그때, 쓰레기 둔덕이 솟아오르더니 거대한 길이의 비단뱀 몸뚱이가 모녀 앞에 나타났다. 얼른 뒤로 돌아 달아나려 했지만 눈앞에 뱀 꼬리 부분이 쓰윽 나타나 길을 가로막았다. 비단뱀이 전략적인 움직임 한 번으로 모녀를 둘러

　　　　　　　　　　　　　　　　　　　　　　원숭이 전쟁

싼 것이다.

"머리! 뱀 머리가 어디야?!"

엄마의 소리에 파피나도 이리저리 둘러보았지만 뱀 머리가 보이지 않았다. 뱀 머리가 어디 있는 줄도 모르면서 어떻게 도망갈 길을 찾을 수 있겠는가.

너무 늦었다. 비단뱀의 똬리가 이미 둘을 옥죄어오고 있었다.

"엄마가 하는 대로 따라해!"

엄마가 이렇게 외치더니 곧바로 비단뱀 쪽으로 달려가 뱀 몸뚱이를 도약판 삼아 한 손으로 짚고 훌쩍 뛰어넘었다.

파피나도 이를 악물고 달려가 양팔을 쭉 뻗었다. 마르고 거친 뱀피부에 손이 닿자 몸이 떨렸지만 다리를 힘차게 밀며 뱀을 훌쩍 뛰어넘었다.

간발의 차로, 모녀가 뛰어오른 바로 그 자리 밑에서 비단뱀의 추한얼굴이 불쑥 솟아올랐다.

비단뱀은 약간 망설였다. 너무 급하게 공격에 나섰다가는 몸뚱이가 꼬여 움직이지 못할 위험이 있었다. 그 순간적인 망설임 덕분에 모녀는 쓰레기 더미 속으로 잠수하듯 숨어들어 다른 원숭이들이 있는 담장 위로 달아날 수 있었다.

무사히 담장 위로 올라간 윌로우는 딸을 부여안은 채 다들 무사한지 눈으로 얼굴을 하나하나 확인했다. 그러다가 깜짝 놀라 물었다.

"카파는 어디 갔어?!"

모두 주위와 아래를 살펴보았지만 비단뱀의 몸뚱이만이 쓰레기들 사이로 드문드문 보일 뿐이었다. 그때 갑자기 깡통 더미가 폭발하듯 무너지더니, 비단뱀이 거대한 몸뚱이를 완전히 드러냈다. 단단히 감긴 꼬리 부분에 카파가 붙잡혀 있었다.

"사, 살려, 줘……."

카파는 이미 숨이 넘어가고 있었다. 비단뱀의 꼬리가 가차 없이 옥죄어왔다.

다들 겁에 질려 비명을 질러대기 시작했다. 그러자 쓰레기 더미 속에서 뱀이 아주 우아하고 거만하게 머리를 드러내더니 차가운 눈길로 카파를 응시했다.

원숭이들의 비명에 짜증이 난 모양인지, 비단뱀이 고개를 획 돌려 까만 눈으로 원숭이들을 쏘아보았다. 순간, 찬물을 끼얹은 듯 조용해졌다. 비단뱀은 머리를 이쪽저쪽으로 흔들면서 절대적인 힘을 음미하듯 느긋하게 시간을 끌었다.

이제는 카파가 사투를 벌이는 광경을 무력하게 지켜볼 수밖에 없었다. 카파는 벗어나려고 애를 쓰면 쓸수록 더 숨이 가빠졌고, 숨을 내쉴 때마다 비단뱀은 꼬리를 더 단단히 옥죄었다. 그러다 비단뱀과 눈이 마주치면, 도저히 어찌할 수 없다는 공포심에 사로잡혔다. 죽음은 피할 수 없고 곧 다가올 운명이었다.

원숭이 전쟁

카파의 입에서 마지막으로 새어나온 소리는 말이 아니었다. 두려움에 가득 찬 울부짖음이 아침 공기를 날카롭게 갈랐다.

그 뒤를 이어, 끼익거리는 기괴한 소리가 쓰레기장 전체에 메아리쳤다. 비단뱀이 입을 쩍 벌리자 뱀가죽이 역겨울 정도로 쫙 늘어났고, 턱이 탈골된 것처럼 입을 크게 벌려 카파의 머리를 완전히 덮쳐버렸다.

"안 돼!"

윌로우가 비명을 질렀다. 공포는 곧 분노로 변했다. 돌을 집어들고 비단뱀을 향해 힘껏 내던졌다.

"안 되지!!!"

윌로우의 저항에 정신을 차린 로우나도 손에 잡히는 것을 되는 대로 내던지기 시작했다.

"안 돼! 안 된다고! 안 돼!!!"

카파를 산 채로 삼키던 비단뱀이 원숭이들의 성난 반격에 멈칫 뒤를 돌아보았다. 비단뱀의 입 밖으로 카파의 다리만 불쑥 튀어나와 있는 모습이 으스스하면서도 어딘가 현실 같지 않게 우스워보였다. 잠깐 동안이지만, 리서스원숭이들은 어떻게든 이 엄청난 비단뱀을 물리칠 수 있겠다는 생각이 들었다.

비단뱀이 잠시 주춤하면서 카파를 물고 있던 입에 힘이 약간 풀렸다. 그 덕분에 다시 숨을 쉴 수 있게 된 카파가 더 절박하게 다리를 꿈틀거렸다. 하지만 비단뱀은 놀리기라도 하듯 담장 쪽으로 다가가더니 마지막으로 쓰윽 빨아들여 꿀꺽 삼켰다. 카파의 남은 다리마저 비단뱀의 식도 속으로 자취를 감추고 말았다.

윌로우뿐 아니라 다른 원숭이들도 카파가 뱀의 몸속에서 여전히 살아 있으리라는 생각에 너무 놀라고 질린 나머지, 손을 축 늘어뜨린 채 비틀비틀 뒷걸음을 쳤다.

비단뱀은 거무칙칙하고 육중한 몸뚱이를 좌우로 흔들더니, 느긋하게 쓰레기 더미 속으로 다시 미끄러져 들어갔다.

동료 원숭이들은 좁은 담장 꼭대기에 가만히 웅크린 채 꼼짝도 하지 못했다. 파피나는 엄마에게 꽉 매달렸고, 피그는 새끼 원숭이를 달래면서 숨죽여 훌쩍였다. 이곳을 떠날 생각조차 떠올리지 못했다.

바로 그때, 어디선가 큰 목소리가 들려왔다.

"뭐, 어쩔 수 없는 일이죠. 지금 당신네들이 할 수 있는 일은 하나도 없으니까요."

모두 흠칫 놀라 서로를 껴안았다. 윌로우와 파피나만이 누구인지 알아보려고 용기를 내어 힐끗 내려다보았다. 수컷 리서스원숭이 한 마리가 담장의 벽돌 틈 속에 숨어 있다가 기어나오고 있었다.

"걱정 말아요. 당신들을 해치려는 게 아니에요."

수컷 원숭이가 동정어린 부드러운 목소리로 덧붙이며 배수관을 타고 올라와 그들 옆에 자리를 잡고 앉았다. 윌로우를 비롯한 암컷 원숭이들이 조금씩 뒤로 물러났지만 수컷 원숭이는 우정의 표시로 양손을 내밀었다.

"나를 따라오는 게 최선일 겁니다."

암컷 원숭이들은 의심스러운 눈으로 수컷 원숭이를 쳐다보았다. 수컷 원숭이가 미소를 지으며 귀를 씰룩거렸다. 참으로 희한한 버릇이었지만 왠지 사랑스럽게 느껴졌다.

"자, 현실을 보세요."

수컷 원숭이가 비단뱀이 숨어 있는 쓰레기 더미를 내려다보며 말을 이었다.

"제가 저 뱀보다는 낫지 않겠어요? 그렇죠?"

6장
공물

마이코는 콧구멍을 벌름거리며 일찍 잠에서 깨어났다. 망고와 뱅골보리수 나뭇잎의 달콤한 향기가 바람에 실려 밤새도록 방 안으로 들어왔다. 지금도 마이코는 그 촉촉한 향기에 푹 젖어 일어나기를 미적거리고 있었다. 공동묘지 바깥에서 살던 때와는 모든 것이 달라졌다. 그때는 하수관이나 음식, 수많은 사람, 담배 연기, 엔진 오일이 내는 온갖 악취와 소음 속에서 잠을 깼다.

마이코는 무덤돌 침대에서 훌쩍 뛰어내렸다. 아직 아무도 일어나지 않았다. 하지만 이렇게 아름다운 아침에 잠만 잘 수는 없었다. 마이코는 잠자리로 돌아가는 대신, 쌩하니 문밖으로 뛰어나가 지붕 위로 기어 올라갔다. 위에서 내려다보니, 마치 랑구르 군대 전체가 깊은 잠에 빠져든 것처럼 보였다.

오롯이 홀로 있는 것도 아주 매력적이었다. 세상에 남은 유일한 원숭이가 마이코 자신이고, 주위에 펼쳐진 넓은 땅 모두 자기만의 놀이터처럼 느껴졌다. 그러니, 어쩌겠는가. 탐험에 나설 수밖에.

마이코는 나무 위로 올라가서 이 묘비에서 저 묘비로 풀쩍 풀쩍 뛰어다녔다. 그러다 비석 하나하나를 요리조리 뜯어보며, 이상한 조각들을 살펴보았다. 어떤 묘비에는 뾰족한 별 모양이나 십자가 모양 같은 그림이 있었고, 어떤 묘비에는 반쯤 날개를 펼친 공작새 모양의 대리석 조각이나 지금은 빗물이 담겨서 새들의 욕조로 사용되고 있는 뒤집어진 모자 모양 돌조각이 붙어 있었다.

하지만 제일 흔한 장식은 등에 날개가 돋아난 인간 아기 모양의 대리석 조각이었다. 그 아기들은 온 사방에서 마이코를 내려다 보며 미소 짓는 것만 같았다. 마이코는 왜 지금까지 도심 하늘을 날아다니는 이런 아기들을 한 번도 보지 못했는지 의아했다. 이처럼 장난스러운 표정에 활기 넘치는 아기들이 왜 숨어 다니는지 도무지 이해가 되지 않았다.

마이코가 섬세하게 조각된 아기천사상 하나를 손가락으로 어루만지고 있을 때 발소리가 들려왔다.

마이코는 재빨리 빈 가문묘 안으로 뛰어 들어가 숨었다. 환기 구멍을 통해 바깥을 보니, 정예부대원들의 모습이 눈에 들어왔다. 저들이 또 잔인한 임무를 수행하려는 걸까? 마이코는 두려운 마음에 숨을 죽인 채 부대원들을 지켜보았다.

정예부대가 중앙통로의 양 옆을 두 줄로 행진했고, 가운데로 랑구르 군의 지도자들인 포고 장군, 타이렐 부사령관, 하니 부사령관, 마지막으로 위대한 영도자 고스포더가 당당히 걸어가고 있었다.

정예부대원들은 굉장히 엄숙하고 근엄한 걸음으로 공동묘지의 거대한 정문을 향해 나아갔지만, 끊임없이 곁눈으로 으슥한 곳들을 훑어보는 모습들에서 어딘가 모르게 비밀스러운 작전을 수행하는 듯한 분위기가 감돌았다. 저들 눈에 띄면 큰일 나겠구나 싶었지만, 이제 와서 움직일 수도 없었다. 결국 가능한 한 편안하게 자리를 잡고 앉아서 그냥 조용히 지켜보기로 했다.

정예부대원들이 사열식처럼 길 양 옆에 늘어서자 포고 장군이 무거운 빗장을 밀어내고 정문을 활짝 열어젖혔다. 제일 먼저 영도자 고스포더가 공동묘지 밖으로 걸어 나가자, 그 뒤를 타이렐과 하니 부사령관들이 존경심을 내비치는 양 살짝 뒤떨어져서 따라 나갔다.

고스포더는 잠깐 걸음을 멈추고 자부심 가득한 눈빛으로 당당하게 도시 전체를 둘러보았다. 저 아래 콜카타 거리에서 생존 투쟁을 벌인 끝에 마침내 랑구르원숭이들을 이 높은 요새 같은 공동묘지까지 이끌고 온 것이잖은가. 평생 이처럼 대단한 성공을 이뤄냈다며 자부할 수 있는 원숭이가 과연 몇이나 있을까? 고스포더는 자신이 굉장한 일을 해냈다는 사실을 어느 누구보다 잘 인식하고 있었다.

그때, 타이렐이 눈치없이 앞으로 다가서며 침묵을 깼다.

"저는 가끔씩 인간들이 우리를 너무 당연시하는 것이 우려됩니다."

고스포더가 한숨을 내쉬었다. 타이렐은 랑구르의 군 지휘관치고는 덩치가 작았지만 어떤 음모도 놓치는 법이 없는 예민한 정신의 소유자였다. 전투 기량이 아니라 바로 이런 기민함 덕분에 지금의 자리에 오르게 된 것이다. 과도하리만치 세세하게 분석해대는 버릇이 성가시기도 했지만 랑구르족의 성공에 혁혁한 공을 세운 그이기에, 고스포더는 참을성 있게 인자한 미소를 지어보였다.

"모든 일에 우려를 하는 건 부사령관으로서 좋은 자질이지. 하지만 적당히 하게. 털만 더 허옇게 셀 테니."

타이렐은 그만둘 생각이 전혀 없는 것 같았다.

"우리는 기억해야만 합니다."

타이렐이 뿌옇게 먼지 쌓인 아랫길을 힐끗 내려다 보고는 말을 이었다.

"종국에 인간들은 우리를 배신하고 말 것이라는 사실을 말입니다."

"이렇게 화창한 아침에 왜 그렇게 암울한 걱정만 하고 있나? 훌륭한 새 보금자리도 마련했잖은가. 그만 좀 긴장을 풀게, 응?"

타이렐이 예의바른 미소를 띠었다.

"긴장이라니요? 요즘 들어 최고로 편안합니다. 하지만 상쾌한 아침이라고 해서 결국 모두가 배신하리라는 사실, 그 자체가 변할 수는 없는 법이지요."

"인간들은 아니라네."

고스포더가 다시 미소를 지었다. 때마침 한 무리의 인간들이 언덕 자락에 나타났다.

"자, 자네 눈으로 직접 확인하게."

언덕길을 수놓듯 다채로운 띠처럼 이어진 인간들의 행렬에 모두의 눈이 집중되었다. 승려 두 사람이 오렌지색 승복 자락을 휘날리며 여성들을 이끌고 언덕길을 올라오고 있었다. 의전용 보석으로 치장한 이 여성들은 널따란 목판을 머리에 이고 있었다. 목판 위에는 즙이 많은 싱싱한 과일들이 그득하게 쌓여 있었다. 행렬 중에는 핑거심벌즈로 흥을 돋우는 남자 아이 두 명도 포함되어 있었다.

인간 행렬이 공동묘지로 다가오는 동안, 고스포더는 자신의 권위도 점점 드높아지는 것처럼 느껴졌다. 성공에 대한 보답이 이렇듯 정성스럽게 이뤄지는 광경을 눈앞에서 맞이하고 있자니, 너무나도 마음이 흡족했다.

마이코는 눈을 크게 뜨고 인간들이 랑구르 군에 공물을 바치는 광경을 지켜보았다. 한 사람씩 이고 온 과일을 고스포더 앞에 내려놓고 정중하게 몸을 굽혀 예를 표했다. 어느새 랑구르 군 주위로 과일이 산처럼 쌓였다.

두 승려가 염불을 멈추고 무리를 이끌어 언덕길을 내려가자, 정예 부대원들이 과일을 공동묘지 안으로 옮기기 시작했고, 결국 과일은 모조리 영묘궁 안으로 사라졌다.

뜻밖에 과일 연회의 숨겨진 진상을 알게 된 마이코는 충격을 받았다. 랑구르 군에는 지휘부 주최로 과일 연회가 열리는 전통이 있었다. 다들 영도자 고스포더와 부사령관들이 밤새도록 과일을 따서 전사들에게 나눠주는 것으로 알고 있었다. 하지만 오늘 마이코는 숨겨진 진실과 맞닥뜨려버렸다. 연회의 과일은 인간이 준 선물이었다. 우리가 '선택받은 종족'이라는 아빠의 말이 바로 이런 뜻이었나? 그런데 어째서 진실을 감추고 모두를 속이는 거지?

번뜩 정신을 차려 보니 어느새 태양이 높이 떠오르고 있었다. 더위의 열기가 서서히 힘을 발휘했다. 곧 가족들이 깨어날 것이고, 작은아들이 없어진 것을 알면 여기저기 시끄럽게 찾으러 다닐 터였다.

집으로 돌아가는 제일 빠른 길은 중앙통로뿐이었지만 여전히 정예부대원들이 오가고 있어서, 마이코는 담장 아래 그늘을 따라 빙 둘러가는 길을 택했다.

그런데 이 길을 따라가다 보면 어쩔 수 없이, 죽은 원숭이가 질질 끌려가던 '끔찍한 현장'을 지나갈 수밖에 없었다. 아차 싶었지만 발걸음을 돌리기에는 너무 늦었다.

현장이 가까워지자 마이코는 딴 곳을 쳐다보며 그냥 뛰어서 지나치려 했다. 하지만 다리는 생각이 달랐던 모양이었다. 얼마 뒤 마이코는 자신이 담장 옆에 가만히 서서 담장의 돌들을 멍하니 바라보고 있다는 사실을 깨달았다.

특히 하나의 돌이 눈길을 끌었다.

담장 주춧돌 중 하나에 손바닥 모양의 핏자국이 하나 남겨져 있었다. 마이코는 불현듯 의문이 떠올랐다. 이렇게 끔찍한 핏자국을 남긴 불쌍한 리서스원숭이는 대체 누구였을까?

아침에 성대하게 열린 과일 연회 내내 이 의문은 마이코의 뇌리를 떠나지 않았다. 다른 원숭이들이 입안 가득 과일을 문 채 웃고 떠들며 즐기는 동안, 마이코는 조용히 앉아 마음속에서 끓어오르는 의문들과 싸움을 벌였다.

마이코는 고스포더와 장군, 부사령관들을 간절한 눈으로 쳐다보며, 지금이라도 이들이 벌떡 일어나서 이 성대한 연회는 인간들이 바친 공물 덕분이라고 설명하는 연설을 해주기를 바라고 또 바랐다. 하지만 허사였다.

끔찍한 죽음을 당한 리서스원숭이에 지금은 이 과일 연회까지. 과연 얼마나 더 많은 비밀이 숨겨져 있을까?

7장
신이 되다

    방금 겪은 끔찍한 사건 때문에 리서스 무리는 완전히 지쳐버렸다. 지도자 없이 꾸려나가자고 합의했었지만, 수컷 원숭이 트위처를 따라갈 것인지에 대해서 다들 윌로우를 쳐다보며 결정을 기다렸다(보아하니, 트위처라는 이름은 눈에 띄게 희한하게 씰룩거리는 저 귀 때문에 붙여진 오래된 별칭임이 분명했다).

    윌로우는 트위처를 따라가기로 결정했다. 트위처는 상대를 편안하게 해주는 매력이 있었고, 덕분에 곤두선 신경이 많이 누그러들었기 때문이다. 게다가 태연하고 담담한 태도 아래에 면도날 같은 예리함도 숨어 있다는 것이 느껴졌다. 확실히 트위처는 이 도시를 훤히 알고 있어서, 여러 지름길을 아주 편안하게 내달렸다.

    트위처는 충격에 휩싸여 정신이 멍한 상태라도 마냥 이대로 넋놓고 있을 수 없다는 사실을 잘 알고 있었다. 하긴 지금 상황에 울고불고 해봐야 무슨 소용이 있겠는가.

    그래서 트위처는 모두를 데리고 시장을 가로지르는 지붕 위를 건너가면서 목소리를 드높였다.

"지금 지나고 있는 시장은 아침 식사를 해결할 수 있는 곳이죠."

트위처가 쾌활하게 귀를 씰룩거리며 덧붙여 물었다.

"이참에 맛이나 좀 보고 갈까요?"

굶주린 리서스원숭이들이 고개를 연신 끄덕였다.

"좋아요!"

트위처가 손 관절을 우두둑 꺾으며 대답했다.

시장 위로 넓은 캔버스 천들이 여러 갈래로 어지럽게 펼쳐져서 뜨거운 태양열을 가리고 있었다. 천 아래에는 상인들이 벌써부터 좌판을 벌이고 있었다. 달콤한 페이스트리 빵부터 값싼 보석에 알록달록한 화장품까지 온갖 상품이 즐비했다.

파피나는 지붕 난간 너머로 트위처를 지켜보았다. 트위처는 갈래갈래 벌어진 천을 요리조리 건너 가더니, 어느새 과일 좌판대에 다다랐다. 과일 장수는 손수레에서 사과와 바나나 상자를 내리느라 분주했다. 트위처는 대담하게 좌판에 내려 앉아 뻔뻔스러울 만치 깜찍한 표정을 지은 채 과일장수를 똑바로 쳐다봤다.

파피나는 귀여운 표정만으로 먹을 것을 얻으려 드는 트위처의 행동에 어처구니가 없어졌다. 하지만 트위처의 매력은 상상 이상이었다.

드디어 과일 장수가 뒤를 돌아 좌판대에 과일 상자를 내려놓다가 트위처를 발견했다. 곧바로 트위처를 쫓아내려고 성마른 소리를 질렀지만, 트위처는 꼼짝도 하지 않은 채 큰 눈을 더 크게 뜨고 슬프게 바라보면서 두 귀를 천천히 앞뒤로 씰룩거렸다.

과일 장수도 어쩔 수 없었던지 웃음을 터뜨리며 멍든 사과를 하나 집어 트위처에게 던져 주었다. 트위처도 얼른 사과를 받아채서 허겁지겁 베어물었다. 하지만 이 모든 행동이 속임수였다. 과일 장수가 등을 돌리자마자 트위처가 바나나 두 개를 슬쩍 훔쳐서 좌판대 위로 늘어져 있던 천막 위로 휙 던졌기 때문이다. 그러다 과일장수가 다시 돌아볼 때는 재빨리 표정을 바꾸고 큰 눈을 말갛게 빛내며 사랑스러운 미소를 지어 보였다.

트위처의 행동에 용기를 얻은 파피나가 지붕 난간을 넘어가려고 자세를 잡자 엄마가 팔을 붙들었다.

"가만히 있어!"

"우리도 거들어야죠."

"트위처가 여기에 있으라고 하잖니! 가만히 있는 게 돕는 거야!"

하지만 파피나는 엄마의 손을 뿌리쳤다.

"저걸 가져가라는 신호일 거예요."

파피나는 반항적으로 소리치며 건물 측면을 타고 내려가서 천막을 가로질러 어느새 과일 더미 옆에 자리를 잡았다. 그러고 나서 과일을 하나씩 지붕 위로 던져올렸다.

과일로 배가 부를 즈음, 낮의 열기가 서서히 올라왔다. 아직 보금자리를 찾아야 할 일이 남아 있었지만, 적어도 오늘 하루는 굶주린 배를 움켜쥘 일이 없는 셈이었다. 윌로우는 트위처를 바라보았다. 트위처는 손가락에 묻은 망고즙을 핥아먹고 있었다.

"고마워요."

윌로우가 나직이 감사의 말을 전했다.

"뭐, 별것도 아닌데요."

"우리한테 이렇게 잘 대해주신 분이 처음이라서요."

윌로우가 대답하자 나머지 원숭이들이 동의를 표했다.

트위처는 마른 한숨을 내쉬었다.

"요즘 얼마나 많은 원숭이들이 고난을 겪고 있는지 알면 엄청 놀랄 겁니다."

윌로우가 듣고 싶던 말은 그런 것이 아니었다. 트위처의 말에 앞날이 더 막막하게 느껴졌다. 하지만 파피나는 트위처의 말을 듣자마자 폴짝 뛰어가서 트위처의 손을 꽉 잡았다.

"우리 모두 아저씨랑 같이 살면 안 될까요?"

"얘가 버릇없이 왜 이래?"

윌로우가 꾸짖었지만 파피나는 모두가 원하는 바를 말했을 뿐이었다.

트위처가 파피나를 내려다 보며 미소를 지었다.

"글쎄, 그건 다들 신이 될 준비가 돼 있느냐에 달려 있단다."

아침나절이 지나기 전에 목적지에 도착했다. 트위처를 따라 한적한 뒷골목을 걷다 보니, 돌연 녹음이 풍성하게 우거진 원형 공원이 눈앞에 펼쳐졌다. 공원 한가운데에는 파피나가 한 번도 본 적이 없는 커다란 동상이 자리 잡고 있었다.

건물만큼이나 커다란, 인간의 몸에 원숭이의 얼굴과 꼬리를 가진 동상이었다. 팔다리에는 힘이 넘치는 근육이 드러났고, 머리 위에는 왕관이 씌워져 있었으며, 오른팔에는 금장홀이 들려 있었다.

하지만 '진짜' 원숭이 수백 마리가 곳곳에 널브러져 있다는 게 더 놀라웠다. 모두 '리서스' 원숭이들로, 따뜻한 햇살을 받으며 한가로이 노닐고 있었다. 몇몇은 동상의 구석이나 틈에 자리를 잡았고, 몇몇은 잔디밭에 드러누웠으며, 대부분 나무 그늘 아래를 차지하고 있었다. '인간'이라고는 오렌지색 승복을 갖춰 입은 대머리 승려 둘뿐이었다. 두 승려는 동상의 발밑에서 희한한 종교의식 비슷한 행위를 하는 것 같았다.

"저 거대한 친구는 처음 보겠구나. 소감이 어때?"

다들 경이로워 하는 것을 잘 알면서도 트위처가 별것 아닌 척 너스레를 떨었다.

"도대체 저게 뭔가요?"

파파나가 큰 소리로 되물었다.

"원숭이 신이란다. 우리한테는 아주 좋은 일이지. 인간들은 저 친구를 '하누만'이라는 신으로 알고 있는 것 같아. 내가 보기에는 그저 우연의 일치 같지만 말이야."

트위처가 미소를 지으며 답했다.

"인간들이 원숭이를 신으로 섬기고 있다는 말씀이에요?"

윌로우가 믿기 힘들다는 표정으로 대화에 끼어들었다.

"나도 이 상황에 익숙해지기까지 시간이 좀 걸렸어요. 하지만 지금 와서 보면, 신이 된 것이 내가 한 최고의 선택이었죠."

"저 동상이 '당신' 모습을 본 딴 거란 얘긴가?"

로우나는 미심쩍은 마음을 감추려고도 하지 않았다.

"뭐, 제 모습만이 아닙니다. 우리 모든 원숭이들을 본 딴 거죠. 하지만 중요한 사실은 이 분위기에 편승해서 장단만 잘 맞춰주면 된다는 겁니다."

트위처가 앞장서서 공원 안으로 들어가며 화제를 바꿨다.

"자, 그럼, 어디에 보금자리를 차리고 싶으신지요?"

"아뇨! 이건 옳지 못한……."

윌로우가 급히 따라가며 소리쳤다.

"진정해요!"

트위처가 윌로우를 안심시키며 말을 이었다.

"여기에서는 여러분 모두 안전합니다."

"하지만 우리는 신들이 아니에요! 그냥 평범한 원숭이들이죠! 들통이 날 게 뻔해요!"

"꼭 그러리란 법은 없어요. 자, 보세요. 우리는 우리가 신이 아니란 걸 잘 알고 있고, 인간들도 그 사실을 잘 알고 있어요. 하지만 인간들은 저 친구가 신이라고 생각한다구요."

트위처가 원숭이 동상을 가리키며 답했다.

"그리고 저 친구는 우리 원숭이들을 꼭 닮았구요. 그러니 인간들이 우리를 해친다면 저 거대한 친구가 인간들을 해칠 겁니다."

트위처는 거대한 하누만 석상을 올려다 보며 말을 덧붙였다.

"결국 아무도 감히 우리를 해칠 생각을 못 하는 거죠."

윌로우 무리는 트위처와 거대한 석상을 번갈아 쳐다보며 이 모든 상황이 공들여 만들어낸 장난이 아닌지 의심했다. 하지만 실제로 수많은 리서스원숭이들이 눈앞에 있었고, 다들 행복하고 편안해 보였다.

"신이 되려면, 뭔가…… 다르게 행동해야 하나요?"

파피나가 손을 들고 물었다.

"음, 글쎄…… 우선 저 성직자들을 괴롭히면 안 되겠지."

트위처가 두 승려를 가리키며 답했다.

"저들이 모든 걸 깨끗하게 관리해주거든. 또 밤에 끽끽 울어선 안돼. 이웃들이 성을 내거든. 아, 그리고 엉덩이를 손가락으로 긁어대

지 않도록 항상 주의해. 아주 볼썽사납잖아. 신성한 신이 할 행동은
못 되지."

트위처가 점잖은 척 말하자, 피그의 웃음보가 터졌다. 피그의 웃음
에 전염된 듯 파피나를 시작으로 이내 모두가 웃음을 터뜨렸다.

해가 저물어갈 때쯤, 월로우 무리는 원숭이 석상 발치쪽 덤불숲에
서 적당한 자리 하나를 찾아냈다. 하누만 동상에 너무 가까워 낮 동
안에는 거의 햇빛이 들지 않는 곳이라, 다른 원숭이들은 거들떠보지
않는 자리였다. 하지만 월로우 무리는 원숭이 신에 가까울수록 더 안
전하다는 느낌이 들었다.

파피나는 사원의 '경내 정원'이라는 곳을 둘러보러 갔다가, 양팔
가득 과일을 안고 돌아왔다.

"그래, 어떻더냐?"

로우나가 기대감을 드러내며 물었다.

"여기 원숭이들은 모두 친절한 것 같아요. 먹을 것도 많고 정말 넓
더라구요."

파피나가 답했다.

"트위처의 말이 사실인 모양이구나."

"지금까지는요."

로우나의 말에 월로우가 회의감을 드러냈다.

"당연히 진짜죠! 트위처 아저씨가 왜 거짓말을 하겠어요?"

파피나가 따지듯 묻자, 윌로우가 서글픈 미소를 지었다. 아직 배울 것이 너무 많은 딸이었다.

햇빛이 서서히 희미해지자 낙관적인 마음도 서서히 사그라들었고, 달이 떠오르자 원숭이들은 제각각 생각에 잠겨 이제 잃어버리고 만 것들을 모조리 떠올렸다.

파피나는 엄마에게 꼭 붙어서 위안을 찾으려고 애를 썼다.

"다 괜찮아질 거예요, 그렇죠?"

파피나는 확답을 기대했지만, 아무런 대답도 없었다.

"너희 아버지는 왜 꼭 되돌아가야 했을까?"

윌로우는 쓸쓸함이 묻어 있는 슬픈 목소리로 물었다.

"우리랑 함께 여기에 있을 수도 있었는데……."

윌로우가 말끝을 흐렸다. 더 말을 했다가는 기껏 참았던 눈물을 쏟아내 버릴까 두려웠던 모양이다. 윌로우는 입을 꾹 다문 채 파피나를 더 세게 꼭 껴안았다.

8장
조각상

망고 하나가 돌로 된 아기천사상의 코에 날아와 부딪쳐서 터졌다. 천사의 순수한 얼굴이 온통 오렌지색 얼룩으로 더럽혀졌다.

브레리와 친구들은 신이 나서 소리를 질러대며 손뼉을 쳤다. 다음 순번의 원숭이가 키위를 하나 들고 목표물을 조준하더니 키위를 던졌다. 다들 숨을 죽이고 결과를 지켜봤지만 이번에는 천사상의 날개 위를 살짝 건드리고 지나갔을 뿐, 그냥 길 위에 툭 떨어져 또르르 굴러가고 말았다.

원숭이들이 일제히 실망에 가득 찬 소리를 내뱉자마자, 브레리는 분위기를 살리기 위해 마이코에게 냅다 호통을 쳤다.

"뭐하나, 동생, 냉큼 가져오지 않고!"

마이코는 얼른 키위를 쫓아 길을 내달렸다. 형의 조롱 섞인 웃음소리가 귓전을 맴돌았다.

이 얼마나 모욕적인 상황인가. 마이코는 진절머리가 났다. 브레리와 친구들이 사관학교에서 배운 던지기 기술을 연습하는 동안 마이

원숭이 전쟁

코는 그들의 '볼보이'가 되어야 했다. 다시 말해 과일을 던지는 재미는 즐기지 못한 채, 이리저리 뛰어다니며 과일을 주워 '총알' 더미에 다시 채워놓아야 했다.

마이코는 키위를 찾아내서 주워올리며 근처에 '총알'로 쓸 다른 과일들이 떨어져 있는지, 길게 자란 덤불숲 속을 꼼꼼히 훑어보았다. 그런데도 마이코가 되돌아가려고 할 양이면, 형 브레리는 "왜 이리 굼떠! 빨리! 빨리!"라고 외쳤고, 형의 친구들도 이를 따라 외쳤다. 그럴 때마다 마이코는 마음을 다잡았다. 브레리는 거칠게 노는 것을 좋아했다. 브레리와 친구들이 자기를 괴롭히는 대신 서로 싸우기 시작하면 문제가 더 커질 게 뻔했다.

마이코가 덤불숲에서 머리를 내밀자마자 기다렸다는 듯 브레리와 친구들의 집중 공격이 시작되었다.

"싫어! 하지 마!"

무더기로 날아오는 과일을 맞으며, 마이코가 크게 소리를 질러대며 반발했지만 브레리는 더 신이 나는지 큰 소리를 지르며 공격을 더 퍼부었다.

유치한 장난에 더 대응할 마음도 사라진 마이코는 발길을 되돌려 내달렸다. 오렌지 하나가 오른쪽 귀 옆을 휙 스쳐 날아갔다.

"돌아와! 그냥 장난 좀 친 건데, 왜 그래?"

브레리가 부르는 소리가 들렸다.

"형 과일은 형이 찾아!"

마이코는 화난 목소리로 쏘아붙이고는 공동묘지 큰길 교차로까지 내달렸다. 몇몇 암컷 원숭이들이 한창 캐슈너트를 고르고 분류하느라 분주했다.

마이코는 나무 옆에 멈춰 섰다. 찐득찐득한 나무껍질을 긁어내 막 입에 넣고 씹으려는데, 형들이 던진 오렌지 하나가 풀숲에서 튀어나오더니 길 아래로 통통 튕겨져 굴러갔다. 재미삼아 오렌지를 뒤쫓아가서 집어들었다. 즙이 가득해서 묵직한데다 놀랄 만큼 딱딱했다. 이렇게 단단한 오렌지가 어떻게 이토록 요란스럽게 굴러갈 수 있는 걸까? 마이코는 호기심이 생겼다.

마이코는 즉시 실험에 돌입했다. 오렌지를 튕겨보기도 하고 던져보기도 했다. 묘지 경사면에서 대고 얼마나 멀리 굴러가는지 실험하기도 했다. 나중에는 근처의 제일 높은 피라미드 위로 올라가 바닥으로 굴려봤다.

오렌지는 피라미드 경사면을 타고 굴러 떨어져서 밑동에 부딪쳐 튀어 휙 날아서 공동묘지 담장 아래의 빽빽한 숲속에 툭 떨어졌다.

"와, 멋진데!"

마이코는 웃음을 터뜨리며 오렌지를 뒤따라 쫓아갔다.

하지만 오렌지를 찾기가 쉽지 않았다. 덤불이 뒤엉켜 있어 배를 대고 엎드려 손으로 주변을 쓸며 훑어보는 수밖에 없었다. 매끌매끌

한 표면에 손가락이 닿았다. 살짝 오렌지를 들고는 상처가 나지 않았는지 요리조리 살펴보았다. 그 뒤 덤불숲을 빠져나오려는데, 담장 밑에 움푹하게 파인 공간이 눈에 띄었다. 무엇인가가 박혀 있는 것만 같았다.

가까이 기어가서 들여다 보니, 대나무껍질에 싸인 조그마한 뭉치가 보였다. 누군가가 소중한 보물을 여기에 숨겨둔 것이 분명했다. 어쩌면 꿀이 뚝뚝 떨어지는 벌집일지도 모른다. 마이코는 기대에 들떠 꾸르륵거리는 배를 쓸면서 조그마한 뭉치를 끄집어냈다. 하지만 대나무껍질을 풀자마자 깜짝 놀라고 말았다. 예쁜 색으로 칠한 작은 조각상이 턱하니 나타났기 때문이다.

원숭이 세 마리가 나뭇가지에 나란히 앉아 있는 조각상이었다. 첫째 원숭이는 양손으로 두 눈을 가리고 있었고, 둘째 원숭이는 두 귀를, 셋째 원숭이는 입을 꽉 막고 있는 모습이었다.

이상했다. 분명히 인간이 만든 조각상이었다. 마이코는 인간이 알록달록하고 조잡한 물건들을 얼마나 좋아하는지 잘 알고 있었다. 하지만 왜 여기에 인간이 만든 조각상이 있을까? 그것도 이 은밀한 공간에 숨긴 듯이?

최소한 랑구르원숭이가 시장에서 훔친 조각상은 아니었다. 조각된 원숭이는 랑구르가 아니라 리서스원숭이였기 때문이다. 누군가 아주 공을 들여 이 조각상을 깎았을 테고 또 조심스럽게 색을 칠했겠지. 이 갈색 털하며 분홍빛 얼굴을……

마이코는 불쑥 떠오르는 기억에 몸을 떨었다. 조각상은 어제 피범 벅으로 사지가 잘려나간 채 담장 위로 질질 끌려 올라가던 원숭이 사 체와 똑 닮아 있었다. 그 현장도 이곳 근처였다. 혹시 이 조각상과 무 슨 연관이 있는 것은 아닐까?

소름이 끼쳤다. 사실 이 곳은 금지된 영역이겠지만 이 어두운 수수 께끼를 파헤치고 싶은 충동이 일었다.

조심조심 조각상을 대나무껍질로 다시 싸서 원래 있던 곳에 돌려 놓았다. 마치 처음부터 손도 대지 않은 것처럼. 그러고 나서 덤불숲 을 살금살금 빠져나와 용기를 내어 담장을 따라 죽 뻗어 있는 어둑어 둑한 길을 걸어 내려가기 시작했다.

얼마 지나지 않아, 손 모양의 핏자국이 찍힌 담장 앞에 서서 그 핏 자국을 빤히 쳐다보게 되었다. 핏자국은 이미 옅어져서 거의 사라 지기 직전이었다. 폭우가 한 번 쏟아지면 흔적도 없이 싹 사라질 듯 했다. 마이코는 주뼛주뼛 손을 뻗어 핏자국에 손을 맞춰보려 했다. 이렇게 손이라도 닿으면 수수께끼를 풀어낼 만한 실마리를 얻을지 도…….

"어이! 거기 너!"

마이코가 뒤를 돌아보자, 건장한 정예부대원 두 마리가 성큼성큼 다가오고 있었다.

원숭이 전쟁

"여기서 뭐하는 거지?"

"전……. 전…….."

마이코가 말을 더듬었다.

"전……. 전……. 뭐?"

정예부대원이 빈정거렸다.

"저기, 누군가 다쳤나 봐요. 여기 좀 보세요!"

마이코가 손 모양의 핏자국을 가리켰다.

선임 부대원이 허리를 숙여 핏자국의 냄새를 맡더니, 후임 부대원과 의미심장한 표정을 주고받았다. 분명히 둘은 뭔가를 알고 있었다.

선임 부대원이 허리를 펴고 손을 휘휘 저으며 오만하게 말했다.

"아무것도 아니니, 갈 길 가도록."

그러나 마이코는 이곳을 뜨는 대신 정예부대원들을 떠봐야겠다고 생각했다. 그래서 경외심에 가득 찬 눈으로 정예부대원들을 쳐다보며 물었다.

"적군의 핏자국이 아니었나요?"

정예부대원들이 음험한 표정으로 히죽거렸다.

"우리 정예부대가 이렇게 한 건가요?"

마이코는 끈질겼다.

"뭐, 그런 셈이지."

선임 부대원이 대답했다.

"어떤 상황이었는데요?"

마이코의 숨이 가빠졌다.

정예부대원들이 결코 마다하지 못하는 것이 하나 있다면 무용담을 펼칠 수 있는 기회였다.

"우리가 공격하니까 꼼짝도 못 하더군. 뭐, 운 좋은 몇몇은 도망갔지만, 나머지는 싹⋯⋯."

선임 부대원이 송곳니를 번뜩이며 말을 이었다. 죽음이 얼마나 참혹했을지는 안 봐도 짐작이 갔다.

"뭐, 그렇게 소탕 작전을 끝내려고 하는데, 이 원숭이가 그늘에서 불쑥 튀어나온 거야. 처음부터 놓친 놈인지 아니면 새롭게 나타난 놈인지는 모르지만⋯⋯."

"그게 중요한 건 아니잖습니까."

후임 부대원이 히죽거리며 끼어들었다.

"그래서 어떻게 하셨어요?"

마이코는 배 속이 울렁거렸지만 끝까지 진실을 알아내고 싶었다.

"해치웠지, 바로 저기에서."

선임 부대원이 피 묻은 바위를 가리켰다.

마이코는 정예부대원의 악의 가득한 말투에 소름이 끼쳤지만 그 무시무시한 상황이 생생하게 머릿속에 그려졌다. 리서스원숭이 한 마리가 허겁지겁 덤불숲을 헤치고 절박하게 도망치려는 모습이 눈

원숭이 전쟁

에 선했다.

"정말 빠른 놈이긴 했지. 하지만 우리가 더 빨랐어."

리서스원숭이가 쫓아오는 랑구르 전사들을 피해 길을 내달렸을 상황이 상상이 되었다.

"근데, 요놈이 담장을 향해 달리는 거야. 절대로 도망치게 둘 수는 없었지."

"절대로."

후임 부대원이 껄껄 웃으며 맞장구쳤다.

"그놈을 둘러싸고 들어가 한 방 세게 날렸지."

"이렇게!"

후임 부대원이 풀쩍 뛰어나가 시범을 보였다.

"뼈 으스러지는 소리가 엄청났지, 아마?"

너무도 생생한 시범에 마이코는 자신이 맞기라도 한 듯 움찔했다.

"아, 그러고 나니까 막 애걸복걸하면서 사정사정하더군!"

"사정했다고요?"

마이코는 몸이 벌벌 떨렸다. 힘없는 리서스원숭이 한 마리를 둘러싸고 랑구르 전사들이 위협하는 장면이 머릿속에 그려졌다.

"제발요! 가족이 기다리고 있어요."

정예부대원들이 자비를 구하던 리서스원숭이를 떠올리며 조롱하듯 흉내를 냈다.

"그건 네 사정이고!"

선임 부대원이 몽둥이로 마이코의 바로 옆 흙더미를 내리쳤다.

"그러면서 다리를 내리찍어 버렸지."

고통이 고스란히 몸에 전달되는 것만 같았다.

"근데, 엄청 끈질긴 놈이더라고."

"아주 끈질겼죠. 어떻게든 기어서 도망치려고, 저렇게 말이에요."

후임 부대원이 담장을 가리키며 덧붙였다.

마이코는 핏자국을 쳐다보며 쿵쾅거리는 심장을 억눌렀다. 죽어가던 리서스원숭이의 두려움이 고스란히 느껴졌다.

"바로 그때, 내가 놈 위에서 바위를 떨어뜨렸지."

선임 부대원이 자랑스럽게 말했다.

마이코는 그만 눈을 감아버리고 말았다. 바위가 떨어질 때 얼마나 두려웠을까.

"정말 엄청난 처형식이었어!"

선임 부대원의 선언에 후임 부대원이 맞장구를 쳤다.

"진짜 대단했죠!"

그러면서 둘은 동시에 마이코를 쳐다보았다. 마이코는 구역질은 필사적으로 참았지만 한순간 속마음이 드러난 모양이었다.

"왜, 뭐 문제라도 있나?"

선임 부대원이 얼굴을 들이대며 험악한 목소리로 물었다.

　　　　　　　　　　　　　　　원숭이 전쟁

"진짜 대단하네요. 진짜요."

마이코는 억지로 정신을 차리며 후임 부대원의 말을 그대로 따라 했다.

정예부대원들은 금세 성질을 누그러뜨렸다. 선임 부대원이 마이코의 머리를 쓰다듬었다.

"자, 이제 그만 가서 과일이나 먹도록. 덩치가 커지면 너도 우리처럼 될 수 있을 거야."

마이코는 얌전히 고개를 끄덕이고 뒤로 돌아 급히 내달렸다.

모든 수수께끼가 풀렸지만 상황은 더 나빠졌다.

마이코가 목격한 장면은 아주 참혹한 살해 현장이었다. 더군다나 어딘가에는 아버지를 잃은 리서스원숭이 가족이 존재한다는 사실도 알게 된 것이다.

9장
연못

길고 네모난 연못 옆에 지어진 영묘궁은 공동묘지에서 제일 크고 화려한 건물이었다. 태양이 담장 위로 떠오르고 타마린드나무 그늘이 뒤로 물러나면 연못물은 목욕에 딱 알맞은 온도로 데워졌다.

랑구르원숭이들이 공동묘지를 점령한 지 여러 계절이 흐르자, 영묘궁은 고스포더의 저택이자 이 제국의 심장부가 되었다. 원숭이들은 이곳으로 와서 명령을 받았고 자발적으로 복무했다. 새로 태어난 아기들을 축하하거나 퇴역군인들을 기릴 때도 이곳에 모여들었다. 가끔씩은 그냥 잡담을 나누기 위해 몰려들기도 했다. 고스포더는 마이코의 아빠인 트럼블을 시켜 순번을 짜서 한 달에 두 번씩 영내의 모든 랑구르원숭이들이 돌아가며 연못에서 느긋하게 목욕을 할 수 있도록 배려했다.

하지만 얼마 뒤 영묘궁 연못은 통치위원회만이 사용할 수 있는 공간이 되고 말았다. 명분은 '비밀 전략'을 논하기 위해서라고 하지만, 결과적으로는 따스한 목욕물과 고스포더 사재 저장고의 맛있는 과일을 지도자들끼리만 향유하기 위해서였다.

통치위원회는 소수였지만 권력이 막강했다. 통치위원들은 랑구르 군대를 지휘했지만, 구성원은 영도자 고스포더, 타이렐과 하니 부사령관, 포고 장군에 더해, 일반 원숭이들의 목소리를 모아 전달하는 민간 원숭이 한 마리가 전부였다.

포고 장군은 사관생도와 보병, 정예부대로 이뤄진 군대를 책임졌다. 하니 부사령관은 전군의 모든 자원을 효율적으로 조직하고 사회적 분쟁을 빠르게 해결하는 내무 업무를 총괄했다. 반면 타이렐 부사령관은 외부 업무만을 지휘했다. 공동묘지 밖의 상황이 어떻게 돌아가는지 예의주시하는 것이 타이렐의 임무여서 눈과 귀를 곳곳에 심어두었다.

타이렐은 업무 때문에 사적인 면은 희생해야 했다. 인기가 없어 지금도 연못의 그늘진 곳에 홀로 남아 있었다. 반면 고스포더와 하니 부사령관, 포고 장군은 함께 웃기도 하고 농담도 주고받으며, 어리고 예쁘장한 시녀 둘이 대령하는 과일을 즐기고 있었다. 이런 상황에서도 타이렐은 경직된 자세로 가만히 앉아 주위 경계를 놓치지 않았다.

타이렐이 동료들을 관찰하는 방식에는 당황스러운 면이 있었다. 타이렐은 통치위원들을 장기의 말처럼 생각했다. 누구를 희생시키고 누구를 보호할지를 가늠해 끊임없이 권력의 균형을 맞추려고 했다.

이러한 살해 본능을 타이렐은 아주 어릴 때부터 키워왔다. 덩치가 작게 태어난 탓에 또래 집단에서 따돌림을 당했고 부모조차 실망감을 드러내며 힐난하기 일쑤였기 때문이다. 하지만 조롱과 멸시는 어린 타이렐에게 오히려 강력한 연료가 되어 모두가 틀렸다는 사실을 증명하려는 에너지를 공급해주었다. 타이렐은 총명한 머리를 솜씨 좋게 휘둘러서 경쟁자들을 교묘히 꺾어버리고 권력층의 신임을 얻어 꼭 필요한 자로 자리매김했다. 지금은 고스포더가 임명한 부사령관이었다.

타이렐은 영묘궁 연못의 이 자리까지 올라오는 데, 한 발 한 발 노심초사하며 내디딘 세월이 너무나 길었기 때문에 지금 자리에서 결코 밀려나지 않으려고 굳게 결심한 상태였다.

타이렐은 어린 시녀를 불러 파파야를 하나 집어들고 고스포더가 목욕을 즐기는 곳까지 건너갔다.

"아주 잘 익었습니다. 드셔보시죠."

타이렐이 파파야를 건네자, '위대한 영도자' 고스포더가 미소를 지으며 한 입 베어물었다.

"으음. 언제나처럼 자네의 선택은 탁월하단 말이지."

고스포더가 파파야를 몇 번 더 베어물더니, 흡족한 눈길로 타이렐을 쳐다봤다.

"그런데 고작 잘 익은 과일 하나 주려고 여기 온 건 아니겠지, 안 그런가?"

타이렐이 미소를 지었다.

"역시 소신을 너무 잘 아시는군요."

"그래, 뭐가 걱정인가?"

"이제껏 우리 랑구르족이 하나의 군대로서 이룩한 것이 무척 많습니다. 훌륭하고 안락한 보금자리와 풍요로운 삶, 원숭이 수도 늘고 있죠."

입을 연 타이렐이 얼굴을 찡그리며 말을 이어갔다.

"하지만 어제 젊은 원숭이 둘이 이야기하는 걸 들었는데, 우리 랑구르족이 늘 이렇게 여유롭게 살았다는 듯이 말하더군요. 마치 이 공동묘지 이전의 세월은 아예 없던 것처럼 말이죠."

고스포더가 파파야를 씹어 삼키며 생각에 잠긴 듯한 표정을 지었다.

"좋군. 지나온 과거는 잊어야지. 현재가 제일 중요한 법 아닌가."

타이렐은 고개를 끄덕였지만 힘겨운 표정에 진짜 속마음이 다 드러나 있었다.

고스포더는 타이렐을 안심시키려 애를 썼다.

"타이렐, 우리가 고생을 겪었다고 젊은이들까지 꼭 그걸 다 알아야 한다고 강요하는 건 좀 아니잖나. 새로운 세대는 빈민가 원숭이가 아니라 왕처럼 자라나게 해야지."

"하지만 젊은이들이 과거를 모른다면 각하의 업적을 어찌 알 수 있겠습니까? 그들을 위해 군대를 일으켜 어떤 큰일을 이룩해냈는지

다 잊히지 않겠습니까?"

고스포더의 공명심을 자극하는 발언이었다. 타이렐은 모든 원숭이들의 약점을 다 꿰고 있었고, 고스포더의 약점은 공명심이었다. 고스포더는 죽은 뒤에도 영원히 기억되기를 바라고 있었다.

"각하께서는 절제, 용기, 결단력으로 이 모든 걸 이뤄내셨습니다."

타이렐은 팔을 뻗어 영묘궁 주위를 크게 훑으며 선언했다.

"각하가 아니면 어느 누가 우리들에게 그런 미덕을 교훈으로 남길 수 있겠습니까?"

고스포더는 미소를 지었다. 찬사는 언제 어디서든 듣고 또 들어도 기분이 좋았다.

"그래서 자네는 뭘 제안하고 싶은 겐가?"

"사관생도들을 위한 교육 과정을 하나 시작했으면 합니다. 우리가 잊지 않으려면 역사는 반드시 전해져야 합니다. 젊은이들이 우리가 왜 '선택받은 종족'이 되었는지를 꼭 배워야 하는 거죠."

고스포더가 포고 장군과 하니 부사령관을 건너다보았다.

"자네 둘은 어떻게 생각하나?"

포고와 하니가 처음 떠올린 생각은 그 일을 맡고 싶지 않다는 것뿐이었다. 책임이 커질수록 목욕을 하며 여유를 즐길 시간이 줄어들 것이 분명했기 때문이다. 물론 둘 다 이런 속마음을 드러내지는 않겠지만.

원숭이 전쟁

"좋은 제안입니다. 그 일에 적합한 자를 찾아낼 수 있다면 말이죠."

하니 부사령관이 먼저 입을 열었다.

"그런데 군이 직접 개입할 문제는 아닌 것 같습니다만, 그렇죠?"

포고 장군이 재빨리 끼어들었다.

'반대는 아니지만 그다지 큰 열정도 없군.'

고스포더가 고개를 끄덕이며 생각했다.

"퇴역 교관이라면 잘 설득해서 업무를 맡길 수 있을 것 같습니다."

하니 부사령관이 제안하자, 타이렐이 급히 끼어들었다.

"제가 직접 이 업무를 맡아 책임지고 관장하면 어떻겠습니까? 너무나 중요한 일이라 일개 교관에게 전권을 맡길 수는 없습니다."

고스포더가 순전히 걱정스러운 얼굴로 타이렐을 바라보았다.

"그러면 쉴 시간이 전혀 없을 텐데. 그러다 쓰러지기라도 하면 어쩌려고?"

"전 기꺼이 더 열심히 일하겠습니다. 목욕 시간을 줄이면 됩니다."

타이렐은 결심을 몸소 보여주기라도 하듯 얼른 연못에서 나와 몸을 털었다.

"원래 목욕은 그다지 좋아하지 않으니까요."

고스포더는 타이렐이 이미 결심을 굳힌 것을 알고 허락을 했다.

"그럼, 그렇게 하게. 기대하겠네."

타이렐은 허리를 숙여 감사를 표했다.

"명심하겠습니다."

이 말을 끝으로 타이렐은 연못가를 떠났다.

타이렐은 그들의 시야에서 완전히 벗어난 뒤 걸음을 멈추고 출입구 뒤에 숨어 귀를 기울였다. 포고 장군과 하니 부사령관의 웃음소리가 들렸다. 특별 업무를 피했다는 안도의 웃음이었다.

"타이렐은 너무 일중독이야. 언제나 일, 일, 일."

하니 부사령관이 투덜거렸다.

"덩치가 작으면 늘 그렇더라고요."

포고 장군이 맞장구를 치자, 둘은 또다시 웃음을 터뜨렸다.

타이렐은 미소를 지었다. 등 뒤에서 무슨 소리를 하든, 아주 오래전에 면역이 되어 아무렇지도 않았다. 웃음을 터뜨려야 할 쪽은 타이렐이었다. 저들은 모르고 있었다. 과거를 지배하는 자가 미래를 지배한다는 사실을.

10장
완력

"모든 걸 다 잊어라!"

훈련 총교관 구나가 사관생도 신병들을 세워놓고 일갈했다.

"기초훈련에 대해 무슨 말을 들었든지, 제군들 각자가 자신을 얼마나 강하다고 생각하든지, 다 잊으라는 말이다!"

마이코는 신병들을 곁눈질로 훑어보았다. 군대 가문 출신으로 이정도 훈련은 여유롭게 통과할 것 같아 보이는 덩치 큰 녀석들도 있었고, 의욕만 넘치고 머리는 빈 듯한 공격 성향의 녀석들도 보였다. 바짝 긴장한 모습의 마이코는 너무 왜소해서 분명히 비참하게 탈락하고 말 것이라며 지레 겁을 먹고 있었다.

구나 총교관의 목소리가 다시 한 번 쩌렁쩌렁 울렸다.

"오늘, 제군들은 모두 똑같은 선상에 섰다. 아주 동등하지."

총교관이 진지하게 말을 이어나갔다.

"훈련이 끝날 즈음이면 제군들 중 일부는 남들보다 더 뛰어난 전사가 되어 있을 것이다."

총교관이 신병들의 줄을 따라 걸음을 옮겼다.

"진짜 실력이 있으면 일반 보병이 아닌 정예부대원도 될 수 있겠지. 아무튼, 제군들 모두 오늘보다는 더 나아져 있을 거다. 이 교관이 제군들을 진정한 랑구르 전사로 거듭나게 해줄 테니까. 내 장담하지. 하지만 제군들도 노력해야 할 것이야. 밤이나 낮이나, 명령을 준수하고 두려움에 맞서며 뼈를 깎는 수고를 보이란 말이다. 그렇게만 해준다면 나도 제군들을 실망시킬 일은 없을 거다. 또한 여러분 모두에게 자신을 증명할 기회가 주어질 테니까, 염려 말도록."

총교관의 눈길이 마이코에게 머물렀다. 총교관은 마이코에게만 전하려는 듯이 목소리를 낮추었다.

"모두에게 말이야."

총교관은 허리를 꼿꼿이 세우고 맨 앞으로 되돌아갔다.

"자, 뭐가 더 아프겠는가? 이것?"

총교관이 바닥에 놓인 멜론을 집어들었다.

"아니면 이것?"

총교관이 손바닥을 펴면서 조그마한 병아리콩 하나를 내보였다. 그러자 덩치 큰 녀석 중 하나인 머드포가 어이없다는 듯 킬킬거렸다.

"참 쉽지? 그렇지?"

총교관이 미소를 지으면서 갑자기 멜론을 머드포에게 냅다 던졌다. 머드포가 반사적으로 획 피하자 멜론이 담장에 부딪혀 박살이 났다.

"반사신경이 좋군."

총교관의 칭찬에 뿌듯한 미소를 짓던 머드포는 총교관이 느닷없이 던진 병아리콩에 얼굴을 세게 맞는 바람에 비명을 지르고 말았다.

"으아악!"

총교관이 미소를 머금으며 덧붙였다.

"뭐, 충분히 좋지는 않군."

총교관은 연극조로 과장되게 공동묘지 정문을 가리키며 말을 이었다.

"저기 바깥의 위험은 언제나 불확실하지. 아프리카비단뱀에게 짓뭉개질 수도 있지만 새끼 코브라의 독에 당할 수도 있는 거란 말이다. 아주 다양한 위험이 상존하지. 우리 랑구르족이 강력한 전력을 가질 수 있는 이유는 완력만이 아니라 우리 하나하나가 전투에 기여하는 바가 크기 때문이다. 랑구르족 각자가 하나도 빠짐없이 말이야."

마이코가 혹할 만한 연설이었다. 오랫동안 랑구르족 내에서 제 역할을 할 수 있기를 간절히 바랐기 때문이다. 또한 왜 우리가 '선택받은 종족'인지 알고 싶었고, 지난 몇 달 동안 우려스러웠던 의문점과 은폐 사건을 속 시원히 밝혀내고 싶었다. 무엇보다 왜 평화를 지키기 위해 다른 종족을 죽여야만 했는지 꼭 알고 싶었다.

마이코는 이 모든 의심과 궁금증을 반드시 풀어 내리라는 기대를 안고 신병 훈련에 온몸을 던졌다.

신병 훈련은 체력과 힘을 기르는 것이 최우선이다. 따라서 기상하면서부터 녹초가 될 때까지 체력 훈련을 해야 했다. 수박 더미를 들었다 내리고, 나뭇가지 사이를 끊임없이 날아다니거나 턱걸이를 해대는 것이 하루 일과였다. 게다가 이런 훈련들 사이사이에 속도와 민첩성을 기르기 위해 좁은 담장 위를 내달려야 했다. 처음에는 떨어질까 두려워 느릿느릿 움직였지만 날이 지날수록 속도가 빨라졌다.

한낮의 열기가 심할 때면 신병들은 용감하게도 종종 공동묘지 밖으로 나가 커다란 마호가니나무 위로 기어 올라갔다. 나무 위에서는 도시 전체가 파노라마 영상처럼 펼쳐져 장관을 이뤘다. 교관들이었다면 구름 모양을 어떻게 읽어야 할지, 폭풍이 언제쯤 닥칠지를 알려주면서 날씨 강의를 당장 시작하려고 들었을 터였다.

심지어 밤에도 신병들은 쉴 틈이 없었다. 총교관이 '비밀 작전' 훈련을 좋아했기 때문이다. 신병들을 공동묘지 구석구석까지 보내서 감춰둔 물건을 찾아오게 하는데, 교관들이 몰래 뒤를 쫓아갔다. 어떤 상황에서도 침착함을 유지하도록 만드는 훈련이었다.

마이코는 던지기 수업이 제일 좋았다. 신병들은 멀리 던지기 기술을 배웠다. 단단하게 자세를 잡고, 한 팔을 뒤로 빼면서 다른 팔을 앞으로 내밀어 균형을 잡는 동시에 시선은 목표물에 고정하면서 온 힘을 쏟아 던진다. 신병들은 오후 시간 내내 오렌지와 키위를 마구 던져댔다. 과녁은 공동묘지 담장 벽에 진흙을 두툼하게 발라 만들었다.

마이코는 확실하게 과녁을 맞힐 수 있게 되기만 하면 브레리 형과 친구들도 맞힐 수 있으리라 생각했다. 생각만으로도 마음이 흡족했다.

사실, 신병 훈련을 받으면서 벌어진 놀라운 변화 중 하나가 형과의 관계가 진짜 좋아졌다는 점이었다. 예전 브레리는 마이코를 따돌리기 일쑤였는데, 이제는 둘이서 훈련과 전술에 대해 의견을 나누기도 하고 교관에 대한 농담도 서로 주고받게 되었다. 무엇보다도 마이코가 자신을 방어할 수 있게 되었다는 점이 컸다. 형이 팔을 옥죄려고 하거나 무언가를 빼앗으려 할 때 반격할 수 있게 된 것이다. 마이코가 반격을 하면 브레리는 신이 나서 몸싸움을 즐겼다.

훈련이 진행될수록 마이코는 더 많은 전투 기술을 배웠고, 랑구르족 대부분이 브레리와 비슷하다는 사실을 차츰차츰 깨달아갔다. 랑구르원숭이들은 싸움을 좋아했고, 갈등과 대립이 살아가는 이유와도 같았다. 한 마디로, 호전적 기질로 가득 찬 종족이었다.

바로 이러한 깨달음 때문에 마이코의 걱정이 더 커졌다. 마이코는 폭력이라면 지긋지긋했고, 실제로 다른 원숭이를 직접 처리해야 할 상황이 닥칠지도 모른다는 생각에 너무나 두려웠다. 누구에게도 털어놓을 수 없는 속마음이었다. 특히 부모님에게는 더욱 그랬다. 마이코가 체력이 붙어가고 존재감을 드러내고 있어서인지, 요즘 들어 부모님이 아주 뿌듯해하고 계셨다. 마이코는 부모님이 실망하실까 두려워 불안감을 속으로 삼키고만 있었다.

몬순 시기가 다가오자, 신병들은 일대일 몸싸움 기술훈련에 들어
갈 예정이었다. 그런데 특별 훈련소에 들어갔을 때, 마이코는 깜짝
놀라고 말았다. 모두 몸을 푸는 대신 강의라도 들으려는 것처럼 줄을
맞춰 앉아 있었기 때문이다.

"이게 다 무슨 일이야?"

마이코가 꽤 친해진 동기인 나포에게 나직이 물었다.

"오늘은 '티격태격'이 아니라 '주절주절' 시간이라는 말이지."

나포는 훈련의 이론적인 면에 대해서는 언제나 빠삭했다. 나포는
한숨을 쉬면서 서둘러 열을 맞춰 앉았다. 신병들이 다 도착하자, 총교
관이 지붕 위 구멍에서 훌쩍 뛰어내려 신병들 앞에 멋지게 착지했다.

"자, 이제껏 내가 제군들에게 무엇을 가르쳤지?"

총교관이 큰 소리로 물었다.

"전투 기술입니다!"

신병들이 군기가 바짝 든 목소리로 대답했다.

"전투 기술. 그렇지, 전투 기술이다. 그런데 제군들은 무엇 때문에
전투를 해야 하는지 알고 있나?"

침묵이 흘렀다. 평소에 전혀 생각지 못한 질문이었다.

"확실히 까다로운 문제이긴 하지. 아주 골치 아파. 그래서 이번에
통치위원회에서 새로운 강의를 신병 훈련에 포함하기로 결정했다.
더군다나 타이렐 부사령관님이 직접 강의를 자청하셨다."

원숭이 전쟁

때마침 타이렐 부사령관이 훈련소 안으로 성큼성큼 걸어 들어오자, 신병들이 웅성거리기 시작했다.

"자, 자, 꼬리를 얌전히 내리고 귀를 바짝 세우도록."

총교관이 큰 소리로 명령했다.

신병들이 경의의 표시로 바닥을 두드리자 타이렐이 무대 중앙에 섰다. 타이렐은 어린 신병들의 얼굴 하나하나를 눈으로 훑었다. 다들 눈을 빛내며 타이렐의 가르침을 기대하고 있었다.

"너무 걱정들 말아요. 노병의 지루한 왕년 이야기는 아니니까."

타이렐은 신병들의 안도 섞인 웃음소리를 들으며 미소를 지었다.

"사실 노병들이 문제이기는 해요. 전투 무용담을 너무 과장해서 자랑들을 하고 다니죠. 그런 허풍만으로는 여러분 같은 젊은이들이 왜 이 모든 전투가 필요한 것인지 이해하기 어려울 겁니다. 그래서 오늘 여러분에게 진실을 말해주려고 합니다. 진실 그 자체만을 말이죠."

타이렐은 잠시 말을 끊고 헛기침으로 목을 가다듬었다.

"예전에는 리서스원숭이들이 이 도시의 거리를 장악하고 있었죠. 제일 좋은 지붕과 가장 풍성한 공원을 다 차지하고 있었다는 말입니다. 리서스족은 아주 건방지고 손버릇이 나빴지만 이상하게도 그런 속성들이 인간들에게는 좋게 보였는지 인간들이 리서스족을 돌봐주게 됩니다. 그렇게 리서스족은 인간들의 호의와 보호 아래에서 개체수를 불려갔죠.

한 마디로 우리 랑구르족에게는 암흑의 시기였어요. 우리는 언제나 위풍당당한 전사로서, 인간 아이들의 어깨에 앉는다거나 목줄에 매인 채 묘기를 보여주는 일 같은 건 절대로 할 수 없었죠. 우리 랑구르족은 전사들입니다. 살아남기 위해서는 강해질 수밖에 없었지요. 어쨌든, 그 시절에 우리는 철도 기관차고 옆의 황량한 단추 공장에서 비참하게 삶을 연명할 수밖에 없었으니까요.

하지만 우리의 시대가 다가오고 있었어요. 도시가 커지고 녹지대가 점점 사라지면서 리서스족의 터전도 점점 줄어듭니다. 그러자 리서스족이 못된 본색을 드러냈지요.

인간들을 공격하기 시작한 겁니다. 먹이를 찾아 나선 리서스족 무리가 거리를 이리저리 돌아다니며 물고 뜯어댔죠. 개중에는 식당 공격을 전문으로 하는 무리도 있었어요. 지붕 위로 우르르 몰려가서 인간들을 이빨과 손톱으로 위협하며 식당 탁자들을 차지하고는 마구 음식을 훔쳐간 겁니다.

결국 인간들은 리서스족을 두려워하게 되었죠. 하지만 리서스족에 맞서 감히 손가락 하나도 들지 못했어요. 왜냐고요? 인간들이 숭배하는 수많은 신들 가운데 원숭이신이 있기 때문이죠."

타이렐은 신병들이 놀라는 표정을 보고 여유로운 미소를 지었다.

"알아요. 믿기 힘들겠죠. 솔직히 말하면 이 원숭이신은 불경스럽습니다. 반은 인간이고, 반은 원숭이거든요."

타이렐이 코웃음을 쳤다.

"말도 안 되죠. 하지만 이 말도 안 되는 원숭이신을 인간들은 꽤나 진지하게 섬기고 있다는 말입니다. 이 원숭이신 때문에 인간들은 리서스족 도적 무리에게 반격을 할 수 없었죠.

리서스족이 날이 갈수록 대담해져서, 어느 날에는 야만적인 무리가 인간 지도자의 집까지 난입했어요. 리서스원숭이들이 나뭇가지를 타고 들어와 집 안을 완전히 헤집어놓자, 겁을 집어 먹은 인간 지도자가 도움을 청하러 비틀거리며 발코니로 나갔죠. 하지만 리서스원숭이들이 사납게 뒤를 쫓아가서 인간 지도자를 물어뜯고 눈을 찔러대고……."

타이렐은 과거의 끔찍했던 사건을 회상하듯 말을 잠시 멈췄다.

"불쌍한 인간 지도자는 어찌해볼 겨를도 없이, 상처투성이 몸으로 발코니에서 떨어지고 말았어요. 온몸이 박살 난 채로 사망했죠.

당연히 인간들은 복수를 원했지요. 그런데 성직자들이 '만약 리서스족을 해한다면 위대한 원숭이신이 노하실 것이다!'라고 경고했습니다.

그래서 인간들은 우리 랑구르족을 주목했습니다. 인간의 종교상, 원숭이가 원숭이를 공격하는 건 거리낄 게 없거든요. 그동안 우리 랑구르족이 전쟁을 좋아하고 공격적이라며 항상 비난했지만, 이제야 그런 기질을 지닌 우리가 필요하게 되었던 거죠.

어느 날 아침 성직자들이 공물을 들고 우리를 찾아왔습니다. 우리를 맛 좋은 과일로 배불리 먹이더니 성직자들이 우리를 인간 지도자의 집으로 안내하더군요. 야만스러운 리서스원숭이들이 그 집에서 난장판을 벌이고 있었죠. 도처에 리서스족의 체취가 풍기고 있었고, 공중에 끽끽거리는 시끌벅적한 소리가 가득 맴돌았습니다. 조그마한 리서스원숭이들이 해충처럼 들끓고 있었죠. 성직자들은 우리를 이끌고 안으로 들어가서 문을 꽉 닫았어요. 그때부터 우리는 우리의 싸움에 임했습니다. 원숭이 대 원숭이, 즉, 랑구르족 대 리서스족……."

타이렐은 말꼬리를 흐리면서 신병들 얼굴에 떠오른 흥분을 충분히 음미했다.

"이른바 '관저의 전투'는 우리 군대의 전설로 전해 내려오고 있죠. 각각의 영웅이 자신만의 무용담을 갖고 있으니, 저까지 더할 필요는 없을 겁니다. 하지만 딱 하나만 더하죠. 우리 전사의 수가 압도적으로 적었을 뿐 아니라 지형도 완벽히 열세였다는 점입니다. 리서스족은 지붕 위를 차지하고 있었고 우리는 정원에서부터 싸워 들어가야 했으니까요. 하지만 영도자 고스포더께서 몸소 랑구르 전사들을 이끄셨습니다.

일단 우리 군에서 제일가는 투척 부대를 일선에 세워 바위 폭격을 시작했죠. 리서스족이 집 안에 있는 물건들을 던지며 반격에 나섰지만 우리 부대는 꿋꿋이 자리를 지키며 결코 물러나지 않았답니다.

리서스족 군단이 바위 폭격을 견디지 못하고 와해되자, 랑구르족 돌격대가 나무를 타고 올라가 지붕 위로 훌쩍 뛰어내렸어요. 이들은 손에 잡히는 건 뭐든 무기로 삼아 집 안을 이리저리 헤치며 싸워 나갔죠.

우리 영웅들은 아주 힘겨운 싸움을 견뎌내야 했어요. 집 안으로 뛰어내린 랑구르 전사 하나당 리서스족 셋을 처리했죠. 졸지에 리서스족은 두 전선에서 싸우게 된 겁니다. 바로 그때, 영도자 고스포더께서 상황을 마무리지을 작전을 결행하셨어요.

영도자 고스포더와 정예부대는 정원을 가로지르다가 다들 부상을 입은 척 잔디밭에 쓰러졌어요. 그러자 피에 굶주린 리서스족이 살기등등하게 이빨을 드러내며 우리를 물어뜯으려고 쏜살같이 우르르 몰려나왔죠.

상상해 보세요. 우리가 벌떡 일어나서 몽둥이를 휘두르기 시작했을 때 리서스족이 얼마나 놀랐을지 말입니다. 여기저기에서 리서스족의 두개골이 깨지고 사지가 부러졌으며 눈알이 뭉개졌죠! 리서스족은 퇴각하려고 했지만 우리가 먼저 포위를 한 상태였어요. 정예부대가 포위망 안의 리서스족을 처리하는 동안, 나머지 전사들은 뚫린 현관문으로 달려 들어가 위층까지 점령했죠. 태양이 저물 무렵에는 집 안이 원숭이들 사체로 가득 찼어요. 우리의 승리였지요."

타이렐의 말을 홀린 듯 경청하던 신병들이 정신이 번쩍 든 듯 마구 박수를 치기 시작했다.

"하지만 그것은 시작에 불과했습니다!"

타이렐이 다시 일성을 토하자 훈련소 안은 이내 조용해졌다.

"쓰레기 같은 리서스족이 도시 전역에서 인간들을 공격하기 시작한 겁니다. 가게에 들어가 도둑질을 하고 인간 아기들을 깨물고 노인들을 겁박했죠. 인간들은 또다시 우리 랑구르족을 의지할 수밖에 없었습니다.

야만스러운 리서스족은 서서히 쫓겨 나갔지만, 전투에 지면 질수록 더욱 더 난폭하게 발악했어요. 피에 굶주린 리서스족은 심지어 동족까지 학살해서 잡아먹었죠. 거의 모든 전장에서 동족 섭식의 증거가 보였으니까요.

용감무쌍한 랑구르 전사들과 지혜로운 우리 지도부 덕분에 리서스족 소탕작전의 첫 단계는 완전히 마무리되었지요. 지금 리서스족은 아주 좁은 구역에서 난민처럼 살고 있습니다. 원숭이신 사원이라든가 빈민가 등지죠. 그러나 우리는 이럴 때일수록 더 철저히 경계해서 리서스족이 또다시 이 도시를 위협하지 못하도록 해야겠습니다. 따라서 여러분의 역할이 아주 중요하겠지요."

타이렐이 팔을 뻗어 신병들을 쭉 훑는 시늉을 했다.

"우리 랑구르족은 이 도시의 평화를 지키기 위해 선택받은 존재입니다. 평화 수호가 여러분의 의무라는 말입니다. 그러니 필요하다면 목숨이라도 바쳐야 합니다. 이 세상에 이보다 더 나은 대의가 어디 있겠습니까?"

타이렐이 자리에 앉자 신병들이 환호성을 지르며 찬성의 의미로 땅을 두드렸다.

"부사령관님 덕분에 신병들의 사기가 하늘을 찌를 것 같습니다!"

총교관은 신병들의 열정적인 반응에 흐뭇한 미소를 지으며, 환호성 너머로 타이렐에게 고개를 기울여 말했다.

"역사는 생생하게 전달하는 것이 중요하지요."

타이렐이 고개를 끄덕이며 답했다.

"제가 몰랐던 이야기도 있더군요. 심지어 직접 겪었던 일인데 말입니다."

총교관이 껄껄 웃었다.

"혼잡스러운 실제 상황에서는 큰 그림을 놓치기 쉽지요."

타이렐이 미소를 머금으며 흡족하게 신병들을 둘러보았다. 박수 소리가 넘치는 가운데, 모든 신병들의 얼굴에 한 치의 의심도 없는 자부심이 가득했다.

아니, 신병 하나만 빼고.

이 공간에서 제일 몸집이 작은 신병 같은데, 얼굴에 근심이 가득했다. 남들처럼 박수를 치고는 있었지만 혼란스러운 눈빛이었다. 저 어린 신병은 도대체 어느 부분이 납득되지 않는 걸까? 타이렐은 팔을 흔들어 환호성을 잠재우고 마이코를 가리켰다.

"자네는 뭔가 걱정스러운가 보군?"

모두의 눈이 마이코를 향하자, 마이코는 당황했다.

"아, 아닙니다. 전혀 안 그렇습니다."

마이코가 말까지 더듬으며 부인했지만 타이렐은 그냥 넘어가지 않았다.

"아니, 의문이 있으면 자유롭게 질문해봐요. 사실 그게 우리 원숭이들이 할 일이죠."

공감하는 말투였지만 어딘지 모르게 냉기가 흘렀다.

마이코는 보병들이 평화를 비웃으며 리서스원숭이의 사체를 처리하던 모습이 떠올라 잠시 망설였다. 정작 지켜야 할 '평화'를 대놓고 비웃는 보병들이라니……

"마이코 신병, 문제가 있으면 얼른 부사령관님께 말씀드리도록."

총교관이 큰 소리로 독촉했다.

총교관의 명령이 떨어졌으니 마이코는 뭐라도 말할 수밖에 없었다. 깊이 숨을 들이쉬고는 타이렐을 올려다보며 물었다.

"그냥 궁금했을 뿐입니다. 이 공동묘지에서 우리 이전에 리서스족이 살았다고 들었는데, 맞나요?"

"맞아요. 우리가 맞서 싸워 그들을 몰아냈지요. 그게 이상한가요?"

원숭이 전쟁

마이코가 머뭇거렸다.

"그치만…… 우리가 도착했을 때 동족 섭식의 증거는 찾아볼 수 없었는데요……."

타이렐이 숙고하듯 고개를 끄덕였다.

"신병은 정말 우리가 우리의 여성과 어린이들에게 그토록 끔찍한 리서스족의 실상을 훤히 볼 수 있도록 내버려뒀을 것이라고 생각하나요? 아주 주의를 기울여 리서스족의 야만적인 습성을 말끔히 지워 낸 뒤 공동묘지의 문을 열었지요."

마이코는 모든 걱정이 사라진 듯 미소를 지어보였다. 하지만 타이렐은 마이코를 뚫어져라 쳐다보았다.

"만족하나요?"

"그럼요, 부사령관님. 죄송합……."

"아뇨, 아뇨. 아주 좋은 질문이었어요."

타이렐의 말투는 상냥했지만 가시가 묻어 있었다.

더는 난처한 질문을 받으면 안 되겠다 싶었는지 총교관이 얼른 끼어들어 강의를 마무리지었다. 신병들이 열 맞춰 훈련소를 빠져나가는 동안, 마이코는 타이렐과 눈을 마주치지 않으려고 애썼다.

만약 마이코가 타이렐을 슬쩍 쳐다보기라도 했다면 타이렐이 총교관을 한쪽 구석으로 끌고 가서 나직이 묻는 말을 들을 수 있었을 터였다.

"저 마이코라는 신병은 어떤 학생입니까? 골칫거리인가요?"

마이코가 타이렐의 이 음습한 목소리를 듣기라도 했다면 자신이 관심사병으로 찍혔다는 사실을 알아챘을 것이다.

그날 밤 마이코는 집의 지붕 위에 누워 낮에 일어난 일을 조용히 떠올려보았다. 타이렐 부사령관이 말해준 과거 이야기는 도저히 믿기지가 않았다. 분명히 논리적이고 영광스러운 내용이었다. 역사에 대한 뿌듯함마저 생겼다.

하지만 정말 진실일까?

어떻게 평화를 수호하겠다고 맹세한 전사들이 그렇게 기쁜 얼굴로 살해를 할 수 있었을까?

마이코는 벌떡 일어나 앉아 주위에 아무도 없다는 것을 확인한 후, 훌쩍 뛰어내려 컴컴한 길을 따라 내달렸다.

잠시 후, 마이코는 공동묘지 담장 옆 덤불숲 속에 바싹 엎드린 채 담장 속에 숨긴 작은 조각상을 꺼냈다. 원숭이 세 마리가 각각 독특한 자세를 취하고 있는 조각상이었다.

마이코는 손가락으로 조각상을 살며시 훑어 내렸다. 아주 정성스럽게 보관하던 조각상임에 틀림없었다. 조각상에 이런 정성을 들이는 원숭이라면 야만스러운 동족 섭식 습성을 가진 종족일 리가 없었다.

원숭이 전쟁

11장
끝내지 못한 일

　사원 경내 정원은 파피나 무리에게 아주 완벽한 보금자리였다. 사원에 들어온 첫 날 하누만 동상의 발치에 급하게 마련한 피난처도 이제 제법 제대로 된 구역의 태가 났다. 파티나 무리와 어울리는 원숭이들도 늘어났다. 로우나 할머니는 멋진 할아버지 원숭이 타이탄과 특별한 관계가 되었고, 피그는 편안한 매력과 헤프다 싶은 웃음으로 여남은 남짓한 수컷 원숭이들의 애정을 오롯이 즐기고 있었다.

　트위처는 매일 아침마다 수업을 열어 젊은 원숭이들에게 도시 구조에 대해 가르쳐주었다. 이 수업 덕분에 파피나는 새로운 친구들을 많이 사귈 수 있었다. 그렇지만 파피나가 이 사원을 진짜 보금자리로 편하게 느끼게 된 이유는 이제 그들 무리가 사원 경내 정원의 신참 원숭이가 아니라는 사실 때문이었다. 예전에는 파피나 무리가 제일 일찍 일어나서 마치 길을 잃은 미아들처럼 이리저리 기웃거리며 이것저것 물으러 다녔다. 반면 지금은 어엿한 고참 입주민이었다. 신참 원숭이들이 사원 내 생활에 대해 조언을 구할 때마다 파피나는 다시금 어딘가에 속해 있다는 안정감을 느낄 수 있었다.

그러나 신참 원숭이들이 늘어난다는 사실이 즐겁지만은 않았다. 도시의 곳곳이 침략을 받고 있다는 암울한 현실을 수시로 떠올리게 했기 때문이다.

트위처와 다른 자원자들이 거리를 돌아다니면서 피난처가 필요한 리서스원숭이들을 찾아 사원으로 데려오는 일을 했다. 새로이 들어오는 무리들은 하나같이 랑구르족 부대의 손에 무자비한 폭행을 당했다고 말들을 쏟아냈다. 다들 새벽에 급습을 당했다고 했다. 수컷 원숭이들은 잠든 사이에 모조리 죽임을 당했고 암컷 원숭이들은 새끼들을 등에 업은 채 죽을 둥 살 둥 도망쳐 나왔다고 했다. 그렇게 수 세대에 걸쳐 잘 지내온 보금자리에서 쫓겨나 도시의 거리를 떠돌 수밖에 없었던 것이다.

파피나는 왜 아무도 어쩌다가 이 모든 사달이 벌어졌는지를 묻지 않는지 황당하고 실망스럽기까지 했다. 언젠가 사원 경내 정원이 다 들어차면 어떻게 할지에 대해 물어보는 이도 없었다. 모두 질문의 답이 두려운 모양인지 입도 뻥긋하려 들지 않았다.

파피나가 겪은 아픔은 시간이 지남에 따라 아물었다. 하지만 새로이 랑구르족의 침략 소식을 듣게 될 때마다 아빠를 마지막으로 본 순간이 떠올랐고 아빠가 어떻게 되었는지 알아내고픈 갈망이 점점 더 강해졌다.

원숭이 전쟁

파피나는 엄마에게 이런 속마음을 털어놓으려고 했지만 엄마는 이미 그 기억을 정리해버린 듯 보였다. 윌로우는 실용적인 성격이었다. 그들은 운명의 그날 밤에 가까스로 죽음을 피했다. 이제 새로운 기회를 얻었으니, 이곳 사원 경내에서 반드시 더 잘 살아가리라고 결심했다. 과거를 생각하면 괴로울 뿐이지 않은가.

하지만 어린 파피나는 이런 엄마를 이해하지 못했다. 파피나는 질문의 답을 원했다. 엄마가 도와주지 않는다면 직접 찾아 나설 수밖에 없었다.

트위처의 수업을 반쯤 듣고 있을 때 파피나는 문득 좋은 생각이 떠올랐다. 트위처는 상상력 놀이를 가르치는 중이었다. 새가 되어 하늘을 날아다니면서 도시 전체를 내려다 본다고 상상해 보라는 것이다.

"눈을 감고 상상해 보세요. 구불구불 흘러가는 강 옆으로 큰길들이 줄지어 나 있을 것이고, 더 작은 길들이 교차되면서 작은 네모칸들이 만들어져 있겠죠. 강가 쪽으로는 철길들이 열매 줄기마냥 쭉쭉 뻗어 있을 겁니다.

자, 그러면 이제 작은 점이 되어 도시를 돌아다닌다고 생각해 봅시다. 이해가나요? 길 찾기의 묘미는 하늘에서 한눈으로 내려다 보는 걸 상상할 수 있느냐에 달려 있어요. 왼쪽으로 꺾으면 작은 점도 덩달아 왼쪽으로 꺾이고, 가던 길을 되짚어 돌아가면 작은 점도 똑같이 뒤로 튕겨 돌아오겠죠."

파피나는 최선을 다해 정신을 집중했다. 확실히 키 큰 나무 꼭대기에서 내려다 보면 모든 전경이 다르게 보이는 것이 사실이지만, 훨씬 더 높이 올라간다면 어떻게 되는 걸까? 파피나는 도시 전체를 선들과 네모칸들로 이뤄진 지도 모양으로 상상해 보려고 애를 썼다. 지도 이미지가 마음속에 지지직 떠오르려고 해서 열심히 집중하려고 하면 전기가 나가듯 팍 사라지고 말았다.

갑자기 키득거리는 소리가 들려왔다. 눈을 번쩍 떠서 둘러보니, 다들 허니듀를 보며 웃고 있었다. 허니듀는 수업생 중 제일 막내였는데, 눈을 감고 있다가 까무룩 잠이 들었던 모양이다.

"허니듀, 얘야, 아예 누워서 푹 쉬지 그러니."

트위처가 짓궂은 미소를 지으며 허니듀를 불렀다.

모두가 와락 웃음을 터뜨리자, 허니듀가 퍼뜩 잠에서 깨어났다.

"왜요? 점심시간이에요?"

허니듀가 잠이 덜 깬 목소리로 물었다.

트위처는 점심시간 얘기까지 나왔으니 어린 학생들의 집중력은 더더욱 모으기 힘들어질 것이라 생각해 서둘러 수업을 마무리지었다. 그런데 다른 학생들이 우르르 몰려나가기 바쁜 상황에서 파피나만 홀로 남아 있었다.

"내 수업이 학생들에게 너무 어렵다고 생각하는구나? 몇몇 아이들

원숭이 전쟁

은 1차원적 생각밖에 못하니까."

트위처가 웃으며 물었다.

"이해가 가긴 가요. 그런데 연습이 좀 필요할 것 같아요."

파피나가 사려깊게 대답했다.

"익숙해지면 다음부터는 일사천리지. 나중에는 무의식적으로도 가능하게 될 거야."

"선생님……. 음……. 그러니까, 새의 눈으로 내려다 보면 오래된 공동묘지 지역도 어디에 있는지 금방 떠올릴 수 있다는 말씀인가요?"

트위처는 잠시 머뭇거렸다. 오랜 경험상, 이런 질문에 잘못 대답했다가는 벌집을 들쑤시는 결과를 낳을 수 있었다.

"그걸 굳이 알아내야겠니? 이젠 다른 세상이란다."

"하지만 전 알고 싶어요."

파피나가 고집을 부렸다.

"엄마하고는 얘기해봤고?"

"엄마는 공동묘지에 관해선 한 마디도 하려 들지 않으세요."

"그것도 나름의 이유가 있는 거겠지."

"아빠한테 무슨 일이 있었는지 꼭 알아야겠어요. 너무 어려서 기억나는 게 많지는 않지만 다시 돌아 가보면, 어쩌면……."

트위처가 고개를 저었다.

"다시 못 돌아가. 절대로. 너무 위험하단다. 랑구르족이 이미 공동 묘지를 차지하고 살고 있으니까."

"아니요, 전 이미 결심했어요."

파피나가 반항적으로 대답했다. 그러고 나서 다시금 매력적인 미소를 지으면서 어조를 낮춰 덧붙였다.

"선생님이 좀 도와주세요. 거기까지 갈 수 있는 길을 알려주세요."

트위처는 파피나를 물끄러미 바라보았다. 빈민가 쓰레기장에서 비단뱀의 공격을 피하는 모습을 처음 봤을 때부터 항상 파피나에게는 마음이 쓰였다. 평범한 어린 원숭이였다면 이미 오래전에 갈기갈기 찢겨나갔겠지만, 파피나는 홀로 당당히 맞서서 재치로 죽음을 모면했던 것이다. 파피나는 다른 원숭이들이 갖지 못한 진짜 용기를 가진 젊은이였다. 트위처는 그런 용기를 꺾는 짓을 하고 싶지는 않았다.

"음……."

고민을 마친 트위처가 입을 뗐다.

"대신 함께 가주마. 너 혼자 도시의 거리를 헤매게 놔두면 아주 무책임한 짓이 될 테니까. 알겠지?"

파피나의 얼굴이 환해지더니 트위처를 폴짝 안으며 감사인사를 했다.

"고마워요, 선생님! 도와주실 줄 알았어요."

세 번의 밤이 지나간 후, 트위처와 파피나는 계획을 실행에 옮겼다. 낮 동안 파피나는 허브 정원에서 캐모마일 꽃가루를 모아서 음식에 몰래 섞었다. 캐모마일 꽃가루에는 진정제 효과가 있기 때문에 파피나 자신은 음식을 입에 대지 않았다. 달이 떠오르자 원숭이들 모두 깊은 잠에 빠져들었고, 파피나는 살금살금 빠져나와 트위처와 합류했다. 둘은 정글 같은 도시의 밤거리로 나갔다.

사원에 들어오고 나서 이렇게 사원 밖으로 나온 것이 처음이었다. 밖으로 나오자마자 불안감 때문에 속이 꼬이는 것 같았다. 하지만 파피나는 트위처를 믿었다. 트위처는 큰 소리로 허풍이나 치다가 상황이 어려워지면 입을 꾹 다물어버리는 다른 원숭이들과는 달랐다. 자기비하적인 태도 아래에는 진짜 강한 성격이 감춰져 있었다. 파피나는 어떤 때라도 트위처를 신뢰할 수 있었다.

트위처는 도시에 대한 지식이라면 정말 끝이 없을 정도였다. 도시의 전체 거리망이 머릿속에 고스란히 들어 있는 것 같았다. 공동묘지로 올라가는 길을 찾기까지도 그다지 오래 걸리지 않았다. 트위처는 언덕길에 올라오자마자 이동식 찻집 그늘 아래로 숨어들면서 공동묘지의 정문을 가리켰다. 정문 앞에는 그림자가 몇 어른거렸다.

"보초들이야. 우리가 접근할 수 있는 건 여기까지지."

트위처가 애써 안도감을 숨기며 말했다.

"정말 들어가지 못할 거라고 생각하세요? 만약에 말이죠, 비밀출

입구가 있다면 어쩌실래요? 숨바꼭질 놀이할 때 이용하던 비밀통로가 있거든요. 확신하는데, 저들은 아직 못 찾았을걸요?"

파피나가 씨익 웃었다.

"그건 별로 좋은 생각이 아니구나."

트위처가 얼른 막아서며 파피나를 붙잡을 수 있는 좋은 핑계를 생각해 내려고 머리를 열심히 굴렸다.

"여기서부턴 제가 안내하면 안 될까요?"

파피나가 말을 자르며 물었다.

"나한테 선택권은 있고?"

"없죠."

트위처는 체념의 한숨을 내쉬었다.

"그럼, 앞장서봐."

그러자 파피나가 쏜살같이 공동묘지 외곽길로 달려 내려갔다. 트위처는 그저 따라갈 수밖에 없었다.

파피나가 이곳에서 마지막으로 놀아본 지도 여러 달이 지났지만 기억들이 파도처럼 밀려들었다. 어느새 파피나와 트위처는 공동묘지 담장 바깥쪽에 돌로 둘러쳐진 웅덩이에 다다랐다. 근처 우물에서 물을 끌어다 모아놓은 웅덩이였다. 파피나는 퐁퐁 솟아오르는 맑고 깨끗한 물을 들여다보았다. 물소리를 듣고 있자니, 과거로 돌아간 것만 같았다.

트위처는 파피나를 조용히 바라보았다. 이제껏 난민 원숭이들이 숨 막힐 듯한 표정을 짓는 것을 수없이 봐왔지만, 파피나의 절박한 얼굴은 느낌이 좀 달랐다. 이상하게도 처음으로, 어떻게든 파피나의 소원을 이뤄주고 마음을 달래주고 싶어졌다.

물론 트위처의 성격으로는 꿈에도 그런 말을 입에 담을 리 없었다. 그저 평소처럼 장난스러운 말을 던질 뿐이었다.

"자, 이제 수영을 하면 되는 건가?"

"어떻게 아셨어요?"

파피나의 답에 트위처의 얼굴에서 미소가 가셨다.

"뭐라고?!"

"이 물은 안쪽의 연못과 통해 있어요. 웅덩이 속에 구멍이 나 있거든요. 그냥 잠수해 들어가서 더듬더듬 찾으면 돼요."

트위처는 불안한 표정으로 거품이 올라오는 물을 힐끔 쳐다보았다.

"좋군."

트위처가 표정을 가다듬으려 애쓰며 담담히 말했다. 하지만 파피나는 어릴 때부터 수영을 해본 적이 없는 원숭이들이 얼마나 물을 무서워하는지를 아주 잘 알고 있었다.

"저기, 선생님은 여기에 남아서 랑구르 순찰대가 오는지 망을 봐주면 안 될까요?"

"안 돼, 너 혼자 저 안으로 들여보낼 순 없어!"

"저도 선생님이 목욕하는 새처럼 물에서 파닥거리게 할 순 없어요. 이렇게 하는 게 더 안전한……."

파피나가 미소를 지으며 설득했다.

"안 돼."

"전 괜찮을 거예요!"

트위처는 벽에다 대고 소리치는 격이라는 걸 깨달았다.

"그럼, 절대로 들키지만 마. 뭘 하든지, 잡히면 안 돼."

트위처가 신신당부하자 파피나는 미소를 지으며 안심시켰다.

"걱정 마세요. 이 공동묘지는 손바닥 보듯 훤하니까요."

이 말을 끝으로, 파피나는 웅덩이에 뛰어들어 물속으로 사라졌다.

12장
야밤의 침입자

마이코는 야간 훈련을 진심으로 즐기게 되었다.

어둠에 대한 두려움을 극복하고 나니, 밤이라는 시간이 병사에게는 여러모로 친구 같다는 사실을 깨닫게 된 것이다. 적이 잘 보이지 않더라도 숨은 곳을 찾아내기는 수월했다. 낮보다 소음이 적어서 작은 소리로도 어둠 속을 읽어낼 수 있기 때문이다.

오늘 훈련은 '참호 훈련'으로, 혼자서 해내야 하는 임무였다. 덤불숲 안에 들어가 숨어서 새벽이 올 때까지 가만히 기다려야 했다. 시간이 흘러 교관들이 찾아올 때까지 아무에게도 들키지 않고 그 자리를 지키는 훈련이었다.

달 위치로 볼 때 훈련 시간이 반쯤 지나간 것 같았다. 마이코는 무너진 돌기둥과, 거대한 영묘궁으로 신선한 물이 들어가는 도랑 사이의 한적한 구석에 몸을 숨겼다. 특별한 일은 없었다. 바퀴벌레 떼가 마이코가 숨은 곳에 들어오려고 했지만, 몇 마리를 집어서 먹자 먹히기는 싫은지 후다닥 뒤로 물러났다. 이제 마이코는 가만히 앉아서 교관들의 신호를 기다리기만 하면 되었다.

그때, 찰박거리는 물소리가 어렴풋이 들렸다. 마이코는 귀를 쫑긋 세웠다. 오랜 시간 도랑의 물소리를 들어왔기 때문에 물소리의 아주 희미한 변화까지 감지할 수 있었다.

마이코는 움직임을 감지하려고 주위를 둘러보며 그늘 쪽으로 뒷걸음질치면서 촉각을 곤두세웠다.

누군가 도랑을 헤치며 마이코 쪽으로 다가오는 것 같았다. 눈앞의 그늘을 하나 하나 확인하며 조심스럽게 다가오고 있었다.

교관들이라면 나무숲을 헤치고 올 터였다. 교관들은 털이 젖는 것을 원치 않으리라 생각했는데, 잘못 판단한 모양이었다. 마이코는 재빨리 작전을 짰다. 교관들이 가까이 다가올 때까지 기다렸다가 살짝 뒤로 돌아가서, 교관들이 이미 지나온 무덤 아래에 숨기로 했다.

찰박거리는 물소리가 점점 더 가까워졌다. 다행히 교관들은 진로를 바꾸지 않을 모양이다.

이거 일이 너무 쉬워지는데?

마이코는 야자수 잎을 하나 집어들고 작은 구멍을 뚫었다. 그러고는 야자수 잎으로 얼굴을 가린 채 구멍을 통해 도랑 쪽을 훔쳐보았다. 야자수 잎 위장술은 얼마 전에 배운 기술이었다. 구멍이 작아 눈의 흰자가 상대방에게 보이지 않는 터라, 효과적인 위장술이었다.

마이코는 소리 없이 앞으로 조금씩 나아가다가, 기다란 시냇물 같은 도랑 전체가 보이는 곳까지 다다랐다.

바로 그 순간, 마이코는 완전히 얼어붙고 말았다.

가슴까지 차오르는 도랑물을 헤치고 다가오는 그림자는 조그마한 리서스원숭이 한 마리였다.

마이코는 등골이 서늘해졌다. 몸의 털이 곤두섰고 심장이 쿵쾅거렸다.

진짜 적이 여기에 있다!

적의 습격이라면 당장 경고를 전해야 했다. 하지만 지금 마이코가 움직이면 저 원숭이들은 분명 자신을 공격할 터였다.

저 원숭이들?

마이코가 다시 살펴보니, 리서스원숭이는 혼자였다. 게다가 야만 스럽고 위험해 보이기는커녕 무척 연약해 보였다.

리서스원숭이가 갑자기 멈춰서더니 주위를 조심스럽게 둘러보았다. 그러고 나서 도랑물에서 빠져나와 덤불숲 속으로 쏜살같이 들어 갔다.

마이코는 즉시 뒤를 쫓았다. 저 리서스원숭이를 미행해서 어떤 방 해 공작을 펴려는 것인지 반드시 알아내야 했다. 리서스원숭이는 머 뭇거림 없이 재빨랐다. 마치 가야 할 길을 정확히 알고 있는 것 같았 다. 그늘에서 그늘로 잘 피해가면서 공동묘지 외곽 담장 쪽으로 막힘 없이 전진하고 있었다. 그런데 담장에 다다르자마자 덤불숲 속으로 자취를 감춰버렸다.

마이코는 얼른 엎드려 기어가기 시작했다. 리서스원숭이가 빽빽한 덤불 속을 헤치며 나아가느라 부스럭거리는 풀 소리를 잘 듣기 위해서였다. 저 리서스원숭이는 은밀한 접근 기술을 배우지 못한 것이 틀림없었다. 반면 마이코는 덤불 속으로 진입하는 기술과 서로 엉킨 풀들을 헤치고 길을 내는 기술을 다 배운 상태였다.

살금살금, 들키지 않게…….

가까이 더 가까이…….

바로 그때, 리서스원숭이의 털이 달빛을 받아 빛나더니, 믿을 수 없는 광경이 펼쳐졌다. 예전에 마이코가 발견했던 담장 속 빈 공간을 리서스원숭이가 똑같이 찾아내는 것이 아닌가. 리서스원숭이가 몸을 구부려 대나무껍질에 싸인 뭉치를 꺼내더니, 대나무껍질을 조심스럽게 풀어서 조각상을 손에 쥐었다.

리서스원숭이는 조각상의 작은 원숭이 세 마리를 그리움이 담긴 눈으로 바라보더니 이내 조각상을 손가락으로 부드럽게 훑어 내렸다.

본능적으로 저 리서스원숭이가 위험한 적이 아니라는 사실을 깨달았다.

마이코는 영도자 고스포더에게 했던 맹세를 잠시 접어두고 앞으로 닥칠 벌도 각오한 채, 저 리서스원숭이를 도와주어야겠다는 생각을 하지 않을 수 없었다. 저 리서스원숭이는 야만스러운 적이 아니

원숭이 전쟁

라, 겁먹고 외로운 어린 원숭이일 뿐이었다.

"그게 네 거야?"

마이코가 작은 목소리로 물었다.

파피나가 홱 뒤를 돌아보았다. 온몸의 털이 두려움에 곤두선 듯
했다.

마이코는 나뭇가지를 옆으로 치우면서 얼굴을 드러냈다.

"이제껏 내가 그 조각상을 지킨 거야."

공포와 혼란의 감정이 파피나의 얼굴에 서렸다. 파피나는 뒤로 주
춤 물러서더니, 뒤로 돌아서 큰길을 향해 내달리기 시작했다.

"잠깐만!"

마이코가 급히 막았지만 아무런 소용이 없었다. 리서스원숭이가
달아나는 발소리만 들려왔다. 여기에서 막지 못하면 곧바로 야간순
찰대에게 들킬 터였다. 그러면 저 리서스원숭이는 끝장이었다.

마이코는 덤불숲을 쏜살같이 빠져나와 몇 개의 무덤을 훌쩍 뛰어
넘어서 리서스원숭이의 앞을 막아섰다.

"정말 죽으려고 그래!"

마이코가 속삭였다.

파피나가 주먹을 날렸지만 마이코가 파피나의 양팔을 붙잡았다.

"널 해치려는 게 아냐! 좀 조용히 하라고!"

파피나가 저항을 멈추고 마이코를 빤히 쳐다보았다. 마이코의 진

짜 의도를 알아내려는 듯 파피나의 동공이 이리저리 흔들렸다.

"예전에 여기에서 살았던 거지? 여기가 너희 집이었던 거야?"

마이코가 물었다.

"당신들이 쳐들어오기 전까지는!"

파피나가 성난 목소리로 되받아쳤다.

"난 아니야."

마이코가 고개를 저었다.

파피나가 마이코를 위아래로 훑어보았다. 파피나도 마이코가 습격에 참여하기에는 너무 어리다는 사실을 알았지만, 파피나의 마음속에서 랑구르원숭이는 모두 유죄였다.

마이코가 파피나가 손에 든 조각상을 가리켰다.

"그건 무슨 의미야?"

단순하고 직설적인 물음에 파피나의 방어벽이 금세 무너져버렸다.

"아무것도 아니야. 의미는 없어. 그냥 장난감이니까."

파피나가 조심스레 마이코에게 조각상을 내밀었지만, 마이코가 다시 고개를 저었다.

"네 거잖아. 그냥 가져가."

파피나는 랑구르원숭이에게 이렇게 친절한 말을 들으리라고는 꿈에도 생각해 보지 못했다. 마이코의 눈을 찬찬히 살펴보았지만 눈빛이 부드럽기만 했다. 트위처가 내내 경고했던 살해자의 눈빛은 결코

원숭이 전쟁

아니었다.

파피나는 자존심이 강해서 정직하게 감사의 말을 전할 수가 없었다. 그래서 괜히 구구절절한 설명을 덧붙였다.

"아빠가 내게 주신 거야. 시장판매대에서 슬쩍하신 거지. 아빠 말이 이게 우리 가족이래."

갑작스레 파피나의 눈에 깊은 슬픔이 어렸다.

"지금 같이 살고 있어?"

마이코가 물었다.

"엄마랑은 같이 살고 있어. 아빠는……."

굳이 문장을 끝맺을 필요도 없었다.

"이 조각상을 마지막으로 한 번만 더 보고 싶어서……. 그래서 와 본 거야. 우리가 살던 곳에."

파피나의 말에 마이코가 고개를 흔들었다.

"말도 안 돼. 보초병이 정문을 지키고 있는데. 그들에게 들키기라도 하는 날엔……."

이번에는 차마 마이코가 문장을 끝맺지 못했다.

그러나 포기하기에는 너무 멀리 와버린 파피나였다.

"그냥 아빠가 너무 그리워서. 아빠가 여기로 돌아왔었는데, 그때 무슨 일이 벌어졌는지만이라도 알아낼 수 있을 거라고 생각했어."

마이코는 끔찍하고 불길한 예감에 숨이 막혔다.

"너희 아버지가 여기로 돌아왔었다고?"

"응. 뭔가 상황을 해결해본다고. 아빠는 이마에 평화 표식을 하고 있었어."

파피나가 기대감에 찬 얼굴로 말했다.

마이코는 공동묘지 담장 옆에서 무참히 살해된 수컷 리서스원숭이가 떠올라 머뭇거렸다.

"말해줘. 제발."

파피나가 조급하게 다그쳤다.

"너희 아버지는 이미 죽었어."

마이코는 최대한 담담하게 단어를 골라 말했지만 파피나의 얼굴은 고통으로 일그러졌다.

"어떻게?"

"그게 중요해?"

파피나는 가슴이 먹먹했지만, 지금 진실을 알아내지 못한다면 앞으로 평생 후회하며 지낼 것이 분명했다.

"무슨 일이 있었는지 모조리 다 알아야겠어."

참으로 기묘한 상황이 벌어졌다. 마이코와 파피나는 그늘에서 그늘로 기어서 공동묘지를 가로지르고 있었다. 파피나는 마이코의 움직임에 따라 마이코가 멈추면 같이 멈추고, 내달리면 같이 내달렸다.

그만큼 신뢰감이 생겼다는 말이지만 그래도 가까이 다가가지는 못했다. 언제 마이코가 덮쳐올지도 모르기 때문이다.

마침내 둘은 마이코가 손 모양의 핏자국을 발견한 담장에 도착했다.

빗물로 인해 돌에 묻은 핏자국은 이미 사라져버렸지만 끔찍한 기억을 지우기에는 빗물만으로 부족했다.

"여기가 너희 아버지가 죽은 곳이야."

"어떻게? 어떤 식으로?"

"전사들이 저기서부터 쫓아왔어."

마이코가 큰길을 가리켰다.

"매복하다가 습격한 거지."

절망감으로 인해 파피나의 얼굴에 핏기가 가셨지만, 파피나는 계속 다그쳤다.

"오래 걸렸어?"

마이코가 고개를 저었다.

"너희 아버지는 대화를 해보려고 하셨어. 가족이 있다면서."

파피나가 놀라서 털썩 주저앉아버렸다.

"마지막 순간까지 널 생각하고 계셨던 모양이야."

파피나는 자신의 내부에서 무엇인가가 팍하고 끊어지는 것을 느꼈다. 완전히 치유되지 못할 상처였다. 파피나는 마이코를 올려다보았다. 미워하고 싶었지만, 마이코의 눈을 보고 있자니 다 알 것만 같왔다. 마이코도 똑같이 아픔을 공감하고 있었고 파피나만큼이나 예민하게 두려움을 느끼고 있었다.

갑자기 마이코가 몸을 움찔했다. 큰길 쪽에서 움직임이 느껴졌기 때문이다. 야간순찰대였다.

"이제 돌아가야 해!"

다급하게 속삭인 후, 마이코는 파피나의 손을 잡고 그늘 속으로 들어갔다.

왔던 길을 돌아가는 동안 마이코는 이제껏 훈련받은 군사 지식들을 총동원했다. 먼저 야간순찰대를 빙 둘러 뒤로 돌아가서 순찰대가 이미 지나온 곳들로 내달렸다. 마이코는 여전히 야간훈련 중인 것 같은 기분이 들었다. 다만, 지금은 적의 손을 붙잡고 달리고 있을 뿐이다. 아직 완전히 깨닫지는 못했겠지만, 마이코와 파피나는 서로 기묘한 신뢰감을 간직한 채 각자 자기 종족을 배신하는 행동을 하고 있는 셈이었다.

마침내 둘은 겨우 도랑으로 되돌아 왔다. 파피나는 마이코의 도움을 받아 도랑물에 조용히 들어갈 수 있었다.

"고마워."

파피나가 나직하게 말했다.

"미안해……. 어쨌든 미안해."

마이코도 낮게 속삭였다.

　　　　　　　　　　　　　　원숭이 전쟁

하지만 둘 다 마이코의 잘못은 아니라는 사실을 잘 알고 있었다.

파피나가 돌아가려고 몸을 돌리자, 마이코가 불쑥 내뱉었다.

"내일은 순찰대가 이렇게 많지 않을 거야."

파피나가 의아한 눈빛으로 마이코를 쳐다보았다.

"한동안 야간 훈련이 없을 예정이거든. 혹시……. 혹시 말이야, 예전에 이 공동묘지에서 살 때 어땠는지 좀 얘기해줄 수 있어?"

파피나는 트위처가 엄청 화를 내리라는 것을 알았지만, 아빠와 연결된 마지막 실마리를 놓치기는 싫었다.

마이코는 파피나의 망설임을 눈치 채고, 손을 뻗어 파피나의 손을 다독였다.

"널 지켜줄게. 약속해."

랑구르족의 악명은 귀가 닳도록 들어왔지만 마이코에게는 왠지 믿음이 갔다.

"좋아, 내일 봐."

이 말을 끝으로 파피나는 도랑물 속으로 사라졌다.

13장
잿빛 그림자

"안 돼, 진짜 미친 짓이야! 어떻게 또 간다는 말이 나와!"

트위처가 이렇게 화낸 적은 처음이었다. 하지만 파피나는 마음을 굳힌 뒤였다. 무덤 위로 달콤한 이끼가 가득한 공동묘지의 울창한 가로수길들을 보면 아빠에게 바치는 헌사처럼 느껴져서 기분이 좋았다.

파피나는 어쨌든 자신이 만난 랑구르원숭이가 다른 난폭한 랑구르원숭이들과는 전혀 다르다고 주장했다. 마이코는 언제든지 쉽사리 배신할 수 있었지만 그러지 않았다고도 덧붙였다.

"당연하지! 얼마나 교활한 녀석들인데. 분명 우리 전부를 꼬여내려고 그러는 게 틀림없어. 한꺼번에 우리를 소탕하려고 말이야!"

트위처가 기가 막히다는 듯 소리쳤다.

파피나는 고개를 저었다.

"강박증이에요. 그런 게 아니라니까요."

트위처는 화를 참지 못하고 으르렁거리면서 무궤도 전차 차고지 뒤쪽으로 난 샛길로 내달렸다. 이제 조금만 더 가면 사원이었다. 트위처는 파피나를 도와주기로 한 결정을 후회했다. 파피나는 한 번 만에 길을 다 외울 수 있는 똑똑한 원숭이였다. 또한 혼자 야간 외출을 강행할 만큼 의지가 굳은 성격이기도 했다.

아니나 다를까, 정말로 그런 일이 벌어지고 말았다.

이튿날 밤, 파피나는 마음을 다지고 혼자 길을 나섰다. 축축한 담요 같은 공기 때문에 잠을 이루지 못해 뒤척이는 도시 속으로 들어온 것이다. 결과적으로 용기를 내길 잘했다는 생각을 했다. 오래지 않아 공동묘지 담장 옆 돌웅덩이에 다다랐다.

파피나는 주저하지 않고 물웅덩이 속으로 잠수해 들어갔다. 그러고는 담장의 구멍을 찾아 통과해 도랑으로 나왔다. 마이코는 이미 파피나를 기다리고 있었다.

마이코는 파피나를 꼭 지켜야겠다고 결심했다. 아빠의 회계용 돌멩이를 몰래 훔쳐봐서 새로운 야간 훈련 계획과 야간순찰대의 시간표를 알아냈다. 지금 마이코는 공동묘지의 어느 지역에서든 순찰대의 눈을 피할 자신이 있었다.

파피나가 털에 묻은 물을 떨어 내고 나서 마이코에게 반짝이는 자갈돌 하나를 주었다.

"연못 바닥에 자갈돌을 숨겨두곤 했거든. 네가 좋아할 거 같아서."

마이코는 손바닥 위에서 달빛을 받아 반짝거리는 자갈돌을 보며 경탄했다.

"우리 아빠가 널 진짜 좋아할 거야!"

마이코가 흐뭇한 미소를 지었다.

이렇게 비밀스러운 친구 관계가 시작되었다.

마이코와 파피나는 매일 밤마다 만나기 시작했다. 파피나는 공동 묘지가 리서스원숭이들의 보금자리였던 시절의 삶이 어떠했는지에 대해 시시콜콜한 것까지 다 말해주었다. 둘은 남몰래 어둡고 으슥한 길들만 골라서, 파피나가 살았던 묘지나 파피나의 아빠가 나무타기를 가르쳐주었던 나무숲 등을 찾아다녔다. 파피나는 거대한 영묘궁이 얼마나 멋진 놀이터였는지도 말해주었다. 그러면서 예전에 오후 내내 거기서 그림자잡기나 개미잡기 놀이를 했던 기억이 떠올라 쓸쓸한 미소를 짓기도 했다.

야간순찰대 때문에 마음껏 돌아다닐 수 없는 날이면, 마이코와 파피나는 도랑 가까이에 머물렀다. 파피나가 조각상의 원숭이에 대해 설명을 해준 날도 이런 날 중 하나였다.

"눈을 가리고 있는 원숭이가 우리 아빠야. 숨바꼭질을 할 때 내가 숨는 곳을 절대 찾아내지 못했거든. 여기 귀를 가리고 있는 원숭이는 나야. 간지럼을 너무 잘 타서 아무도 내 귀를 못 만지게 하거든. 이 마지막 원숭이가 바로 우리 엄마야."

파피나가 손으로 입을 가리고 있는 원숭이를 가리켰다.

"우리 엄마는 이렇게 입을 가린 채 손가락 사이로 바람을 불어 내 이름처럼 들리게 할 수 있거든. 내가 낮에 잠깐 졸고 있을 때면 엄마가 날 깨우려고 항상 입바람을 불곤 했지."

파피나가 들려주는 세상은 마이코가 살고 있는 세상과 전혀 달랐다. 파피나는 랑구르족의 생활상을 접하면 접할수록 어째서 랑구르 군대가 그토록 승승장구할 수 있었는지 이해가 갔다. 하지만 성공이 곧 행복은 아니었다. 파피나는 마이코에게 다른 종류의 삶도 있다는 것을 보여주고 싶었다.

어느 날 밤, 파피나는 마이코와 같이 개구리를 잡으러 뛰어다니다가 아무렇지 않은 척 말을 건넸다.

"있잖아, 언제 내가 지금 살고 있는 곳도 보러 갈래?"

마이코가 긴장한 듯 눈을 깜빡거렸다. 파피나는 마이코의 불안감을 눈치 채지 못한 양, 슬쩍 말을 덧붙였다.

"왜 나만 여기에 와야 해?"

순간 마이코의 머리에 온갖 생각들이 다 떠올랐다. 파피나는 사실 스파이여서 나를 약한 고리로 삼으려고 하는 것이 아닐까? 이제까지 파피나에게 경비순찰대와 병력에 대한 중요한 정보들을 수없이 넘긴 셈인데? 리서스족이 공격부대를 조직하고 있다는 소문이 있던데, 이런 식으로 공동묘지에 대한 공격을 준비하고 있던 게 아닐까? 만약 그렇다면 그건 모두 내 탓…….

"저기 괜찮아?"

파피나의 손길에 마이코가 깜짝 놀라 펄쩍 뛰었다.

"갑자기 왜 그래? 이상해."

마이코는 파피나의 말간 얼굴을 들여다보았다. 스파이의 얼굴이 이렇게 해맑을 수는 없었다. 눈빛도 올곧았다. 서늘한 손길에서는 그 어떤 초조함도 느낄 수 없었다.

"미안, 난 그냥……."

마이코는 잠시 의심을 했다는 사실을 도저히 밝힐 수가 없었다. 그렇게 하면 파피나를 모욕하는 꼴이니까.

"도대체 무슨 말을 들었는데 그래? 왜? 우리가 괴물이래?"

파피나의 가벼운 말에도 마이코의 눈빛은 진지했다.

"정말 그렇게 들었다고?"

파피나가 놀라서 되묻자, 마이코가 가만히 고개를 끄덕였다.

잠시 파피나는 무슨 말을 해야 할지 말문이 막혔다. 그러다가 어이가 없어 헛웃음이 터져 나왔다. 마이코가 얼른 막으려 했지만 파피나는 웃음을 멈출 수가 없었다. 급기야 마이코는 손으로 파피나의 입을 막았다.

"진실은 뭔데? 말해줘!"

마이코가 강하게 요구했다.

"직접 와서 보면 되잖아!"

파피나는 마이코의 손을 떼고 물러섰다. 이번만큼은 마이코의 요구대로 순순히 응해주지 않을 작정이었다.

"난 널 믿었어. 네 손에 내 목숨을 맡겼다고. 너도 나한테 그럴 수 있겠어?"

도전적인 제안이었다. 만약 마이코가 거절한다면 이 우정은 이것으로 끝이었다.

"그러니까, 너는 결코…… 내 말은 너희들은 절대로…… 동족 섭식을 안 한다는 거지?"

파피나의 눈이 커졌다.

"내가 그런 야만족처럼 생겼어?"

마이코는 동족 섭식을 하는 야만족을 본 적이 없었지만, 리서스족이 모두 파피나처럼 예쁘장하다면 그게 더 놀랄 일이었다. 마이코는 고개를 흔들었다.

"좋아. 그럼, 결정한 거야. 내일 밤 내가 안내할게."

파피나가 단호하게 말하고 나서 나지막하게 속삭였다.

"흠, 우리 가족이 며칠은 포식하겠는데?"

"뭐?!"

마이코가 깜짝 놀랐다.

"미안, 참을 수가 있어야지."

파피나가 또다시 키득거렸다.

이튿날, 시간이 초조하게 흘러갔다. 마이코는 저 바깥의 도시에서 어떤 위험을 만나더라도 대처할 수 있게 군대 훈련들을 연습했다. 하지만 진짜로 용기를 내어 이 공동묘지를 벗어날 수 있을 것인지가 더 시급한 선결과제였다. 마이코는 잠수는커녕 목욕 경험조차 별로 없었다. 연못에 뛰어든다는 건 미지의 영역이었다.

"그냥 숨을 참고 눈을 뜬 채 담장의 구멍만 찾으면 돼."

파피나가 도랑 옆에서 마이코에게 설명했다.

'그냥이라고?'

마이코가 씁쓸하게 되뇌었다. 왜 다들 진짜 어려운 일들 앞에는 '그냥'이라는 말을 붙이는 걸까? 그래도 마이코는 쉽게 포기하는 성격이 아니었다. 각오를 단단히 다지며 최대한 숨을 들이마시고는 물속으로 뛰어들었다.

물속에 들어가자 몸이 좀처럼 가라앉지 않고 다시 떠오르는 것을 느꼈다. 눈을 뜨려고 노력했지만 물 때문에 눈이 아렸다. 눈앞에 뿌연 안개가 낀 것 같았다. 갑자기 물이 코로 마구 몰려 들어와서 정신이 아찔했다. 더는 못 참겠다 싶어 포기하려는 찰나, 누군가 손을 뻗어 물 밖으로 끌어올렸다. 정신을 차리고 보니, 어느새 공동묘지 바깥의 웅덩이 속이었다.

"걱정 마. 처음이 제일 힘든 법이니까."

파피나가 웃으며 위로했다.

마이코는 급히 숨을 몰아쉬다가 기침을 하며 물을 뱉어냈다. 처음이라고? 도대체 몇 번이나 이 짓을 더 시킬 작정인 거야? 하지만 이로써 한 가지는 확실하게 알게 되었다. 파피나가 얼마나 의지가 강한 성격인지를 말이다.

파피나와 마이코는 본격적으로 도시 거리 탐험에 나섰다. 마이코는 으슥한 곳마다 누군가 숨어 있을까 싶어 눈을 분주하게 움직였다.

파피나는 일부러 콜카타의 유명한 건물들을 이리저리 가리키며 마이코를 안심시키려고 애를 썼다. 비록 트위처가 얘기해준 것들을 그대로 읊는 것뿐이었지만 파피나는 세상물정에 밝은 척 설명하는 일이 꽤나 재미있었다. 거의 반쯤 왔을 때, 파피나는 잠깐 길을 돌아 아치 입구를 지나 오솔길로 내려갔다. 오솔길 끝자락에 덤불숲이 펼쳐졌고, 곳곳에 양봉업자의 꿀벌통들이 자리 잡고 있었다.

"맛 좀 보고 갈까?"

파피나가 대답을 기다리지도 않고 울타리를 넘어서 벌집으로 향했다.

꿀벌들은 벌집 근처를 한가로이 날고 있었다. 하지만 마이코는 독침을 가진 곤충들 곁에 가까이 가는 것이 여전히 불안했다. 파피나는 벌써 벌집 아래에 앉아 길게 떨어지는 꿀을 앞발로 받아내고 있었다. 파피나가 손가락으로 꿀을 찍어서 마이코에게 내밀었다.

"자, 먹어봐."

달콤한 맛이 입안 가득 퍼지자, 온몸에 전율이 번졌다. 과일보다 훨씬 더 달았다.

"인간들은 어떻게 꿀을 모을 수 있는 거지? 꿀벌들이 막 쏘아대지 않나?"

마이코가 의아한 표정으로 물었다.

"특수한 옷을 입던데?"

파피나가 오두막 옆에 걸린 그물망 모자를 가리켰다.

"그런데, 저걸 입으면 진짜 얼마나 멍청해 보이는지 몰라."

마이코가 훌쩍 뛰어가서 그물망 모자를 들여다보다가 모자 하나를 집어서 뒤집어썼다. 그러자 온몸이 모자 안으로 완전히 사라졌다. 파피나가 키득대기 시작하자 마이코도 웃음이 터졌다. 꿀이란 건 참으로 기분을 좋게 해주는 음식이었다.

단맛을 충분히 보충한 뒤 둘은 다시 길을 나섰다. 어느새 새벽이었다. 이제 사원까지는 거리 두 개만 지나면 되었다.

마이코가 자기도 몰래 뒤로 물러섰다.

"이 정도까지 왔으면 충분한 것 같아."

"안 돼. 지금 와서 돌아갈 수는 없어."

파피나는 완강하게 말하면서 땅에 떨어져 뭉개진 석류를 찾아보려고 시장판매대 아래로 팔을 뻗었다.

원숭이 전쟁

마이코 생각에 이건 완전히 미친 짓이었다. 리서스족의 야만성에 대해 훈련 시간에 그렇게 지겹게 들어왔건만, 결국 여기까지 오고 만 것이다. 심지어 이제 곧 리서스족 영역의 중심부로 들어서게 될 참이다.

파피나는 석류 속껍질을 손가락으로 짜서 마이코의 이마에 하얀 표식을 그렸다. 보편적으로 통용되는 평화표식이었다.

"이래도 소용없을 거야."

마이코가 말했다. 이 표식이 파피나의 아버지를 구했던가? 이 따위 표식으로 어떻게 목숨을 구해?

"날 믿어."

파피나는 마이코의 털 아래 흐르는 긴장감을 느낄 수 있었다.

"내가 공동묘지에 갔을 때, 날 보호해주겠다고 맹세했잖아."

파피나가 마이코의 손을 꼭 잡으며 다시 속삭였다.

"이번에는 내가 맹세할게."

잠시 후, 둘은 사원의 정원 끝자락에 멈춰 섰다. 마이코는 거대한 원숭이신 석상을 놀란 눈으로 쳐다봤다. 파피나는 마이코가 제일 먼저 하누만 동상에 대해 물어볼 것이라고 생각했다. 하지만 그 예상은 빗나갔다.

"담장은 어디에 있어?"

마이코가 물었다.

"무슨 담장?"

"널 보호해주는, 다른 원숭이들이 함부로 못 들어오도록 막아주는 담장 말이야."

"왜 못 들어오게 막아야 해? 우린 그런 거 원치 않아."

파피나가 김이 샐 만큼 단순한 대답을 하고 나서, 조용한 정원을 손으로 쭉 가리키며 물었다.

"자, 이래도 저들이 괴물처럼 보여?"

마이코는 잠자코 입을 다물었다. 나무 위나 덤불숲 속, 석상 구석과 주변 등 곳곳마다 리서스원숭이들이 평화롭게 잠을 자고 있었다.

"세상에 어떤 야만족들이 이렇게 평온한 모습으로 잠을 자겠어?"

파피나는 마이코의 입으로 잘못을 인정하는 말을 꼭 듣고 싶었다.

마이코는 확신할 수가 없었다. 지금은 저렇게 온순해 보여도 잠에서 깨어난 뒤 자기 보금자리에 턱하니 랑구르원숭이 한 마리가 서 있는 것을 발견하면 얼마나 무시무시하게 돌변할지 모르기 때문이다. 마이코는 하늘을 올려다보았다. 햇살이 강해질수록 마이코의 심장도 점점 더 크게 뛰었다.

"돌아가야겠어."

"안 돼! 아직은."

"그럴 시간이 없어."

"아침 식사 때까진 있어야지. 우리가 진짜 동족을 먹는지 직접 두 눈으로 확인해봐야 할 거 아냐?"

원숭이 전쟁

파피나가 고집을 피웠다.

"하지만 엄마, 아빠가 알면 내가 실종됐다고 생각하실 거야!"

"그래? 그럼, 그냥 핑곗거리를 하나 만들어봐. 먹을 걸 찾으러 나갔다 왔다고 하면 되잖아."

마이코가 고개를 흔들었다. 파피나는 정말 모르는 걸까?

"하니 부사령관님의 허락이 있어야 먹이를 찾으러 다닐 수 있어."

"그럼, 그냥 잠이 안 와서 산책 좀 했다고 하면 되잖아."

"공동묘지 밖으로 나오려면 허락을 받아야 한다니까."

"어떻게 그런 식으로 갑갑하게 살 수가 있어?!"

너무나 간단한 질문이었지만 마이코는 할 말이 없었다.

파피나는 마이코의 손을 꼭 잡고 정원으로 이끌었다.

"우리가 여기에서 어떻게 사는지 꼭 한 번 봐야 돼."

어린 원숭이들이 하나둘 잠에서 깨어나기 시작했다. 그러고는 배가 고프다며 엄마와 아빠에게 엉기며 칭얼댔다.

파피나는 모두가 제 할 일에 바빠 마이코에 신경을 쓰지 못할 수도 있겠다는 생각을 했다. 날마다 낯선 원숭이들이 수없이 들어오는 마당에, 새로운 원숭이 한 마리 정도야 그냥 자연스럽게 묻힐 수도 있지 않을까 싶었다.

그러나 간과한 사실이 있었다. 마이코는 랑구르원숭이였다. 그래서 즉각적인 공포와 의심의 눈초리를 불러일으켰다. 마이코가 발걸음을 내디딜 때마다 전염병이라도 되는 듯 어른들은 뒤로 물러났고 아이들은 부모의 다리 뒤로 숨었다.

"정말, 난 그냥 가는 게 좋겠어."

마이코가 속삭였지만 파피나는 마이코의 팔을 한층 더 꽉 붙잡았다. 적대감의 물결을 무시하면서 파피나는 마이코를 사원의 원숭이신 동상 쪽으로 데려갔다. 꼭 엄마와 만나게 해주고 싶었기 때문이다.

월로우는 나뭇가지로 발가락 사이를 긁고 있다가 파피나가 부르는 소리를 들었다.

"엄마, 얘는 마이코라고 해요."

월로우는 생각 없이 고개를 들어 쳐다보다가 랑구르원숭이를 발견하고 화들짝 놀랐다. 본능적으로 벌떡 일어나서 딸을 자기 쪽으로 잡아당기면서 이빨을 드러내며 으르렁거렸다. 금방이라도 마이코를 물어뜯을 것만 같았다.

"이런 놈이 왜 여기에 있어?"

월로우가 경멸에 찬 목소리로 소리쳤다.

"내 친구예요."

파피나가 강조했다.

마이코가 조심스레 손을 내밀어 밝은 노란색 레몬 하나를 월로우에게 건넸다.

"파, 파피나가, 이걸 좋아하신다고 해서요……."

마이코가 말을 더듬었다.

윌로우는 믿을 수 없다는 표정으로 레몬을 바라보았다. 정말 그 모든 폭력과 악행을 고작 이 레몬 하나로 용서받을 수 있다고 생각하는 건가?

"나한테 아주 잘해줬어요."

파피나가 분명한 목소리로 엄마에게 선언했다.

"물론 랑구르원숭이라는 건 잘 알지만, 랑구르족이라고 다 똑같지는 않아요. 목숨을 걸고 여기까지 와준 거란 말이에요. 아침 정도는 같이 먹어도 되잖아요."

"전 아무거나 잘 먹어요. 진짜예요. 안 까다롭죠."

마이코가 분위기를 누그러뜨리려 애를 썼다.

하지만 효과가 없었다.

윌로우가 마이코를 쏘아보았다. 그러자 점점 더 많은 암컷 원숭이들이 주위로 몰려들었다.

파피나는 마이코를 보호하려고 마이코 쪽으로 가까이 붙었다.

"랑구르원숭이들이 어린 학생들에게 뭐라고 가르치는지 아세요? 리서스원숭이들이 거친 야만족에다가 동족을 먹기까지 한다고 가르친다구요!"

파피나는 어이없는 표정으로 말을 이어갔다.

"그게 틀렸다는 걸 증명하려면 우리가 여기 마이코에게 과일을 대접해 보내는 게 제일 쉽고 간단하지 않겠어요?"

월로우는 딸의 행동에 배신감과 화를 느끼면서도 파피나가 왜 저렇게까지 하는지 이해하려고 애를 썼다. 그때, 갑자기 단호한 목소리가 들려왔다.

"아무것도 주지 말아요."

원숭이들이 모두 고개를 돌려, 그늘 속에 서 있는 트위처를 쳐다보았다.

"저 녀석은 모든 원숭이의 적입니다. 여러분의 보금자리를 파괴하고 여러분의 가족을 해친 녀석이란 말이지요."

트위처는 말을 하면서 가까이 다가왔다.

"이 도시 전체의 원숭이들을 절망의 구렁텅이로 몰아넣은 원수이니, 결코 환영받지 못할 자입니다."

트위처가 이토록 단호한 모습을 보인 것은 처음이었다. 느긋하고 태평스럽던 평소 모습은 온 데 간 데 없었다. 트위처는 월로우를 보며 믿을 수 없다는 듯 호통을 쳤다.

"원수 옆에 그렇게 서 있다니, 부끄러운 줄 아세요. 당신이라면 더 잘 알아야죠."

"제가 데리고 온 거예요."

파피나가 엄마를 변호하며 앞으로 나섰다.

하지만 그 말은 트위처가 듣고 싶던 대답이 아니었다. 트위처는 파

원숭이 전쟁

피나와 마이코를 번갈아 쳐다보았다. 두 원숭이 사이의 특별한 관계가 느껴졌다. 그러자 배 속 깊은 곳에서 분노가 끓어오르기 시작했다.

"제발 진정하세요. 무슨 해를 끼치려고 여기에 온 게 아닙니다. 제 눈으로 직접 보니, 그동안 얼마나 끔찍한 오해들이 축적되어 왔는지 알 것 같아요. 리서스족은 우리 랑구르족과 똑같아요. 과거에 무슨 일이 벌어졌든 미래는 바뀔 수 있습니다. 파피나 덕분에 그런 생각을 가질 수 있게 되었죠."

마이코가 화해의 말을 던졌다.

"그런 생각을 가질 수 있게 되었다고?"

트위처가 고압적인 자세로 되물었다.

"그럼, 이제부터는 이런 생각을 가지도록. 우리 리서스족이야말로 이 도시를 자유롭게 누비던 종족이라는 걸. 반면 랑구르족은 여전히 야만족에다 버려진 군대라는 사실을 말일세. 인간들은 우리를 좋아해서 우리에게……."

"그렇다면 왜 인간들을 배신했나요?"

마이코가 되받아쳤다.

"그런 적 없네."

"하지만 인간 지도자를 죽인 건 당신들이잖아요?"

"뭐라고?"

트위처는 마이코를 뚫어져라 노려보았다.

"그 인간은 추락사한 거야. 그게 진실이지. 원숭이들이 그 현장에 있긴 했지만 아무도 실제로 무슨 일이 벌어졌는지는 보지 못했어. 우리 리서스족이 장난기가 많긴 하지. 그래도 인간을 죽였다고?"

트위처가 고개를 절레절레 흔들었다.

"인간을 죽인다는 생각만으로도 구역질이 나네. 하지만 인간들은 완전히 공포에 사로잡혔지. 결국 원숭이 대 원숭이의 대결이 되고 말았어. 인간들은 랑구르족의 질투심을 자극해서 우리 리서스족에게 분노를 분출하게 만든 거야. 우리는 몇 세대에 걸쳐 평화롭게 살아온 터전에서 쫓겨났고, 우리가 새로운 보금자리를 마련할 때마다 랑구르족이 뒤쫓아 와서 전쟁을 벌였지. 이제 우리는 여기 이렇게……."

트위처가 팔을 들어 정원을 가리켰다.

"난민 신세가 되어 석상 아래 붙어살고 있네."

트위처는 흉흉한 눈초리로 말을 덧붙였다.

"인간들은 자신들이 무슨 짓을 부추긴 것인지 결코 이해하지 못할 걸세. 하지만 어느 날…… 언젠가는 랑구르족 스스로 도를 넘게 될 날이 올 거야. 랑구르족이 그렇게 몰락해갈 때 랑구르족의 적들이 기회를 노리고 있다는 걸 꼭 기억하도록. 그 적들 중에서도 우리가 제일 먼저 쓴 맛을 보여줄 테니, 기대하라고."

트위처는 증오와 경멸의 눈으로 마이코를 쳐다보았다.

"돌아가서 내 말을 꼭 전해."

원숭이 전쟁

14장
순응자들

공동묘지까지 돌아가는 길은 홀로 도시 전체를 가로지르는 아주 기나긴 여정이었다. 리서스족의 완강한 반대로, 마이코를 데려다줄 수가 없게 된 파피나가 서둘러 지름길을 설명해주었다. 어쩔 수 없이 마이코는 재빨리 이정표들을 속속들이 머리에 담을 수밖에 없었다.

그렇지만 마이코에게 집으로 돌아가는 일 따위는 그다지 큰 문제도 아니었다. 더 심각한 문제로 마음이 길을 잃어버렸다. 트위처가 알려준 역사 때문에 엄청 혼란스러워서 괴로웠다.

랑구르족은 선택받은 종족으로, 평화 유지와 질서 회복을 위한 군대라며 애써 마음을 다잡았다. 트위처의 말이 사실이라면 마이코의 아빠 엄마가 그걸 모를 리가 없었다. 아빠는 군대에서 중요한 역할을 하는 분이었다. 죄 없는 원숭이들이 살해당하는 걸 그대로 내버려둘 분도 아니었다.

반면 랑구르족의 역사가 사실이고 리서스족이 형편없는 야만족이라면 어째서 파피나의 성품은 그렇게 올곧은지 이해할 수 없었다.

어느 쪽 역사를 믿어야 하는 것일까?

마음속을 휘저어대는 질문을 곱씹으며 터덜터덜 걷다 보니, 어느 결에 공동묘지의 바깥 담장을 마주보고 서 있었다. 퍼뜩 정신을 차리고 물웅덩이 속으로 뛰어들어 집으로 돌아왔다. 가족들에게는 밤에 너무 더워서 바깥에서 별을 보며 잠을 잔 척했다.

아무도 마이코의 핑계에는 신경도 쓰지 않았다. 오늘은 '전사의 날'이었다. 지금까지 전투 능력을 선보여온 재능 있는 사관생도들을 정예부대원으로 발탁하는 날이었다. 당연히 마이코의 형인 브레리도 선발되었다.

부모님은 브레리를 파리 떼처럼 쫓아다니며 치장해주느라 바빴다. 전혀 놀랍지도 않은 장면이었다. 브레리의 털은 반짝이다 못해 빛을 내뿜을 정도였다. 가족들은 마이코의 얼굴을 보자마자 마이코를 둘러싸고 한목소리로 나무랐다.

"어디에 있었던 거야!"

"오늘이 네 형한테 얼마나 특별한 날인지 모르니?"

"순찰대원을 세 번이나 보내서 널 찾았단 말이다!"

가족들의 잔소리를 피해 마이코는 사관학교로 도망을 쳤다. 구나 총교관은 의장대를 준비시키느라 정신이 없어서, 마이코를 혼낼 여유도 없어 보였다. 대신 마이코는 행사장 청소를 맡게 되었다. 나뭇잎 부스러기나 나뭇가지가 하나라도 남아 있지 않도록 말끔하게 치워야 했다.

마이코는 묵묵히 벌청소를 받아들였다. 전날 밤 얼마나 많은 규칙을 어겼는지 생각해 보면, 다들 바빠서 더 캐묻지 않는 것이 얼마나 다행스러운지 몰랐다.

전사의 날은 랑구르족 최대의 행사였다. 군부대 가족들이 신선한 물이 담긴 코코넛 껍데기를 들고 나와 거대한 영묘궁 계단에 바치는 것으로 행사가 시작되었다. 영도자 고스포더는 각각의 코코넛 껍데기에서 한 모금씩 물을 마신 뒤 몇 개를 골라 제일 높은 계단 위에 놓았다. 그런 다음, 이 코코넛 껍데기들을 하나씩 들고 선발된 사관생도에게 차례대로 다가갔다.

"여기 모인 생도 중에서 최고의 정예부대원으로 선발된 걸 축하하는 바이네."

고스포더가 근엄한 목소리로 치하했다.

"영광입니다."

사관생도가 당당하게 대답했다.

"랑구르 군을 위해 몸과 마음을 전부 바치겠는가?"

"맹세합니다."

고스포더가 코코넛 껍데기에 든 물을 한 모금 마신 뒤 건네자 사관생도가 남은 물을 마저 들이켰다. 이로써 사관생도는 정식으로 정예부대원이 되었다.

곧 브레리의 순서였다. 마이코는 고스포더가 줄을 따라 의식을 치르며 형에게 점점 더 가깝게 다가오는 모습을 찬찬히 지켜보았다. 형의 얼굴 주름 하나하나에 새겨진 오만한 자부심이 손에 잡힐 듯 생생하게 보였다. 브레리는 자신의 우수성에 한 치의 의심도 없었으며, 이 세상에 나올 때부터 정예부대원으로 태어난 존재라고 완전히 믿고 있었다. 엄마와 아빠를 쳐다보았다. 부모님도 형과 똑같은 확신을 갖고 있는 듯했다.

드디어 브레리의 차례였다.

"여기 모인 모든 생도들 중에서 최고의 정예부대원으로 선발된 걸 축하하는 바이네, 브레리 군."

고스포더가 선언하듯 말했다. 작은 변화였지만 여기 모인 원숭이들은 금세 알아챘다. 영도자 고스포더가 처음으로 의전 형식을 깨고 생도의 이름을 불렀던 것이다. 분명 대단한 호의를 드러내는 표시였다. 부모님 쪽을 흘긋 쳐다보니 역시나 흥분으로 떨리는 표정을 감추지 못하고 있었다.

"영광입니다."

브레리가 대답했다.

"랑구르 군을 위해 몸과 마음을 전부 바치겠는가?"

"맹세합니다."

영도자 고스포더가 미소를 지으며 물을 마시고는 나머지를 브레리에게 건네자 브레리가 말끔히 비웠다. 더는 완벽할 수 없는 순간이었다.

이제 자신과 형 사이에 뛰어넘을 수 없는 간극이 생겨났다는 현실을 깨닫자마자 마이코는 온몸이 떨려왔다. 진실을 밝혀내도 아무에게도 말할 수 없겠구나 싶었다. 가족에게조차도, 아니, 가족이기 때문에 더더욱 말해서는 안 된다는 사실을 자각한 순간이었다.

이제부터 영영 마이코는 돌이킬 수 없이 고독한 길로 들어서버린 셈이다.

늘 그랬듯 '전사의 날' 연회는 영묘궁에서 열렸다. 교관들은 새로운 정예부대원들을 생도가 아니라 동등한 동지로 대하면서 편하게 이야기를 나누었다. 부모들은 영광스러운 자식들 이야기로 꽃을 피웠다. 예쁘장한 아가씨들은 신예 스타와 같은 정예부대원들의 시선을 끌기 위해 분주했다.

그들과 자신 사이에 경계선이 그어진 것 같았다. 마이코는 감히 그 경계선을 침범할 수 없었다. 그냥 오렌지 두어 개를 집어들고는 연못 가장자리 한적한 곳에 자리를 잡았다. 그런데 막 오렌지 하나를 짜서 마시려는 순간, 말을 거는 목소리가 들려왔다.

"마이코 생도, 뭔가 걱정이 있어 보이는군요."

마이코가 고개를 들어보니, 타이렐 부사령관이 옆에 서 있었다.

"죄, 죄송합니다. 저는 그저……."

마이코가 벌떡 일어서려 들자, 타이렐이 격식은 집어치우라는 듯이 손짓을 하더니 마이코 옆에 앉았다.

"이 물에 발을 담그면 기분이 좋아지죠. 한 번 해봐요. 발을 차갑게 식히면 온몸이 편안해져요."

타이렐이 시범을 보이듯 물에 발을 넣었다.

마이코는 잠시 망설였다. 아무리 그래도 고위 관료인데, 격의 없이 대하면 안 될 것 같았다. 타이렐이 고개를 돌려 마이코를 꿰뚫어 보듯 쳐다보았다.

"두려워할 필요 없어요. 마이코 군은 다른 원숭이와 다르다는 걸 잘 알고 있으니까."

타이렐의 말은 친절했지만 왠지 으스스한 느낌이 들었다. 하지만 고분고분 잘 따른다면 부사령관의 분노를 살 일은 없을 것이라는 점은 분명했다. 마이코는 거의 의무적이다시피 물속으로 발을 내렸다.

"그래, 무슨 고민이 있나요?"

마이코는 그럴듯한 거짓말을 짜내려고 열심히 머리를 굴렸다. 가족들이 저토록 행복해 하는 날에 혼자만 우울해 보이니, 이상할 만도 했다.

"형만큼 잘 해낼 수 없을까 걱정인가요?"

타이렐이 슬쩍 미끼를 던지듯 묻자, 마이코가 얼른 고개를 끄덕였다.

"네, 맞습니다."

타이렐이 다 안다는 듯 음흉한 미소를 지었다.

"아직 거짓말에는 많이 서툴군요."

마이코는 눈썹 위로 땀이 흐르는 것을 느꼈다. 타이렐이 불안한 속마음을 훤히 들여다보듯 읽어내는 것 같아서 섬뜩했다.

"자, 솔직하게 털어놔봐요. 진짜 고민이 뭔가요?"

마이코는 거짓말로 이 상황을 모면할 수 없으리라는 것을 알았다. 그렇다고 솔직하게 털어놓기에는 위험성이 더 컸다.

"전 그냥……."

마이코는 새로운 정예부대원들을 흘긋 쳐다보며 말을 이었다.

"이미 전쟁은 이겼어요. 리서스족은 쫓겨났죠. 그런데 왜 우리는 여전히 전투 얘기만 할까요? 지금은 앞으로 벌어질 일에 대해 생각할 시기가 아닐까요?"

타이렐이 심사를 하듯 마이코를 빤히 쳐다보았다. 잠깐의 괴로운 순간이 지나가고, 부사령관의 얼굴에 서서히 미소가 번졌다.

"그래서 마이코 군이 더 큰일을 해야 할 운명이라는 말입니다. 저들보다 훨씬 더 큰일을요."

타이렐은 정예부대원들을 조롱하는 듯한 눈초리로 슬쩍 쳐다보며 말을 이었다.

"저들은 그저 복종만 할 뿐이죠. 하지만 마이코 군은…… 대담하게도 질문을 던지고 있잖아요."

마이코는 깜짝 놀랐다. 정예부대원들을 아무것도 아니라는 식으로 깎아내리는 소리는 생전 처음 들었다.

"사실은 말이죠."

타이렐이 계속 말을 이어갔다.

"전쟁은 결코 끝나지 않았습니다. 리서스족은 패했지만 완전히 제거된 건 아니니까요."

타이렐은 단어를 신중히 고르면서 냉정하고 정확하게 표현했다.

"빠르든 늦든 복수심에 눈먼 리서스족은 다시 공격해올 겁니다. 우리 쪽 첩보에 따르면 이미 리서스 저항군이 조직되고 있다고 하더군요. 여기저기에서 분쟁을 일으키겠다는 거겠죠."

이런 말은 처음 듣는 마이코였다. 파피나는 저항군 얘기를 한 적이 없었다.

"군대는 언제 공격을 받을지 반드시 알아야 해요. 애석하게도 리서스족은 여전히 정신을 못 차린 것 같아요. 그러니 우리가 더 강하게 알려줄 필요가 있겠죠."

타이렐이 열변을 토했지만 마이코는 주저하는 듯 보였다.

"내 말에 동의하지 않나요?"

"아닙니다. 동의합니다."

"아무리 책임이 무겁고 힘들더라도 랑구르족은 도시 전체의 원숭이들을 위해 최선을 다해야 하죠. 우리는 '선택받은 종족'이니까요."

"네. 우리는 도시 전체의 희망입니다."

마이코가 반사적으로 랑구르 전사의 신조를 읊었다.

하지만 타이렐은 마이코의 말투에서 의심을 읽어냈다.

"그런데 왜 주저하죠? 그저 몸집이 작기 때문에 전투가 달갑지 않을 뿐인 건가요?"

타이렐이 마이코를 위아래로 훑어보며 비아냥댔다. 확실히 얼마나 상처를 주는 소리인지를 알고서 던지는 말이었다.

"전 사관생도로서 저를 충분히 증명해 보였습니다. 교관님들께 물어보십시오."

타이렐이 너그러운 미소를 지었다.

"나도 그 나이 때에는 몸집이 작은 게 죽을 정도로 싫었어요. 온갖 걸 다 해봤죠. 나무에 매달려 팔을 늘인다거나 토할 때까지 꾸역꾸역 먹어치운다거나 근육을 키운다거나……."

마이코는 부사령관이 친근하게 느껴졌다. 마이코도 몸집을 키우려고 갖가지 방법을 다 시도해봤지만 효과를 본 건 하나도 없었다.

"그러고 나서 깨달았죠. 모든 원숭이들이 다 똑같은 방식으로 싸우는 건 아니라는 사실을 말이에요."

"무슨 말씀인지 모르겠습니다."

타이렐은 불타는 듯한 눈초리로 마이코를 꼼꼼히 살펴봤다.

"마이코 군을 처음 봤을 때, 나와 똑같은 영혼을 느꼈어요. 우리는 남들과 다릅니다. 우리의 강점은 머리에 있어요. 하지만 그 강점을 제대로 발휘하는 건 쉽지 않지요. 내가 도와줄 수 있어요. 마이코 군이 충성을 보이면 말이죠. 나에 대한…… 진정한 충성심을…….”

타이렐은 일부러 말끝을 흐렸다. 마이코는 잠깐이나마 어두운 비밀을 살짝 엿본 것 같았다. 타이렐은 '나'라고 했다. '랑구르 군대'가 아니라 '나에 대한 충성'이라고.

“그런 충성심이라면 실로 엄청난 권력으로 보답 받아 마땅하지요.”

타이렐이 속삭이듯 덧붙였다. 이참에 마이코를 자기편으로 만들려는 듯했다. 마이코는 타이렐을 바라보면서 진의를 파악하려고 애를 썼다. 그 순간, 보병 하나가 군중을 밀치며 헐레벌떡 뛰어왔다.

“부사령관님! 갑자기 죄송합니다만, 큰일이 났습니다!”

타이렐은 재빨리 보병을 구석으로 데리고 가서 아무도 듣지 못하게 조용히 얘기를 나눴다. 다급한 손짓이며 부사령관의 얼굴에 드러난 주름을 보니 심각한 상황 같았다.

잠시 후, 타이렐은 서둘러 고스포더에게 달려가 보고를 했다. 다른 원숭이들도 긴장 어린 분위기를 감지하기 시작했다. 웅성거림이 점점 더 심해지던 순간, 드디어 영도자 고스포더가 주춧돌 위로 훌쩍 올라섰다.

“랑구르 동지 여러분!”

영도자의 목소리가 크게 울렸다.

원숭이 전쟁

"오늘 우리는 가장 용맹스러운 청년들의 성과를 축하하는 행사를 진행했습니다. 앞으로 이들이 피 한 방울 흘릴 필요가 없다면 그 또한 축하할 일이겠지요."

고스포더가 빠릿빠릿하고 야무진 얼굴들을 쭉 훑어보며 말을 이었다.

"그러나 방금 타이렐 부사령관이 끔찍한 사건을 알려왔습니다. 보넷원숭이들이 인간 아기를 납치해갔다는 겁니다!"

충격의 물결이 군중 전체에 퍼졌다.

"우리가 오랫동안 결전을 벌여왔던 리서스족의 악행이 보넷족에게까지 번진 모양입니다!"

새로운 정예부대원들은 임박한 전투에 대한 기대감으로 술렁거렸다. 조금 전까지만 해도 용맹한 아들의 모습에 뿌듯해 하던 어머니들은 본능적으로 아들에게 다가가 팔을 꼭 붙들었다.

"우리는 도시 전체의 희망입니다. 우리에게 야만스러운 원숭이들의 준동을 평정해야 할 책임이 있다는 말입니다! 나와 통치위원회는 한마음 한뜻입니다. 평화의 이름으로 전쟁을 선포합니다!"

고스포더가 선언했다.

발로 땅을 쿵쿵 구르는 소리와 함께 모두 일제히 환호성을 질렀다. 마이코조차 분위기에 사로잡혀 목소리를 드높였다. 이제 트위처와 얘기할 때 진짜 증거를 들이대며 논쟁할 수 있을 터였다. 자, 똑똑히 보라, 보넷원숭이들이 인간과 원숭이 사이의 선을 넘었다. 자연의 질서를 어긴 쪽은 보넷족이며, 이 난동을 바로잡을 용기와 힘을 가진 존재는 오직 랑구르족뿐이다.

랑구르의 군사들 모두 즉시 전투 태세에 돌입했다. 트럼블은 후방 지원을 위한 보급망 계획을 맡아 부관 셋을 부리게 되었다. 암컷 원숭이들은 집안일을 옆으로 제쳐두고, 무기로 쓰일 돌멩이나 나뭇가지를 모으는 특별 임무를 수행하게 되었다. 공동묘지에 사는 원숭이 모두 나이와 상관없이 전투를 위해 동원되었다.

브레리가 속한 분대도 주요 공격군에 포함되어 보넷족 영역 가까이 전진 배치되었다. 마이코가 속한 사관생도 분대는 오래전에 폐기된 낡은 철도 신호소에 배치되었다. 시야가 확 트여 감시하기 좋은 곳이었다. 앞쪽으로는 보넷족 영역의 경계선인 다리가 보였고, 뒤쪽으로는 언덕 위의 공동묘지가 보였다. 마이코가 속한 분대의 임무는 식량과 무기를 전달하고, 부상당한 랑구르 전사들을 후방으로 이송하는 일이었다.

전쟁 준비는 고된 일이었다. 햇살이 서서히 물러가면서 사관생도들의 흥분도 점점 가라앉았다. 전쟁의 위험한 기운이 손에 잡힐 듯 다가왔다.

마이코는 긴장된 분위기의 신호소 안을 둘러보면서 내일 이맘때쯤이면 이곳이 피투성이 부상병들로 가득하리라는 생각을 지울 수가 없었다. 전쟁은 결코 남의 일이 아니라는 생각이 들었다. 직접 전투를 치를 당사자는 바로 가까운 친구들과 친형인 것이다.

더불어 또 다른 걱정거리도 있었다.

이런 심각한 순간에 생각만으로도 죄책감이 들었지만 파피나와의 약속이 떠오르는 것은 어쩔 도리가 없었다.

마이코는 달을 올려다보았다. 달이 가장 높이 떠올랐으니 지금이 파피나와 몰래 만나기로 약속한 시간이었다. 파피나는 엄마의 말을 거역하면서까지 약속을 지키려고 지금쯤 공동묘지 담장 밖 으슥한 곳에 숨어서 기다리고 있을 터였다. 갑작스레 전쟁 동원령이 내려질 줄 누가 상상이나 했겠는가. 당연히 파피나도 알 턱이 없었다. 어쩌면 트위처 때문에 마이코가 마음이 변해서 친구 관계를 끝내고 싶어한다고 오해를 하고 있을지도 몰랐다.

그렇다고 지금 당장 해명하러 갈 수도 없는 일이었다. 뭐, 전투 상황이 길어지면 해명은커녕 해명 기회라도 잡을 수 있을지 의문이긴 했다.

15장
전투대기

솜즈는 코까지 컹컹거리며 웃어댔다.

"아, 알았어! 아주 좋은데? 와, 정말 좋았어."

계속 낄낄거리면서 솜즈는 주니퍼베리 열매 두 알을 입안으로 톡 털어 넣었다.

친구인 모톤이 어이없다는 표정으로 솜즈를 올려다보았다. 농담을 건넨 건 어제였는데 이제야 알아먹었다고? 모톤은 고개를 절레절레 흔들었다. 뭐, 그래도 태평스러워서 좋긴 좋네. 하긴 보닛원숭이들은 결코 서두르는 법이 없었다. 오후에는 특히 더 그랬다.

언제부터인지 모르겠지만 아주 옛날부터 보닛족은 다 쓰러져가는 담장까지 나무 그늘이 길게 늘어질 때쯤에야 슬슬 모여서 대초원의 주니퍼베리를 따기 시작했다. 이제는 습관을 넘어 거의 전통이 되었다. 이런 관습들을 잘 지킴으로써 보닛족은 운명대로 잘 살아간다는 안정감을 느꼈다.

모톤과 솜즈는 보닛족의 지도자였다. 특별히 총명하지도 기민하지

원숭이 전쟁

도 않았지만, 나이를 먹어감에 따라 백성들의 경외를 살 만한 귀족적인 분위기를 풍겼다.

"오늘 참 덥네."

솜즈가 우물거리며 말했다.

"정말 지독해."

모톤이 맞장구를 쳤다.

"내일은 좀 시원해지겠지."

"뭐, 그럴지도."

아주 역동적인 지도자들의 열정적인 대화는 아니었지만 모톤과 솜즈는 그럴 필요가 없었다. 그들은 오직 전통의 수호자 역할만 잘 이행하면 되었다.

수 세대 이전에 보넷원숭이들은 이 도시에 피란민으로 흘러 들어와 필사적으로 싸워서 지금의 위치에 이르렀다. 용감하게 싸웠기 때문에 오래 걸리지 않아 명당 자리를 차지할 수 있었다. 버려진 대사관 터를 터전으로 삼은 것이다.

"베리를 살펴보러 한 바퀴 돌아볼까?"

"그럴까? 한 번 둘러보는 것도 좋지."

솜즈의 제안에 모톤이 동의했다.

그러나 이것은 매일 오후만 되면 둘이서 그저 하는 소리였다. 실제로 둘러보러 나선 적은 한 번도 없었다. 이 땡볕과 더위에 말이 되는

가. 이렇게 아름다운 곳에 살면서 가만히 앉아만 있다니, 참으로 애석한 일이었다. 보넷족 원숭이들은 서쪽 훌리강에서부터 동쪽 시장에까지 이르는 넓은 정원을 마음껏 돌아다녔다. 정원에는 담장이 둘러쳐져 있어 고급스럽고 비밀스러운 분위기도 더해졌다. 한가운데에는 대사관 건물이 있었다. 원래 이 건물에 다들 모여 살았는데, 몬순 시기를 여러 번 거치다 천장이 내려앉아서 하는 수 없이 대초원의 한가운데에 있는 '여름별장'으로 옮겨갈 수밖에 없었다.

'여름별장'이라는 이름에서 알 수 있듯 이 건물은 구조가 좀 독특했다. 높은 탑을 시작으로 두 개의 목조 건물이 V 자 모양으로 길게 붙어 있었다. 탑에 올라가면 콜카타 시내가 내려다보였다. 벽에는 환기 구멍들이 여러 개 돌아가며 뚫려 있었다. 구멍마다 덧문이 달려 있어 비상시에 덧문을 내려서 닫을 수 있었다.

하지만 이제껏 덧문이 필요했던 적은 없었다. 아주 오랫동안 아무도 보넷족의 영역을 넘보지 않았기 때문이다.

보넷족 순찰대가 정기적으로 돌아다니면서 영역 경계가 잘 지켜지고 있는지 살펴보기는 했다. 하지만 정말 전투가 일어날 거라 믿는 보넷족 원숭이는 한 마리도 없었다.

매일 오후마다 주니퍼베리를 나눠먹으면서 보넷족은 이 보금자리가 난공불락이라는 믿음을 다시금 확인하곤 했다.

모톤과 솜즈는 말없이 열매만 우물거리며 또 무슨 말을 할까 고민

원숭이 전쟁

했다. 그러는데, 갑자기 크게 외치는 소리가 들려왔다.

"어이, 베리 좀 주시지!"

고개를 돌려 저 멀리 담장 쪽을 쳐다보니 랑구르원숭이 한 마리가 위에 앉아 씨익 웃고 있었다.

"저리 안 꺼져!"

솜즈는 랑구르원숭이가 후다닥 달아나리라 예상하면서 고함을 내질렀다.

하지만 랑구르원숭이는 꼼짝도 하지 않았다.

"언제나 한 마리만 와서 알짱거리는구만, 그렇지?"

모톤이 대수롭지 않다는 듯 한숨을 내쉬었다. 그러나 솜즈는 막돼먹은 부랑아가 보넷족의 영역을 침범했다는 사실에 은근히 짜증이 치밀었다.

"순찰대는 다 어디 갔어? 저놈을 잡아 아주 혼쭐을 내줘야겠어."

"순찰대는 저녁에나 돌아오잖아."

모톤이 엉덩이를 긁으며 생각에 잠겼다. 모톤과 솜즈는 그 순찰대가 이미 랑구르 암살조에게 살해당해 배수로에 뒹굴고 있다는 사실은 꿈에도 생각하지 못했다.

"그냥 무시해. 저러다 가겠지."

그러나 랑구르원숭이는 가기는커녕 뒷다리로 쪼그려 앉아 담장 아래로 배변을 보려는 자세를 취했다.

"저건 또 뭐야!"

모톤이 역겹다는 듯 소리쳤다.

솜즈는 벌떡 일어나서 모두의 시선을 의식하듯 위엄과 권위를 내보이며 큰소리를 쳤다.

"여봐라, 여기는 보넷족의 땅이다! 지금 당장 그 더러운 엉덩이를 치우지 않으면 내 직접 가서 그 엉덩이를 흠씬 두들겨 줄 테니 각오해라!"

하지만 랑구르원숭이는 그저 얄미운 미소를 지으며 약을 올릴 뿐이었다.

"당신이? 군대라도 있나?"

"됐어! 볼 것도 없어. 당장 저놈을 두 동강 내버리겠어!"

솜즈가 으르렁거리며 화를 냈다.

"나야 좋지."

모톤이 주먹을 우두둑 꺾으며 화답했다.

그런데 두 보넷 지도자들이 대초원으로 나가려고 걸음을 내딛는 순간, 커다란 걸음 소리가 들려왔다.

보넷원숭이들이 술렁거렸다.

"저게 뭐야?"

갑자기 랑구르족 군대 전체가 위협적인 자세로 정원 담장 위에 빙 둘러가며 먹이를 노리는 새 떼처럼 빼곡히 올라앉았다.

보넷족에게 덜컥 불안감이 엄습해 왔다.

"어떻게든 막아 봐. 시간을 좀 벌어야지."

모톤이 속삭였지만 때는 이미 늦은 후였다. 짧은 명령이 떨어지자마자, 랑구르 전사들 모두가 일제히 담장 아래로 뛰어내리고는 대초원을 가로질러 다가오기 시작했다.

보넷족은 공포에 사로잡혀 허둥지둥, 난리가 났다. 암컷 원숭이들은 입술을 붙였다 떼어 내면서 경고 소리를 냈고, 수컷 원숭이들은 이리저리 뛰어다니면서 새끼들을 안아 올렸다. 모톤과 솜즈는 랑구르 전사들이 겁을 먹고 주춤해주기를 바라면서 사납게 스스로의 가슴을 쿵쾅쿵쾅 두들겼다.

하지만 랑구르 전사들은 흐트러짐 없이 대열에 맞춰 계속 전진했다. 그러다가 어느 늙은 보넷원숭이를 따라잡아서 둘러쌌다. 주먹다짐과 돌 세례가 퍼부어지자 고통스러운 비명이 터져 나왔다. 결국 늙은 보넷원숭이가 쓰러지자 랑구르 전사들이 우르르 달려들어 손가락을 물어뜯고 눈알을 파냈다.

무시무시한 상황이 솜즈를 일깨웠다. 수년 동안 안락한 삶을 누리느라 묻어두었지만 솜즈에게는 전사의 피가 흘렀다. 잔인한 적들을 마주 대하고 보니, 예전에 익혔던 군사 작전이 떠올랐다.

"공성전!!!"

솜즈의 명령이 대초원에 울려 퍼졌다.

"공성전! 공성전! 공성전……."

솜즈의 명령이 담장에 메아리쳤고 보넷족의 마음에 파고들었다. 다들 뒤로 돌아서 쏜살같이 여름별장을 향해 달려갔다.

랑구르 전사들도 함성을 지르며 앞으로 쇄도했다. 보넷족이 여름별장에 다다르기 전에 다 잡아들일 기세였다.

몇몇 보넷원숭이들은 공포에 사로잡혀 허둥대다 넘어졌지만 곧바로 일어나서 미친 듯이 뛰었다. 나머지 보넷족들은 너무 발이 느려서 너무나도 쉽게 정예부대원들의 사냥감이 되었다. 정예부대원들은 보넷원숭이들의 등에 올라타서 넘어뜨린 후 목덜미에 이빨을 박은 채로 질질 끌고 갔다.

솜즈는 여름별장에 다다르자 필사적으로 모톤을 찾았다. 하지만 오랜 전우인 모톤은 이미 랑구르 전사들에게 포위당한 상태였다.

"모톤!"

얼른 뛰어가서 친구를 구하고 싶었지만 무턱대고 달려 나간다면 자살행위나 마찬가지였다. 이 상황에서 솜즈가 할 수 있는 일은 없었다. 그저 모톤이 몽둥이로 두들겨 맞아 살이 떨어져 나가는 광경을 공포어린 눈으로 힘겹게 지켜볼 뿐이었다.

모톤은 격렬히 저항했다. 이리저리 주먹을 날리며 포기하지 않았다. 하지만 소용이 없었다. 랑구르 전사들이 사방에서 주먹을 내리꽂았고 결국 모톤은 바닥에 쓰러졌다.

솜즈는 자신이 얻어맞은 듯 아팠다.

"어서 일어나! 일어나라고!"

솜즈가 외쳤다. 속으로 모톤이 벌떡 일어나서 랑구르 전사들을 옆으로 내던져버리기를 바라고 또 바랐지만, 그런 일은 벌어지지 않았다.

모톤은 이제 다시는 일어나지 못할 모양이다.

이런 생각이 뇌리를 스친 순간, 솜즈는 공포로 목덜미가 섬뜩해졌다.

"안으로! 어서 빨리! 안으로!"

솜즈가 여름별장 현관으로 달려오는 보넷원숭이들에게 냅다 고함을 질렀다.

"덧문 폐쇄! 공성전 위치로!"

이제 모든 기억이 돌아오기 시작했다. 그래, 우리 보넷족에게는 이런 식의 전략전술이 있었지. 솜즈는 초짜 랑구르 전사들에게 보넷족의 위력을 보여주리라 굳게 다짐했다.

마지막 보넷원숭이까지 여름별장으로 들어오자 솜즈는 얼른 정문을 닫고 커다란 나무 빗장을 걸어 잠갔다. 그러고 나서 길고 긴 복도를 달려가면서 다들 힘을 합세해 덧문을 내렸다. 훤히 뚫려 있던 창문이 하나씩 쾅쾅 닫히기 시작했다. 슬쩍 바깥을 훔쳐보니 랑구르 전사들이 쓰러진 보넷원숭이들을 둘러싸고 마구 두들겨 패서 목숨줄을 확실히 끊어놓고 있었다.

랑구르 전사들의 야만성보다 더 끔찍하고 두려운 것이 랑구르 군의 군기였다. 살해 임무를 마치고 난 랑구르 전사들은 반드시 대열로 돌아와서 줄을 맞췄다. 지금은 전열을 정비한 랑구르 전사들이 여름 별장을 둥글게 포위하고 있었다. 솜즈는 저들이 곧 대규모 공격을 해 오리라는 것을 알았다.

솜즈가 마지막 덧문까지 닫고 나서 돌아보자, 겁에 질린 눈동자들이 기대에 찬 눈초리로 쳐다보고 있었다. 집중하자, 집중. 슬픔은 접어둘 때였다. 이 전쟁이 끝나면 실컷 슬퍼해도 되니까.

"저 야만족들은 우리의 땅을 결코 빼앗지 못할 것이다!"

솜즈가 큰 소리로 입을 열었다.

"주위를 보라! 저 견고한 담장이 우리를 지켜줄 것이며, 탑에서 모든 곳을 감시할 수 있다. 이제 이곳은 요새나 다름없다! 우리에게 의지만 있다면 아무도 이곳을 빼앗아갈 수 없다!"

안도의 물결이 보넷족에게 퍼져 나갔다. 지도자가 무엇을 해야 할지 확실히 알고 있다는 사실이 크게 와 닿았던 것이다.

"저들은 빠른 승리를 원하고 있다. 하지만 어림없다, 우리는 길고 긴 혈투를 각오하고 있으니까. 공성전에 돌입하라!"

저항의 함성이 보넷족 전체로 울려 퍼졌다. 이제 충격에서 벗어났고 패배감도 몰아냈다. 다들 전쟁을 각오했다.

솜즈는 바닥의 작은 문을 당겨 열었다. 아래에는 수세대 동안 보관해둔 비밀 보급품들이 잠들어 있었다. 오래전, 솜즈가 젊은 사령관이었을 적에 공성전에서 살아남을 수 있는 비상시 전략을 배웠는데, 지금 그 훈련이 빛을 발했다. 식량인 열매와 잎은 모두 썩어 문드러졌지만 그건 아무래도 좋았다. 중요한 것은 무기류였다. 다행히 투석용 돌멩이와 뾰족하게 깎은 기다란 나무 막대기, 미늘용 가시덤불 같은 무기들이 고스란히 지하창고에 보관되어 있었다.

이것은 전사들을 위한 무기고였다. 비록 사라져간 전사들일지라도 솜즈는 다시 옛 유산과 기억을 끌어내어 이 전투에서 이기고 말 것이라고 결심했다.

"주변은 모두 확인했습니다. 이 땅은 우리에게 완전히 포위되었습니다."

리프 대장이 숨을 헐떡이며 포고 장군에게 보고를 이어갔다.

"적들의 저항은 모조리 제압했고, 정예부대는 여름별장을 완전히 포위하고 언제든지 끝장낼 준비를 마쳤습니다. 또 한 번의 승전을 감축드립니다."

포고 장군은 눈썹에서 떨어지는 땀을 훔치며 전쟁터에서 눈을 떼지 않았다. 포고 장군을 제외한 모든 군사들은 승리가 눈앞에 있다며 들떠 있었다. 포고 장군만이 사태를 제대로 파악하고 있었다. 랑구르 족은 이미 패배한 것이나 다름 없었다.

포고 장군은 확 트인 대초원에서 전면전을 벌이고 싶었다. 그래야 군기가 바로 잡힌 랑구르 부대의 장점을 제대로 활용할 수 있기 때문이다. 그래서 퇴각하는 보넷원숭이들만 골라서 모조리 처단하라는 명령을 내린 것이었다. 하지만 피를 보고 흥분한 정예부대원들이 손쉬운 사냥감에 눈이 멀어 마구잡이로 날뛰는 바람에, 퇴각하던 보넷원숭이들은 반이나 살아남아 여름별장 안으로 도망쳐버리고 말았다.

그렇다고 불평만 하고 있을 수는 없었다. 랑구르 군이 불리해진 것은 사실이지만 상대 진영도 그다지 유리하다고만은 볼 수 없었다. 이제 이 공성전을 어떻게 해서든지 잘 마무리해야 했다. 뭐, 언제나 위험은 도사리고 있기 마련 아닌가.

사실 포고 장군이 이렇게 불안해하는 이유에는 영도자 고스포더가 보넷족을 너무 얕보고 있었다는 생각도 한몫했다. 비록 예전의 명성에 못 미치는 보넷족이라지만, 포고 장군의 기억에 따르면 보넷족의 군사력은 무시무시할 정도로 대단했다. 보넷족은 결코 항복하지 않는 종족이었다. 어쩌면 최후의 한 마리까지 저항할지도 몰랐다. 그러면 아주 지루하고 추악한 소모전이 될 터였다.

"장군님, 괜찮으십니까?"

리프 대장이 물었다.

포고 장군은 질문을 무시한 채 여러 전술을 놓고 고심했다. 그냥 대놓고 여름별장 안으로 쳐들어가는 대규모 공격을 강행할 수도 있었다. 랑구르 전사들이 좋아하는, 피가 난무하는 백병전이었다. 하지

원숭이 전쟁

만 만약 보넷족 일부가 탑으로 올라가면 진짜 큰일이었다. 탑 위에서는 모든 공격로가 다 보인다. 정확히 언제 어디에서 다음 공격이 들어올지 보넷족이 훤히 다 알아버린 상황에서 전투를 벌여야 한다.

"벽타기를 잘하는 전사 여섯을 모아봐. 제일 꼭대기부터 점령해야겠어."

포고 장군이 명령을 내렸다.

브레리는 두 번째 공격조로 담장을 넘었다. 주요 공격대에 속하지 못해서 자잘한 전투에 만족해야 했다. 내심 어서 적을 하나 죽여서 온몸에 피를 묻히고 싶었다. 오직 핏자국만이 전사로서의 영광을 드러낼 수 있는 증거 아니겠는가. 그래서 자원병을 모집한다고 했을 때 제일 먼저 앞으로 나섰다.

브레리는 '분산'조에 소속되었다. 분산조의 임무는 여름별장 앞 공터로 나아가 나뭇가지든 지붕조각이든 무엇이든 찾아서 바리케이드를 치는 일이었다. 주요 공격대를 위한 엄폐물이었다.

아무런 엄호 없이 적의 공격을 받아야 하는 아주 힘든 일이었다. 하지만 그것이 분산조의 주요 목적이었다. 분산조가 보넷족의 주위를 끄는 동안, '벽타기'조가 몰래 투입돼서 탑 꼭대기로 올라갔다.

탑 지붕의 나무기왓장은 반듯하게 줄지어 놓여 있었지만 세월의 때가 묻어 헐거워져 있었다. 벽타기 조원들이 나무기왓장을 하나씩 들어올렸다.

　나무기왓장을 모조리 걷어내자, 철망이 나타났다. 조장이 철망의 탄력성을 알아보려고 철망 위를 살짝 뛰어보았다. 철망이 휘는 꼴을 보니, 몇 번 내려치면 손쉽게 뚫고 침투할 수 있을 것 같았다.

　조원들이 서로 눈빛을 교환하면서 힘을 모아 철망을 내려치려는 순간, 발밑에서 스르륵 움직이는 소리가 들려왔다. 깜짝 놀란 조원들이 아래쪽을 엿보려고 철망구멍에 눈을 갖다 댔다.

　으슥한 어둠 속에서 뭔가가 스윽 움직이더니 곧 사라졌다.

　조장이 무릎을 꿇고 얼굴을 구멍에 더 바짝 눌렀다. 그렇게 무엇인지 확인해 보려는 찰나, 날카로운 창 같은 나뭇가지가 철망을 뚫고 올라왔다. 나뭇가지는 조장의 눈을 확 찌르고 두개골까지 관통했다. 조장은 비명조차 지르지 못한 채 뒤로 넘어져 몸을 움찔거렸다.

　다른 조원들은 놀라서 흠칫 뒤로 물러서다가 철망을 뚫고 올라오는 창의 수에 경악했다. 넷, 다섯, 여섯 개의 창들이 마구잡이로 찔러대고 있었다.

　조원 두 마리가 서둘러 탑을 내려갔지만 벽에서도 창들이 뚫고 나와 찔러댔다. 한 마리는 온몸이 관통당한 채 벽에 내걸렸다. 나머지 한 마리는 허둥대다 손을 놓친 뒤 대리석 바닥에 부딪혀 생을 마감했다.

　멀리서 지켜보던 포고 장군은 땅을 쾅쾅 구르며 좌절감에 찬 분노를 토했다.

"이럴 수가!"

보넷족이 포고 장군의 계략을 미리 짐작하고 덫을 놓은 것이었다.
랑구르족은 서둘러 반격에 들어가야 했다.

명령이 떨어지자, 브레리의 심장은 미친 듯이 뛰었다. 이제 분산조
가 아니라 침투조가 된 것이다.

정원 가득히 막대기로 무장한 병사들이 모여들었다. 계획은 간단
했다. 탑의 기단부를 부수고 들어가서 교두보를 마련하는 것이었다.
기단부는 공간이 좁아 보넷족이 방어 병력을 그다지 많이 배치하지
못했을 것이었다. 반면 랑구르 군은 삼면에서 기단부를 한꺼번에 공
격할 수 있었다. 일단 탑 안에 교두보를 확보하면 여름별장 전체를
장악하기는 수월할 것이다.

물론 이것은 이론일 뿐이었다. 실제 전장은 난리 그 자체일 테고,
브레리는 그런 곳에서만큼은 자신 있었다.

브레리를 비롯한 수많은 랑구르 전사들이 여름별장으로 몰려가
벽을 몽둥이로 치기 시작했다. 위협적인 공격에 탑 전체가 부르르 떨
렸다.

널빤지 벽에 금이 가기 시작했다. 브레리는 신이 나서 끽끽 소리를
내지르며 더 세게 머리 위로 몽둥이를 휘둘렀다. 완전히 흥분된 상태
였다.

바로 그때, 이상하고 기괴한 휘파람 소리가 들려왔다.

처음에는 지휘관이 낸 소리라고 생각했지만 금세 위쪽에서 들려오는 소리라는 것을 알아챘다. 브레리가 위를 쳐다보니, 맙소사, 뾰족한 부싯돌들이 무더기로 떨어지고 있었다!

도망칠 틈이 없었다. 부싯돌들은 정예부대원들의 살을 뚫고 두개골을 박살냈다.

브레리는 손으로 얼굴을 감쌌다. 기적적으로 첫 부싯돌 더미는 용케 피했다. 그러다가 손가락 사이로 훔쳐보니, 보넷족이 탑 꼭대기에서 덧문을 열고 또다시 부싯돌 더미를 들이붓고 있었다.

이번에는 브레리에게 행운이 따르지 않았다.

브레리는 본능적으로 몸을 최대한 작게 웅크렸다. 휘파람 같은 소리는 점점 커졌고, 적중률이 높아졌는지 이내 퍽퍽 때리는 소리로 변했다. 머리 위로 작은 주먹이 내려치는 것 같았다. 뭐, 별로 아프지도 않네.

그런데 손이 찐득찐득하다는 것을 깨달았다. 브레리는 자기 털을 살펴보았지만 온통 까매서 분간할 수가 없었다. 하는 수 없이 양손을 입에 대고 핥아보았다. 피였다. 부상을 당한 것이다.

어쨌든 브레리는 소원을 이룬 셈이다. 전쟁터에서 피맛을 봤으니까. 문제는 적의 피가 아니라 자신의 피라는 사실이었다.

　　　　　　　　　　　　　　　　원숭이 전쟁

16장
간단한 계획

마이코는 신호소 꼭대기에 앉아 오후 내내 보급로들을 감시했지만 전쟁터에서는 아무런 소식도 들려오지 않았다.

지원 요청이나 무기 보급 요구도 없었다. 사관생도들은 포고 장군이 전광석화 같은 승리를 이뤄낸 것이 틀림없다고 생각하기 시작했다. 기대감이 높아지자, 다들 작전 성공에 대한 보상을 놓고 흥분해서 서로 주절거렸다.

그러니 피투성이 전사들이 비틀거리며 돌아왔을 때 사관생도들이 받은 충격은 얼마나 엄청났겠는가.

정찰병들이 즉시 부상병들을 부축하러 달려나갔고, 전령들도 상황을 알리러 공동묘지로 급파되었다. 마이코는 의료 보급품을 준비하는 업무를 할당받아서, 서둘러 약초를 펼쳐놓기 시작했다. 피멍을 치료할 때 사용하는 알로에베라, 벌어진 상처를 묶어줄 마른 야자수잎, 상처 부위를 깨끗이 긁어낼 때 사용하는 가시덤불 등등.

하지만 마이코는 독미나리를 꺼내려다가 망설였다. 다들 말하기를 피하지만, 응급 약통에는 독미나리도 들어 있었다. 독미나리는 아주 절박할 때만 사용하는 비상약으로, 병사가 결코 나을 수 없는 부상으로 너무 괴로워할 때 쓰인다. 복용하면 고통을 잠재울 뿐 아니라 영원히 깨지 못하게 잠재워버리는 무시무시한 약초였다.

아니, 이번만큼은 필요 없을 거야. 마이코는 독미나리를 도로 넣어두었다. 그만큼 심각한 부상병은 절대 없을 테니까.

부상병들이 들이닥치자, 후방지원부대는 금세 아수라장으로 변했다. 부상병들은 빈 곳만 보이면 철퍼덕 드러누웠다. 대부분 날카로운 부싯돌에 맞아 깊게 찢긴 상처가 많았다. 우선 지혈이 급했다. 하지만 약초를 들고 신호소를 오가며 살펴보니, 몸의 상처보다 훨씬 더 심각한 문제가 눈에 들어왔다. 바로 정신적인 상처였다.

이제껏 랑구르원숭이의 삶에 녹아 있던 생각은 승리에 대한 기대와 우월성에 대한 확신이었다. 그런데 막상 패배를 맞이하자, 랑구르원숭이들은 패배라는 현실을 제대로 수용할 수가 없었다. 브레리조차도 절뚝거리며 들어와서는 바닥에 그냥 쓰러졌다. 마이코는 그런 브레리를 보면서 암울한 기운을 더 확실히 느꼈다.

"형! 괜찮아, 이제 안전해!"

마이코가 달려가며 외쳤다.

브레리가 마이코를 꽉 붙잡았다. 동생에게 이렇게나마 애정을 표현하는 일은 참 드물었는데, 지금 움직임에서는 절실한 무언가가 느

원숭이 전쟁

껴졌다. 마치 세상 모든 것이 불안해진 상황에서 유일하게 믿을 수 있는 존재에게 매달리는 것 같았다.

"무슨 일이 있었던 거야? 뭐가 잘못됐어?"

마이코가 눈을 들여다봤지만 보이는 것이라고는 당황해서 어쩔 줄 모르는 눈빛뿐이었다.

"보넷족 말이야……. 미친 녀석들이야."

브레리가 힘겹게 입을 열었다.

"우리가 거의 다 점령했는데도……. 그렇게 필사적으로 저항할 이유가 뭐가 있다고……. 죽자고 버티더라고."

"포고 장군한테 다른 계획은 없대?"

마이코가 기대감을 드러내며 물었다.

브레리는 불안한 기색으로 주위를 둘러보고 나서 나지막이 답했다.

"포고 장군도 이런 적을 상대한 건 처음일걸."

마이코는 브레리가 지도부에 대해 존경이 아닌 다른 표현을 하는 모습은 처음 봤다. 그래서 이 상황이 더 두려워졌다.

한순간 랑구르의 세계 전체가 궁지에 몰렸다. 이제껏 마이코가 당연하게 여기고 살아온 삶의 기반들이 무너지려 하고 있었다. 친구와 가족의 안전이나 사관생도 간의 끈끈한 우정, 랑구르식 방식과 습관에 대한 안정감이 모두 붕괴되면, 과연 삶이 어떻게 변할까 상상해보려고 했다. 만약 랑구르 군이 패해서 뿔뿔이 흩어지게 된다면? 트위처의 불길한 경고가 마이코의 귓가에 맴돌았다.

'랑구르족이 그렇게 몰락해갈 때 랑구르족의 적들이 공격 기회를 노리고 있다는 걸 꼭 기억하도록.'

그렇게 되도록 내버려둘 수는 없었다. 의심을 지울 수 없다 하더라도 랑구르 군은 여전히 자신이 속한 집단이었고 마이코에게는 당연히 종족을 보호할 의무가 있었다.

마이코는 브레리의 상처를 붕대로 감아주면서 요새전이 벌어지고 있는 곳의 지형을 알아냈다. 그리고 왜 포고 장군이 애를 먹고 있는지 이해했다. 통상적인 랑구르식 전술로는 너무나 기나긴 혈투가 되기 십상이었다. 마이코는 군에 들어온 지 얼마 되지 않은 신병이었기에 기발한 방법을 생각해 낼 수 있었다.

마이코는 서둘러 신호소 밖으로 나가서 고위급 지휘관들을 찾았다. 모두 타이렐 부사령관을 둘러싸고 사상자 수를 보고하고 있었다. 이미 경호부대원들이 타이렐을 호위해 전선으로 가기 위한 준비를 하고 있었다. 지금이 아니면 기회가 없었다.

"저기, 부사령관님. 전사의 날 연회장에서 뵈었던 마이코 생도입니다."

타이렐이 고개를 돌려 마이코를 쏘아보았다. 너무나 급박한 상황이라서 마이코를 떠올리기에 약간 시간이 걸렸다.

"다음에 얘기하도록 하죠."

"모든 원숭이들이 다 똑같은 방식으로 싸우는 건 아닙니다!"

경호부대원들이 마이코를 끌어내려 움직이려던 찰나에 마이코의 외침을 들은 타이렐이 손을 들어 막았다.

"잠깐만."

경호부대원들이 동작을 멈추자 타이렐이 마이코를 훑어보았다.

"뭐라고 했나요?"

"저한테 말씀하셨죠. 모든 원숭이들이 다 똑같은 방식으로 싸우는 건 아니라는 사실만 기억하면 이길 수 있다고 말입니다."

"저런, 자, 자……."

타이렐이 얼버무리며 남들이 듣지 못하도록 마이코를 한쪽으로 데리고 갔다.

"그럼, 말해봐요. 지금 그 말이 어떻게 적용될 수 있나요?"

"공성전은 좋지 않습니다. 갈수록 우리만 피해를 입을 뿐이죠. 오히려 보넷족의 요새를 감옥처럼 만들 필요가 있습니다."

"무슨 뜻이지요?"

타이렐의 표정에 호기심이 번졌다.

"여름별장 안으로 벌집을 던져 넣으면 보넷족은 독침에 쏘여서 죽거나 밖으로 튀어나올 수밖에 없을 겁니다."

타이렐이 웃으며 고개를 끄덕였다.

"뭐, 참신한 방법은 아니지만, 좋은 생각이군요. 우리도 예전에 벌을 사용해보려고 했었어요. 문제는 아군도 벌에 쏘일 수 있다는 점이었지요. 벌집을 건드리면 우리도, 적도 다 독침에 노출되니까요."

타이렐은 거만한 미소를 지으며 몸을 돌려 걸어갔다.

"이 도시에 인간이 벌을 키우는 곳이 있어요. 인간들은 독침에 쏘이지 않고서도 벌집 가까이 갈 수 있죠."

마이코가 타이렐의 뒤를 쫓아가며 열변을 토하자, 타이렐이 홱 돌아보며 물었다.

"거기가 어디입니까?"

질문에 답하는 대신 마이코는 이야기를 계속했다.

"그물망 모자를 훔쳐서 벌집을 그 안에 넣어 가져오면 언제 어디서든 벌을 날릴 수 있을 겁니다."

타이렐의 눈이 가늘어졌다. 슬쩍 질문을 회피하는 방식도 마음에 들었지만 더 마음에 드는 것은 마이코의 제안이었다.

타이렐은 곁눈으로 아무도 그들의 대화를 듣지 못했다는 사실을 확인했다. 그러고 나서 음흉한 미소를 지으면서 마이코에게 속삭였다.

"여기서 기다려요, 아무 말 말고."

포고 장군이 전쟁터를 가리키며 공성전의 어려움을 토로하는 동안 타이렐은 자신감을 감추고 암울한 표정을 지었다.

"지상에서 쳐들어가려 해도 위로부터의 반격을 막을 방법이 없습니다."

군사들의 사기를 떨어뜨리지 않기 위해 포고 장군은 목소리를 낮췄다.

"위험을 감수하고 탑 위에서 공격해 들어가는 방법도 있지만, 한 번에 둘 이상은 진입이 어렵습니다. 1층에 도착하기도 전에 전멸하겠지요."

타이렐은 인상을 찌푸리며 턱을 문질렀다. 지금 이 자리에서 직접 전략을 고안해 냈다는 인상을 주는 것이 중요했다. 잠시 뜸을 들인 후 타이렐은 갑자기 좋은 생각이 떠오른 양 미소를 지었다.

"너무 단순한 계획 같지만, 보넷족을 밖으로 나오게 하는 것이 유일한 해결책 아닐까요?"

"이 대초원에서 상대한다면 당연히 쉽게 제압할 수 있고말고요."

"그럼, 제가 벌집을 마련해볼 테니, 여름별장 안으로 넣을 수 있겠습니까?"

포고 장군이 타이렐을 멍하니 쳐다보았다.

"하지만 벌은……."

"안에 넣을 수 있겠습니까?"

포고 장군은 여름별장을 쳐다보면서 머릿속으로 여러 가지 작전을 세워보았다.

"네. 가능합니다."

타이렐은 처참하게 쓰러져갈 적의 모습을 상상하며 미소를 지었다.

"딱 제가 원한 대답입니다."

달이 떠오를 때쯤 벌통을 훔치기 위한 기습작전이 전개되었다. 타이렐은 직접 습격조를 움직였다. 모두가 타이렐 혼자 고안한 계획이라고 생각하게 만드는 것이 제일 중요했다.

마이코는 표면상으로 일개 조원일 뿐이었지만 사실 벌통이 있는 장소를 아는 유일한 존재였다. 타이렐이 다 털어놓으라고 다그쳤지만 마이코는 장소를 정확하게 설명할 수 없다고 항변하면서 이 거리 저 거리 냄새를 맡아봐야만 길을 찾을 수 있다고 말했다.

타이렐은 마이코를 믿는 척하기로 했다. 타이렐은 마이코가 틀림없이 뭔가 숨기는 것이 많다고 의심하면서도, 그럴수록 꼭 마이코를 자기 곁에 두어야겠다는 마음이 간절해졌다.

"저기예요."

마이코가 덤불숲 여기저기에 보이는 벌통을 가리키며 속삭였다.

"저 나무에 달려 있는 것들이요."

마이코는 오두막들 사이에 있는 커다란 뱅골보리수를 가리켰다. 그 나무의 가장 낮은 나뭇가지에 벌통들이 매달려 있었다.

"그물망은?"

타이렐이 다급히 물었다.

"오두막 벽에 걸려 있어요. 인간들은 머리에 쓰지만 우리는 벌집을 담는 데 사용하면 될 겁니다."

"근데, 어떻게 여길 알게 된 거죠?"

마이코는 선뜻 대답을 할 수 없었다. 여기에 파피나와 함께 왔던 날에 대한 기억이 주마등처럼 스쳐 지나갔다.

파피나……. 이름만 떠올려도 랑구르족이 리서스족에게 가했던 온갖 악행이 생각나서 괴로웠다. 그 순간, 의심이 들었다. 벌통처럼 무시무시한 무기를 타이렐에게 맡겨도 되는 걸까?

마이코는 손톱이 손바닥에 박힐 정도로 꽉 주먹을 쥐었다. 이건 생명을 구하기 위한 일이니, 어쩔 수 없다. 친형의 목숨이 달린 일이다.

마이코는 어깨를 으쓱했다.

"예전에 길을 잃었다가 발견했어요. 저는 방향 감각이 떨어져서 항상 거리를 헤매곤 해서요."

타이렐이 콧방귀를 꼈다.

"딱히 신뢰가 가는 답은 아니군요."

그래도 마이코는 더는 말하지 않을 작정이었다.

타이렐은 그물망 모자를 벗겨서 조심스럽게 뱅골보리수로 접근하는 습격조원들을 지켜보았다. 벌집은 조용했다. 습격조원들이 짝을 지어 나무를 타고 올라가서 조심스레 팔을 뻗어 그물망 모자로 진흙

벌집을 감싼 뒤 단단히 묶었다.

습격조원들은 그물망이 잘 묶였는지 일일이 확인한 후, 타이렐의 신호에 맞춰 일제히 나뭇가지에서 훌쩍 뛰어내리면서 그물망을 확 잡아당겼다.

땅으로 떨어지는 충격 때문에 수천 마리의 벌들이 벌집에서 튀어나왔다. 하지만 습격조원들이 재빨리 그물망을 틀어쥐고 꽁꽁 묶었고, 결과적으로 벌들은 그물망에 갇히고 말았다.

타이렐은 웅크리고 앉아 벌들이 윙윙거리는 소리를 귀 기울여 들었다. 아무리 거세게 윙윙거려도 타이렐의 기지에는 못 당했다. 이렇게 간단한 계책으로 독침을 가진 곤충을 완벽히 손아귀에 넣은 것이다.

17장
피로 물든 대초원

이상한 일이었지만 죽음의 한가운데에서 솜즈는 살아 있다는 느낌을 받았다. 이토록 생생한 느낌은 처음일 정도였다.

야만적인 랑구르족의 재빠른 공격으로 보넷족이 잔인하게 난도질당하고 있었다. 가족과 오랜 친구들도 피흘리며 쓰러져갔다.

하지만…….

암울한 대학살의 난장판 속에서 아드레날린이 솟구쳐 오르고 기묘한 전율이 흘렀다. 대초원에서 느긋하게 주니퍼베리나 음미하던 때와는 전혀 다른 종류의 전율이었다.

솜즈는 여름별장의 가장 높은 곳에 앉아 달빛에 물든 대초원을 씁쓸하게 내려다 보았다. 저 거만한 랑구르족에게 진짜 힘을 보여주고 말리라. 쳐들어올 때는 자신만만했겠지. 하지만 지금은 겁을 먹고 나무 뒤에서 힐끔거리기나 하다니.

솜즈는 보넷족이 이 요새전을 버텨낼 패기를 가지고 있다는 것을 확신했다. 슬픔은 분노로 단단해졌고, 그 분노를 피맺힌 복수로 바꿀 무기도 충분했다. 당장이라도 적을 섬멸할 수 있었지만 그러지 않을 작정이었다. 전쟁터에서는 군의 사기가 전부다. 사체들이 탑 바깥에 높이 쌓여가면 랑구르족은 퇴각할 수밖에 없을 터였다.

사실 보넷족에게 남은 식량이 별로 없었지만 다 같이 조금씩 나눠 먹으면 될 것이다. 물도 부족했지만 하늘을 보니 곧 비가 쏟아질 것 같았다. 이제 지붕도 없어져 탑 안으로 그냥 쏟아져 들어올 테니, 보넷족은 그저 앉아서 입만 벌리고 있으면 된다.

솜즈는 뒤로 굴러서 벌떡 일어났다. 탑 아래로 내려가면서 여기저기 고개를 끄덕이고 말을 건네며 격려를 아끼지 않았다. 창 부대원들은 날카로운 막대기를 든 채 언제라도 찌를 수 있는 준비 자세를 취하고 있었다. 부싯돌 부대원들은 주위에 돌멩이들을 가득 쌓아놓고 있었다. 어린 원숭이 두 마리는 지하에서 위쪽으로 새로운 무기들을 옮기느라 분주했다.

제일 아래층에서는 몸집 큰 원숭이들이 열을 맞춰 막대기를 휘두르고 있었다. 그들을 보자 솜즈는 자부심으로 가슴이 벅차올랐다. 어제까지만 해도 대초원에 앉아서 느긋하게 빈둥거리던 원숭이들이었지만 오늘은 어디로 보나 '전사' 그 자체였다. 이런 전사에게 감히 덤빌 수 있다면 랑구르족도 용감한 거겠지. 아니면 무모한 것이거나.

해가 지고 나서 랑구르족이 공격을 멈추기는 했지만 솜즈는 만약을 대비해 경계를 늦추지 않았다. 하지만 조용해진 지 오래되었고 지금은 달빛도 강해서 대초원에서 누구라도 움직이면 곧바로 발각될 정도였다. 그래서 솜즈는 휴식을 명했다. 경계는 순번제로 돌아가기 때문에 다른 원숭이들은 모두 무기를 옆에 둔 채 잠이 들었다.

전세가 유리해졌다는 확신 하에 솜즈는 두 나무기둥 사이에 자리를 잡고 웅크려 앉아 꾸벅꾸벅 졸기 시작했다.

랑구르 군은 계획을 완벽히 짜느라 그날 밤을 꼬박 새웠다. 일단 벌집들은 그물망 모자에 꽁꽁 싸서 정원의 한적한 구석에 갖다놓았다. 벌들이 안정을 찾을 동안, 포고 장군은 여름별장의 덧문들을 지렛대로 열 방법을 부하들과 궁리했다.

실수는 용납될 수 없었다. 여기에서 패한다면 도시 전체의 다른 종족들에게 랑구르족의 나약함을 광고하는 셈이었다. 보넷족은 당연히 패해야만 했다. 아니, 다시는 저항하지 못하도록 아예 전멸되어야만 했다.

떠오르는 태양이 잿빛 하늘을 불길한 붉은색으로 물들일 때쯤 포고 장군이 모두에게 경계 태세를 명령했다. 완벽한 순간이 될 때까지 기다려야 했다. 벌들이 날아다닐 만큼의 빛은 있지만 보넷족들은 아직 잠들어 있을 정도로 어슴푸레한 순간이 적기였다.

모두의 눈이 포고 장군을 주시하고 있었다.

모두의 생각이 임박한 기습작전에 꽂혀 있었다.

모두의 희망이 벌집에 달려 있었다.

드디어 포고 장군이 명령을 내렸다.

"출격하라."

십여 마리의 랑구르 정예부대원들이 대초원을 가로질러 축축한 그늘을 따라 바짝 붙어서 진격했다. 여름별장에 가까워지자, 부대는 세 무리로 나뉘었다. 각각 벌집을 들고 있었다. 이들은 조심스럽게 창문가로 접근해서 막대기를 덧문에 억지로 끼워넣고 힘을 가했다.

덧문이 조금 열리자 정예부대원들이 벌집을 건물 안으로 던져넣으면서 그물망을 벗겨버렸다. 그러고 나서 재빨리 물러나 대초원을 가로질러 본진으로 돌아왔다.

어둠 속에서 낮게 웅웅거리는 소리가 울려 퍼졌다. 단지 그뿐이었다. 분노에 찬 소리가 아니라 마치 최면이라도 걸 듯 무언가 차분히 가라앉게 만드는 소리였다. 그러나 솜즈가 잠을 깨기에는 충분히 색다른 소리였다. 솜즈는 벌떡 일어나 앉아 어둠 속을 둘러보았다.

아침햇살이 막 들어오기 시작했다. 하지만 저기 먹구름 같은 것이 빠르게 움직이고 있었다. 한순간 무엇인지 알 수가 없었다.

솜즈는 머리를 흔들며 정신을 차리려고 애를 썼다.

갑자기, 솜즈는 정신이 확 들면서 충격을 받았다. 저 웅웅거리는 소리며 먹구름은…… 벌이다!

감각이 되살아나자 얼굴이 따끔했다. 첫 공격에 펄쩍 뛰어올랐다. 마치 단단한 베리 열매로 맞는 듯한 느낌에 팔을 마구 휘저어대며 고개를 돌려 달아났다. 언뜻 쳐다보니 앞쪽에서 먹구름 같은 벌 떼가 몰려오고 있었다.

"벌이다!!!"

솜즈는 겨우 이 말만 내뱉고서는 벌 떼에 둘러싸였다. 비명조차 지를 새가 없었다.

솜즈는 필사적으로 두 눈을 손으로 감싸 눈만큼은 보호하려 했지만 소용이 없었다. 벌들이 솜즈의 손을 타고 올라와서 손가락 사이로 뚫고 들어갔다. 아무리 격렬하게 몸을 흔들어대도 벌 떼를 쫓을 수 없었다.

벌떼가 잠자고 있던 다른 원숭이들을 공격하자 한순간에 공포에 질린 비명이 여름별장 전체에 울려 퍼졌다. 보닛원숭이들이 허둥지둥 벌떼를 피해서 달아나려다 서로 쾅쾅 맞부딪쳤다. 고통스럽고 혼란스러운 울부짖음만이 커져갔다.

솜즈는 더듬거리며 문 쪽으로 달아났다. 바깥에는 이미 랑구르 전사들이 열을 맞춰 기다리고 있을 터다. 하지만 여기에 있어 봐야 죽음만이 기다리고 있을 테고, 밖에서는 그나마 싸워볼 기회라도 있지 않겠는가.

솜즈는 문에 몸을 던져 있는 힘을 다해 문을 부순 뒤, 전우들을 끌어내다시피 밖으로 데리고 나왔다.

"무기 앞으로!"

솜즈는 랑구르 전사들 사이로 울려 퍼지는 명령 소리를 들었지만 되돌리기에는 너무 늦었다. 솜즈가 앞장서자, 다른 보넷원숭이들도 벌떼를 피해 필사적으로 문밖으로 몸을 던졌다.

피에 굶주린 랑구르 전사들의 우렁찬 함성이 어슴푸레한 새벽빛을 뚫고 터져 나왔다. 랑구르 전사들은 미친 듯이 사냥감을 찾아 공격했다. 마치 보넷족을 잡아먹기라도 할 듯이 원초적인 야만성을 드러내며 손가락과 귀를 마구 물어뜯었다.

솜즈는 몸에 아무 감각이 없었다. 온몸을 찌르는 독침에 마비되어 무릎으로 질질 몸을 끌면서 상황을 그저 지켜볼 뿐이었다. 랑구르 전사들은 마음껏 대초원을 피로 물들였다. 마치 학살 기계처럼 저항도 없는 생명체를 그저 죽이며 지나갈 뿐이었다.

솜즈가 애지중지해 왔던 모든 것이 사라졌다. 솜즈는 용기를 마지막 한 방울까지 짜내어 싸웠지만 역부족이었다. 결국 자신의 모자람과 실수로 보넷족 전체가 패망하게 되었다. 자신의 눈앞에서 오랜 전통을 지닌 자랑스러운 보넷족이 완전히 쓰러져갔다.

등에서 날카로운 통증이 느껴졌다. 솜즈가 아래를 내려다 보니, 창막대기가 털을 뚫고 나와 창자가 와락 쏟아져 나오고 있었다. 솜즈는 살짝 흔들렸을 뿐, 그대로 서서 몸을 뚫고 나온 막대기의 창끝을 내려다보고 있었다.

마침내 죽음이 다가오고 있었다. 이 재앙과도 같은 패배로 인한 고통에서 완전히 풀려날 때가 오고 만 것이다.

솜즈는 안에서 거대한 거품처럼 마지막 힘이 솟구쳐 오르는 것을 느꼈다. 보넷족의 오랜 지도자로서 크게 입을 벌리고 마지막 비명을 내질렀다.

고통이나 두려움, 슬픔이 아닌, 종족을 지켜내지 못한 수치심이 담긴 비명이었다.

그러고 나서 침묵이 내려앉았다.

몸에서 힘이 서서히 빠져나가자 솜즈는 천천히 앞으로 꼬꾸라지더니 대초원의 품에 안겼다.

뺨에 와 닿는 풀의 감촉이 부드러워 이상하게도 위안이 되었다. 그토록 오랫동안 광활한 대초원이 보넷족의 상징이었는데, 지금 이렇게 우울한 순간에도 무성하고 푸른 대초원이 뿌듯하게 느껴졌다.

솜즈는 푸른 풀이 자신의 피로 검붉게 물드는 것을 바라보다가 왠지 안도감을 느끼며 눈을 감았다.

이제 마무리 청소조가 나설 차례였다. 그들이 부여받은 임무는 사체를 치우는 것이었다. 보넷족 사체든 랑구르족 사체든 똑같이 담장 밖으로 끌고 나가서 도랑에 갖다버렸다. 사체 분해 작업은 야생 개나

하이에나에게 맡기면 되었다. 방대한 양의 임무여서 사관생도들도 모두 보조부대원으로 동원되었다.

마이코는 전쟁이 휩쓸고 간 극악무도한 현장을 바라보면서 무서운 사실을 하나 깨달았다. 찢겨진 살과 핏물, 온갖 창자들이 난무하는 전쟁터를 목도하는 것은 그저 전쟁 승리를 신나게 떠들어대는 것과는 완전히 달랐다. 여기에는 영웅담도, 무용담도 없었다.

마이코는 사체가 흩어져 있는 대초원을 돌아다니면서 죄책감으로 정신이 멍해졌다. 이 무시무시한 현장 곳곳에 마이코의 손자국이 선명하게 찍혀 있는 것만 같았다. 그러나 도대체 어떻게 했어야 했단 말인가?

랑구르족을 도울지, 아니면 동족이 전쟁터에서 죽어가는 것을 지켜보기만 할지, 절체절명의 기로에 직면하지 않았던가? 마이코는 옳은 일을 하려고 최선을 다했을 뿐이다. 하지만 이 소름끼치는 광경 앞에서는 그 어떤 변명도 용납되지 않았다.

마이코는 눈을 감아버렸다. 하지만 피 냄새만 더 강하게 느껴졌다.

"마이코 생도, 무슨 일 있습니까?"

마이코가 눈을 뜨자 타이렐 부사령관이 떡하니 서 있었다.

"전, 전……. 이곳을 청소하라는 명령을 받아서……."

마이코가 말을 더듬자 타이렐이 팔을 뻗어 마이코를 데리고 대학살 현장에서 벗어났다.

"이런 하찮은 임무는 뛰어난 마이코 생도에게는 어울리지 않아요. 자부심을 가져요. 오늘은 대단한 날입니다. 마이코 생도의 공헌, 잊지 않을 겁니다."

타이렐이 고개를 돌려 마이코를 쳐다보았다. 이상하게도 한쪽 눈은 미소를 짓고 있는 것처럼 보였고 다른 쪽 눈은 경고를 하는 것 같았다.

"비록 이 부사령관의 계획으로 이긴 날이지만, 마이코 생도의 조언도 도움이 많이 되었어요. 아주 푸짐한 포상이 있을 겁니다."

마이코는 자기도 모르게 감사의 마음이 샘솟았다. 어깨를 짓누르던 마음의 짐을 타이렐이 모두 가져가 준 것 같았다. 타이렐의 지시만 따르면 마음속 죄책감이 모조리 사라질 수 있을 것만 같았다. 그렇게만 된다면 얼마나 마음 편한 일인가.

진짜 너무나 편할 테지.

그러나 마음 한구석에 절대 지워지지 않는 질문이 남아 있었다. 전쟁의 열기 때문에 잠시 잊었던 질문이자 반드시 대답이 필요한 질문이었다.

"그런데 인간의 아기는 어디에 있습니까?"

마이코가 순박하고 솔직한 표정으로 물었다.

타이렐은 마이코를 빤히 쳐다보며 눈만 껌뻑였다. 잠시 할 말을 잃어버린 듯했다.

"보넷족이 납치했다던 아기가 안 보여서요. 우리가 이 전쟁에 참여하게 된 원인 말입니다."

마이코가 다시 물었다.

"보넷족이 무슨 짓을 했든 간에 다시는 범죄를 저지를 기회조차 원천 차단했다는 사실이 중요한 거죠."

타이렐은 슬쩍 대답을 회피하며 근엄하게 결론을 내렸다.

충분한 대답이 아니었다.

"최전선에서 싸운 부대원들에게도 물어봤지만……."

"지금 그건 중요하지 않아요."

타이렐이 단호히 말을 끊었다.

"하지만 아무도 보지 못했다고……."

"그만!"

타이렐의 날카로운 호통에 마이코는 입을 다물었다.

"전쟁은 추악하고 충격적인 것이죠. 전쟁의 원인은 본래 복합적인 것입니다. 너무나 복잡해서 평범한 원숭이들이 완전히 이해하기란 무척 어렵지요. 그들은 그저 간단한 설명만을 원한답니다."

타이렐이 마이코의 어깨에 손을 올렸다.

"하지만 마이코 생도는 다르군요. 오늘 보여준 행동은 정말 특별했어요. 아주 특출 난 재능을 가지고 있어요. 내가 든든한 지원군이 되어 이끌어주고 싶군요."

타이렐은 마이코를 곰곰이 들여다보았다. 반항심도 느껴졌지만 그건 청년의 혼을 보여주는 좋은 징조였다.

"포상 휴가를 좀 즐기도록 해요. 이 모든 것은 잊어버리고."

타이렐이 전쟁터를 가리키며 손을 휘저었다.

"사관생도의 의무에서 벗어나서 머리를 좀 식혀요. 내가 한 말도 좀 생각해 보고 말이죠. 그러고 나서 나를 찾아오도록 해요."

그러나 마이코는 이 전쟁터를 잊어버리고 싶지 않았다. 이 사체 더미와 손에 묻은 핏물을 절대로 잊어서는 안 된다고 느꼈다. 마이코한테도 책임이 있었다. 결코 결백한 척하며 살아갈 수는 없었다.

"타이렐 부사령관님, 말씀 다 끝나셨으면 저는 부대로 복귀하겠습니다."

마이코가 거리를 두며 딱딱하게 말하자, 타이렐은 어깨를 으쓱했다.

하긴 무작정 강요할 필요는 없었다. 이 젊은 생도는 무엇이 최고로 이득인지, 생각할 시간만 주면 저절로 터득할 터였다.

시간을 좀 주지, 뭐.

18장
승리

여태껏 랑구르족에게 이처럼 굉장한 승전보는 없었다. 패배 직전까지 갔다가 극적인 역전을 거뒀으니, 이 얼마나 달콤한 승리인가. 랑구르 군은 이 순간을 최대한 만끽하기로 했다.

공동묘지에서는 회군하는 랑구르 전사들을 위해 꽃을 따다가 화려한 꽃길을 만들었다. 여자와 노인, 어린 원숭이들 모두 중앙통로 양쪽에 줄지어 늘어서서 개선군을 기다렸다. 드디어 포고 장군이 정예부대원들을 이끌고 공동묘지의 정문으로 들어서자, 원숭이들은 우레와 같은 함성을 지르며 꽃잎을 한 아름씩 뿌려댔다.

마이코가 속한 사관생도 분대도 승전대열의 맨 끝을 따라갔다. 제발 정문을 통과할 때쯤에는 환호성이 잠잠해지기를. 마이코는 속으로 간절히 바랐다. 처참한 대학살에 대한 찬사는 듣고 싶지 않았다.

하지만 소용없었다. 열광적인 군중들은 전사들 행렬의 마지막까지 소리치며 환호를 보냈다. 마이코는 억지로 다른 전사들처럼 기뻐하는 척했다.

원숭이 전쟁

승전대열이 거대한 영묘궁 앞에 다다랐다. 영도자 고스포더가 양옆으로 타이렐 부사령관과 하니 부사령관을 거느린 채, 차례차례 도착하는 분대를 두 팔 벌려 환영하고 있었다.

고스포더는 군중의 심리를 파악하는 데 도가 튼 지도자였다. 지금 연설을 하는 건 효과적이지 못했다. 고스포더는 타이렐의 손을 잡고 하늘 위로 높게 치켜들었다. 이로써 보넷족과의 전쟁에서 타이렐 부사령관의 역할이 결정적이었다는 사실을 공식적으로 치하하는 셈이었다.

커다란 함성이 터져 나왔다. 타이렐은 당황한 표정으로 겸손하게 뒤로 물러나려고 했다. 그러나 이 모든 행동은 연극이었다. 실제로는 탁월한 벌집 계획에 대한 소문이 군대 전체에 퍼져나가도록 남몰래 손을 써두었기 때문이다. 그는 오만불손한 태도보다 겸손한 자세가 군중의 마음을 사로잡는다는 사실을 잘 알고 있었다.

열광적으로 환호하는 사관생도들 가운데에서 마이코는 더욱더 무서운 생각이 들었다. 자신이 고안해 낸 계획은 보넷족을 전멸시켰을 뿐 아니라, 이제는 타이렐을 전쟁영웅으로까지 탈바꿈시키는 기획안으로 이용되고 있는 것이다.

영묘궁의 문들이 활짝 열리자, 군대 전체가 승전연회장 안으로 우르르 몰려 들어갔지만 마이코는 뒤로 빠졌다. 어서 빨리 상황을 바로잡아야만 했다. 과연 누구를 믿을 수 있을까.

바로 그때, 한 마리의 원숭이가 떠올랐다.

모퉁이를 훌쩍 돌아나와 하누만 석상을 마주보았을 때, 마이코는 세상이 완전히 변했다는 것을 깨달았다. 지난번 여기에 왔을 때는 리서스원숭이들이 주변 거리를 자유로이 나돌아다녔었다. 하지만 지금은 모두 사원 경내 정원 안에 모여 있었고 덩치 큰 원숭이들이 단체로 순찰을 돌고 있었다.

마이코는 깊게 숨을 들이마시고 나서 정원을 향해 걷기 시작했다. 그 순간, 갑작스러운 외침이 들려왔다.

"거기 멈춰!"

머리 위 나무에서 리서스원숭이 한 마리가 훌쩍 뛰어내리더니 마이코의 길을 막았다. 트위처였다.

"그냥 파피나를 좀 만나러 왔을 뿐이에요."

트위처의 위압적인 표정에 맞서 마이코가 차분히 대응했다.

"깡패 같은 네 녀석을 파피나가 뭣 하러 만나겠어?"

"이해를 못 하시겠지만⋯⋯."

"보넷족 사체가 도랑에 널려 있다고!"

트위처가 분노를 억누르지 못한 채 따지고 들었다.

"모조리 다! 누구 때문에?!"

마이코는 또다시 싸움을 벌이고 싶지 않았다.

"보넷족이 인간 아기를 납치했다고 들었어요. 우린 그저 평화를 지키려고……."

"어떻게 그런 말을 할 수 있지? 보넷족은 인간들과 완전히 격리되어 지냈다고!"

트위처가 사납게 호통을 쳤다.

"전 몰랐어요! 그렇게 들었을 뿐이에요. 저는 사실이라고 생각했다고요."

트위처는 들은 체도 하지 않은 채 사냥감을 쫓는 동물처럼 마이코를 몰아세웠다.

"진실을 알려주지, 너 같은 놈을 전쟁광이라고 한다고! 랑구르족이 원숭이 세계를 비참하게 몰아간 원흉이야."

트위처의 말이 마이코를 아프게 찔러댔다. 듣고 있기가 너무나 고통스러웠다. 마이코도 마음속으로 그 말이 진실이 아닐까 두려워하고 있었기 때문이다.

"누구보다도 안타까운 건 저예요."

마이코의 목소리가 울컥하는 감정으로 굵어졌다.

"안타까워하기에는 너무 늦었어! 모조리 죽여놓고선!"

"저도 알아요! 직접 두 눈으로 봤으니까요! 하나도 자랑스럽지 않아요. 구역질이 난다고요."

마이코가 등을 돌리며 울분을 토했다.

"그 말을 내가 왜 믿어야 하지?"

"제가 이렇게 다시 찾아왔으니까요! 진짜 상황을 알고 싶어서 온 거예요."

두 원숭이가 얼굴을 맞대고 서로 으르렁거렸다.

"여기에 군대를 이끌고 올 수도 있었어요."

마이코가 사원을 가리키며 말을 이었다.

"당신들을 모조리 처리할 수도 있었다고요! 하지만 안 그랬죠."

협박을 하려고 한 말은 아니었지만 트위처는 입을 다물고 슬금슬금 물러났다. 정말이지, 이렇게 겁을 주어야 말을 들어주는 건가?

"그러니, 제발, 파피나 좀 만나게 해주세요."

마이코가 침착함을 되찾으며 부탁했다.

트위처는 아무 말 없이 마이코를 빤히 쳐다보기만 했다.

그때, 또 다른 목소리가 끼어들었다.

"저기에서 기다려요."

마이코가 뒤를 돌아보자 윌로우가 저 멀리 길가를 가리켰다. 얼마나 오랫동안 거기에 서서 지켜본 것인지는 알 수가 없었다.

"그저 얘기를 나누고 싶을 뿐이에요."

"어리석게도 이제까지 딸을 똑똑하게 키웠다고 생각했죠."

윌로우가 퉁명스럽게 말을 내뱉고는 길가를 다시 가리켰다.

"기다려요."

원숭이 전쟁

마이코는 홀로 추방당한 기분이 들었다. 1분 1초가 지날 때마다 점점 더 불안해졌다. 트위처가 뒤통수를 칠지도 모를 일이었다. 지금쯤 무리를 모아서 마이코를 공격하러 오고 있을지도 몰랐다. 그 뒤에는 다른 사체들처럼 도랑에 내던져둘지도……. 아니면 왜 이렇게 오래 걸리는 거지?

마이코가 다 포기하고 돌아서려던 찰나에 파피나가 정원에서 한 무리의 원숭이들과 함께 나타났다. 파피나는 천천히 걷는 발걸음 소리마저 냉기가 서려 있었다. 파피나는 의도적으로 마이코의 시선을 피하며 마이코의 앞까지 와서 딱 멈춰 섰다.

"파피나……."

마이코가 한 걸음 다가서자 파피나가 뒤로 물러서며 물었다.

"드디어 모습을 비출 결심을 한 거야?"

"어디 딴 데로 가서 얘기 좀 할래?"

파피나가 고개를 저었다.

"난 전쟁에 동원된 거야. 어쩔 수가 없었어."

"결국은 거기에 있었다는 거잖아."

파피나가 비난조로 말했다. 결코 쉽게 마음을 풀지 않을 모양이었다.

"파피나, 맹세컨대, 정말 딴 곳에 있을 수 있었더라면, 정말이지 딴 곳에……."

"동정심을 구걸할 생각이라면 그만둬."

파피나가 코웃음을 쳤다.

"명령을 따라야 했어."

"넌 거기에 있었어! 대학살에 참가한 거라고!"

마이코는 입을 다물었다. 파피나의 분노가 마이코의 죄책감을 들쑤셨다.

"랑구르족에도 좋은 원숭이들이 많아. 내 친구들이나 부모님들처럼. 우리 아빠를 만나보면……."

"우리 아빠도 그랬어!"

파피나가 날카롭게 말을 끊었다.

"다정다감한데다 누구에게도 해를 끼친 적이 없는 분이셨지. 그런데 랑구르족에게 죽임을 당하셨어. 뭣 때문에? 너희 랑구르족이 공동묘지를 차지하고 싶어 해서지. 이젠 보넷족의 땅까지 차지하게 되었네? 결국 또 다른 곳이 표적이 되겠지. 너희들은 절대로 멈추지 않을 거야."

마이코가 필사적으로 고개를 저었다.

"공동묘지로 이사 갔을 때는 너무 어려서 상황을 몰랐어."

"하지만 지금은 어리지 않잖아, 마이코."

파피나가 처음으로 이름을 불렀다. 조금은 희망이 보이는 것 같았다. 마이코가 고개를 푹 숙이며 입을 열었다.

"만약 과거를 바꿀 수만 있다면, 모든 게 없던 일이 될 수 있다

　　　　　　　　　　　　　　　원숭이 전쟁

면……. 하지만 너무 늦었지.”

마이코의 목소리에서 후회가 진하게 묻어나왔다.

“그렇다면 미래를 바꿔. 어떤 군대를 지지하고, 누구와 함께 싸울 것인지 선택해.”

파피나의 최후통첩에 마이코는 허를 찔린 듯 움찔했다.

“랑구르족을 배신할 수는 없어.”

“왜 안 돼?”

“우리 집이 있고, 우리 가족이 살고 있어. 내 모든 것이니까.”

마이코는 진지하게 파피나를 바라보았다. 파피나가 조금이라도 물러서주기를 바랐다.

하지만 파피나는 꿈쩍도 하지 않았다.

“그렇다면 우리가 다시 만날 일은 없을 거야.”

“파피나, 제발! 나를 좀 믿어줘!”

마이코는 애원하는 눈빛으로 파피나를 쳐다보았다. 파피나의 냉담한 눈빛 뒤로 애잔함이 슬쩍 엿보였다.

“마이코, 선택해야만 해. 언제까지나 방관자로 있을 수는 없어. 이제 어른이 되어야지.”

이 말을 끝으로 파피나는 곧장 사원으로 돌아갔다.

이로써 마이코는 온전히 홀로 남게 되었다.

19장
제국

이틀 뒤, 영도자 고스포더가 선포했다.

"옛 대사관 터와 대초원을 말끔히 청소했으니, 거기에 랑구르 식민지를 세울 것입니다."

영도자의 선언에 열광적인 환호성이 울려 퍼졌다. 새로운 보금자리는 지금 랑구르족에게 반드시 필요했다.

식량이 풍족하게 공급된 덕분에 출산율이 치솟았고 젊은 가족들은 집으로 삼을 만한 공간을 간절히 바랐다. 이번 기회에 그 소원을 이룰 수 있게 된 것이다. 더군다나 보넷족이 살던 땅은 도시에서 최고로 치던 곳이었다.

모든 사관생도들은 새로이 보금자리를 찾아, 이른바 '동부지구'로 이주하는 가족들을 도우라는 명령을 받았다. 신이 난 이주자들이 공동묘지의 정문을 나서려고 준비하는데, 지도자들이 담장 위로 뛰어올라 연설을 하기 시작했다.

마이코는 속으로 불평을 했다. 지금 가장 듣기 싫은 것이 타이렐의

원숭이 전쟁

번지르르한 연설이었다. 부사령관은 연설을 쭉 이어나가다가 어느 순간 자신도 같이 이주를 하고 싶다는 말을 꺼냈다.

바로 그때, 이상한 일이 벌어졌다. 군중 속에서 누군지 모를 외침이 들려왔다.

"한 자리 정도는 남아 있습니다!"

다들 와락 웃음을 터뜨렸다.

타이렐도 껄껄 웃어젖히더니, 나이가 들어 이주할 힘조차 없다며 고개를 흔들었다.

그러자 "아닙니다!"라는 외침과 함께 여기저기에서 "같이 가요!"라는 소리가 터져 나왔다.

마이코는 타이렐과 고스포더를 번갈아 쳐다보았다. 노회한 정치가들답게 둘 사이에는 묘한 긴장이 흘렀다.

여름별장 전투가 끝난 이후 군대 최고위급 사이에 긴장감이 감돌았다. 원래 고스포더는 너그럽게 타이렐의 공로를 칭찬해왔다. 그런데 타이렐이 사양하는 대신 은근히 자기 계획이 아니었다면 큰 재앙을 면치 못했을 것이라는 사실을 모두에게 상기시키는 듯한 태도를 계속 취했던 것이다.

고스포더는 경계심을 품었다. 타이렐이 더 높은 자리를 노리는 것인가? 혹시 영도자 자리까지?

정말이라면 고스포더가 제일 원하지 않는 일이 바로 타이렐이 동부지구로 이주하는 것이었다. 동떨어진 곳에서 마음껏 자기 지지기 반을 쌓을 수 있기 때문이다.

하지만 다들 저렇게들 외쳐대고 있으니, 고스포더는 궁지에 몰린 기분이었다. 여기에서 타이렐을 막는다면 아주 옹졸한 지도자로 비칠 테니 말이다.

타이렐은 고스포더의 불편한 심경을 눈치 채고 일부러 고민하도록 잠깐 내버려두었다. 그렇게 뜸을 들이고 나서 짐짓 영도자의 고민을 덜어주려는 듯 입을 열었다.

"여러분들의 시작을 돕는 일에 조금이라도 기여할 수 있다면 처음 며칠 정도는 함께할 수 있을 것 같습니다. 만약 영도자께서 허락하신다면……."

이주자들은 찬성의 의미로 발을 쿵쿵 굴렀다. 고스포더는 타이렐이 자기가 한 말을 지키기를 바라며 허락할 수밖에 없었다.

이렇게 타이렐은 이주 대열을 이끌고 빛나는 미래를 향해 앞장서게 되었다.

포고 장군과 정예부대원들은 이미 동부지구에서 기다리고 있었다. 문이 열리자, 타이렐 부사령관이 성큼성큼 걸어 들어와 주위를 둘러보며 코를 쿵쿵거렸다. 피 냄새가 조금 남아 있긴 했다. 타이렐은 여름별장을 중심으로 펼쳐진 아름다운 대초원을 지그시 바라보며 미

원숭이 전쟁

소를 지었다.

"아주 좋군요, 장군. 훌륭합니다. 어서 성대하게 이주자들을 맞아들이세요. 그들에게 이 모든 것이 누구 덕분인지 잘 알려주자고요."

마치 열병식처럼 정예부대원들이 입구 양 옆으로 쭉 늘어서서 경의를 표하는 사이에, 사관생도들이 이주자들을 새로운 보금자리로 안내했다. 이주자들 모두 흥분과 기대에 가득 차 있었다. 그런 이주자들을 보면서 마이코는 오래전 공동묘지로 이주하던 날의 기억을 떠올렸다.

그때와 지금은 달랐다. 지금은 이 신나는 순간이 얼마나 크나큰 피의 대가를 치르고 이뤄낸 것인지를 잘 알고 있었다.

어린 원숭이들이 순진하게 아웅다웅하며 잠자리를 고르는 모습을 보고 있자니, 파피나의 비난이 현실로 나타난 것 같았다. 저들은 보넷족이 여기에서 얼마나 오랫동안 살았는지 생각도 못 할 터였다. 이렇게 되면 정말 파피나의 말대로 영토 확장을 위한 침략 전쟁을 벌인 것에 불과하지 않은가.

다음 침략 대상은 누가 될까?

마이코 뒤쪽으로 기척이 느껴졌다. 휙 뒤돌아보자, 덩치 큰 정예부대원 둘이 마이코를 내려다 보고 있었다.

"우리와 함께 가지."

"왜요? 제가 무슨 잘못이라도 했나요?"

마이코가 방어적으로 물었다.

"타이렐 부사령관님이 부르신다."

단호한 어투로 볼 때 마이코에게는 선택의 여지가 없었다.

여름별장에 가까워질수록 마이코는 심란해졌다. 타이렐이 어떻게 나올지 종잡을 수가 없었다. 낙관적으로 생각해 보면, 마이코의 충성심과 신중함을 높이 사서 포상을 주려고 부르는 것일지 몰랐다. 하지만 보넷족 전멸계획 뒤에 숨은 진실을 아는 존재가 마이코라서 마이코에게 위협을 느끼고 있을지도 몰랐다. 그렇다면 마이코를 마구 몰아세울 수도 있었다.

마이코는 불안감을 가라앉히려고 애를 쓰며 탑 계단을 올라갔다. 달아나고 싶어도 정예부대원 둘을 따돌릴 방법이 없었다. 그저 마음을 진정시키고 희망을 가져볼 수밖에.

탑 꼭대기에 있는 방으로 들어섰을 때 마이코는 깜짝 놀라고 말았다. 방 전체가 으리으리한 생활 공간으로 바뀌어져 있었기 때문이다. 전투 직후에 왔을 때는 지붕이 완전히 뚫려 있었고, 부러진 무기들이 피로 물든 바닥에 나뒹굴고 있었다. 이제 폭력의 흔적은 완전히 휘발되었고, 지붕도 나뭇잎을 싹 깔아서 완벽했으며, 시원하게 뚫린 창문으로 도시 전체가 멋지게 내려다 보였다. 과일도 한가득 쌓여 있었고 향기 나는 풀들도 가득 깔려 있었다. 한쪽 구석에는 지붕에서 곧바로 떨어지는 물을 받아놓는 수조까지 있었다.

그리고 방 한가운데에는 타이렐이 우뚝 서 있었다.

"놀랍죠?"

타이렐이 싱긋 웃으며 물었다.

마이코는 커다란 눈으로 고개만 끄덕였다. 하지만 마이코가 놀란 것은 방의 화려한 변화만이 아니었다. 타이렐의 교활함에 더 놀랐다. 타이렐은 이주자들과 동행하려는 결심을 즉흥적으로 한 듯한 인상을 주었다. 그런데 언제 이 모든 걸? 이 방은 한참 전에 지도자, 즉 타이렐의 거처로 준비해놓은 것 같았다. 타이렐은 말과 행동이 완전히 다른 원숭이였다.

타이렐은 마이코에게 팔을 두르고 창가로 이끌었다.

"무엇이 보이죠?"

마이코는 갑작스러운 밝은 빛에 눈을 찡그렸다. 서서히 콜카타의 친숙한 건물들이 눈에 들어오기 시작했다. 타이렐은 참을 수 없다는 듯 껄껄 웃어댔다.

"기회가 보이지 않나요? 내가 보는 건 바로 기회랍니다. 랑구르 역사상 어느 때보다도 더 빠르게 기회의 문들이 열리고 있지요. 과일 좀 들래요? 아니면 곤충이라도?"

타이렐이 코코넛 껍데기 둘을 내밀었다. 하나에는 즙 많은 베리 열매가, 다른 하나에는 갓 잡은 곤충이 들어 있었다. 마이코는 과일을 선택했다.

"하지만 변화에는 대격변이 따르지요. 새로운 충성 맹세가 이뤄지고 있답니다. 옛 맹세가 시험받고 있죠. 주의 깊게 들어보면……."

타이렐이 귀 기울여 듣는 척 귀에 손을 갖다대며 말을 이었다.

"권력이 움직이는 발소리를 들을 수 있을지도 모르죠."

타이렐이 빈정대듯 웃었다.

"내 질문은 말이죠, 마이코 군. 이 기회들을 이용해볼 의향이 있느냐는 겁니다. 새로운 세상에서 한몫해 보겠습니까?"

"우선 사관생도 훈련을 마치고 나면 형처럼……."

"오, 아뇨, 아뇨. 정예부대는 잊어버려요. 이걸 사용해야죠."

타이렐이 손가락으로 마이코의 이마 정중앙을 푹 찔렀다.

"머리, 이 머리가 권력으로 가는 열쇠예요."

타이렐은 벽에 등을 기대고 편안히 앉았다.

"내가 사관생도였을 적에 우리 랑구르족은 아주 힘든 시기를 보내고 있었죠. 우리는 황폐한 기관차고에 살면서 음식 찌꺼기를 놓고 마구 싸워댔고 조그마한 땅덩어리를 지키려고 필사적이었어요. 나는 많은 공헌을 했지만 덩치가 작다는 이유로 늘 무시당했죠. 교관들은 누구도 나를 중요하게 여기지 않았어요. 육박전 맞대결에서 내가 결코 이길 수 없다고 판단한 거죠. 그래서 난 나름대로의 '무기'를 가지고 반격할 수밖에 없었어요."

타이렐이 손가락으로 자기 머리를 툭 쳤다.

"어느 날 밤, 기관차고에서 기어 나와 홀로 길을 나섰어요. 외롭고 무서웠죠. 기차가 여기저기에 굴러다녀서 한 발짝이라도 삐끗하면 바로 황천길이었어요. 하지만 찾고 싶던 것을 발견했어요. 키위를 가득 실은 화물 열차를요.

곧바로 그늘에 숨어서 작업자들이 도착하기를 기다렸어요. 그들이 키위를 기차에서 내려놓자마자 몰래 훌쩍 뛰어가서 한 자루를 훔쳐 냈죠.

다음 날 아침 잠에서 깨어난 사관생도들은 눈앞에 신선한 키위가 가득 쌓여 있는 광경을 보게 돼요. 너무 배가 고픈 나머지 경계를 하지도 않고 마구 집어먹었죠. 그런데 금세 장이 뒤틀리고 머리가 구름이 낀 듯 몽롱해집니다. 훈련시간이 되자 그들은 아주 고전하게 되죠. 특히 육박전 맞대결 시합에서요. 제일 약해빠진 타이렐이 그들을 모두 때려눕혔을 때 그들이 얼마나 놀랐을지 상상이 가나요?"

"독을 탔다는 말씀이세요?!"

마이코가 깜짝 놀라 물었다.

"철도 변소에서 폐수를 약간 탔죠. 며칠 메스꺼울 뿐이에요."

타이렐이 대수롭지 않다는 듯 답했다.

"하지만 그 경험으로 좋은 걸 깨달았죠. 의지만 강하다면 언제나 적은 물리칠 수 있다는 걸. 날마다 그 경험을 교훈 삼아 살았더니, 어느새 경쟁자들을 꺾고 오늘날 이 자리까지 오른 겁니다. 이제 랑구르 군 전체가 내 머리에 의해 돌아가고 있죠."

타이렐이 마이코를 주시하며 고개를 기울였다.

"적들보다 머리가 좋으면 무엇이든 가질 수 있어요. 이 엄청난 보금자리처럼."

타이렐이 화려하게 팔을 흔들며 방 안을 가리켰다.

"이렇게 살고 싶지 않나요, 마이코 군? 한 지역의 지도자가 될 수도 있다면 어떻겠어요?"

마이코는 놀라움을 숨기지 못했다.

"정말 그렇게 생각하시는……."

"마이코 군 같은 머리라면, 안 될 게 뭐가 있죠?"

마이코는 한순간 솔깃해져서 이끌려갈 뻔했다.

"물론 마이코 군은 아직 멀었지요. 배울 게 무척 많아요."

타이렐은 무언가 비밀을 알려줄 듯 뜸을 들이다가 돌연 아무렇지 않게 비밀의 방문을 탁 닫아버렸다.

"어쩌면 내가 정보부로 마이코 군을 불러들일 수도 있어요."

마이코가 얼굴을 찌푸렸다.

"저는 정보부라는 곳을 들어본 적이 없습니다."

"우리 관계가 그만큼 가까워졌다는 말이지요. 아주 소수의 '선택받은' 원숭이들만이 정보부에서 일할 수 있는 기회를 갖게 되죠. 절대적인 충성심의 중요성을 잘 인지할 만한 자들만 말입니다. 물론

'나'에 대한 충성심이죠."

타이렐의 말을 들을수록 마이코는 불안감이 커졌다. 무언가 엄청 난 음모가 숨어 있는 것 같았다. 찬찬히 생각해 볼 시간이 필요했다. 타이렐의 진짜 의도가 무엇인지 알아 볼 시간이.

"부모님이…… 아주 실망하실 겁니다. 제가 정예부대에 들어가지 않는다면요."

마이코는 어떻게든 시간을 벌려고 애를 썼다.

"잘 생각하세요, 마이코 군. 정보부는 군대 최고위급으로 가는 최 고의 지름길이랍니다. 정예부대 정도는 마음대로 부릴 수 있는 위치 에 오를 수 있어요. 그 기분은 말 안 해도 알겠죠?"

타이렐이 호기롭게 웃더니 고개를 숙이며 속삭였다.

"정보부에서 지도자들이 만들어진답니다."

타이렐은 마이코의 어깨를 손으로 은근히 눌렀다. 마이코는 순간 굴레에 매인 듯한 착각이 들었다. 타이렐은 마이코가 지금 양심과 권 력 사이에서 고심하고 있다는 것을 잘 알고 있었다.

"군대를 지휘한다는 건 아주 어려운 소명과도 같은 일입니다. 순 진한 눈으로 보면 옳고 그름의 경계를 잊어버린 것처럼 행동할 때가 많겠죠. 그러나 일단 뒤에 가려진 우리의 사명을 알게 되면 이해할 수 있게 된답니다."

마이코는 타이렐의 의중을 읽어보려고 눈을 똑바로 쳐다보았다.

"우리의 사명은 '선택받은 종족'으로서 평화를 지켜내는 것 아닌 가요?"

마이코가 용기를 내어 묻자, 타이렐이 고개를 끄덕였다.

"맞아요. 하지만 그게 진실의 전부는 아니에요."

타이렐은 여기까지만 밝혔다. 마이코가 결심이 서기 전에는 더 알려 주지 않을 작정이었다.

"자, 이렇게 해요. 부모님이 걱정이라면 부모님과 의논해보세요. 부모님을 그렇게 생각하다니 감동적이군요. 하지만 조심하세요. 비밀 엄수가 정보부의 최대 무기니까요."

"잘 알겠습니다."

마이코가 고개를 끄덕였다.

"부모님께 말할 때는 내 비서관 자리를 제안 받았다고 하세요. 그럼, 또 봅시다."

타이렐은 마이코의 대답을 듣기도 전에 문 쪽을 가리켰다. 면접은 끝이 났다.

20장
선택의 기로

마지막 보급부대가 동부지구로 들어오는 모습을 보면서 마이코는 거리로 나왔다. 걸음을 멈추고 뒤를 돌아보니, 동부지구의 정문이 쾅 하고 닫혔다. 저 멀리 건너편에 있는 공동묘지의 정문도 지금쯤 야간 보안을 위해 꽉 닫혀 있을 터였다.

평소 같으면 홀로 도시를 돌아다니기가 불안할 만한 시간이었지만, 지금 당장은 혼자 있고 싶었다. 생각할 시간이 필요했다.

이 시간쯤이면 도시의 거리는 인간들로 북적거린다. 그래서 마이코는 건물벽의 배수관을 타고 올라가서 지붕 위를 잽싸게 달려 철도 옆 제방에 뛰어내렸다. 콜카타를 가로지르는 이 제방을 따라가다 보면 폐기된 신호소가 나오고 거기에서 철길을 따라가면 공동묘지가 나왔다.

어느새 황혼녘을 지나 밤이었다. 하늘을 가득 메운 제비 떼가 건물들 위를 빙빙 맴돌았고 허름한 시장은 흥정꾼들의 수다 소리로 시끌 벅적했다. 하지만 마이코의 눈에는 일생일대의 중대한 결정을 내려야 하는 문제밖에 보이지 않았다.

만약 타이렐의 제안을 받아들여 랑구르족의 사명을 위해 몸을 던진다면 왜 리서스족과의 전쟁이나 보넷족의 몰살이 꼭 필요했던 것인지 이해할 수 있게 될지도 몰랐다. 타이렐은 더 큰 사명이 있다고 했다. 그 비밀을 알게 되면 이 모든 악행의 정당성이 밝혀질까?

하지만 과거의 폭력은 덮어둘 수 있다 해도 앞으로 다가올 폭력은 어찌할 것인가? 타이렐의 부하가 된다면 손에 직접 피를 묻혀야 될 텐데.

마이코는 학살에 참여한다는 생각만으로도 소름이 끼쳤다.

게다가 아주 사적인 고민도 하나 있었다. 타이렐을 따르게 되면 그 이후 다시는 파피나를 만날 수 없을 터였다.

상실감이 마이코의 가슴을 날카롭게 할퀴고 지나갔다. 처음 만난 순간부터 마이코는 파피나에게 특별한 인연을 느꼈다. 오랫동안 알고 지낸 친구 같았고 항상 믿음이 갔다. 왠지 모르게 파피나를 잃는다면 모든 길을 잃어버릴 것 같은 생각이 들었다.

타이렐의 제안은 도저히 받아들일 수 없었다.

하지만 거절이 그렇게 쉽지만은 않을 것이다.

타이렐은 이미 확실한 태도를 내보였다. 같은 편이 되지 않는다면 적이었다. 그리고 타이렐을 적으로 돌린다면 엄청나게 힘들어질 터였다. 랑구르 군대 사회의 비열한 현실이었다. 힘 있는 고위급 지도자를 거역하면 높은 서열에 오를 기회조차 없었다.

더군다나 그 은밀한 탄압은 마이코에게만 머무르지 않을 것이다. 부모님이 졸지에 화를 당할지도 몰랐다. 아버지 트럼블은 군대보급부에서 쫓겨나기라도 하면 상심이 크실 터였다.

모두 마이코의 선택에 달려 있었다.

제안을 받아들일 것인가, 거절할 것인가? 상충하는 생각들이 끝없이 맞부딪쳤다. 고민이 너무 깊다 보니, 어느새 동이 트고 있었고 눈앞에는 공동묘지의 담장이 보였다. 마이코는 걸음을 멈춘 채, 정문 기둥 꼭대기에 당당하게 앉아 있는 경비병들을 바라보았다. 저들이 부러웠다. 저들은 어떤 것에도 궁금증을 느끼지 않고 세상을 주어진 그대로 받아들이면서 온전한 삶을 살아가지 않는가. 그런 삶은 얼마나 수월할까?

무심코 마이코는 담장을 돌아서 물웅덩이를 찾아갔다. 딱히 경비병들을 피해야 할 이유는 없었다. 어쨌든, 동부지구에서 공적인 임무를 마치고 돌아오는 길이니까. 하지만 지금 마이코는 아무도 마주치고 싶지 않았다.

마이코는 차가운 물속으로 뛰어들어 담장의 구멍을 찾으려고 양손을 힘껏 뻗었다. 그러다가 잠시 움직임을 멈추고 물결에 몸을 내맡긴 채 부력에 둥둥 뜨는 느낌을 즐겼다.

물이 마이코의 털을 휩쓸고 얼굴을 닦으며 흘러갔다. 차가운 물결의 감촉이 마치 위로의 손길 같았다. 상황이 이렇게 복잡해지기 전 파피나와 보냈던 행복하고 은밀한 시간들이 떠올랐다.

어쩌면 파피나가 답인지 몰랐다. 그래, 단순하게 생각하자. 파피나 도 선택하라고 다그쳤었지. 정말 리서스족의 편에 선다면 어떻게 되 는 걸까?

사원 경내 정원에서 수백 마리의 리서스원숭이들과 함께 산다면 타이렐의 분노를 겁낼 필요가 없었다. 아무런 걱정 없이 파피나랑 나무를 타고 놀면서 햇빛을 여유롭게 즐길 수 있었다.

하지만 그런 삶을 상상할 때마다 부모님과 친구를 다시는 못 본다는 생각에 침울해졌다. 이제껏 알고 지낸 모든 이들을 등질 수는 없는 노릇이었다. 게다가 아무리 희생하고 애쓴다고 해도 마이코는 결코 리서스족이 되지 못한다. 만약 랑구르족이 또다시 전쟁을 벌인다면 리서스족은 마이코에게 등을 돌릴 것이 분명했다. 그렇게 사원에서 내쫓겨 홀로 외로이 살아갈 삶이 뻔히 보였다.

갑자기 숨이 막혀왔다. 얼른 구멍을 통과해서 물 밖으로 몸을 내밀었다. 숨을 헐떡이며 다시 생각에 잠겼다.

외톨이 원숭이라……

추방당한 원숭이들이 그렇게 살아간다는 소문이 있기는 했다. 하지만 그것은 '삶'이 아니라 '생존'이다. 같이 놀아주거나 웃어줄 친구도 없고, 식량을 나눠먹을 동료도, 아플 때 돌봐줄 가족도 없이, 그냥

원숭이 전쟁

홀로 죽어가는 존재이니까.

몸이 축축한데다 밤 한기가 몰려와 으슬으슬 떨렸다. 담장 꼭대기로 올라가서 부드러운 갓돌 위에 가만히 앉았다.

한쪽에는 공동묘지가, 다른 한쪽에는 저 멀리 도시가 펼쳐져 있었다. 마이코는 비유적으로도 이렇게 두 세계 사이에 앉아 있는 셈이었다. 어느 쪽을 선택하더라도 불행한 결과가 기다렸다. 어쩌면 그냥 이렇게 담장 위에 앉아서 이러지도 저러지도 못한 채 여생을 보내야 할지도…….

문득 모든 고민이 스르륵 풀리는 듯해서 펄쩍 뛰어오를 뻔했다. 이렇게 두 세계에 걸터앉아서 원숭이 전체를 위해 최선을 다하면 되지 않을까?

마이코는 커다란 미소를 지으며 벌떡 일어섰다. 어쩔 수 없는 불가능한 문제에 맞서, 이만큼 완벽한 해결책도 없을 터였다.

파피나는 누군가가 깨우는 손길에 눈을 비비며 주위를 두리번거렸다. 너무나 이른 시간이어서 엄마를 비롯해 모두 깊이 잠들어 있었다. 그런데 여기에 마이코가 턱하니 나타나서 잠을 깨울지는 꿈에도 생각하지 못했다. 마이코는 막 달려온 것인지 숨을 몰아쉬며 잔뜩 경계를 하고 있었다.

"무슨 일이야?"

파피나가 다급하게 물었다.

"쉿."

마이코가 파피나의 입술에 손가락을 살짝 갖다댔다.

"아침이나 먹으러 가자."

"너무 이르잖아."

"초콜릿에 이르고 말고가 어디 있어? 제과점의 야간 경비원이 뒤편 창문을 잠그는 걸 또 까먹었어."

마이코가 씨익 웃으며 덧붙이자, 파피나도 더는 거절하지 못했다.

파피나는 아무 말 없이 앉아서, 슬쩍해온 초콜릿을 먹기 시작했다. 마이코는 이리저리 왔다 갔다 하며 앞으로의 계획에 대해 장황하게 늘어놓았다.

"그래서 타이렐의 제안을 받아들이려고 해. 충성스러운 부하 역할을 해야겠지. 그러면서 정보를 전해줄게. 네 안전을 지킬 수 있는 정보라면 뭐든지. 랑구르 순찰대 경로나 공격 지점, 누가 안전하고 누가 위험한지 등등. 나는 랑구르족이지만 몰래 리서스족을 도울 거야!"

마이코가 열정적으로 결심을 털어놓았지만 회의감이 섞인 침묵만 흘렀다. 파피나는 초콜릿 부스러기를 손가락으로 콕콕 눌러 붙인 후 깨끗하게 핥아먹었다. 완전히 끔찍한 생각이라는 말이 목구멍까지

원숭이 전쟁

치솟았지만 억지로 참았다.

"누구도 두 주인을 섬길 수는 없어."

파피나가 침착하게 말했다.

"물론 어렵겠지. 하지만 노력해볼 가치는 있잖아."

마이코가 의연하게 말을 이어나갔다.

"그리고 내가 타이렐의 비위를 잘 맞춰서 서열이 올라간다면 내가 직접 랑구르 군의 전체 전략을 바꿔서 서로 다른 종족들끼리도 이 도시에서 평화롭게 살 수 있게 만들 수도 있지 않겠어?"

마이코의 낙관론은 칭찬해줄 만하지만 너무 순진한 생각이었다.

"마이코, 다른 랑구르원숭이들은 너처럼 생각하지 않아. 평화에는 관심이 없다고."

"바로 그 이유 때문에 내가 '내부'에서 일할 필요가 있는 거야. 거기에서부터 바꿔나가면 되니까."

마이코는 모든 해답을 가지고 있다는 듯 자신만만해 보였다. 하지만 정작 파피나가 우려하는 점은 이 모든 계획이 마이코가 잔혹한 현실을 외면하려는 자기 합리화라는 변명일 뿐이라는 사실이었다.

"뭔가 잘못된 게 있으면 맞부딪쳐 싸워야지."

파피나가 지적했다.

"하지만 싸움에도 여러 방법이 있는 법이야. 작은 코브라는 거대한 비단뱀만큼이나 치명적인 독을 가지고 있잖아. 속임수도 좋은 무기가 될 수 있어, 안 그래?"

파피나는 수심 어린 얼굴로 고개를 저었다. 현실을 말해주고 싶었지만 희망에 불타는 마이코를 보고 있자니, 찬물을 끼얹고 싶은 마음이 들지 않았다.

마이코가 파피나의 손을 꽉 붙잡았다. 이 계획이 성공하리라는 것을 파피나가 믿어주길 바랐다.

"도망은 누구라도 칠 수 있지만 꿋꿋이 버티며 변화를 위해 투쟁하는 건 용기 있는 자들만이 할 수 있는 거야."

"하지만 모두에게 거짓말을 해야 하잖아. 너무 외로울 거야."

"너만 날 믿어주면 외롭지 않아."

마이코는 파피나의 동의를 간절히 바라며 눈을 쳐다보았다.

"예전에 무슨 일이 있더라도 너를 안전하게 지켜주겠다고 약속했지. 그때나 지금이나 진심이야. 하지만 그 약속을 지키려면 이 세상을 반드시 바꿔야만 해."

태양이 제과점 지붕 위로 떠오르고 있었다. 마이코는 여전히 파피나를 바라보며 가만히 대답을 기다렸다. 대답 여하에 따라 마이코의 미래가 결정될 터였다. 마침내 파피나가 망설임이 담긴 미소를 짓더니, 고개를 끄덕였다.

마이코는 아빠와 얘기를 하려고 지붕 위로 올라갔다. 아빠는 동부

원숭이 전쟁

지구로 보낼 보급품을 돌멩이로 계산하고 있었다. 마이코는 떨어지지 않는 입을 겨우 열어 말을 건넸다.

"타이렐 부사령관님이 자기 휘하에서 일을 해보래요."

트럼블은 놀라움에 돌멩이를 툭 떨어뜨리면서 아들을 빤히 쳐다보았다.

"타이렐 부사령관님이?"

"네. 하지만……."

트럼블은 벌떡 일어나서 아들을 얼싸안았다.

"마이코, 다들 너에 대해 너무 성급하게 결론을 내렸지. 단지 덩치가 작다는 이유만으로 말이다."

트럼블은 아들의 얼굴을 양손으로 쓰다듬으며 애정이 듬뿍 담긴 눈으로 바라보았다.

"하지만 이제 당당히 꼬리를 높이 들 수 있겠구나!"

엄마의 반응도 똑같이 야단스러웠다. 키마는 아들의 손을 잡고 놓을 생각을 하지 않았다.

"정말 입이 근질근질해서……."

"안 돼요! 아무에게도 말하면 안 돼요. 극비사항이에요."

마이코가 얼른 막아서자 키마는 더욱 더 아들이 자랑스러웠다.

"네가 제일 좋은 집에서 살거나 서열이 올라가는 걸 보면 다들 모를 수가 없을걸? 우리 아들이 얼마나 영향력이 있는 존재인지 다들 알게 될 거라고."

마이코는 살면서 부모님에게 이토록 애정을 받아본 적이 처음이었다.

무엇보다도 형의 반응이 제일 놀라웠다. 처음에 브레리는 믿을 수 없다는 듯 어리둥절해하더니 이내 표정에 질투심이 드러났다. 하지만 질투는 곧 존경으로 바뀌었다. 동생이 권력 사다리의 위쪽에 있으면 자기 경력에도 도움이 될 게 분명했기 때문이다.

"네 재능에 맞는 자리를 찾아서 내가 더 기뻐. 우리 모두 전투에서 맡은 바 역할을 잘 해야겠지. 그래야 우리 랑구르족이 더 발전하지 않겠어?"

성공이란 게 이런 느낌이구나. 존경 어린 찬사의 향연에 취하는 느낌이랄까.

한순간, 마이코는 더는 작지도 연약하지도 않은 것 같았다. 벌써부터 힘이 솟구치는 느낌이었다.

마이코는 탑 꼭대기에 있는 타이렐의 방으로 들어갔다. 타이렐이 벽 전체에 교차선들을 이리저리 구불구불하게 그어대고 있었다.

"인상적이죠?"

당황하는 마이코에게 타이렐이 뒤돌아보지도 않고 물었다. 마이코는 고개를 갸웃거리며 진의를 파악하려고 애썼다.

"이건 도시예요."

타이렐이 자랑스럽게 교차선들과 창밖으로 보이는 전경을 가리키며 말했다.

"이 선들은 저 아래 거리를 나타내죠."

마이코는 눈을 가늘게 뜨고 교차선들과 거리를 번갈아 쳐다보다가 퍼뜩 감이 왔다.

아주 간단하지만 끝내주는 아이디어였다. 음흉한 성격이지만 타이렐은 머리 하나는 천재급이었다.

"부모님들이 내 제안을 아주 좋아하셨겠죠?"

타이렐이 또 하나의 선을 그으며 물었다.

"네, 아주 좋아했습니다."

"물론 조심했겠지요? 새로운 임무에 대해서?"

"네, 말하지 않았습니다."

"그리고?"

마이코가 깊게 숨을 들이마셨다. 이 순간이 지나면 절대로 되돌릴 수 없다.

"그리고?"

타이렐이 재촉했다.

"그리고 저는 정보부에서 일하기로 결심했습니다. 덧붙여, 타이렐 부사령관님에게 충성을 바칠 것을 맹세합니다."

호의적인 미소가 타이렐의 얼굴에 번졌다.

"마이코 군, 내 세계로 들어온 걸 환영해요. 새로운 삶이 열리는 출발점이죠. 아주 대단한 일들이 벌어질 거예요."

"결코 실망하게 해드리지 않겠습니다."

너무 뻔한 거짓말이 자신의 입 밖으로 술술 잘 나와서 마이코는 속으로 깜짝 놀랐다.

마이코의 등 뒤로 짜릿한 전율이 흘렀다. 이제 이중생활이다. 비밀과 거짓말로 점철된 음모와 속임수의 삶이자, 권력의 향방을 바꾸는 삶이었다.

이 모든 것은 다 평화를 지키기 위해서였다.

2부

원숭이 전성시대

백성의 정신을 좀먹는 것, 그것이 바로 '악한 군주'의 진정한 능력
이다.

— 매튜 아놀드, 〈메로페〉

21장
권력이동

영도자가 세상을 떠났다.

이 엄청난 소식이 공동묘지 구석구석까지 충격파처럼 퍼져 나갔다. 랑구르족의 최고 지도자인 고스포더가 새벽녘에 죽은 채로 발견되었다!

동부지구를 정복한 이래 수많은 계절 동안, 랑구르족은 당당하게 확신을 가지고 반대파를 모두 쓸어버렸다. 그런데 랑구르족을 하찮은 왕따 종족에서 정복자 종족으로 이끌어준 영도자가 갑작스럽게 죽음을 맞이한 것이다.

마이코는 밀실에서 여유롭게 아침을 즐기다가 이 소식을 처음 접했다. 타이렐의 비밀 정보부에 들어가자마자 받게 된 혜택 중에는 영묘궁 가까이 특별한 단독거처를 마련해준 것도 있었다. 밀실은 널찍하고 밝았다. 게다가 입구가 잘 감춰져 있어서 주위의 시선을 끌지 않고도 낮이나 밤이나 자유롭게 드나들 수 있었다. 그러나 무엇보다도 제일 좋은 혜택은 방 청소에서부터 식사 준비와 여러 심부름까지 잡다한 시중을 들어주는 사관생도 하나를 붙여준 것이었다.

타이렐이 정보부 요원들의 의무감을 더욱더 고무시키려고 생각한 당근이었다. 이처럼 심리에 호소하는 방법은 잘 맞아떨어졌다. 덕분에 마이코는 부지런하고 성실한 요원으로 거듭났다. 이제는 랑구르족의 안전을 지키기 위한 비밀 정보처들을 많이 마스터해가고 있었다.

마이코의 주가는 빠르게 상승곡선을 탔다.

그러나 그런 상황도 어제까지였다. 지금은 고스포더의 갑작스러운 죽음으로 인해 모든 것이 불확실한 상황이 되고 말았다.

"영도자께서! 돌아가셨어요! 이럴 수는 없어요, 이럴 수는!"

사관생도가 소식을 전하며 감정에 복받쳐 말을 잇지 못하자, 마이코는 사관생도를 억지로 앉히고 물을 마시게 했다.

"하니 부사령관님이 평소처럼 보고를 드리러…… 영도자를 깨우러 가셨대요……. 그런데…… 그런데, 바닥에 싸늘하게 쓰러져 계셔서……."

사관생도는 고개를 푹 숙이며 양손에 얼굴을 묻었다.

마이코는 세상이 금방이라도 무너질 듯 흔들리는 것 같았다. 슬픔에 젖은 사관생도를 뒤로하고 서둘러 공동묘지로 나갔다.

이런 일이 일 년 전에 벌어졌다면 마이코는 당장 영묘궁으로 달려갔을 것이다. 하지만 타이렐의 첫 가르침 중 하나가 절대로 뻔한 행동은 하지 말라는 것이었다. 예측이 어려운 원숭이일수록 남들보다 한 수 앞서가기 쉽다는 말이었다. 그래서 마이코는 공동묘지의 가로 수길로 향했고, 군중 속에 슬쩍 섞여 들어가서 분위기를 살폈다.

돌아보는 곳곳마다 원숭이들이 뭘 해야 할지 모른 채 서성이고 있었다. 그들은 서로 서로 딱 붙어서 슬픔을 달랬다. 누가 먼저랄 것도 없이 처음 소식을 들었을 때 뭘 하고 있었는지를, 마치 자신의 행동이 영도자의 급작스러운 죽음과 무슨 연관이라도 있는 양 주절대기 시작했다. 엄마들은 어린 자녀들을 사관학교에 보내지 않았고, 순찰대도 각자의 담당구역으로 가지 않았다. 평소 아침이면 분주했던 일상이 충격과 슬픔에 가라앉아버렸다.

이제 랑구르족의 미래는 한 치 앞도 알 수 없다는 불안감이 팽배해 있었다.

허망한 랑구르원숭이들이 속속 영묘궁 앞으로 모여들어 새로운 소식을 간절히 기다리고 있었다. 모두의 눈이 굳게 닫힌 정문과 정문을 지키는 정예부대원들에게 꽂혀 있었다. 군중을 헤치고 가는데 부모님이 군중 속에 가만히 서 있는 모습이 눈에 들어왔다. 키마는 두려움에 떨고 있었고 트럼블은 그런 아내를 꽉 감싸 안은 채 달래주고 있었다.

마이코가 정문 앞으로 다가서자 정예부대원들이 즉각 막아섰다.

"물러서시오!"

마이코는 침착하게 왼쪽 손바닥을 들어보였다. 거기에는 복잡하게 소용돌이치는 검은 선들로 이뤄진 기묘한 표식이 그려져 있었다. 정보부 요원임을 나타내는 표식이었다.

마이코가 타이렐에게 충성을 맹세했을 때 타이렐은 탑의 밀실로 마이코를 데리고 갔다. 그곳에서 타이렐은 오후 내내 베리 열매를 짓눌러 얻어낸 염료로 표식을 만들어냈다. 타이렐은 선인장 가시에 염료를 찍어 마이코의 손바닥에 한 땀 한 땀 표식을 그려나갔다. 문신 과정은 아주 고통스러웠고 며칠 동안 마이코의 손바닥은 퉁퉁 부어 있었다. 그러나 타이렐은 장담했다. 이 표식 하나면 다른 원숭이들에게는 열리지 않는 문들이 활짝 열릴 것이라고.

그 말은 허풍이 아니었다. 통행금지 이후 밖으로 나간다거나 출입이 제한된 무기고에 들어간다거나 할 때 표식만 보여주면 무사통과였다. 오늘도 마찬가지였다.

표식을 보자마자 정예부대원은 황급히 문을 활짝 열어주었다. 마이코는 군중들이 기대감으로 술렁거리는 소리를 들었다. 모두가 밖에서 기다려야만 할 때 마이코만이 내부로 들어가게 된 것이다. 영묘궁 안으로 들어서면서 마이코는 어깨너머로 슬쩍 부모님의 얼굴을 볼 수 있었다. 아들이 특권을 휘두르는 모습에 감탄스러워하는 표정이었다. 좋지 않은 상황이었지만 마이코도 가슴속에 벅차오르는 뿌듯한 기분은 어찌할 수 없었다.

그러나 특권의식은 오래가지 못했다. 고스포더의 침실에 들어서자 마자 상황의 심각성이 한층 더 무겁게 와 닿았기 때문이다.

타이렐과 하니, 두 부사령관이 각각 맞은편에 앉아 말 없이 고스포더의 시신을 바라보고 있었다. 시신의 상태를 보니, 감당 못할 고통 속에 죽어간 것이 분명했다. 대리석 바닥에 쓰러져 있는데 몸 전체가 뒤틀려 있고 양손은 보이지 않는 적을 움켜잡고 있는 듯했다. 입은 삐딱하게 벌어져 있었고 다리도 어색한 각도로 비틀려 있었다. 마치 누군가 육신을 찢어발겨 생명을 빼내간 듯한 모습이었다.

하니 부사령관이 천천히 고개를 돌려 마이코를 쳐다보았다.

"당장 나가도록."

하니의 목소리가 두려움에 떨리고 있었다. 이 상황을 받아들이지 못하는 모양이었다.

마이코가 고개를 숙이고 돌아가려고 하자 타이렐의 단호한 목소리가 막아섰다.

"그냥 있어요."

마이코가 꼼짝도 못 한 채 두 부사령관을 번갈아 쳐다보았다.

"난 생각할 시간이 필요하단 말일세!"

하니가 분통을 터뜨리며 으르렁거렸다.

"지금 당장 우리는 저 바깥에 모여든 군중을 통제해야 할 필요가 있어요."

타이렐이 공동묘지를 가리키며 말을 이었다.

"그게 제 임무죠. 그리고……."

타이렐이 마이코를 흘긋 쳐다보았다.

"그러려면 여기 마이코 군이 필요합니다."

한순간 팽팽하게 긴장감이 흘렀다. 타이렐과 하니가 서로를 쏘아 보는 와중에 마이코는 감히 숨조차 내쉴 수 없었다. 바로 그때, 포고 장군이 땅을 쿵쿵 울리며 들어와서, 뒤틀린 시신을 보자마자 소리를 내질렀다.

"아니, 어떻게, 이럴 수가!"

전쟁터에서 수없이 많은 주검들을 목도해온 포고 장군조차 바닥 에 널브러진 영도자의 괴상한 모습에 엄청난 충격을 받았다.

"어떻게 된 일입니까?"

하니가 고개를 절레절레 흔들며 대답했다.

"평소대로 오늘 일정을 보고하러 와서 문을 두드렸지. 대답이 없 어서 그냥 들어왔는데……."

하니는 시신을 내려다 보았다.

"이렇게 쓰러져 있는 시신을 발견한 거야."

포고 장군의 얼굴이 일그러졌다. 아무런 이유도 없이 죽는 원숭이 가 어디 있단 말인가.

포고의 의심을 감지한 타이렐이 다가가서 시신을 뒤집었다.

원숭이 전쟁

"보면 알겠지만 폭력의 흔적도, 몸부림친 흔적도 전혀 없어요."

타이렐이 싸늘하게 식어버려 차가워진 시신의 털을 손으로 쓰다듬으며 말을 이었다.

"살해당하신 건 아닙니다."

"그럼, 왜 이렇게 된 겁니까? 늙지도 아프지도 않으셨는데!"

포고가 당혹스러운 표정으로 고개를 흔들었다.

"그야 저도 모르지요, 장군. 내가 아는 건 일반 군중들은 영도자의 시신이 이런 모습으로 발견되었다는 사실을 절대로 알아서는 안 된다는 것뿐입니다."

타이렐이 영도자의 끔찍한 시신을 가리키며 말을 이었다.

"우리의 위대한 영도자께서 이렇게 모욕적으로 생을 끝내실 수는 없는 노릇이지요. 우리가 가진 이 모든 것은 다 영도자님 덕분입니다. 최소한 그분의 삶만큼 영광스럽고 품위 있게 죽음을 맞이할 수 있게 해드려야겠죠."

타이렐이 침착하게 정치적인 태도를 취하는 것을 보고 하니는 번쩍 정신이 들었다. 하니는 벌떡 일어서서 큰 키를 내세우며 몸을 쭉 폈다.

"내가 영도자의 격에 맞는 장례식을 준비하지. 자네가 최선을 다해 협력해주리라 기대하네. 권력 이양도 내 선에서 최대한 자연스럽게 처리할 테니 염려 말게."

"아주 기고만장하군!"

타이렐은 여름별장으로 돌아오자마자 소리를 내질렀다.

"당연한 듯이 고스포더의 후계자처럼 굴다니! 그런 멍청이보다는 나은 지도자여야지. 우리 랑구르족은 그럴 자격이 있어."

타이렐은 창가로 가서 도시 전체를 내려다 보았다.

마이코는 정보부 소속 요원 둘을 힐긋 쳐다보았다. 부름을 받고 달려온 카스트로와 라니였다. 오래전 사관학교에서 타이렐이 직접 발탁한 요원들로, 불필요하게 시선을 끌지 않는 재능이 뛰어났다. 그래서인지 타이렐이 필요로 할 때면 언제든 곁을 지켰다. 카스트로와 라니는 근면하고 믿음직한데다 충성심까지 깊었다. 하지만 지금은 그들도 어찌할 바를 몰랐다. 타이렐이 이토록 분통을 터뜨리는 모습을 본 적이 없었기 때문이다.

마이코가 기민하게 머리를 굴려 가능한 선택지들을 떠올렸다. 사실 마이코는 이렇게 새로운 상황을 파악해내는 능력 덕분에 타이렐의 마음을 살 수 있었다.

"하니 부사령관님은 덩치가 더 크니 문제될 게 없다고 생각하는 것 같습니다."

타이렐이 마이코를 날카로운 눈으로 노려보았다. 무례하게도 덩치란 말을 입에 올리다니, 모욕을 당한 듯했다.

마이코는 얼른 타이렐의 편임을 강조해야 한다고 생각하고 서둘

원숭이 전쟁

러 덧붙였다.

"시대가 바뀌었다는 걸 모르고 있나 봅니다."

"하니 부사령관만 그렇다고는 볼 수 없죠."

타이렐이 다시 창밖으로 눈을 돌리며 나지막이 말했다. 대초원에는 랑구르 군중들이 모여 있었다.

"저들 중 대다수도 여전히 커다란 덩치에 감탄하겠죠. 하니 부사령관의 경우에는 지능이 덩치에 전혀 못 미친다는 게 애석한 일이지만요."

카스트로와 라니는 서로 불편한 시선을 주고받았다. 지금 타이렐은 영도자의 후계자를 비난하고 있었다. 이건 반란 선동이 아닐까? 하지만 타이렐은 얼른 태도를 바꿨다.

"아, 오해하지 말아요. 난 하니 부사령관을 좋아해요. 아주 훌륭한 부사령관이죠. 다른 시기였다면 강력하고 능력 있는 지도자 감이었을 거예요. 하지만 지금…… 우리 군은 복잡한 시기예요. 많이 승리한 만큼 적들도 많아졌죠. 자칫 잘못하면 모든 걸 잃어버릴 수 있다는 말입니다."

타이렐은 마이코와 카스트로, 라니의 안색을 꼼꼼히 살펴보았다. 이미 충성을 맹세한 부하들이었지만 그래도 방심할 수는 없었다. 랑구르 군 전체를 위해 하니 부사령관을 지지하면 안 된다는 말을 이 셋만큼은 반드시 진심으로 믿게 만들어야 했다.

"이 지역 전체를 얻어낼 수 있었던 요인이 육체적 완력 덕분이었나요?"

타이렐이 창밖을 가리키며 말을 이었다.

"내 기억이 옳다면 큰 머리를 가진 작은 원숭이 덕분이었죠."

타이렐이 잠시 마이코를 흘긋 쳐다보았다.

"그날을 승리로 이끈 전략을 고안한 게 바로 나예요. 지금 랑구르 군이 필요로 하는 지도자는 지성을 가진 자입니다."

타이렐이 처연하게 말을 내뱉은 후 부하들을 똑바로 쳐다보았다.

"그리고 그런 사실을 군중들이 깨닫게 만드는 게 여러분의 임무랍니다."

이제 상황이 분명해졌다. 타이렐의 야망은 최고 지도자, 즉 영도자의 자리에 오르는 것이었다.

세 부하들 사이에 침묵의 순간이 찾아왔다. 타이렐은 마이코에게서 눈을 떼지 않았다.

"이 일에 전적으로 동참해줄 것을 믿고 있어요."

마이코는 고민에 빠졌다. 타이렐은 지금 반역을 종용하고 있었다. 당연히 후계자는 하니 부사령관이었다. 타이렐에 비해 나이가 더 많고 덩치나 힘도 배였기 때문이다.

그러나 마이코는 단지 랑구르족만을 위해 여기에 있는 것이 아니었다. 스스로 세운 비밀 임무가 있었고, 그 대의를 이루자면 타이렐이 영도자가 되는 편이 더 낫긴 했다. 어쨌든 타이렐이 최고 지도자가 되면 마이코도 권력의 중심에 더 가까이 서게 될 테니까.

이런 이유로, 마이코는 고개를 숙이고 아주 엄숙하게 선언했다.

"믿고 맡겨 주십시오."

마이코의 응답에 카스트로와 라니도 의심을 거두고 고개를 조아렸다.

시간은 이틀뿐이었다. 이틀 만에 군중의 마음을 교묘히 파고들어야 했다. 영도자 고스포더의 장례식과 새로운 지도자의 추대식까지 남아 있는 이틀 동안, 아주 공들여서 여론을 바꿔나가야 했다. 그러나 타이렐의 지시가 워낙 뛰어났다.

마이코와 카스트로, 라니는 군중을 여러 무리로 나눠 각 무리에서 '목소리 큰 자들'을 골라내는 일부터 시작했다. 그러고 나서 정치적 함의가 담긴 말들을 만들어 이 '목소리 큰 자들'이 그 말을 자연스럽게 퍼뜨릴 수 있도록 했다.

고스포더의 죽음이라는 충격 앞에 랑구르족 전체는 소문으로 들끓었다. 군중들은 도대체 왜 영도자가 죽었는지 이해할 수 없었기 때문이다. 리서스족의 짓일까? 보넷족 유령이 복수를 하러 온 것일까? 영도자 고스포더가 죽고 나서도 계속 인간들이 랑구르족을 '선택받은 종족'으로 대우해줄까?

이러저러한 소문들 가운데 마이코와 카스트로, 라니는 그들이 세심하게 만들어낸 말들을 심기 시작했다. '랑구르족이 직면한 문제점들이 복잡하다'라거나 '변화의 바람이 불고 있다'라거나 '고스포더는 이런 위기의 시대에 맞서 랑구르족이 대담한 선택을 하기를 원했다'라거나…….

문제는 타이밍이었다. 이런 말들은 절대로 그냥 불쑥 내뱉을 수 없었다. 이런저런 대화를 경청하다가 흐름에 맞춰 교묘히 자연스럽게 흘려야 효과가 있는 법이었다.

유머 감각도 도움이 되었다. 몇 가지 재치 있는 농담을 곁들이면 군중은 더 잘 받아들였다.

소문과 추측들이 군중들에게 퍼져나갔고, 고스포더의 장례식 무렵에는 변화에 대한 갈망이 랑구르족의 마음속에 가득 들어찼다.

22장
충성스러운 신하

랑구르족 역사상 가장 성대하게 치러진 장례식이었다.

전통적으로, 병환으로 죽음의 시간이 다가온 것을 직감한 원숭이는 사랑하는 가족과 마지막 식사를 한 후 밤에 조용히 나가서 그대로 사라져버리는 것이 관례였다. 전쟁터에서 죽은 원숭이는 최대한 빨리 가까운 도랑에 버려졌다. 그러나 영도자 고스포더의 경우는 달랐다. 고스포더는 랑구르족 부흥의 설계자이자 완성자로서, 랑구르족 가슴에 길이 남도록 안식처에 모셔질 자격이 충분했다.

그리하여 몬순 시기의 먹구름이 하늘을 가득 메웠을 때, 랑구르족은 전부 꽃잎 한 움큼씩을 쥔 채 공동묘지의 가로수길 양옆으로 줄지어 섰다. 그렇게 조용히 서 있는 군중들 앞으로 하니 부사령관이 정예부대원 넷을 이끌고 영묘궁에서 나왔다. 정예부대원 넷은 길고 평평한 돌판을 어깨에 들었다. 돌판 위에는 비단 천에 감싸인 영도자의 시신이 단정히 놓여 있었다.

비단 천은 하니 부사령관이 내놓은 해결책으로, 몇몇 지저분한 문제를 덮을 수 있었다. 이들은 사체를 보관해본 경험이 없었기 때문에 더위에 고스포더의 시신이 부패하기 시작했다는 사실을 알아채지 못했던 것이다. 어쩔 수 없이, 고약한 냄새를 가리기 위해 시신 주위를 향기 나는 풀들로 가득 채웠고, 구더기가 파먹은 상처들을 감추기 위해 하니 부사령관이 가까운 시장에서 비단 천을 훔쳐오도록 명령했다. 그러나 이 비단 천을 인간들이 바친 선물로 알리자고 제안한 자는 타이렐 부사령관이었다. 임시방편으로 고안된 그저 그런 해결책을, 고스포더가 랑구르족과 인간 사이에 맺은 독특한 관계를 나타내는 강력한 상징물로 둔갑시킨 것이다.

머리만 드러낸 채 발끝까지 단단히 감싸인 시신이 나타나자, 슬픔의 물결이 군중들 사이로 퍼져나갔다. 다들 공중에 꽃잎을 던지자 시신의 움직임에 따라 꽃잎이 흩날렸다. 그러자 여기저기에서 애처로운 통곡이 터져 나왔다.

타이렐은 거대한 뱅골보리수 발치에서 기다리고 있었다. 그 옆에 튀어나온 뿌리들 사이로 미리 파놓은 구덩이가 마련되어 있었다. 이 장소가 바로 고스포더의 마지막 안식처였다. 앞으로 고스포더는 이 거대한 나무의 보위 아래 영면할 것이었다.

정예부대원들이 돌판을 땅에 내려놓자 타이렐이 군중들을 홀린 듯 찬찬히 둘러보았다. 집단적으로 울부짖으며 오열하는 모습에 매혹된 것 같았다.

원숭이 전쟁

하니 부사령관이 웅크리고 앉아 마치 죽은 영도자에게서 지휘권을 넘겨받듯이 아주 근엄하게 고스포더의 차가운 얼굴을 만졌다. 그러고 나서 보란 듯이 벌떡 일어나서 모두에게 위풍당당한 몸집과 힘을 자랑했다.

"바로 제가 이 나무를 영도자의 안식처로 선택했습니다."

하니 부사령관의 목소리가 공동묘지에 울려 퍼졌다.

"생전의 영도자처럼 이 나무가 우리들을 높은 곳에서 굽어 살피고 있기 때문입니다. 영도자 고스포더께서 좋을 때나 나쁠 때나 우리를 이끌어주신 것처럼 이 나무도 폭풍과 가뭄에 시달리며 지금까지 꿋꿋하게 버텨왔습니다."

하니 부사령관이 눈을 들어 울창하게 뻗은 나뭇가지들을 우러러보았다. 그러더니 정예부대원들에게 구덩이 속으로 시신을 내리라는 신호를 주었다.

타이렐은 하니의 연설을 곰곰이 분석하며 냉정하게 지켜보았다. 간단하고 짧으며 진중했지만 그다지 인상에 남지 않는 진부한 연설이었다. 누구라도 따라 하기 쉬워보였다.

정예부대원들은 시신의 발을 먼저 내린 후 머리 쪽을 살짝 들어 구덩이 속에 내려놓았다. 그런 뒤 구덩이를 흙으로 채우려고 뒷걸음질을 치는데, 격한 외침소리가 들려왔다.

"안 돼요! 마지막 흙은 제 몫입니다!"

모두의 시선이 장례식에 갑자기 끼어든 원숭이에게 돌아갔다. 바로 타이렐이었다.

"제 손으로 영도자의 마지막을 배웅할 수 있는 영광을 주세요."

타이렐은 울먹이는 목소리로 외쳤다.

"제가 이분께 해드릴 수 있는 게 이것뿐이군요. 모든 것을 내어주셨고 가르쳐주셨죠……. 아버지처럼."

타이렐 부사령관이 체면과 계급을 내팽개쳐버리고 찐득찐득한 진흙을 양팔로 한껏 퍼 올리자, 다들 깜짝 놀라 지켜보았다.

"지혜와 희망, 야망, 이 모든 것을 영도자께 물려받았죠."

타이렐이 선언하듯 말하며 존경심을 듬뿍 담아 양팔 가득한 진흙을 시신 주변에 내려놓은 후 과장된 몸짓으로 진흙이 묻은 손바닥을 모두에게 펴보였다.

"이 손으로 영도자를 묻었지만 바로 영도자의 손이 우리를 부흥으로 이끄셨다는 사실을 기억했으면 합니다. 우리에게 희망을 열어주셨죠."

동의가 담긴 신음 소리가 공동묘지에 낮게 퍼져 나갔다. 타이렐은 이 순간의 슬픔을 극적으로 휘어잡았다.

"그러나, 우리가 지배하는 땅과 우리가 휘두르는 힘, 이런 것들은 사소할 뿐입니다. 영도자께서 남기신 진짜 선물은 바로 여기에 있습니다."

타이렐은 머리에 양손을 올렸다.

원숭이 전쟁

"영도자께서는 우리가 스스로 선택할 수 있다고 가르치셨습니다. 압제 속에서 살 것이냐, 자유롭게 살 것이냐를, 마냥 끌려갈 것인지, 앞장서서 이끌 것인지를 선택할 수 있다고 말입니다. 영원히 영도자를 기리고 싶다면 결코 잊지 마십시오. 우리는 우리의 운명을 선택할 수 있다는 것을. 미약하게 주어지는 대로 받아들이지 말고, 강렬히 원하는 것을 향해 필사적으로 노력해야 한다는 것을!"

타이렐은 군중들의 분위기가 달아오르는 것을 느낄 수 있었다.

바로 그때, 군중들 속에서 목소리가 들려왔다.

"우리를 이끌어주세요, 타이렐 부사령관님."

마이코나 카스트로, 라니의 목소리인가? 아니면 순전히 타이렐의 연설에 감동받은 보통 원숭이인가? 누구인지는 중요하지 않았다. 이 목소리가 수많은 군중의 마음을 대변하고 있다는 점이 중요했다.

"타이렐! 타이렐!"

외침소리가 점점 더 늘어났지만 타이렐은 겸손하게 고개를 흔들었다.

"전 지도자감이 못 됩니다. 여기 이분이 후계자십니다."

타이렐이 하니에게 존경을 담아 고개를 숙였다.

"하니 영도자시여!"

타이렐은 주저 없이 충성의 표시로 발을 쿵쿵 구르기 시작했다.

정예부대원들은 즉시 타이렐에 맞춰 같이 발을 굴렀다. 아무 의문

없이 충성을 다짐하는 모습이었다. 그러나 군중들은 반대의 목소리를 드높였다.

"타이렐! 타이렐!"

"우리는 당신을 선택했습니다!"

"우리를 이끌어주세요!"

외침소리가 점점 더 거세지자 하니가 불안한 표정으로 군중을 바라보았다.

"여러분! 동지 여러분!"

하니가 다급하게 소리쳤다.

"타이렐 부사령관은 현명합니다. 그래서 우리 지도부의 가장 소중하고 신뢰할 만한 조언자이지요. 맹세컨대, 타이렐 부사령관이 말한 모든 사항은 제 손으로 반드시 지켜낼 겁니다!"

한심하군. 타이렐이 속으로 생각했다. 지금 하니 부사령관은 타이렐의 말을 인용하지 않고서는 분명한 소견조차 제대로 밝히지 못하는 꼴이었다.

수많은 원숭이들이 하니의 한심한 약점을 알아채고 타이렐의 이름을 계속 외쳐댔다. 그러나 하니를 지지하는 원숭이들도 모여들었다. 이들은 전통적인 승계 방식을 고수하자는 입장이었다.

랑구르족은 양편으로 나뉘었다. 이제 장례식의 엄숙함은 모조리 사라지고, 각자가 선택한 지도자의 이름을 연호하는 소리만이 공동묘지를 가득 메웠다.

혼란 속에서 새로운 구호가 힘을 얻기 시작했다.

"우리가 뽑자! 우리가 뽑자!"

하니의 영도자로서의 권위가 서서히 힘이 빠져가는 형국이었다. 졸지에 하니는 영도자로서 첫 위기에 봉착하게 된 것이다.

"저들에게 힘을 보여주십시오! 영도자의 말씀을 들을 수밖에 없을 겁니다!"

타이렐이 하니에게 큰 소리로 조언했다.

하니는 목소리를 높이며 들끓는 군중을 바라보며 고스포더라면 어떻게 했을지 궁금해 했다. 하니가 보기에 군중들은 거의 반반으로 갈린 듯 보였지만 아무도 진정으로 타이렐을 지도자로 원할 리가 없다는 생각이 들었다. 타이렐은 몸집이 왜소하고 힘이 약한데다 매력도 없었다. 정면으로 붙으면 모든 게 자명해질 터였다.

"좋습니다!"

하니가 큰 소리로 군중들의 연호를 잠재웠다.

"여러분이 원한다면 여러분이 직접 지도자를 뽑으십시오!"

커다란 함성이 터져 나왔다. 다들 지지의 표시로 진흙땅에 주먹을 쿵쿵 내리치기 시작해서 귀가 먹먹할 정도였다.

하니의 얼굴에 미소가 번졌다. 옳은 결정을 내린 것이다.

앞으로도 늘 이렇겠지? 아무렴, 그렇고말고.

23장
데이트

　사원 경내 정원의 나무숲은 왠지 모르게 올해 부쩍 무성해졌다. 어지간히 용기를 내지 않고서는 나무 꼭대기에 올라가 거대한 하누만 동상의 머리 위로 홀쩍 뛰어내릴 수 없을 정도였다. 하지만 그 정도로 용감한 원숭이들이 별로 없어서 동상 위는 마이코와 파피나의 약속 장소로 아주 그만인 곳이 되었다.

　마이코는 동상의 어깨 위에 앉아 동상의 흩날리는 머리카락 사이 그늘에 몸을 숨긴 채 주위의 거리를 내려다보며 랑구르 순찰대의 움직임을 파악하면서 파피나와 은밀히 만날 수 있었다.

　한동안 이런 계획은 아주 잘 돌아갔다. 마이코는 이틀에 한 번꼴로 파피나와 만나서 도시에서 벌어질 습격 정보를 넘겼다. 정복을 멈출 수는 없었지만 대규모 학살은 미리 막을 수 있었다.

　지금까지는 그랬다.

　그러나 몇몇 경우는 아슬아슬했다. 며칠 전에도 순찰대가 새로 지은 쇼핑센터의 지붕 위에 사는 리서스 가족들을 카페의 쓰레기를 뒤지고 다닌다는 혐의로 고발했다. 마이코가 파피나에게 정보를 전했을 무렵에는 랑구르 정예부대원들이 이미 출동한 뒤여서 그 리서스 가족들은 겨우 몸만 빼나갈 수 있었다.

마이코는 상황이 아무리 위험해지더라도 결코 포기할 생각이 없었다. 하지만 리서스원숭이들의 목숨을 구한다는 이유 말고도 더 큰 이유가 있었다. 비밀 정보를 전해주러 올 때마다 파피나를 만날 수 있다는 사실이었다.

서로 적대적인 두 종족 사이의 싸움에 휘말릴 수 있는 위험성이 높아질수록 마이코와 파피나의 관계는 더 끈끈해졌다. 비밀 만남에서 정보들만 집중적으로 주고받다 보니, 설렘이나 둘만의 시간을 가질 수 없는 아쉬움을 느낄 시간조차 없었다.

나눠먹을 대추야자가 달린 나뭇가지 하나를 팔에 긴 채 파피나가 군중들을 헤치며 다가오는 모습을 마이코는 동상의 꼭대기에서 바라보았다. 파피나가 지나치는 수많은 원숭이들이 친숙했다. 마이코는 늘 눈에 띄지 않게 몰래 찾아왔지만 파피나가 항상 최신 소문들을 알려주었기 때문에 이상하게도 리서스족이 가족처럼 느껴졌다.

로우나 할머니는 최근 세 번째 짝을 맞이했다. 이전 짝은 로우나의 잔소리에 질렸는지 어느 날 밤 홀연히 사라지고 말았다. 하지만 로우나는 기가 죽기는커녕 잔소리가 더 심해졌다. 로우나는 좀 기가 센 짝을 원했는데, 결국 우지라는 이름의 통통한 원숭이를 새로운 짝으로 맞아들였다. 우지는 늘 로우나의 곁에서 장난을 치며 즐겁게 해줬고, 로우나의 말을 세심하게 따라줬다.

피그는 굳이 짝을 찾아다닐 필요가 없었다. 어리고 예쁘장해서 구애하는 수컷들이 많았기 때문이다. 옛날에는 근육질의 덩치 큰 원숭이에게 혹했지만 이리저리 도망 다니며 고생을 겪다 보니, 진짜 힘은 지식과 연줄에서 나온다는 것을 알아챘다. 그래서 피그는 트위처를 새 짝으로 선택했다.

멀리서 이런 짝들을 바라보며 흐뭇해 하면서 한편으로는 파피나에게도 짝을 찾으라는 압력이 커지고 있는 상황 때문에 마이코는 초조하고 불안했다. 둘 사이의 감정이 강해질수록 현실의 벽이 더 크게 느껴졌다. 파피나는 리서스족이고 마이코는 랑구르족이니, 끝이 어떨지 누가 감히 확신하겠는가.

갑자기 나뭇잎이 부스럭거리는 소리가 들렸다. 파피나가 높은 나뭇가지에서 하누만 동상의 어깨 위로 훌쩍 뛰어내려 마이코의 옆에 앉았다.

"그래, 누가 영도자의 자리에 올랐어?"

파피나가 마이코에게 대추야자열매를 하나 건네더니, 자기 입에도 열매 하나를 톡 던져넣으면서 물었다.

"투표를 할 예정이야."

"뭐?"

원숭이 전쟁

"새로운 방식이지. 모든 원숭이가 지도자를 고르는 거야. 타이렐의 생각이지만 나도 좋다고 생각해."

"난 못 믿겠어. 어떤 방식으로 모든 원숭이가 한꺼번에 의견을 낼 수 있지?"

파피나는 열매를 씹으며 물었다.

"그건 내가 제안한 방법이 있지."

마이코가 으스대며 말을 이었다.

"각각의 원숭이에게 우리 아빠가 가지고 있는 돌멩이를 하나씩 나눠주는 거야. 그러고 나서 각자 마음에 드는 후보의 발치에 돌을 놓는 거지. 돌멩이를 많이 받는 쪽이 이기는 거야."

마이코가 대추씨를 훅 뱉었다. 대추씨는 툭툭 아래로 굴러 떨어져서…… 아쉽게도 연못을 비켜갔다.

"하!"

파피나가 의기양양하게 코웃음을 치고 나서 어떻게 하면 대추씨를 곧바로 연못 속에 빠뜨릴 수 있는지 시범을 보여주었다.

"타이렐은 교활한 지휘관이야. 하지만 이번 투표는 새로운 제도로 자리 잡을 수도 있어. 군중의 요구에 응답할 수 있는 원숭이가 지도자가 되는 거지."

"잔머리에서 나온 제안은 절대 좋을 수가 없어."

파피나가 회의적으로 단언했다.

"아직은 한 번 두고 볼 만해. 다행히 타이렐은 나를 신뢰하고 있어. 내가 제일 가까운 참모관이지. 때만 잘 맞춘다면 설득할 수 있을 거야. 두 종족 사이의 전쟁을 멈추도록."

마이코가 강변하자, 파피나는 힘없는 미소를 지었다.

"마이코, 나도 네 말을 믿고 싶어. 진짜야."

파피나는 마이코의 손을 잡아 손바닥에 그려진 표식을 어두운 표정으로 바라보았다.

"하지만 이 타이렐이란 자는 믿음이 안 가. 나쁜 예감만 들어, 진짜 나쁜 예감만."

원숭이 전쟁

24장
절체절명의 선택

"우린 아주 좋은 팀이군요."

타이렐이 마이코가 안내해준 방 안에 쌓인 돌멩이를 보고 흐뭇한 미소를 지으며 말했다.

아주 오랫동안 트럼블의 돌멩이 회계 시스템 덕분에 랑구르 사회가 부드럽게 굴러갈 수 있었다는 것은 반박할 수 없는 사실이었다. 그런데 이번에는 각자가 돌멩이를 하나씩 갖고서 지도자를 뽑게 되었다. 이 돌멩이들이 아주 중대한 역할을 하게 된 것이다.

타이렐은 앞으로 다가가서 손가락으로 돌멩이들을 소중하게 쓰다듬었다.

"아름답군요. 게다가 아주 알기 쉽고."

타이렐이 혼잣말로 중얼거렸다.

그날 오후, 마이코는 사관생도 한 분대를 징발해서 돌멩이를 나눠주었다. 태양이 지평선 너머로 넘어갈 무렵, 열정적인 원숭이들이 줄을 서기 시작했다. 각자 돌멩이 하나씩을 손에 꼭 쥔 채, 영묘궁에서 공동묘지의 가로수길까지 길게 늘어섰다.

수군거리는 소리와 열띤 활력이 넘쳐났다. 원숭이들은 새로운 결정 방식에 흥분을 억누를 수 없었고, 어서 빨리 투표를 하고 싶은 마음에 몸이 근질거렸다. 드디어 두 후보가 거대한 영묘궁의 묵직한 문을 열고 나오자, 우레와 같은 함성이 터져 나왔다.

하니는 큰 덩치가 돋보이게 어깨를 쫙 펴고 걸었다. 장담컨대, 중대 상황에서 랑구르족이 왜소한 몸집의 원숭이를 영도자로 뽑을 리 없다는 자신감의 표출이었다. 타이렐은 하니의 허세에는 신경도 쓰지 않았다. 근육질 덩치는 날카로운 지성에 비하면 격이 떨어져 보일 것이라고 확신했다.

두 부사령관이 각자 자리를 잡고 섰다. 하니가 깊은 숨을 들이마시더니 선언했다.

"위대한 영도자 고스포더께서 직접 내려준 권한으로 선언합니다. 각자 앞으로 나와서 지도자로 삼고 싶은 후보의 발치에 돌멩이를 놓으십시오."

하니가 제일 앞줄의 원숭이에게 나오라고 손짓을 하자, 군중들 사이로 전율이 흘렀다. 처음으로 투표할 원숭이는 갓 보병이 된 나포였다. 하지만 나포는 너무 긴장을 한 나머지, 발이 걸려 넘어지면서 흙속에 얼굴을 처박는 바람에 돌멩이가 땅 위로 떼굴떼굴 굴러가버렸다.

줄을 서 있던 원숭이들이 일제히 폭소를 터뜨렸다. 불쌍한 나포는 아무렇지 않은 듯 벌떡 일어서서 돌멩이를 찾아 두리번거렸다. 돌멩이는 하니의 발밑에 굴러가 있었다.

"좋은 선택이군."

하니가 흐뭇하게 미소를 지었다. 하지만 나포는 불안한 발걸음으로 슬금슬금 다가가서 얼른 돌멩이를 주워 타이렐의 발밑에 갖다놓았다.

"더 좋은 선택이군요."

타이렐이 미소를 지었다.

하니는 당황스러움을 숨기려고 괜히 걸걸한 목소리로 다음 원숭이를 호명했다. 다행히 다음 돌멩이는 하니에게로 향했다. 첫 십여 개의 돌멩이 투표는 꽤 막상막하로 진행되었다.

그러나 황혼이 어스름하게 내려앉을 무렵이 되자, 균형이 깨지기 시작했다. 서서히 타이렐 쪽의 돌멩이 더미가 점점 더 커졌다.

아직 완전히 한쪽으로 몰린 상황은 아니었다. 하니는 대가족 출신이어서 가족들이 모두 하니를 지지했다. 반면 다른 원숭이들은 변화의 분위기를 원하는 것 같았다.

그때, 마이코는 무언가 불길한 기운을 감지했다. 타이렐이 투표하는 원숭이들을 하나하나 세세히 눈여겨보고 있었다. 마치 자신에게 투표하지 않은 원숭이들은 모조리 기억해두었다가 나중에 정보로 사용하려고 정리하는 것처럼 보였다.

마이코는 등골이 오싹했다. 이 투표 방식에는 끔찍한 결점이 있었다. 익명성이 보장되지 않는다는 점이었다. 모두가 지켜보는 가운데 충성맹세를 하도록 강요당하는 셈이었다. 일단 타이렐이 앞서나가는 상황이 확실해지자 하니를 지지하는 원숭이들 중에서 아직 투표하지 않은 무리들이 진짜 마음과는 다르게 투표하기 시작했다. 속마음을 숨기고 타이렐의 발밑에 돌멩이를 놓는 편이 당연히 더 나은 선택이었다.

타이렐의 승기가 압도적으로 드러나자 나머지 원숭이들 모두 타이렐의 앞으로 걸음을 옮겼다.

하니는 아무런 말없이 모욕적인 상황을 참으며 바라보고만 있었다. 단 몇 개의 돌멩이라도 자기 앞에 놓이기를 간절히 바랐다. 이길 가망은 전혀 없었지만 자기 존재를 인정해주는 몇몇 지지자라도 볼 수 있기를 원했던 것이다.

그러나 아무도 없었다.

집단적인 비겁함과 공포가 분위기를 휘어잡고 있었다. 몇 시간 전까지만 해도 랑구르족의 새로운 영도자는 하니였다. 그런데 지금은 저주가 내린 듯했다.

마지막 돌멩이가 던져질 무렵, 어둠이 내려앉았다. 하니로서는 이 어둠이 고맙기까지 했다. 최소한 수치심이 조금이라도 가려질 수 있으니까.

타이렐이 하니에게 몸을 돌리고, 아주 놀란 표정으로 점잖게 말을 걸었다.

"랑구르족의 선택이 끝났군요."

하니가 고개를 끄덕였다. 투표 전에 승자가 내일 새벽에 모든 권력을 이양받기로 합의한 바 있었다. 따라서 하니가 영묘궁에서 잠을 잘 권리는 오늘밤이 마지막이었다. 마지막 심술인 양, 하니는 합의안대로 실행하기를 고집했다.

"타이렐 부사령관, 오늘밤은 돌아가 보게."

하니는 권위 있게 들리도록 애를 썼다.

"새벽까지요?"

타이렐이 날카롭게 물었다.

"새벽까지."

하니는 이 말을 끝으로 뒤돌아서더니 영묘궁 안으로 사라졌다.

하니의 짧은 통치는 시작도 하기 전에 끝이 났다.

실패한 자에게는 친구가 없다. 외로운 고독밖에 남지 않기 마련이다. 하니는 철저한 침묵 속에 방 안에 들어가 앉았다. 도대체 왜 이렇게 급락하게 되었는지 알 수가 없었다. 고작 몇 시간 만에 하니의 세계는 완전히 무너져 내렸고, 모든 희망과 계획이 산산조각 났다.

찬찬히 곱씹어보면 볼수록 치명타를 입은 것을 부인할 수 없었다. 삶에서 이룩해낸 모든 업적과 고스포더에게 바쳤던 충성, 오래도록 누려온 특권들 모두가 과거 속으로 사라질 터였다. 앞으로는 그저 눈앞에서 지도자 자리를 빼앗기고 무참히 몰락한 패배자로 기억될 뿐이었다. 거짓 미소 뒤에 숨어서 모두 자신을 비웃을 테고, 하니의 의견에 다시는 예전처럼 힘이 붙지는 않을 것이다.

어둠의 정적 속에서 하니는 도시를 홀로 떠돌아다니는 것만이 유일하게 남은 희망이라고 생각했다. 위험천만한 세상에서 외톨이 원숭이로 살아가는 것이 날마다 모욕을 감수하며 사는 것보다 훨씬 나았다.

아마 이 결정이 하니의 삶에서 가장 용기 있는 결정이 아니었나 싶다. 물론 세상의 다른 수많은 용기 있는 결정들처럼 절박함에서 나온 결정이기는 했다.

이튿날 아침이 밝자, 하니 부사령관은 아예 없던 존재로 간주되었다. 마이코와 카스트로, 라니, 포고 장군은 보고를 위해 지도자의 거처로 불려갔다. 영묘궁의 저 깊숙한 거처에는 높은 제단이 있었는데, 그 위에 타이렐이 앉아 모두가 들어오는 모습을 내려다보고 있었다.

"좋은 아침입니다, 여러분. 자, 곧바로 시작해볼까요?"

타이렐은 가벼운 인사를 마치고 나서 바로 충격적인 말을 꺼냈다.

원숭이 전쟁

"하니 부사령관이 사라졌어요."

타이렐의 말투는 별로 이상할 것도 없다는 듯 무심했다.

"사라져요? 어디로요?"

포고가 큰 소리로 물었다.

타이렐은 그저 어깨만 으쓱했다.

"몸이 안 좋은 건가요? 도움이 필요하지 않을까요?"

포고는 오랜 동료가 걱정되어 질문을 퍼부었다.

"우리에겐 지금 하니 부사령관의 행방보다 더 시급한 문제가 산적
해 있습니다."

타이렐이 단호하게 대답했다.

"하지만……."

"하니는 제명당한 겁니다."

타이렐은 마치 이 모든 일에서 방관자인 것처럼 포고의 말을 끊고,
말을 이었다.

"지도자라는 위치의 무게는 엄청나지요. 높은 직무에는 그만큼 힘
든 대가가 따른답니다."

타이렐은 싸움꾼이 상대방의 덩치를 가늠하듯 포고를 아래위로
훑어보았다.

"내가 불공평하다고 느끼는 점이 바로 그 부분이죠. 너무나 잔인
하기까지 합니다. 정말 다른 분에게는 그런 짐을 지우고 싶지 않아

요. 그런 이유로, 내가 전권을 짊어지고 통치를 해나갈까 합니다."

타이렐은 어느 누가 반발이라도 하고 나서는지 둘러보며 잠시 기다렸다. 하지만 다들 충격 받은 표정으로 가만히 타이렐을 바라보고만 있었다.

"랑구르족 대다수가 내게 투표를 했죠. 그들이 지도자로 원한 건 바로 나라는 말입니다. 그들의 번영과 안전을 모조리 내게 맡긴 것이지요. 내가 그 요구를 다른 이들에게 떠넘긴다면 배임이 될 겁니다. 따라서 오늘 이후로 부사령관 직위는 물론 통치위원회도 폐지하겠습니다. 이 타이렐이 최고지도자로서 랑구르족과 우리 땅들을 잘 통솔할 것입니다."

타이렐은 의심의 눈초리로 바라보는 부하가 없는지 마이코와 카스트로, 라니, 포고 장군의 눈을 찬찬히 살폈다.

"당연히 여러분에게는 내가 제일 신뢰하는 참모관들로서 기대하는 바가 큽니다. 이 막중한 임무를 수행하는 데 열심히 협력해주리라 믿습니다."

마이코를 비롯한 부하들은 방금 무슨 말을 들은 것인지 여전히 어리둥절했지만 가만히 고개만 끄덕일 수밖에 없었다.

"좋아요."

그제야 타이렐은 얼굴에 미소를 띠었다.

"자, 그럼, 오늘은 다들 내가 이 무거운 책임을 짊어지게 되어 얼마나

원숭이 전쟁

큰 희생을 감수하고 있는지를 군중에게 확실히 각인시키는 일을 맡아 주세요."

이 업무 지시를 끝으로 타이렐은 부하들에게 물러가라고 퉁명스럽게 손짓했다.

"다들 돌아가 일 보세요."

25장
반란

마이코는 어안이 벙벙했다.

타이렐은 약간의 거리낌도 없이 조금이라도 더 밝은 미래를 만들려는 희망의 싹을 확 꺾어 내동댕이쳐버렸다. 그저 과일을 따듯 모든 권력을 툭 뽑아 손아귀에 넣어버린 것이다.

마이코는 방향을 살펴보려고 두 건물 사이 그늘로 숨어들었다. 콜카타의 이 지역은 익숙하지 않은 곳이었지만 평소의 지름길은 이용할 수가 없었다. 타이렐이 최고지도자에 오른 후 처음 내린 명령이 도시 전체에 랑구르 순찰대를 두 배로 늘리라는 것이었기 때문이다.

눈만 돌려서 오른쪽과 왼쪽을 살펴본 후, 마이코는 거리를 가로질러 옆 골목으로 미끄러져 들어갔다. 시간이 가면 갈수록 사원 경내 정원으로 숨어드는 일이 점점 더 힘들어졌다.

그런데 지금 상황에서 마이코가 도저히 할 수 없는 일이야말로 이런 걱정을 리서스족과 함께 나누는 일이었다. 소심한 리서스족이 약간이라도 마이코의 영향력을 의심하게 되는 순간, 리서스족 공동체에 사달이 벌어질 것이 분명했기 때문이다.

파피나는 마이코를 너무 잘 알아서 절대 속지 않았다. 마이코가 하누만의 어깨에 툭 내려앉았을 때, 파피나는 마이코의 눈빛을 보자마자 단번에 무언가가 잘못되었다는 것을 알아차렸다.

"그러게, 내가 경고했었잖아."

"괜찮아. 아직 설득할 여지는 있으니까."

파피나가 걱정스럽게 고개를 저었다.

"이제는 아닐걸."

마이코의 마음에도 의구심이 솟아올랐지만 마이코는 힘겹게 그런 마음을 억눌렀다.

"여전히 내 말을 들어준다니까."

마이코가 고집을 부렸다.

"타이렐이 제일 신뢰하는 참모관이 너라며? 근데, 오히려 네가 타이렐이 딸랑거리는 종소리에 맞춰 움직이고 있잖아! 계속 더 나빠지기만 할 거야."

사실 이렇게 심하게 비난할 의도는 없었다. 마이코가 고개를 푹 숙인 채 축 처져 있는 모습을 보니, 파피나는 왠지 모르게 미안한 마음이 들었다. 파피나는 얼른 마이코 옆으로 다가가서 부드러운 손길로 살며시 뒷목의 털을 쓰다듬으며 귓가의 털을 골라주기 시작했다.

"하루 빨리 빠져나와야 돼. 너무 늦기 전에."

파피나가 나지막이 말했다.

"그렇게 쉬운 일이 아니야."

"내가 도와줄게."

파피나는 마이코의 손을 꼭 잡아주었다. 단순한 행동이었지만 잠시나마 마이코가 다시 기운을 차릴 수 있게 해주었다. 다시 한 번 복잡하게 엉킨 실타래를 풀어볼 방법을 찾을 수 있을 것만 같았다.

그때, 갑자기 나뭇잎이 부스럭거리는 소리가 나고 나뭇가지가 휘어지더니, 트위처가 동상의 어깨 위로 훌쩍 뛰어내렸다. 마이코와 파피나가 화들짝 놀라 서로 재빨리 떨어졌다.

트위처가 경계하듯 주의 깊게 둘을 번갈아 쳐다보았다.

"무슨 일이지?"

한순간 어색한 침묵이 감돌았다. 언제부터 와 있었던 거지? 어디서부터 들었을까?

"타이렐이 권력을 장악했어요. 모든 권력을 다요."

마침내 마이코는 진실을 털어놓고 말았다. 최대한 사무적으로 들리게끔 애는 썼다.

"좋지 않군."

트위처가 수심에 잠긴 얼굴로 말했다.

"당연한 일이겠지만, 앞으로 상황이 나아지기는커녕 점점 더 나빠질 겁니다."

원숭이 전쟁

앞으로 랑구르족의 침략 전쟁이 더 광폭한 바람을 탈 게 틀림없었다. 마이코가 할 수 있는 유일한 조언이었다.

트위처는 정원에서 복작거리는 수많은 리서스원숭이들을 내려다보았다. 그들은 정원 구석구석에서 뛰어놀거나 털을 고르고, 한갓지게 일광욕을 즐기거나 그늘 밑에서 먹을 것을 찾아 땅을 파헤치고 있었다.

"우리에겐 아주 큰 문제가 되겠구먼."

트위처가 음울하게 말을 이었다.

"지금 이 사원 경내 정원만이 리서스족의 유일한 피란처인데…… 날마다 피란민이 밀려드는 상황이니, 앞으로 얼마나 더 수용 가능할지…… 참으로 걱정이네."

"어떻게든 공간을 만드셔야죠."

마이코의 대답에 트위처가 마이코를 꼼꼼히 뜯어보며 말했다.

"타이렐이 계속 팽창 정책을 밀어붙인다면 머지않아 걷잡을 수 없을 정도로 심한 반발에 부딪치게 될 거야."

"타이렐의 힘을 너무 얕잡아보지 마세요."

"그렇다고 해도 도시 전체를 속속들이 순찰할 수는 없지."

"타이렐은 다른 원숭이 종족들이 모두 랑구르족을 두려워하고 있다는 걸 알아요. 어느 누가 감히 랑구르족과 맞서 저항하려 들겠어요?"

"그렇게 알고 있어? 그렇게 알고 있단 말이지……."

트위처가 고개를 끄덕이며 말끝을 흐렸다.

마이코와 파피나가 뒷말을 기다렸지만 트위처는 그대로 몸을 돌려 나지막한 나뭇가지로 건너뛰더니 금세 숲속으로 사라져버렸다.

며칠 후, 브레리는 평소대로 도시를 순찰하고 있었다. 가벼운 마음으로 순찰 교대를 위해 공동묘지로 향하던 중이었다. 갑자기 원숭이들의 비명이 들리더니 유리 깨지는 소리가 뒤따랐다.

순찰대 지휘관인 스톤볼이 즉각 전투태세를 지시했다. 순찰대는 퍽퍽 울려대는 몽둥이질 소리에 이끌려 좁은 골목길 입구까지 다다랐다. 스톤볼이 골목길 안쪽을 흘끗 쳐다보았지만 땅거미가 져서 좁은 골목길 안은 햇빛 한 줌 없었다.

"브레리, 나포, 머드포는 입구를 지켜. 나머지는 나와 함께 골목으로 진입한다."

스톤볼이 어두컴컴한 골목길을 가리키며 명령했다.

"저것들이 도망가더라도 여기에서 반드시 붙잡도록."

스톤볼이 브레리에게 음산한 미소를 보냈다.

스톤볼은 부대원들을 두 줄로 세우고 골목길 안으로 들어갔다. 브레리는 어둠 속으로 삼켜지듯 사라지는 부대원들을 지켜보았다. 남은 동료 둘과 함께 골목길을 막고 서서 새롭게 군장을 정비했다.

갑자기 고함과 함께 몽둥이질 소리가 한순간에 딱 멈추고 침묵이 흘렀다. 저기에 누가 있든지 본때를 보여준 셈이다.

"저 리서스 깡패 녀석들이 이제야 좀 잠잠해졌군."

브레리가 히죽히죽 웃었다. 그러면서 골목 안에 무슨 일이 벌어지고 있는지 귀를 쫑긋 세워 듣는데…… 이상하게 부스럭거리는 소리가 들렸다. 자갈길 위로 발이 질질 끌려가는 소리 같았다.

다시 침묵이 흘렀다.

그때, 난데없이 어두컴컴한 골목길 안에서 무언가가 휙 날아왔다. 희한하게 익숙한 형체가 커다란 넝마인형처럼 공중에 내던져진 것이다. 브레리가 미처 피하기도 전에 브레리의 발을 스치며 떨어졌다. 눈을 가늘게 떠보니, 원숭이였다.

브레리가 스톤볼의 얼굴을 알아보기까지 시간이 좀 걸릴 정도로 원숭이의 얼굴은 피투성이였다. 스톤볼의 정수리에서는 아직도 피가 콸콸 새어나오고 있었다.

"지휘관님!"

브레리는 너무 놀라 무릎에서 힘이 빠졌다. 스톤볼의 숨결에서 두려움의 냄새를 맡을 수 있었다. 숨이 다 끊어진 것은 아니었지만 눈알이 빠져서 이리저리 굴러가는 상태였다.

"살려줘……."

스톤볼은 겨우 말을 내뱉고 고개를 뒤로 떨구었다.

브레리는 속에서 분노가 치밀었다. 누가 감히 정예부대의 순찰대원에게 매복 작전을 펼친다는 말인가?! 재빨리 스톤볼을 계단에 눕히고 나서 나포와 머드포에게 골목길로 들어가자고 명령을 내렸다.

셋은 천천히 어두컴컴한 골목 안으로 들어섰다. 미세한 소리나 움직임도 놓치지 않으려고 귀를 쫑긋 세웠다. 어둠에 조금씩 적응이 되자, 조금이라도 낌새가 보이면 내리치려고 몽둥이를 높이 쳐들었다.

"어으윽……."

도움을 요청하는 소리라기보다는 숨이 끊어지는 것 같은 소리였다. 아주 가까운 곳이었다. 브레리는 걸음을 멈추고 동료 둘에게도 멈추라는 신호를 보냈다. 침묵 속에서 또다시 거품이 부글부글 끓는 것 같은 소리가 들려왔다. 아래를 내려다보니, 무언가 어렴풋한 형체들이 수두룩하게 보였다. 또다시 몽둥이를 높이 쳐들었지만 왠지 모르게 망설여졌다. 한 형체가 슬금슬금 기어와서 브레리의 다리를 붙잡았다. 가까이에서 보니, 적이 아니라 랑구르족이었다. 동료 순찰대원들이 몽둥이에 맞아 피를 흘리며 더러운 골목길에 널브러져 있었다.

"저, 저길 봐……."

동료 순찰대원이 숨을 헐떡이며 입을 열었다. 입가에서 주르륵 피가 흘러나왔다.

"이제 됐어. 우리한테 맡겨."

브레리가 숨죽여 말했다.

그러나 동료 순찰대원은 끝까지 브레리를 붙잡으며 말을 되풀이했다.

"저, 저기 위……."

브레리가 어두컴컴한 앞쪽을 처다보았다. 그러다가 노려보는 십여 개의 하얀 눈자위를 발견하고는 몸이 굳어버렸다. 갑자기 등골이 오싹해졌다. 그 순간, 목젖 뒤에서 나오는 고함소리가 어둠을 뚫고 터져 나왔다.

"이야아아아!!!"

죽음을 예감하고 악에 받쳐 내는 소리였다.

"퇴각!"

브레리가 뒤를 보고 소리쳤다.

"동료들을 데리고 당장 나가자고!"

브레리와 나포, 머드포는 쓰러진 동료들을 붙잡고 필사적으로 골목길 어귀로 질질 끌고 갔다. 그러나 너무 늦었다. 돌멩이와 돌조각들이 비처럼 쏟아졌고, 유리병 조각들이 자갈길에 내리꽂혔다.

"멈추지 마!"

브레리가 두 동료에게 소리쳤다. 걸음을 내디딜 때마다 공격은 점점 더 심해졌고 몸은 돌멩이와 유리병 세례에 멍들고 찢겨서 엉망진창이 되었다.

"멈추지 마! 멈추지 마!"

브레리는 잠깐이라도 걸음을 멈추는 순간 더 집중포화를 당하리라는 것을 알 수 있었다. 브레리는 동료의 피투성이 팔을 더 단단히 부여잡고 질질 끌어당겼다. 주변의 혼란을 무시하려고 애쓰면서 고통도 잊어버리고 오직 골목길 어귀에 비치는 빛줄기만 보면서 필사적으로 도망쳤다.

현장 보고에는 끔찍한 세부사항들이 모조리 빠졌다.

"순찰대 중 하나가 매복 공격을 받았습니다. 사상자가 꽤 됩니다."

포고 장군이 영도자 타이렐에게 보고한 내용은 달랑 이것뿐이었다.

"리서스 놈들!"

타이렐이 으르렁거렸다.

"어두운 골목에 숨어 있어 확실히 보지 못했지만 리서스족이 아니라면 어느 누가 우리를 공격하겠습니까?"

"어림도 없는 일이지. 암, 어디 감히!"

"우리 랑구르 전사들은 공격을 받을수록 더 분기탱천하여 일어나니, 걱정 마십시오."

포고 장군이 영도자의 분노를 달래려 애를 쓰며 말했다.

"당연히 그래야지. 반드시 본때를 보여주도록."

보복은 중요했다. 타이렐은 앞으로 랑구르의 신경을 건드리는 사건이 수도 없이 일어나리라는 것을 직감했다.

그리고 현실로 벌어졌다.

원숭이 전쟁

이튿날 밤, 동부지구 담장 안으로 벌집 세 통이 던져졌다. 동부지구를 정복할 때 랑구르족이 사용한 전략을 그대로 모방한 공격이었다. 도발을 가장한 조롱이었다. 저기 바깥세상의 누군가가 랑구르족을 조금도 두려워하지 않는다는 점을 보여주려고 직접 도발에 나선 것이다.

새벽에는 더 나쁜 소식이 전해졌다. 새벽 순찰대가 완전히 난장판으로 파헤쳐진 식료품 가게를 발견했다. 아마 한밤중에 벌어진 일로, 바닥에 돈이 흩뿌려져 있는 것으로 보아 인간 도적 떼의 소행은 분명히 아니었다. 그저 난장판을 만드는 데에만 관심이 있었던 것으로 봐서는…… 랑구르족에게 보내는 명백한 도전장이었다.

경보가 울리자마자 타이렐은 급히 현장으로 달려갔다. 인간들이 도착하기 전에 정확히 무슨 일이 벌어졌는지 직접 확인하고 싶었다. 포고 장군과 마이코도 동행했다. 타이렐은 정예 경호부대원들에게 둘러싸여 마치 근엄한 정치인이라도 된 양 난장판이 된 바닥을 피해 발을 내디뎠다.

마이코는 마구 부서진 가게 내부를 보고 충격을 받았다. 가게 창문들이 다 박살이 나서 바닥은 온통 유리 조각이었다. 선반들도 성한 것이 없었고, 통조림통들은 바깥 거리로 쏟아져 나와 뒹굴고 있었다. 침입자들은 무슨 생각인지 계산대 위에 똥을 싸놓기까지 했다.

"사령관님! 여기 좀 보시죠."

정예부대원 하나가 소리쳤다.

타이렐과 마이코, 포고는 정예부대원을 따라 가게 뒤편으로 갔다. 종교 장신구를 담아두었던 진열장이 있었지만 지금은 유리가 완전히 깨어진 상태였다. 앞쪽 바닥에 유리 조각들 사이로 뒤틀린 형체의 리서스원숭이 사체가 하나 널브러져 있었다.

마이코는 움찔해서 뒤로 주춤 물러났다. 검붉은 피 웅덩이 속의 사체는 여전히 피를 뿜어 내고 있었다. 마이코는 피 웅덩이 끝자락을 디디고 서서 사체의 얼굴을 자세히 들여다보았다. 사원 경내 정원에서 본 적이 있는 얼굴은 아니었지만 문제는 그것이 아니었다. 리서스족이 이렇게 반격해온다면, 두 종족 간에 긴장은 커질 수밖에 없었다. 마이코가 타이렐을 설득해서 제어해볼 기회가 아예 차단된 것이나 마찬가지였다.

"뭐 잘못된 것이라도 있나요? 뭔가 걸리는 게 있는 모양이군요."

마이코가 슬쩍 고개를 들자 타이렐이 마이코의 표정을 꼼꼼히 살피고 있었다.

"분노가 치밀 뿐입니다. 인간들은 우리를 믿고 이런 일이 없도록 부탁했는데, 그 기대를 저버리고 말았으니까요."

마이코가 마음을 진정시키며 담담히 대답했다.

"분노만으로는 부족하지요."

타이렐이 음산한 기운을 내뿜으며 말을 이었다.

"이놈들은 골칫거리의 원흉들이에요! 리서스족은 우리가 이룩한 모든 걸 무너뜨리려고 하고 있어요. 그들에게 평화와 안정은 아무것도 아닌 거죠. 아주 야만족들이에요!"

타이렐은 난장판이 된 가게 내부를 싸늘한 눈으로 둘러보았다. 부대원들 모두가 타이렐의 분노를 느낄 수 있었다.

"그러나 우리 랑구르족의 권위에 도전한 이 날을 분명 후회하게 될 겁니다. 보복은 아주 철저하게 이뤄질 테니까요. 단 한 치도 봐주는 것 없이……."

타이렐의 단호한 말에는 독한 증오심이 서려 있었다.

"리서스족은 단단히 각오해야 할 겁니다."

26장
새로운 질서

"누군가는 알고 있어요, 분명히! 저항군의 배후가 누구입니까?"

마이코가 사원 경내 정원의 북쪽 담장 그늘 아래에 웅크리고 앉은 리서스족 원로들을 쏘아보며 강하게 압박했다. 평소대로라면 마이코는 파피나와 트위처에게 정보만 전해주고 돌아갔을 테지만, 상황이 너무 심각한지라 원로들과 이야기를 해야겠다고 고집을 부렸다. 아무리 세월이 흐르고, 그동안 마이코가 건네준 정보로 수많은 리서스원숭이들의 목숨을 구했다 해도 원로들은 마이코에 대한 거부감이 강했다. 다들 침묵으로 반발심을 드러냈다. 이들 중 대부분은 마이코의 이중 역할에 의구심을 품고 있었다. 원로들은 무슨 일이 있어도 입을 열지 않을 작정이었다.

마이코는 마음을 진정시키려고 깊게 숨을 들이마셨다. 각을 세우면 반발만 더할 뿐이다.

"여러분이 랑구르족을 증오하는 감정은 충분히 이해가 갑니다. 하지만 저는 여러분의 안전을 최우선으로 하겠다는 약속을 했고, 지금

원숭이 전쟁

까지 잘 지켜왔습니다. 그러니 한 말씀만 더 드릴게요. 모두 평화롭게 살길 원한다면 당장 이 저항군의 테러를 멈추게 해야 합니다."

"탄압을 당하면 반격하기 마련이잖소."

원로 중 하나가 웅얼거렸다.

"전 랑구르족의 여론을 수시로 체킹합니다. 나무 그늘 아래서 무슨 말들이 오가는지 다 알고 있습니다. 확실한 건 테러가 일어날 때마다 리서스족을 향한 증오심이 강화된다는 사실입니다."

원로 중 하나가 벌떡 일어나서 반박했다.

"당신처럼 말은 번지르르하게 못하지만 난 저항군의 행동에 찬성이오."

"당신이 찬성하든 말든 중요하지 않아요. 조금만 더 기다리면 랑구르의 강경 정책을 누그러뜨릴 수 있는 기회가 찾아올 겁니다. 그때 설득하면 돼요. 지금은 참아내야 할 때입니다."

마이코가 세게 되받아치며 주장했다.

"하지만 랑구르족이 한방 먹는 게 통쾌하단 말이오. 누군가는 반격에 나서야지!"

원로의 반박에 지지의 함성이 들불처럼 퍼져 나갔다. 모두 마음속에 품고 있던 말을 입 밖으로 내뱉어준 것이다.

"전, 당신들을 위해서 내 목숨을 걸고 움직이고 있단 말입니다!"

마이코가 발끈해서 냅다 소리를 질렀다.

"날이면 날마다! 그런데 그 대가가 이런 맹목적이고 어리석은 행동입니까?"

트위처가 상황을 진정시키려고 마이코와 원로들 사이를 막아섰다.

"다들 흥분은 가라앉히시고……."

"이게 흥분을 가라앉힌다고 될 일인가요! 알아듣지도 못하는 멍청이들한테 괜한 열정을 쏟아 부었네요! 타이렐이 얼마나 냉혹하고 잔인한 권력자인지 여러분은 상상도 못 할 겁니다."

마이코가 분통을 터뜨렸다.

"자네 말을 어떻게 다 믿겠나."

원로 중 하나가 중얼거렸다.

"타이렐이 필요로 하는 건 전쟁 구실, 그거 하나예요. 저항군의 공격은 좋은 구실이죠. 만약 전면전이 벌어진다면 당신들은 다 죽을 겁니다."

드디어 마이코의 말이 원로들에게 서서히 먹혀들어가는 것이 눈에 보였다. 그런데 트위처만이 마냥 입가에 미소를 띠고 있었다.

문득 마이코는 트위처가 문제의 핵심이 아닌지 의심이 들었다. 언제나 무언가 숨기는 듯한 인상을 주긴 했다. 어쩌면 저항군의 정체를 알고 있거나, 아예 저항군을 지휘하고 있을지도 몰랐다. 마이코는 앞으로 트위처에게서 감시의 눈을 떼지 말아야겠다고 주의를 상기했다.

"찬찬히 잘 생각해 보고 주변에 물어보세요. 분명히 누군가는 저

원숭이 전쟁

항군의 배후를 알고 있을 겁니다. 너무 늦기 전에 제가 직접 만나서 얘기해보고 싶어요."

마이코는 말을 끝맺고 나서 담장을 훌쩍 뛰어넘어 홀로 길을 나섰다.

"마이코, 진짜 어느 편인 거야?"

마이코가 뒤를 돌아보자 파피나가 갑자기 그늘에서 나타났다.

"아까 저기에서 나를 좀 도와주길 바랐는데."

마이코가 파피나 쪽으로 다가서자, 파피나가 뒤로 물러서며 경계하는 눈빛으로 마이코를 쳐다보았다.

"충분히 잘 들었어."

"내가 하려던 말은 상황이 걷잡을 수 없게 되기 전에 막아보자는……."

"정말 그래?"

파피나의 말투에 비난조가 묻어났다.

"파피나, 제발, 너마저……."

"넌 평화를 말하지만 그 평화를 위해 직접 행동에 나선 게 뭐가 있어?"

파피나가 피란민으로 넘쳐나는 사원을 뒤돌아보면서 말을 이었다.

"날마다 상황이 안 좋아져. 피란민이 늘어서 식수도 바닥이 났어. 곳곳에 오물과 악취가 가득해. 전부 랑구르족이 도시를 거들먹거리며 마음대로 헤집고 다닌 덕분이지."

파피나는 실망한 눈빛으로 마이코를 쳐다보았다.

"그리고 넌 날마다 내가 살았던 집으로 돌아가지."

파피나가 답답한 심정을 담아 마지막 말을 덧붙이자, 마이코는 할 말이 없어졌다. 마이코의 침묵은 파피나의 말이 옳다는 인정인 셈이었다. 파피나는 등을 돌리고 나무 위로 훌쩍 뛰어올랐다. 그러면서 한 번도 뒤를 돌아보지 않았다. 마이코는 파피나의 마음이 멀어져 가고 있음을 무겁게 인식하고 울적해졌다.

"이걸 한 번 보세요."

타이렐이 돌을 하나 슬쩍 밀어내자, 탑 꼭대기 방의 벽에 둥그런 구멍이 생겼다.

"이제 볼일을 보러 밖으로 나갈 필요가 없답니다."

자랑하고 싶은 마음이 지나쳤던지, 타이렐이 엉덩이를 구멍에다 밀어 넣었다. 마이코는 타이렐의 얼굴이 엄청 구겨졌다가 편안하게 풀리는 모습을 지켜보았다.

"여기 와서 봐요."

타이렐이 재촉하자, 마이코가 즉각 달려갔다.

구멍으로 내다보니, 탑 맨 아래 풀밭에 조그마한 똥 덩어리가 보였다.

"매일 아침, 사관생도들이 와서 깨끗이 치운답니다. 아주 영광스럽게들 여기지요."

타이렐이 껄껄 웃으며 돌을 밀어 구멍을 닫았다.

"나를 위해 못 할 게 없죠."

타이렐의 거만한 태도를 보고 있기가 무척이나 불편했다. 아침까지만 해도 그렇게 음산하고 앙심에 가득 찬 독설을 내뱉어놓고, 지금은 그런 일은 까맣게 잊은 것처럼 행동하고 있었다.

"저항군 말인데요. 진짜 위협이 될 거라고 생각하시는 겁니까?"

마이코가 타이렐의 속내를 알기 위해 용기를 내어 물었다.

"기회주의겠죠. 리서스족은 고스포더의 죽음을 이용하려는 거예요. 뭐, 좋은 기회를 잡겠다는 건데 탓할 순 없겠죠, 안 그래요?"

타이렐이 대수롭지 않다는 듯 대답했다.

와, 이렇게 싹 변하다니. 지금은 기분이 좋은 상태이니, 설득해볼 만하지 않을까?

마이코는 정책의 변화를 위해 설득에 들어갔다.

"어쩌면 리서스족에게 좀 더 살 만한 공간을 마련해주면 그렇게 필사적으로 달려들지 않을지도 모릅니다. 결과적으로 저항군도 사라질 테고요."

"뭐, 그건 틀림없겠지요."

"그럼, 제가 순찰대에게 지시를……."

"하지만 난 리서스족이 계속 필사적이길 바랍니다. 그게 중요해요."

타이렐이 말을 가로막았다.

좋은 기분이 말끔히 사라진 듯 타이렐의 얼굴에 먹구름이 끼었다.

"리서스족이 우리를 더 괴롭히고 찔러대면서 우리 면전에 대고 야만적인 공격을 퍼부어주길 바라죠. 그래야 우리가 얼마나 강한지 보여줄 수 있을 테니까요."

타이렐이 접견은 끝났다는 듯 손을 내저었다.

마이코는 탑의 계단을 천천히 내려왔다. 어두컴컴하던 실내에서 햇볕이 강하게 내리쬐는 바깥으로 나오자, 외로움이 더 강해졌다. 영도자에 대한 의구심, 흔들리는 충성심 때문에 마음이 복잡했다. 이 넓은 도시에서 속마음을 털어놓을 이 하나 없었고, 귀 기울여 들어줄 마음 맞는 친구 하나 없었다.

이미 은밀한 작전을 시작할 때부터 외로움은 각오했지만 그때는 그 외로움이 이렇게나 고통스러울지 몰랐다.

저항군에 대한 소문으로 랑구르족은 난리가 났다. 단체로 피해망상에 사로잡힌 것처럼 호들갑을 떨어댔다. 타이렐은 이 기회를 놓치지 않고 여러 조치들을 강제로 밀어붙였다. 몇 달 전만 해도 상상도 못 할 조치들이었다.

첫 조치는 거대한 영묘궁에 관련된 것이었다. 언제나 군중이 모여드는 곳이었는데, 이제 보안상의 이유로 영묘궁에 대한 접근이 '주요 인사'들만으로 엄격히 제한되었다.

이 소식이 전해지자 공동묘지 곳곳에서 불만의 소리가 터져 나왔다. 그러자 마이코와 카스트로, 라니가 또 급파되어 '진실 알리기' 작전에 나섰다.

영묘궁은 타이렐과 군 지휘관들이 밤낮으로 쉬지 않고 리서스족 폭도에 맞서 대책을 논의하는 곳이다. 전술과 전략이 바깥으로 새어 나가면 안 되기 때문에 보안유지상 접근 차단은 어쩔 수 없는 조치라는 설명이었다.

정보부는 이런 '진실'을 집집마다 끈질기게 찾아다니며 홍보했다. 그럴 때마다 슬쩍 과일을 뇌물로 놓고 오는 것도 잊지 않았다. 이런 노력 끝에 랑구르족 전체가 거대한 영묘궁의 접근 차단이 필요하다는 것에 동의하게 되었다.

타이렐은 본능적으로 공작 정치의 필요성을 알고 있었다. 어느 날, 타이렐은 리서스족이 자신을 암살하려고 음모를 꾸민다는 소문을 퍼뜨렸다. 그리고 불안에 휩싸인 랑구르족 앞에서 또 다른 보안 조치들을 새로 발표했다. 영도자의 경호부대원들을 두 배로 늘리고, 대중 앞에 자신의 모습을 노출해야 하는 공식 행사를 확 줄이는 조치였다.

타이렐의 모습이 점점 보기 힘들어질수록 뜻밖의 장소에서 타이렐이 홀연히 등장하면 군중들은 그만큼 더 환호를 보냈다. 뜻밖의 기억은 오래 남아서 타이렐이 진짜 구석구석까지 랑구르족 전체를 잘 돌보고 있다는 인상을 받게끔 하는 책동이다.

타이렐이 권력을 독차지하고 전횡을 휘두를수록 랑구르족은 타이렐을 점점 더 존경하게 되었다. 기꺼이 자신들의 무거운 짐을 도맡아줄 준비가 되어 있는 영도자라며 모두 타이렐에 감사의 마음을 품었다.

신비로운 권력이라는 후광의 덕을 보고 있는 자는 타이렐뿐만이 아니었다. 타이렐의 측근 모두 후광의 덕을 보고 있었다. 마이코는 이러한 사실을 옛 교관이 접견을 신청했을 때 깨달았다.

마이코의 기억에 구나 총교관은 어디에서나 위풍당당했다. 그런데 마이코의 방으로 들어오는 구나는 깜짝 놀랄 정도로 굽실거리고 있었다.

"만나주셔서 감사합니다, 마이코 대령님."

구나가 깍듯하게 고개를 숙였다.

(대령은 정보부 요원들만을 대상으로 새롭게 만들어진 계급이었다.)

"어서 들어오세요! 오랜만에 만나니 정말 반갑네요."

마이코는 기쁜 마음으로 옛 교관을 맞아들였다.

"바쁘신 줄 알고 있으니, 짧게 끝내겠습니다."

구나는 불안한 표정으로 마이코를 흘끗거리며 말을 이었다.

　　　　　　　　　　　　　　　　　　　　원숭이 전쟁

"말씀드릴 것은……. 전 그저 군대가 잘 되길 바라는 마음에서 말씀드리는 겁니다. 대령님의 재능은 사관생도 중에서도 특출났지요. 지금 우리에겐 그런 재능이 필요합니다."

마이코는 이렇게 굽실거리는 원숭이가 예전에 기초훈련에서 큰 소리로 명령을 내지르던 총교관과 같은 원숭이라는 것이 믿기지가 않았다.

"편하게 말씀하세요. 뭐라도 좀 드실래요?"

마이코가 구석에 있는 과일을 가리키자, 구나는 정중하게 사양했다.

"자, 드세요."

마이코가 오렌지 하나를 손수 내밀었다.

"감사합니다, 대령님."

구나가 오렌지를 받으러 손을 내밀자, 마이코가 마지막 순간에 오렌지를 거둬들였다.

"아니, 이것 말고 이건 어때요?"

마이코가 오렌지를 망고로 바꿨다.

"원하시는 대로 하십시오."

구나는 고개를 끄덕이며 망고를 받아들고 조용히 우물거리며 먹었다.

마이코는 갑자기 세상이 얼마나 바뀌었는지 실감했다. 앞에서 굽실거리는 구나를 보며 당황스럽기 짝이 없었지만 황당하게도 마음

한구석은 뿌듯했다.

"그래, 제가 어떻게 도와드리면 될까요?"

마이코가 단도직입적으로 물었다.

"물론 보안 조치들은 옳다고 생각합니다. 하지만 이번에 새롭게 세워진 중앙지휘체계는……."

구나가 주저하며 마이코를 쳐다보았다. 어느 정도의 선까지 말할 수 있을지 눈치를 보는 것 같았다.

"그런데요?"

마이코가 독촉했다.

"제 임무는 다음 세대의 전사들을 키워내는 일이지요. 사실 다음 세대의 전사들에게 필요한 기술은 대령님이나 영도자께서 배웠던 기술이 아닙니다."

마이코가 인상을 찌푸렸다. 지금 지도부가 시대에 뒤떨어졌다는 말을 하고 싶은 건가? 위험한 발언인데…….

구나가 재빨리 말을 덧붙였다.

"저번에 대령님의 형님이 휘말려들었던 매복 공격을 떠올려 보십시오. 정예부대원들은 그런 종류의 전투에 대응하는 방법을 배우지 못했지요."

"그건 비겁한 습격이어서……."

"오히려 상황을 역전시킬 수도 있었어요. 방법만 알았다면 말입니

원숭이 전쟁

다. 완전히 다른 훈련을 받았더라면 판을 뒤집었을 겁니다."

마이코가 얼굴을 바짝 갖다 대고 구나의 눈을 똑바로 쳐다보았다. 타이렐에게 보고 배운 버릇인데, 상대를 꼼짝 못 하도록 몰아붙일 수 있었다.

"방법을 안다면 왜 가르치지 않는 겁니까?"

"바로 그게 문제입니다. 새로운 규칙 아래에서는 영도자의 허락이 없으면 훈련 내용을 바꿀 수 없으니까요. 모든 사항은 다 위에서 승인을 받아야 합니다. 여러 날 동안 영도자 접견을 요청했지만 불가능해서……."

구나의 목소리에 좌절감이 묻어났다.

"그렇군요."

"영도자께서 대령님의 말은 귀담아들으신다죠. 제일 신뢰받는 참모관이라고들 하더군요. 대령님이 말씀드리면 영도자께서도 허락하실 겁니다."

마이코는 아무 말도 하지 못했다. 구나의 제안 때문에 마이코의 입장이 완전히 꼬여버리게 생겼다. 그렇지 않아도 복잡한 상황인데 더 복잡해질 판이라 머리가 지끈지끈 아파왔다.

랑구르족을 보호하려면 타이렐에게 말해 새로운 훈련 방법을 승인하게 만들어야 했다. 구나의 실력은 믿을 만했고 당연히 훌륭한 전사들을 길러낼 터였다. 하지만 랑구르 전사들이 강해질수록 거리는 리서스족의 피로 뒤덮일 테고 증오심은 폭발할 것이다.

반면 마이코가 구나를 돕지 않는다면 랑구르 순찰대는 계속 구식 전술을 사용할 테고 앞으로도 패배를 거듭할 것이다. 하지만 패배는 죽음을 의미했다. 브레리 형이 살아난 건 천운이었다. 또다시 습격을 당한다면 살아남을 수 있을까?

마이코가 이중 작전을 펼치면서 상상도 못 해본 문제였다. 그저 생명을 살리기 위해 정보를 넘겨주면 된다고 생각했다. 이제 마이코는 어려운 선택을 해야 했다. 랑구르족의 목숨이냐, 리서스족의 목숨이냐라는 선택이었다.

어떤 선택을 하든 누군가는 피를 흘려야 했다.

원숭이 전쟁

27장
짝짓기

아주 짧은 시간이었지만 트럼블과 키마는 가족이 다시 모두 모이게 된 터라 기쁨을 감추지 못했다. 키마는 과일을 예쁘고 푸짐하게 쌓아야 한다며 유난을 떨었고, 트럼블은 아들들의 털을 골라주면서 오랜만에 대화를 나누었다. 특별한 날인 만큼 모든 것이 완벽하게 준비되어 있어야 했다. 오늘은 브레리가 반다라는 짝을 맞아들여 가족에게 소개하는 날이었다.

옛집에 돌아오면 마이코는 군 고위급이라는 복잡한 일에서 벗어나 가족의 환대를 받으며 마음의 안정을 찾을 수 있었다. 오후의 따뜻한 햇살을 받으며 순수한 어린 시절로 돌아간 듯한 포근함에 젖어들었다. 옛집의 냄새만으로도 모든 결정을 시시콜콜히 고민할 필요가 없던 시절이 금세 떠올랐다.

"어머, 도착했어! 왔다고!"

브레리가 짝을 데리고 들어오자 키마가 흥분한 목소리로 외쳤다.

반다는 인상 좋은 얼굴에 작은 몸집의 원숭이였다. 하지만 마이코는 반다의 눈빛에서 엄마를 닮은 강철 같은 의지를 볼 수 있었다.

식탁에서도 키마는 새로운 여자 가족이 생겼다는 흥분을 감추지 못했다. 그동안 경쟁심 넘치는 남자 셋을 관리하느라 너무 진을 빼서 반다를 보자마자 새 생명줄이라도 얻은 것 같았다. 얼마 지나지 않아 키마와 반다는 서로 합세하여 집안의 남자들을 쥐고 흔들기 시작했다. 평소에 브레리는 정예부대원에 대한 자부심이 대단했다. 전쟁터의 최전선에서 뒤로 물러나는 일은 상부의 명령이 아닌 한 생각도 못할 일이었다. 하지만 키마와 반다의 생각은 달랐다.

"브레리, 넌 이미 두 번이나 부상을 당했단다. 아무도 네가 의무를 다하지 않았다고 탓하지 못할 거야. 그러니 이제는 다른 이들에게도 기회를 주는 게 어떻겠니?"

키마가 운을 떼자, 반다가 자랑스럽게 브레리의 얼굴을 쓰다듬었다.

"당신만큼 용감한 정예부대원은 없을걸요?"

"뭐, 아직 몸만 조금 풀었을 뿐이야."

브레리가 허풍을 떨었다.

"하지만 이제 반다를 생각해야지."

키마가 현실을 꼬집었다.

"제가 듣기로는 중앙사령부에서 관리를 뽑는다던데요?"

때를 놓치지 않고 반다가 끼어들었다.

"그래, 맞아!"

　　　　　　　　　　　　　　　　　　원숭이 전쟁

키마가 활짝 웃으며 맞장구를 쳤다.

브레리는 돌아가는 상황을 보며 눈만 껌뻑거렸다. 하긴 그만한 자리에 오를 만큼 자신이 뛰어난 고참병이기는 했다. 키마와 반다는 브레리의 마음이 움직이는 것을 알았다. 조금만 더 밀면 넘어갈 것 같았다.

"마이코, 넌 어떻게 생각하니? 손 좀 써볼 수 있겠어?"

키마가 묻자, 모두의 눈이 마이코를 향했다.

"글쎄요……. 말은 넣어볼 수 있죠."

마이코가 얼버무렸다.

"그렇지! 그거면 돼. 마이코가 말해본다니, 다 된 거나 마찬가지지!"

키마가 소리를 높였다.

마이코는 키마와 반다의 합작 연기를 보며 놀라움을 금치 못했다. 두 여자는 나름대로의 조용한 방식으로 목적을 이뤄냈다. 마치 뱅골보리수의 뿌리가 딱딱한 땅을 서서히 뚫고 들어가 마침내 흙을 얽어매고 자리를 잡듯이 말이다.

키마와 반다가 존경의 눈빛으로 찬사를 보내자 브레리는 어깨를 으스대며 기쁨을 감추지 못했다.

"거기에도 내가 기여할 부분이 많을 테지."

"이렇게 아름다운 아내까지 생겼으니, 머지않아 열심히 먹여야 할 조무래기들이 태어나겠구나."

키마가 근질거리는 입을 참지 못하고 덧붙이자, 모두들 와락 웃음을 터뜨렸다.

반다는 마이코를 돌아보며 감사의 인사를 전했다.

"정말 고마워요. 이렇게나 신경을 써주시고."

"별것도 아닌데요, 뭘."

마이코는 미소를 보이며 오렌지를 한 입 깨물었다.

가족 간에도 이해관계가 없을 수는 없겠지만, 마이코를 향한 애정만큼은 확고했다. 이들에게는 마이코가 필요했다. 부모님의 눈빛에도 다 큰 아들들을 바라보는 뿌듯함이 흘러넘쳤다.

마이코는 죄책감을 느꼈다. 가족들은 마이코에게 기대를 품고 있었다. 그런데 마이코는 가족의 안전을 위협할지도 모르는 적을 돕고 있었다. 심지어 고마움도 모르는 적이었다. 마이코는 마지막 순간 리서스족이 보인 적의와 의심에 찬 눈빛이 떠올라 털이 바짝 곤두섰다.

이 순간, 마이코는 마음의 결정을 내렸다. 랑구르족의 피를 제 손에 묻힐 수는 없었다. 특히 친형의 목숨이라면 더더욱 지켜내야 했다. 리서스족에게는 저항군을 자제시키라고 경고까지 해두었다. 들을지 안 들을지는 그들의 문제였다.

구나는 이렇게 한밤중에 마이코 대령이 찾아오리라고는 생각도 못했다.

"교관님의 제안을 생각해 보았어요."

마이코가 구나의 소박한 집으로 들어서며 입을 열었다.

"그런데요?"

"제안에 관해 궁금한 점이 있어요."

그제야 구나는 안도의 미소를 지었다. 이미 잠은 싹 달아났다. 구나와 마이코는 편하게 앉아서 얘기를 나누었다.

동이 틀 무렵까지, 구나는 새로운 전투 기술에 대한 세부사항뿐 아니라 배경 철학까지 모조리 털어놓았다. 설명을 들을수록 감탄이 새어나왔다.

남은 문제는 타이렐을 설득하는 일뿐이었다.

"랑구르 군대에 기강과 용기, 이것 말고 다른 것은 필요 없습니다."

타이렐은 딱 잘라 거부했다.

"옳은 말씀입니다만, 저항군의 새로운 전술에 맞서려면 어쩔 수 없지 않습니까?"

마이코는 최대한 조심스럽게 맞섰다.

"우리 군은 어두컴컴한 골목길에서 저항군과 싸워야 하는데, 그런 골목길에서 훈련을 한 적이 없습니다. 그러니, 제일 우선적으로 필요한 것은 그런 맞춤형 훈련을 할 수 있는 훈련장이겠지요."

타이렐이 마지못해 고개를 끄덕였다.

"저항군은 항상 매복해서 우리를 기다립니다. 마치 우리의 순찰 지도를 훤히 들여다보듯이 말이죠."

마이코는 이 말을 하면서 죄책감에 시달렸다. 리서스족에게 순찰 지도를 넘긴 것이 바로 자신이었기 때문이다.

마이코는 마음을 잡고 설득을 이어나갔다.

"하지만 순찰대 지휘관이 자율적으로 순찰로를 바꿀 수만 있다면 적들은 언제 어디에서 우리를 기다려야할지 감을 잡지 못할 겁니다."

타이렐이 고개를 저었다.

"아뇨, 아뇨. 내가 제일 꺼리는 게 바로 그겁니다. 명령은 중앙사령 부에서만 내립니다. 고작 거리 순찰대가 결정을 내리다니요! 그런 권력을 쥐어주면 혼란만 가중될 뿐입니다."

"권력을 쥐어주는 게 아닙니다. 그저 현장에 조금 자율성을 부여 하자는 거죠."

마이코는 좀 더 세게 밀어붙여야겠다고 생각했다.

"저항군은 으슥한 곳에 숨어서 우리 군을 덫으로 유인합니다. 그러니, 그들이 예상 못할 방향에서 기습 공격을 해야 할 필요가 있는 겁니다."

마이코가 바닥에 덩굴 한 줄기를 던졌다.

"각각의 순찰대원들이 저런 덩굴을 가지고 다니면 나무가 없는 곳에서도 공중에서 공격을 할 수 있게 되죠."

타이렐이 덩굴 줄기를 집어 들고 꼼꼼히 살펴보았다.

"이건 마음에 드는군요."

"그건 작은 예시에 불과합니다. 구나 교관은 이미 화로 단지를 훔쳐 올 수 있는 가판대를 봐놓았다고 하더군요."

타이렐이 본능적으로 주춤 물러섰다. 불을 두려워하지 않는 동물은 없었다. 하지만 마이코는 두렵기는커녕 기대가 컸다.

"꿀벌을 풀어 보넷족을 제압했듯이 불만 있으면 저항군을 꺾을 수 있습니다."

"불은 죽음이죠."

"다루는 방법만 익히면 됩니다."

"도시 전체를 불태울 생각입니까?"

"우리가 필요한 건 연기뿐입니다."

타이렐은 주저했다.

"연기를 얻으려면 불을 내야하잖아요."

"구나가 찾아낸 화로는 불을 안전하게 보관해주는 단지여서, 싱싱한 나뭇잎을 계속 넣어주면 구름 같은 연기가 난다더군요. 연기만 확보되면 적을 은신처에서 완전히 몰아낼 수 있습니다."

마이코는 타이렐의 마음이 움직이는 것을 느꼈다. 실패했을 때의 위험과 성공했을 때의 영광을 속으로 견주어보는 듯했다.

"좋아요. 구나에게 새로운 훈련을 승인하지요. 하지만……."

타이렐이 날카로운 눈빛으로 쏘아보았다.

"마이코 대령이 모든 걸 책임지는 겁니다. 혹시라도 불을 다루지 못해 우리에게 재앙이 닥친다면……."

더 들을 것도 없이 마이코는 타이렐의 속내를 완벽히 이해했다. 잘 못되면 마이코의 책임이었고, 잘되면 모두 타이렐의 공이라는 말이었다.

뭐, 지도자를 받들어 모신다는 게 다 그런 거 아니겠는가?

마이코와 구나는 당장 계획을 실천에 옮겼다. 동부지구 가까이에 버려진 시가지를 골라 쥐와 떠돌이 개 들을 모두 몰아내고 말끔히 청소를 끝마쳤다. 이제 이곳은 랑구르족 특별 훈련장이 되었다. 며칠 뒤 화로 단지를 훔쳐왔고, 특별부대가 관리를 맡아 파릇파릇한 나뭇잎을 계속 넣어주었다.

하지만 훈련은 시작하자마자 어려움에 부딪쳤다.

랑구르 군은 전투에 익숙했지만, 어디까지나 집단전 한정이었다. 보병은 지휘관의 명령에 무조건 따라야 했고, 지금까지는 그 덕에 백 전백승이었다. 하지만 마이코와 구나가 가르치려는 건 군인의 기강이 아니었다. 매복에 효과적으로 맞서려면, 지휘관의 명령이 없어도 병사 각자가 스스로 판단을 내려야 했다.

훈련은 병사 각자가 상황을 분석해 판단하여 재빨리 행동하는 데

초점이 맞춰져 있었다. 하지만 명령을 따르기만 하는 습성이 몸에 밴 랑구르 군에게 이 훈련은 쉽게 적용하기 어려웠다.

마이코와 구나는 그저 언젠가는 변하겠지라며 낙관하는 수밖에 없었다. 그리고 화로 단지의 연기를 이용한 훈련을 실시했다. 텅 빈 건물에 화로 단지를 놓아두고, 보병들에게 경비대를 물리치고 화로 단지를 훔쳐오라고 시켰다. 공격조가 건물 안으로 들어오자, 마이코 가 화로 단지에 축축한 야자수잎을 돌돌 말아 던져 넣어 평하고 하얀 연기가 뭉게뭉게 피어오르게 만들었다.

순식간에 톡 쏘는 듯한 탁한 연기가 건물 안을 가득 채웠다. 공격 조의 모습도 연기에 가려 보이지 않을 정도였다.

마이코는 공격조가 이 연기를 이용해서 더 쉽게 화로 단지를 훔칠 수 있으리라 기대했다. 그러나 지휘관의 모습을 볼 수 없게 된 보병 들은 모두 그 자리에 얼어붙어 멈춰버렸다.

연기가 사라지자, 마이코의 눈에는 바닥에 웅크리고 앉아 명령을 기다리는 보병들만이 보였다.

이상하게도 영도자 타이렐은 새로운 훈련에 진전이 거의 없는데 도 신경 쓰지 않는 것 같았다. 사실은 부하 원숭이들이 스스로 생각 하지 못한다는 사실에 도리어 전율했다. 하지만 마이코의 신선한 제 안과 성실한 태도에는 깊은 감명을 받았다.

타이렐은 왜소한 몸집에 오로지 머리로만 높은 자리에 올랐다는 공통점 때문에 마이코가 남 같지 않았다. 마치 마이코의 아버지라도 된 양, 마이코를 보호해주고 돌봐주고 싶었다.

누군가를 믿는다는 것은 타이렐에게는 희귀한 경험이었다. 과거의 타이렐이 자신의 힘만 믿었다면 지금은 마이코를 믿게 되어 든든함이라는 새로운 힘을 얻게 되었다. 타이렐은 마이코와 함께라면 세상을 정복할 수 있을 것만 같았다. 그런 마음을 보여주려고 마이코에게 온갖 선물을 내리곤 했다.

"보다시피 조금 변화를 줘봤어요."

타이렐이 마이코를 영묘궁 중앙에 위치한 길쭉한 방으로 데리고 들어가며 말했다. 어마어마한 변화였다. 줄지어 늘어선 비석을 다 치워 여러 개별 공간을 만들었고, 끝에는 연단처럼 돌 더미를 쌓아올렸다. 그 주위에 예쁘장한 시녀 넷을 앉혀두고 과일을 시중들게 했다.

"보안상 이유로 영묘궁은 아예 차단한 줄 알았습니다."

마이코가 놀라서 두리번거렸다.

"이런 멋진 방은 아주 소수의 충복들만 드나들게 해야지요."

타이렐은 마이코를 더 깊숙이 끌고 들어갔다.

"충성심보다 더한 미덕은 없답니다."

타이렐은 마이코를 뿌듯하게 바라보았다.

"충복들에게는 가장 좋은 선물을 주고 싶은 법이지요. 일단 마이

원숭이 전쟁

코 대령에게……."

"저는 필요한 게 없습니다. 덕분에 최고의 집과 음식을……."

"하지만 짝이 없지요."

타이렐의 말에 마이코는 머릿속이 하얘졌다. 함께 살면서 마이코를 따라다니며 꼬치꼬치 질문을 해댈 아내라는 존재는 지금 가장 필요치 않는 것이었다. 게다가 마이코는 파피나와 멀어진 관계를 좁힐 방법을 찾아 지금도 고민 중이었다.

"아직 시간은 많습니다. 지금은 보병을 재훈련시키는 일이 중요합니다."

마이코는 가볍게 웃으며 넘어가려고 했다.

하지만 타이렐이 방의 끝 쪽을 가리켰다.

"찬찬히 살펴봐요……. 그리고 나서 흥미 없다고 말해보든지."

마이코가 타이렐의 손끝을 따라 쳐다보았다.

"보기드문 미녀랍니다. 이름은 히스터이지요."

히스터가 고개를 들고 방긋 미소를 지었다. 젊고 아름다운 히스터에게 마이코는 시선을 빼앗기고 말았다.

"내숭떨 거 없어요. 특별히 마이코 대령만을 위해 준비했으니."

타이렐이 손짓을 하자 히스터가 다가왔다.

"히스터를 짝으로 삼으면 랑구르 군 전체가 부러워할 겁니다."

타이렐이 히스터의 옆얼굴을 살짝 쓰다듬으며 말했다.

마이코는 모래 폭풍에 휩쓸리듯 완전히 혼란에 사로잡혔다. 이 히스터라는 여자에 대해 아무것도 몰랐다. 이전에 본 적도 없는 얼굴이었다. 마이코가 아는 것이라고는 타이렐이 히스터를 감시역으로 이용할 것이라는 사실뿐이었다. 하지만 어찌 거부할 수 있으랴. 히스터의 모든 면이 매혹적이었다. 히스터를 가까이 둔 채 욕망을 느끼지 않기란 불가능에 가까웠다. 더군다나 거절하면 타이렐의 의심을 사게 될 게 분명했다.

"그럼, 즐기도록."

타이렐이 음흉한 웃음을 지으며 뒤돌아 나가버렸다.

"전…… 어…… 이게……."

"쉿."

히스터가 미소를 지으며 마이코의 손을 잡았다.

히스터는 순수한 욕망을 담은 눈빛으로 마이코를 바라보았다. 마이코는 그 눈빛을 보자마자 마치 마약에라도 취한 듯 머릿속에서 모든 생각이 날아가 버렸다.

히스터가 개별 공간으로 슬며시 이끌고 가자, 마이코의 의지가 무너져 내렸다. 결국 자석에 끌리듯 히스터를 따라가서 순수한 쾌락에 몸을 내맡긴 채 혼란스러운 마음을 달랬다.

28장
지하 공간

마이코는 문득 짝이 생겼다는 생각이 들 때마다 움찔움찔 놀라고
는 했다. 홀로 사는 게 이중 작전을 펼치기에 더 손쉬웠다. 짝이 생기
고부터는 정보부의 일을 하면서도 매 순간 신경이 쓰였다.

히스터와 같이 살면서 모든 것이 바뀌었다.

히스터의 요구는 단순했지만 끈질겼다. 일단 완벽한 짝이 되고 싶
어 했다. 항상 집 정리에 온 신경을 곤두세웠고, 특히 엄마가 되고 싶
어 했다. 아이 생각은 전혀 없는 마이코였지만, 히스터의 아름다움과
순종적인 태도는 거부하기 힘들었다.

파피나와는 사원에서 다투고 난 뒤로 만나지 못했다. 요즘에는 비
밀 정보를 전달해야겠다는 생각도 들지 않았다. 편한 일상에 익숙해
져서 이상은 서서히 잊혀갔다.

"이제 실제 거리에서 훈련을 해봐야 합니다."

어느 날 아침, 구나 교관이 한 말에 마이코도 동의했다. 진짜 위험

에 맞닥뜨려 봐야 훈련 성과를 점쳐볼 수 있다. 마이코도 구나의 전술이 얼마나 효과가 있을지를 살펴보기 위해 참관자로 따라나섰다.

알고 보니, 브레리의 지휘 아래 여섯 대원이 한 팀이었고 특별 대원으로 나포가 합세해서 화로 단지를 지키는 역할을 맡았다. 훈련 성과가 좋으면 화로 단지를 표준 무기로 받아들일 계획이었다.

악명 높은 랑구르 순찰대의 일원으로 도시의 거리에 나가 보니, 마이코는 그제야 불편한 현실을 실감하게 되었다. 순찰대가 거리에 나타나자마자 거기에 사는 동물들이 모두 겁을 집어 먹고 싹 자취를 감추었다. 공식적으로 랑구르 순찰대가 목표로 하는 대상은 리서스원숭이들이지만, 실제로는 랑구르 순찰대에게 눈에 띄어 밉보이는 동물들 모두가 순찰 대상이었다.

떠돌이 개들이나 생쥐 떼, 야생 돼지 들뿐만 아니라 심지어 당나귀까지 무차별적으로 랑구르 순찰대에게 쫓겨 다녔다. 오직 뱀들만이 남아서, 처마 밑 그늘에 똬리를 틀고 앉아 경멸의 눈빛으로 랑구르 순찰대를 노려보고 있었다.

브레리는 순찰이라는 명분 아래 마음껏 패악을 부려댔다.

"리서스족이 누구와 동맹을 맺고 있는지 누가 알겠어? 저기 떠돌이 개가 하나 보이지? 간첩이야."

"어떤 근거로?"

마이코가 불쑥 묻자 브레리가 어깨를 으쓱했다.

"순찰대 사이에 도는 말이 있지. 발밑에 엎드리지 않는 동물은 모두 네 목을 노리는 거라고. 당연히 척 보면 아는 거지."

이제까지 저항군이 습격을 해왔던 지점은 타이렐의 방에 걸린 커다란 지도에 모조리 표시되어 있었다. 최근의 습격 지역을 살펴보면 파크서클 철도역 부근이 많았다. 리서스 저항군의 모습을 찾지 못한 걸로 보아, 저항군은 어딘가에 숨어 활동하는 듯했다. 구나 교관은 이 지역 중심부에 잘 은폐된 기지가 있을 것이라 추측했고, 철도역이야말로 세세한 조사가 필요한 곳이라고 말했다.

그래서 순찰대는 철도역 맞은편 거리로 나갔다. 모든 전경이 평소와 똑같았다. 수많은 인간들이 우르르 오고 갔고, 철도역 주변 군데군데 이동식 매점이 눈에 띄었다. 꿀 바른 땅콩과 바나나 튀김을 팔고 있었다. 하지만 원숭이는 보이지 않았다.

바로 이것이 실마리였다. 간식거리는 분명히 매력적인 미끼였고 판매자가 한눈을 팔 때를 노리면 훔쳐 먹을 수도 있었다. 그런데, 옆에서 기웃거리는 원숭이가 한 마리도 없다고?

마이코가 눈으로 건물들을 훑어보다가 철도역 승강장 아래에 난 작은 구멍을 발견했다. 더 자세히 살펴보기 위해 거리를 가로질러 달려갔다. 구멍 입구에 조심스럽게 고개를 들이밀고 어둠에 눈이 적응하기를 잠시 기다렸다. 조금씩 지하 공간의 모습이 눈에 들어왔다. 승강장 지하는 벌집처럼 촘촘한 작은 공간들로 이뤄져 있었다. 은신처로는 완벽했다.

마이코는 서둘러 순찰대로 돌아가 말했다.

"저항군이 저 지하 공간에 숨어 있는지 알아봐야겠어."

"공격하라는 거야?"

"조사와 공격과 체포 중에 어떤 걸로 하겠어?"

마이코의 질문에 브레리가 당황하는 모습이 보였다.

"정확히 뭘 해야 하지? 확실히 정해줘."

브레리가 결정해 달라는 듯이 확실한 지시를 요구하고 나섰다.

"이번 작전의 목표는 리서스 저항군에 대해 전략적인 우위를 차지하는 거야."

마이코도 지지않고 대답했다. 그저 명령을 내려서 그대로 따르게 놔두지는 않을 참이었다. 명령 체계를 단순화해서 자율적으로 움직이게 만드는 것이 이번 실전 훈련의 목표였다.

브레리는 영 불만스러웠지만, 동생의 말발에 져서 당황하는 모습을 보여주기는 죽기보다 싫었다.

"좋아. 일단 저항군들이 승강장 아래에 잠복해 있다고 가정한다. 우선 출입구가 모두 몇 개인지 확인해 보도록."

브레리가 호기롭게 입을 열었다. 그리고 부지휘관 스웨토를 정찰 보내 승강장 다른 쪽 끝에 출입구가 하나 더 있다는 것을 알아냈다.

브레리는 부하들과 머리를 맞대고 의논했다.

"누구 좋은 생각 있나?"

불편한 침묵이 흐르는 가운데 누군가가 불쑥 입을 열었다.

"지원군을 불러서 양쪽 입구에서 같이 쳐들어가죠."

단숨에 적을 제압하고 승리를 쟁취하는 현명한 작전 같았다. 다들 똑같은 생각을 하고 있었던 양 고개를 끄덕였다.

"그렇게 쳐들어갔는데 안에 아무도 없으면 어떡합니까? 대대적인 급습이 겨우 도마뱀 몇 마리 잡고 끝나버리면, 다음에 진짜 지원군이 필요할 때 아무도 오려고 하지 않을 겁니다."

마이코가 딴죽을 걸었다.

이번에는 다들 인상을 찌푸리며 처음부터 말도 안 되는 작전이라고 생각했었다며 투덜거렸다.

더 어색한 침묵이 흘렀다. 잘못된 제안이 될까 봐 누구도 함부로 나서지 못했다. 마침내 나포가 용기를 내어 앞으로 나섰다.

"화로 단지의 연기를 이용해서 지하에 숨은 저항군들을 밖으로 끌어 내면 어떨까요?"

브레리는 마이코가 원한 것이 이런 종류의 제안임을 눈치 채고 단번에 동의했다.

"아주 좋군. 먼저 두 편으로 나누자고. 스웨토, 나포와 셋을 더 데리고 저 끝 쪽 입구로 들어가. 일단 연기를 맡으면 저항군들이 이쪽으로 몰려나올 테니까. 우리는 여기에서 반겨주자고."

브레리가 사악하게 웃음을 터뜨렸다.

아주 좋은 작전이었다.

잠시 후, 스웨토와 나포는 부하 셋을 데리고 승강장 아래 미로 속으로 들어갔다.

서서히 눈이 어둠에 적응하자, 조그마한 연필심 같은 빛들이 승강장 바닥 틈으로 새어 들어오는 것이 보였다. 스웨토 분대는 이 빛을 등대 삼아 쫓아가면서 지하 공간을 조심스레 살펴보았다.

처음 몇 개의 공간에서는 철도역을 지을 때 남은 벽돌 부스러기와 돌무더기 잔해밖에 보이지 않았다. 하지만 더 깊숙이 들어가자 원숭이가 살고 있는 흔적을 발견할 수 있었다. 구석에 과일 더미가 쌓여 있었고, 공간은 원숭이가 앉거나 잠잘 수 있도록 깨끗이 정돈되어 있었다. 스웨토는 나포를 앞으로 불렀다. 저항군과 맞닥뜨리게 되면 재빨리 연기로 제압해야 했다.

나포가 화로 단지에 입김을 불어넣자 연기가 자욱하게 피어올라 앞쪽의 컴컴한 공간으로 퍼져나갔다. 그러나 연기가 소용돌이치자 갑자기 다들 두려움에 사로잡혔다.

"동작 그만!"

스웨토가 나지막이 명령했다. 하지만 불안함에 속이 뒤틀리는 것은 스웨토도 마찬가지였다. 무언가가 다가와서 덮칠 것만 같았다.

발밑이 우르르 떨리더니 위에서 조그마한 돌 부스러기가 비처럼

원숭이 전쟁

쏟아져 내렸다. 잠시 후, 귀청이 터질 듯 어마어마한 쇳소리가 땅을 울렸다. 갑자기 스웨토가 웃음을 터뜨렸다.

"기차군! 그냥 기차라고!"

스웨토가 큰 소음에 맞서 큰 소리로 외쳤다.

기차의 브레이크 소리가 비명처럼 지하 공간을 꿰뚫었다. 그러자 분대원들은 스웨토의 말이 맞았다는 것을 깨달았다. 승강장 아래에 있으니 천둥 같은 기차 소리가 들리는 것도 당연했다. 하지만 아무리 소음이 크더라도 기차는 위험이 되지 못했다.

잠시 기다리자, 기차가 출발했다. 지하 공간에 다시 정적이 흘렀다. 하지만 다시 탐색을 시작하자마자 나포가 스웨토의 팔을 붙잡으며 소리쳤다.

"저기 좀 보세요!"

스웨토가 나포의 손끝을 따라 쳐다보니, 연기 구름이 기단벽의 구멍 속으로 빨려 들어가 위쪽으로 사라지고 있었다.

"연기가 빨려 나간다는 것은 저 위쪽에 또 다른 출입구가 있다는 뜻입니다."

나포가 속삭였다.

스웨토도 연기가 퍼져나가는 모양을 관찰했지만 사실 연기에 대해 잘 몰랐다. 솔직히 화로 단지가 어떻게 생겨먹은 것인지 알고 싶지도 않았다. 애초에 불을 가지고 무기로 사용한다는 생각 자체가 마음에 들지 않았다. 하지만 스웨토는 이런 불안감을 아무에게도 들키고 싶지 않았다. 특히 나포에게는.

"그냥 저기처럼 금이 간 틈새일 뿐이야."

스웨토가 빛이 새어 들어오고 있는 천장의 틈새들을 가리켰다.

그래도 나포는 미심쩍었다. 그동안 화로 단지를 관리해오면서 숨을 쉬듯 타닥거리는 불꽃의 특성과 끊임없이 피어오르는 하얀 연기에 대해 많이 알게 되었다. 이제 연기는 오랜 친구 같아서 조금이라도 이상한 형태를 보이면 본능적으로 알아차렸다. 지금처럼 이렇게 빨려 나가듯 퍼지는 형태라면 벽돌의 틈새보다 더 큰 공간이 존재한다는 뜻이었다.

"그래도 조사해봐야 하지 않을까요?"

"입 다물고 명령에 따라! 지금은 적들을 저쪽으로 몰아붙여야 한다고."

스웨토가 단호하게 지하 공간의 끝쪽을 가리켰다.

"알겠나?"

나포는 주뼛거리며 다시 반박했다. 그저 새로운 훈련 방식을 실천하려는 것뿐이었다고.

"하지만 세 번째 출입구라도 있으면……."

"마음대로 작전을 변경해서 잘못되기라도 하면 어쩔 거야? 우리가 다 죽게 되면? 자네가 책임질 텐가?"

그러나 나포는 지금 스웨토의 뒤쪽을 보고 있었다. 연기가 소용돌이치는 형태를 보니, 무언가가 다가오는 것 같았다.

"뭐, 자네가 결정을 내리는 것도 다 좋다고 치자고. 하지만 결국 책임을 지는 건 누구냐는 말이지."

스웨토가 호통을 쳤다.

나포는 예측할 수 없었지만 무언가가 포위해 들어오고 있는 것만은 틀림없어 보였다.

"모두가 명령을 따라야 기강이 바로 서는 법이야."

포위망이 점점 더 좁혀져 들어왔다.

"이제까지 명령을 따랐다고 처벌을 받은 원숭이는 하나도 없었어. 심지어 잘못된 명령이었어도 말이지."

이제 곧…….

꽥 하는 비명과 퍽 하는 주먹 소리에 이어, 분대원 하나가 어둠 속으로 끌려가 사라졌다.

분대원들이 겁에 질려 주변을 이리저리 두리번거렸다. 온통 연기가 소용돌이치고 있었고, 다들 빠른 기습공격에 넋이 나가버렸다.

"다들 붙어!"

스웨토가 고함을 지르자 분대원들이 서로 등을 맞대어 붙인 채 필사적으로 사방을 둘러보기 시작했다.

"뭐가 보이는가?"

"없습니다."

분대원들은 귀를 쫑긋 세운 채 적의 동태를 살폈지만 승강장을 지나다니는 인간들의 발소리밖에 들리지 않았다. 발소리 때문에 다른 모든 소리가 묻히는 것 같았다.

"여기에 있다가는 하나씩 다 끌려가게 생겼어. 한꺼번에 밖으로 나간다. 준비해!"

스웨토가 나지막이 속삭였다.

나포가 화로 단지 속의 나뭇잎을 긁어모아서 입김을 불어넣자, 매운 연기가 한꺼번에 피어올라 모두를 가려 주었다.

"지금이다!"

스웨토가 고함을 지르자, 다들 앞쪽 출입구를 향해서 달렸다. 어둠 속에서 비명을 질러대며 이리저리 비틀거리면서 겨우 지하 공간을 빠져나와 출입구에서 쏟아져 나오듯 쓰러졌다. 환한 햇빛에 눈을 제대로 뜰 수가 없었다.

바로 그때, 브레리의 냉혹한 함성이 들려왔다.

"아닙니다! 우리예요, 우리!"

스웨토가 몸을 웅크리며 소리를 질렀다.

막 몽둥이를 내리치기 직전에 브레리가 곧바로 몽둥이를 들고 있던 팔을 내렸다. 그러고는 숨을 헐떡거리는 스웨토를 멍하니 내려다보았다.

　　　　　　　　　　　　　　　원숭이 전쟁

"궁지에 몰긴 몰았는데 도망치게 내버려두었다고?"

마이코의 목소리가 실망감에 부르르 떨렸다.

저항군과 정면으로 마주할 기회를 코앞에서 놓쳐버리고 만 것이다. 정체를 파악할 수 있던 기회를 스웨토가 날려버렸다.

"지원군을 기다렸다가 다시 공격하면 되지."

브레리가 동생을 달랬다.

"지금쯤이면 다 달아났을 거야! 언제나처럼 싹 사라졌을 거라고."

상황은 마이코의 말 그대로였다.

스톤볼의 순찰대가 급히 달려와 지하 공간을 샅샅이 뒤졌지만, 식량 창고나 막대기 무기 더미밖에 아무것도 발견하지 못했다. 원숭이는 코빼기도 안 보였다. 어이없이 잡혀간 랑구르 분대원의 사체조차 보이지 않았다. 얼마나 처참하게 죽임을 당했을지는 생각하기도 싫었다.

마이코는 빈 공간들을 돌아다니며 정보를 끌어모았다. 식량이나 무기는 보급이 잘 되었던 모양이다. 리서스족의 누군가는 저항군의 배후를 필히 알겠지.

"여기 좀 보세요!"

마이코는 얼른 나포가 웅크리고 있는 곳으로 달려갔다. 나포는 기단벽의 구석진 틈새를 들여다보고 있었다.

"어떻게 도망쳤는지 알 것 같습니다."

나포가 틈새에 화로 단지를 갖다 대자 연기가 컴컴한 굴뚝 속으로 빨려 올라갔다.

마이코가 틈새에 고개를 들이밀자 굴뚝 위로 빨려 올라가는 바람을 느낄 수 있었다.

"출입구가 세 개였군. 두 개가 아니라. 아주 교활하군, 교활해."

마이코가 중얼거렸다.

마이코는 다시 고개를 빼내다가 스웨토와 부딪쳤다. 스웨토도 곁에서 연기가 위로 올라가는 모양을 바라보고 있었다.

"또 다른 출입구가 있다는 걸 알았다면 계획을 변경했을 겁니다."

스웨토가 뻔뻔스럽게 단언했다.

"저항군에게 세 번째 출입구가 있으리라고는 상상도 못 했지요. 처음 정찰을 나왔을 때 이걸 바로 발견하지 못했다니, 너무 부끄럽습니다."

스웨토는 나포를 뚫어져라 쳐다보며 조용히 거짓말에 동참할 것을 강요했다. 나포는 너무 기가 차서 아무런 말도 할 수가 없었다.

스웨토가 선수를 쳐서 나포의 어깨에 팔을 둘렀다.

"자네는 아주 잘해줬지! 특별대원으로서 상을 내려야겠군."

나포가 순순히 고개를 끄덕였지만 마이코는 둘 사이에 흐르는 어색한 기류를 놓치지 않았다.

순찰대들이 탐색을 마치고 밖으로 나간 뒤에도 마이코는 어둠 속

원숭이 전쟁

에 홀로 남아 있었다.

저항군의 정체를 밝히는 일은 마이코의 계획에 아주 절대적인 부분이었다. 이제 코앞이었다. 뭔가 결정적인 단서만 찾을 수 있다면……

마이코는 마지막으로 서늘한 바람이 부는 굴뚝으로 고개를 들이밀고 저 위쪽의 빛을 바라보았다. 곁눈에 무언가 반짝이는 물건이 보였다. 손을 뻗어 만져 보니 조그마한 쇳조각 같은 것이 벽에 박혀 있었다.

마이코는 굴뚝 속으로 기어들어가서 쇳조각을 자세히 들여다 보다가, 하나씩 손바닥에 올려놓고 어슴푸레한 빛에 비춰보았다.

통조림의 양철 조각이었지만 특별한 형태로 세심히 다듬어져 있었다. 하나는 고리 모양, 다른 하나는 뾰족한 창 모양, 세 번째는 삐쭉빼쭉한 별 모양으로 모두 날카로운 칼날 같았다.

이건 무기다.

저항군은 돌을 던지거나 막대기로 찌르는 것에 만족하지 못하고, 인간이 버린 잡동사니로 새로운 살상 무기를 개발해내기까지에 이른 것이다.

온몸에 소름이 끼쳤다. 저항군의 정체가 누구든 간에 그들은 지금보다 더 살상력이 큰 전쟁을 준비 중인 것이다.

29장
연기 속의 습격

"반드시 보복해야지! 도시의 원숭이들에게 누가 이 도시의 진정한 주인인지 보여주자고!"

스톤볼이 강력히 주장하고 나섰다.

마이코가 축축한 지하에서 나와 보니, 순찰대원들이 복수심을 불태우고 있었다.

"너무 감정적으로 대응하면 안 됩니다."

마이코의 말에 스톤볼이 노려보며 반박했다.

"이 흉터를 보고도 그렇게 말하시지."

스톤볼은 얼굴의 상처를 가리키며 으르렁거렸다. 지난번 골목길 매복 공격에서 입은 상처가 겨우 다 아문 참이었다.

"오늘 아침에도 버스 주차장에서 리서스족 몇 놈을 쫓아냈죠. 이번에야말로 사원으로 쳐들어가서 우리에게 한 짓을 그대로 돌려줍시다!"

브레리가 소리를 드높였다.

우레 같은 함성이 순찰대원들에게서 터져 나왔다. 다들 피를 보기를 원했다.

"그런 명령은 받은 적 없습니다!"

마이코가 소리쳤다.

"언제는 '자율적으로' 결정하라며?"

브레리가 비아냥거렸다.

"랑구르의 피에는 리서스의 피로!"

스톤볼이 외쳤다.

"옳소! 랑구르의 피에는 리서스의 피로!"

브레리와 스웨토가 선창하자, 순찰대원들도 구호를 따라 외쳤다.

"랑구르의 피에는 리서스의 피로!!!"

마이코는 머리를 굴렸다. 어떻게든 순찰대를 늦춰서, 난민들이 무사히 달아날 시간을 벌어야 했다.

마이코가 브레리를 옆으로 끌어당겼다.

"철수시켜!"

"왜?"

"영도자의 지시야."

마이코는 최고 지도자를 언급하면 형이 주춤할 것이라는 기대를 가지고 거짓말을 했다.

"영도자는 원숭이신의 사원을 리서스족 수용 구역으로 생각하고 계셔.”

브레리는 어깨를 으쓱했다.

“리서스족은 사체일 때가 제일 좋은 법이지. 아침보다 저녁 때 리
서스족 수가 하나라도 줄어들어 있다면 영도자께서도 불만이 없으
실걸?”

“사원에서 전투를 벌이면 영도자의 명령을 어기는 게 될 거야!”

마이코가 엄중하게 경고했다.

“원숭이신 사원은 우리가 ‘반드시’ 공격해야 할 곳이야!”

스톤볼이 두 형제 사이를 막아서며 끼어들었다.

“저항군의 본거지나 다름없지. 당장 거기로 가서 발본색원해야
해!”

찬동하는 성난 함성이 마이코의 등골을 서늘하게 만들었다. 자욱
한 연기 속에서 랑구르 전사들이 사원을 짓밟는 모습이 떠올랐다.

“반다 형수는 어쩔 거야? 형이 난민을 쫓아다니면서 죽이는 모습
을 형수가 보기라도 한다면 어떤 생각을 하겠어?”

마이코는 지푸라기를 잡는 심정으로 브레리에게 물었다.

“그럼, 이렇게 전투에 나설 용기도 없이 소심한 너를 보면 히스터
는 또 뭐라고 할까?”

브레리는 갑자기 아픈 곳을 찌르는 동생을 샐쭉한 눈으로 쏘아보
며 되받아쳤다.

두 형제는 서로를 노려보았다. 오랜 세월 동안 차곡차곡 쌓인 형제 간의 긴장과 경쟁심이 부글부글 끓어오르는 중이었다. 마이코는 그냥 이 자리에서 속 시원히 터뜨리고 싶었지만, 지금 제일 중요한 일은 너무 늦기 전에 리서스족에게 이 상황을 전달하는 일이었다.

"형이 원하는 대로 해. 하지만 나중에 영도자께서 뭐라고 문책하든 난 모르겠으니 알아서 해."

마이코는 이 말을 끝으로 뒤돌아 달려갔다. 한참 달려서 형에게 안 보이겠다 싶을 때쯤 왼쪽으로 꺾어서, 담쟁이덩굴로 뒤덮인 담장을 기어 올라가 여러 격자 창문을 훌쩍 뛰어넘어 허름한 지붕 꼭대기에 올라섰다. 거대한 하누만 동상은 굴뚝들 위로 삐죽이 솟아 있어 멀리서도 잘 보였다. 이제 지체할 시간이 없었다.

지금까지 이토록 허둥지둥대며 허겁지겁 뛰어본 적이 없었다. 빨랫줄을 타고 미끄러져 내려가 배수관에 매달려서 건물 사이를 뛰어넘었다.

중간쯤 왔을 때 아래를 내려다보자 터덜터덜 사원으로 향하는 리서스 난민 행렬이 눈에 들어왔다.

"달아나! 순찰대가 오고 있어!"

마이코가 아래를 향해 냅다 소리를 질렀다.

난민들은 마이코를 흘긋흘긋 쳐다보며 슬금슬금 그늘 속으로 숨어 들어갔다. 왜 저 말을 믿어야 하지? 밉살스러운 랑구르족이 아닌

가. 잠깐이나마 마이코는 거리로 뛰어내려 설득해볼까 싶었지만 시간 낭비 같았다.

마이코는 뜨겁게 달궈진 양철 지붕 위를 달리고 또 달렸다. 정신없이 나뭇가지들을 훌쩍훌쩍 뛰어다니다 보니, 어느새 하누만 동상의 머리 위에 다다랐다. 아래를 내려다 보니, 리서스원숭이들이 무리지어 다니면서 유유히 햇볕을 즐기고 있었다. 위험이 닥친 줄도 모르고 속편한 광경이었다.

"어서 달아나!"

마이코가 목이 터져라 소리를 질렀다.

아무도 꿈쩍하지 않았다. 워낙 시끌벅적한 일상에 익숙해서 웬만한 소리에는 신경도 쓰지 않는 것 같았다.

트위처…… 트위처 아저씨를 찾아야 해.

마이코는 서둘러 나무를 타고 내려왔다. 마침 트위처는 동상 기단부의 장식용 분수에서 물을 마시고 있었다.

"순찰대가 오고 있어요! 어서 대비하세요!"

트위처는 마이코의 눈에 서린 두려움을 알아채고 심각한 사태임을 단번에 이해했다.

"수는 몇인데?"

"두 분대예요. 아주 피를 보겠다며 몰려오고 있어요."

마이코가 정원을 둘러보았다. 풀밭에 있는 무리는 수가 많아 괜찮겠

원숭이 전쟁

지만 나무나 지붕 위에 흩어져 있는 원숭이들은 공격당하기 쉬웠다.

"모두 정원으로 모이라고 하세요! 어린아이들은 가운데로 몰고요! 파피나는 어디 있죠?"

마이코의 물음에 트위처가 얼굴을 찡그렸다.

"시장에 갔는데, 비스킷을 좀 훔치러."

바로 순찰대가 몰려오는 방향이었다.

마이코는 덜컥 겁이 났다. 당장 파피나에게 알려야 했지만 가까운 시장은 두 군데였다. 어느 시장에 파피나가 있을지 모르는 상황에서 랑구르 순찰대는 점점 가까워지고 있었다.

마이코는 얼른 하누만의 꼬리를 타고 올라가 주변의 나무숲으로 뛰어내렸다. 나뭇가지에서 나뭇가지로 뛰어서 지붕 위에 올라서서 좁다란 난간에 매달렸다. 그렇게 호커스 시장 거리를 내려다보았다. 눈을 가늘게 뜨고 샅샅이 훑어보았지만 파피나는 없었다.

이번에는 지붕을 훌쩍 뛰어넘어 아나칼리 시장 거리를 내려다보았다. 인간이 많았다. 저 인간들은 주변의 동물들이 얼마나 생사를 넘나드는 투쟁을 벌이며 살고 있는지 전혀 모를 터였다.

저기다!

마이코는 어느 판매대 천막 위에 앉은 파피나를 발견했다.

"파피나!"

마이코가 불렀지만 시장의 소음 때문에 못 듣는 것 같았다. 언뜻

거리 위쪽을 보자 피가 말랐다. 브레리와 순찰대원들이 골목에서 쏟아져 나와 그쪽으로 향하고 있었다.

"파피나!"

마이코가 다시 소리를 쳤지만 여전히 소용이 없었다. 이러다간 늦는다!

절박하게 지붕 위를 둘러보는데 거리를 가로지르는 전선들이 눈에 들어왔다. 얼른 달려가서 전선을 하나 세게 잡아당겼다. 몇 번 끌어당기자 구리선이 뜯겨져 나왔다. 이제 저 멀리 지붕까지 닿는 전선 밧줄을 얻어낸 셈이다.

위험을 따지고 말고 할 여유가 없었다. 무모하지만 이 방법밖에 없었다. 온 힘을 다해 전선을 꽉 쥐고 뛰어내렸다. 시장 바닥을 향해 추락하다가 갑자기 전선의 탄력으로 양팔이 휙 올라갔다. 어깨가 찢어질 듯 아팠지만 꾹 참고 미끄러지는 손가락을 필사적으로 움직여 전선을 다시 단단히 잡았다. 다행히 전선 밧줄은 거리 반대편으로 튕겨 올라갔다.

"파피나!"

마이코가 이름을 외치며 파피나를 향해 날아갔다.

파피나가 깜짝 놀라 위를 쳐다보자마자 마이코가 날아와서 파피나의 몸을 다리로 확 낚아챘다.

마이코와 파피나는 전선 끝에 매달려 아치를 그리면서 공중을 날다가 마이코가 전선을 놓자 가까운 발코니의 화분 더미에 처박혔다.

파피나가 놀라고 아파서 마이코를 확 밀쳐내며 벌떡 일어섰다.

"날 죽이려고 작정했어?!"

마이코가 얼른 손으로 파피나의 입을 틀어막았다. 그러고 나서 눈짓으로 바로 아래 거리를 가리켰다. 성난 랑구르 순찰대원들이 사원으로 향하는 시장 거리를 씩씩대며 걸어가고 있었다. 간발의 차이로 파피나의 목숨을 구한 셈이었다.

갑자기 뒤편 창문을 쾅쾅 두드리는 소리에 깜짝 놀란 마이코와 파피나가 움찔 물러났다. 통통한 아줌마가 유리창 뒤에 나타나더니, 찌푸린 얼굴로 손을 마구 휘저으며 소리를 질러댔다. 마이코는 파피나의 손을 끌어당겨 배수관을 타고 서둘러 올라갔다.

가까스로 굴뚝 옆에 다다르자 원숭이신 사원에서 거센 소리가 들려왔다. 트위처가 하누만 동상 주위로 모든 리서스족 원숭이들을 모아놓은 상태였다. 한가운데에는 여자와 아기들이 몸을 웅크리고 떨고 있었고 바깥쪽은 남자들이 빙 둘러서서 보호막 역할을 하고 있었다.

스톤볼과 브레리가 순찰대원들을 거느리고 정원 안으로 쳐들어오자 바깥쪽의 남자 리서스원숭이들이 주춤주춤 물러섰다. 그러자 안쪽의 리서스원숭이들이 서로 꽉 껴서 몸이 꺾이고 뒤틀려 난리가 났다.

"쓰레기 같은 놈들!"

브레리가 고함을 지르면서 연기가 나는 화로 단지를 집어 들고 머리 위로 빙빙 돌렸다. 그러면서 한 발을 내딛자, 리서스원숭이들이 겁을 먹고 더 뒤로 물러났다.

화로 단지가 없는 스톤볼의 대원들은 배수로 도랑에서 쓰레기를 주워 와서 리서스 무리에게 던졌다. 쓰레기가 역겹고 더러운 것일수록 랑구르 대원들은 더욱 신이 나서 끽끽거렸다.

브레리는 오늘 최소한 두개골 하나는 꼭 자기 손으로 박살내야겠다고 마음먹은 참이었다. 브레리가 화로 단지를 낮게 들고 돌리자, 리서스원숭이들도 몸을 낮춰 웅크릴 수밖에 없었다. 더 빠르게 돌려대자, 리서스원숭이들이 자갈길에 거의 기다시피 납작 엎드렸다.

마침내 브레리가 화로 단지로 리서스원숭이 한 마리의 두개골을 거세게 내리쳤다. 찢어질 듯한 소리와 함께 리서스 무리가 뒤로 확 물러섰고, 자갈길에는 정신을 잃은 리서스원숭이 한 마리만이 쓰러져 뻗어 있었다.

브레리는 더는 화로 단지를 돌리지 않고 두개골이 깨진 리서스원숭이에게로 걸어갔다. 정원 전체가 불안한 침묵에 휩싸였다. 브레리는 자갈길에 피를 흘리며 쓰러져 있는 리서스원숭이를 내려다보면서 잠시 뭘 해야 할지 혼란에 빠졌다.

원숭이들의 시선을 따갑게 느끼면서도 브레리는 더 확실한 뭔가를 보여줘야겠다 싶었다. 일단 조소를 날리며 태연히 화로 단지의 뚜

껑을 열고 단지를 기울였다. 그러자 아직도 불타고 있는 재들이 쓰러져 있는 리서스원숭이에게로 쏟아졌다.

쥐어짜듯 울부짖는 비명이 울려 퍼졌다. 메아리 치는 근처 건물에까지 처참한 고통이 고스란히 전해질 정도였다. 리서스원숭이가 고통으로 몸부림치며 비명을 지르다 결국 정신을 잃는 모습을 브레리는 그저 가만히 지켜보기만 했다.

스톤볼이 브레리 옆으로 다가와 땅에 널브러진 리서스원숭이를 내려다보았다.

"랑구르의 피에는 리서스의 피로."

스톤볼이 브레리의 등을 치며 담담한 어조로 말하자, 브레리가 고개를 끄덕였다.

"물론이지."

이 대화를 끝으로 스톤볼과 브레리는 대원들을 이끌고 사원을 빠져나갔다.

사원은 다시 안전한 피란처로 돌아왔지만 이번 습격으로 불문율이 깨져버렸다. 랑구르족이 암묵적인 경계선을 넘어버린 것이다.

파피나와 마이코는 하누만 동상 위에 앉아 말 없이 처참한 광경을 내려다보고 있었다. 과거에 이곳은 둘에게 특별한 공간이었지만 지금은 냉랭한 긴장만 감돌고 있었다.

"왜 한참 동안 뜸했던 거야?"

파피나가 따져물었다.

"좀 바빴어……. 랑구르 정치 상황이……."

마이코의 대답이 좀 어눌해서 시원치 않았다.

"그리고?"

파피나는 단번에 다른 이유가 있다는 것을 알아차렸다.

"짝을 맞아들여야 했어."

마이코가 숨을 들이마신 후 최대한 담담하게 내뱉었다.

침묵이 한층 더 무겁게 내려앉았다. 마이코가 손을 잡으려고 했지만 파피나가 움찔 뒤로 물러났다.

"내 말 좀……."

"됐어."

"어쩔 수가 없었어."

"됐어! 듣고 싶지 않아!"

파피나는 등을 돌리고 달아나려고 했지만 마이코가 팔을 붙잡았다.

"놔!"

파피나가 소리쳤다.

"내 말 좀 들어봐! 타이렐이 강제로 맺어준 거야."

파피나가 경멸하는 표정으로 얼굴을 획 돌렸다.

"거절할 수가 없었다고!"

"이름이 뭐야?"

"그게 왜 중요해?"

"말해!"

"파피나, 제발 이러지 말고…….'

"말하라고!"

"히스터, 이름은 히스터야."

파피나는 이름만으로도 히스터가 얼마나 젊고 아름다운지 알 것 같다는 표정을 지었다.

"됐어, 이제 그 여자한테 가봐."

파피나가 상처받은 얼굴로 작별을 고하고는 옆으로 쭉 뻗어 나온 나뭇가지로 훌쩍 뛰었다.

"내가 원한 게 아니라니까!"

마이코도 파피나를 뒤따라 갔다.

"나 좀 내버려둬! 이제 거짓말은 지긋지긋해!"

파피나는 또 다른 나뭇가지로 뛰어내려 다른 나무로 옮겨 갔지만 마이코는 포기하지 않았다. 반대쪽 나무로 돌아서 한 번, 두 번, 공중 으로 뛰어서 파피나를 앞질러 가로막았다.

"내 말 좀 들어봐."

하지만 파피나는 화난 표정으로 등을 홱 돌리며 꼬리로 마이코의 얼굴을 쳤다.

마이코가 파피나의 어깨를 잡고 돌려세우며 말을 이었다.

"파피나, 난 언제나 너뿐이야. 제발 좀 믿어줘. 네가 날 믿지 못하면 모든 게 다 부질없다고."

파피나는 무슨 말을 해야 할지 몰라서 그냥 주먹으로 마이코의 가슴을 쳤다. 하지만 파피나의 주먹은 금세 마이코의 손에 붙잡혔다. 마이코는 파피나의 분이 풀릴 때까지 주먹을 더 꽉 잡아주었다. 결국 파피나는 주먹질을 포기하고 털썩 주저앉고 말았다.

마이코가 파피나를 끌어당겨 안고 달래주었다. 그러다가 마침내 파피나도 팔을 두르며 마이코를 끌어안았다.

황혼녘, 높은 나뭇가지 위에서 조용히 연인들의 포옹이 이루어졌다. 이제 둘은 빈틈없이 딱 붙어 있었다.

마이코에게는 정말 완벽한 순간이었다. 동시에 모든 상황이 돌이킬 수 없이 복잡하게 얽히게 된 순간이기도 했다.

이제 마이코는 두 명의 여자에게 붙잡힌 셈이었다. 히스터는 마이코를 사랑해주는 좋은 아내로, 허울 좋은 랑구르 고위급 생활에 없어서는 안 될 중요한 존재였다. 파피나는 어린 시절부터 삶의 등불이라고 할 만큼 소중한 존재였다. 마이코는 이 두 세계를 어떻게 조화롭게 이을 수 있을지 확신이 없었다.

마이코는 생각을 집중하려고 애를 썼다.

제일 급박한 문제는 리서스 저항군이었다. 저항군의 존재가 두 종

원숭이 전쟁

족 사이에 쐐기처럼 박혀서 폭력을 가중시키고 있었다. 반드시 저항군의 정체를 알아내 막아내야 했다.

마이코는 파피나의 손을 잡고 사원 밖으로 나가 지하 공간에서 발견한 작은 쇳조각 무기들을 숨겨둔 지붕 위로 데리고 갔다.

"전에 이런 걸 본 적 있어?"

파피나는 반짝이는 쇳조각들을 손바닥에 올려놓고 자세히 살펴보았다.

"인간이 만든 거야?"

마이코가 고개를 저었다.

"저항군 거야. 잡을 수 있었는데, 막판에 놓쳤어. 하지만 이게……."

마이코가 작고 날카로운 쇳조각 무기를 가리켰다.

"제일 큰 단서야. 이런 걸 만들고 있는 원숭이는 본 적 있어?"

파피나가 고개를 저으며 쇳조각의 날 부분을 손가락으로 훑어 내렸다.

"꽤 만들기 어려웠을 것 같아."

"손에 베인 상처가 많은 원숭이는 본 적 있어?"

파피나가 곰곰이 생각해 보더니, 다시 고개를 저었다.

"트위처 아저씨는 어때?"

마이코는 속으로 해오던 의심을 말로 드러내고 말았다.

"잘 모르겠어."

"트위처 아저씨는 분명 숨기는 게 있어. 이제부터 눈을 떼지 말고 한 번 잘 살펴봐줘. 이런 걸 만들려면 쓰레기장에서 쇳조각을 찾아야 하니까. 트위처 아저씨가 어디를 가고, 누구를 만나는지 잘 봐줘. 아저씨가 눈치 채지 못하도록 조심하고."

"아내가 기다리는 집으로 돌아갈 거야?"

파피나가 나지막이 물었다.

"그래야지. 하지만 항상 이런 식은 아닐 거야. 약속해."

마이코는 모든 일이 잘 풀릴 것처럼 자신만만하게 말했지만, 파피나는 바보가 아니었다. 앞으로 어떻게 될지는 마이코 자신조차 장담할 수 없었다.

원숭이 전쟁

30장
바바리족 원숭이

마이코는 곧장 집으로 향하지 않았다. 짚이는 점이 있어서 확인해 보고 싶었기 때문이다. 분명히 지금쯤 저항군은 철도역 은신처에 숨겨둔 무기를 회수하고 싶어서 안달이 나 있을 터였다. 이미 랑구르 순찰대들이 왔다가 갔으니 한동안은 은신처 공간이 안전할 거라 생각할지도 몰랐다. 저항군을 발견하려면 지금 당장 지하 공간으로 가보는 것이 최선이었다.

지금이 리서스 저항군의 정체를 알아낼 수 있는 최고의 기회인 셈이었다.

마이코는 어스름한 저녁에 저녁거리를 사러 몰려나온 인간들 사이로 발걸음을 재촉했다. 철도역에 도착했지만, 지하 공간의 출입구로는 들어가지 않기로 했다. 저 안에 이미 저항군이 모여 있을지도 모르는데, 그냥 들어갔다가 정면으로 마주치기는 싫었다. 아직은 때가 아니었다.

결국 마이코는 철도역 지붕 위로 올라가서 굴뚝을 통해 안으로 내려가는 길을 택했다. 고개를 길쭉이 빼고 어두운 굴뚝 속으로 귀를 쫑긋 세웠다. 도시의 소음을 거르고 나니, 나지막이 걸걸하게 웅얼거리는 원숭이들의 말소리가 들려왔다.

바로 아래에 저항군이 있었다.

살며시 굴뚝 속으로 몸을 집어넣고 조금씩 밑으로 내려갔다. 하지만 은밀히 침투하기가 여간 힘든 게 아니었다. 굴뚝 안쪽 벽에 그을음이 잔뜩 껴 있어 자칫 실수했다가는 찐득한 찌꺼기가 아래로 툭 떨어질 수도 있었다. 마이코는 아주 천천히 내려갔다. 안쪽으로 들어갈수록 저항군의 목소리가 점점 더 크게 들려왔다.

바닥이 가까워지자 마이코는 팔과 다리를 벽에 딱 붙이고서 조심스럽게 하나씩 바닥에 내려놓았다. 쇳조각이 서로 부딪치고 이리저리 굴러다니는 소리가 들려왔다. 아마도 양철 조각을 돌로 쳐서 살상 무기를 더 만들고 있는 모양이었다.

이따금씩 사악한 웃음소리가 크게 터져 나왔지만 웃음소리에 묻혀서 간간이 들려오는 단어들은 더 소름끼쳤다. 마이코의 귀에 '보상'이나 '사체 수를 늘리는 계획'이라든가 '공포정치'라는 말들이 속속 내리꽂혔다.

전혀 예상하지 못했던 대화 내용이었다. 어느 하나 저항군의 입에서 나올 법한 말들이 아니었다. 승산 없는 전투에 용감하게 몸을 던지는 영웅들의 동지애는 어디로 갔으며, 자유에 대한 열망은 또 어디

원숭이 전쟁

에 있단 말인가. 오직 들리는 말이라고는 거칠고 차가운 폭력배나 할 법한 말들뿐이었다.

"세 개가 모자라는데?"

걸걸한 목소리가 투덜거렸다.

"다시 확인해봐."

또 다른 거친 목소리가 쏘아붙였다.

이제야 무기가 사라진 것을 발견한 모양이다.

부스럭거리는 소리가 심해지자 마이코는 저들 중 하나가 무기를 숨겨두는 이 굴뚝 안을 확인하러 올 것 같아 덜컥 겁이 났다.

아니나 다를까, 마이코의 발 바로 밑으로 원숭이의 팔이 불쑥 들어왔다. 마이코는 숨을 죽이고 몸을 벽에 딱 붙였다. 소리가 약간만 새어나가도 끝장이었다.

아래를 내려다 보니, 원숭이 하나가 팔을 쭉 뻗어서 어둠 속을 더듬거리며 무기를 찾고 있었다.

"없어."

원숭이가 불평조로 투덜거렸다. 그런데 그 순간, 뒤로 돌아서는 원숭이의 얼굴에 마침 빛 한줄기가 비췄다. 그리고 마이코는 충격에 빠졌다. 리서스원숭이가 아니었다!

툭 튀어나온 눈썹 뼈 때문에 험상궂은 인상하며, 거무튀튀한 누런 털이나 섬뜩한 짜리몽땅한 꼬리⋯⋯. 바바리원숭이였다.

갑자기 구역질이 났다. 예로부터 바바리족은 암흑 전설의 주인공이었다. 세상에서 가장 포악한 종족이라 '무뢰배'라는 별명까지 붙어 있었다. 바바리족은 떼로 몰려다니면서 도둑질을 업으로 삼아 남들을 재미로 괴롭히며 살았다.

바바리족은 눈앞에 조금이라도 걸리적거리면 우르르 몰려가서 인정사정없이 단체로 발로 짓밟아버렸다. 마이코가 듣기로 바바리족은 원래 머나먼 땅에서 살았는데, 거기에서는 인간들한테까지 해코지를 하며 휘젓고 다녔다고 했다.

저들은 미친 패거리다.

말이 통하지 않는 무뢰배들이다.

그런데 그들이 지금 여기에 있었다.

걱정이 점점 불안으로 번졌다.

파피나는 저녁 내내 엄마를 찾았지만, 랑구르 순찰대원들의 광란이 휩쓸고 지나간 뒤 아무도 윌로우를 보지 못했다고 했다. 엄마는 말없이 어디로 갈 성격이 아니었다. 파피나는 자꾸만 불길한 예감이 들었다.

파피나가 아직 찾아보지 않은 장소가 한 군데 있었지만, 그곳은 사원에서 멀리 떨어져 있어서 트위처에게 같이 가자고 부탁했다.

"여기에 윌로우가 자주 오니?"

녹슨 비상계단 사다리로 오르며 트위처가 물었다.

"매일이요. 엄마한테는 특별한 장소거든요."

"지금껏 비밀로 하고 있었던 거구나."

"우르르 몰려드는 걸 원하지 않으셨거든요."

파피나가 트위처에게 소문을 퍼뜨리지 말라는 듯한 눈빛을 보내며 대답했다.

트위처가 고개를 절레절레 흔들었다.

"그저 이런 비밀 때문에 윌로우가 곤란해지는 일은 없었으면 좋겠다 생각했을 뿐이야."

"물속에 몸을 담그고 흘러가는 구름을 느긋하게 보는 게 유일한 낙이라고 말씀하셨죠. 공동묘지에서 쫓겨 왔을 때도 그걸 가장 안타까워하셨어요."

파피나와 트위처는 사다리를 타고 올라가서 난간을 뛰어넘었다. 옥상을 가로질러, 뒤죽박죽 놓인 배수관과 환풍기 사이를 조심조심 헤치고 나아가자 커다란 함석 물탱크가 나타났다.

파피나는 겁이 덜컥 났다.

불길한 징후들이 도처에 널려 있었다. 격렬한 저항을 한 듯 옥상 위에 물이 잔뜩 튀어 있었고, 냉방 장치 귀퉁이에는 털이 한 움큼 뜯겨 남아 있었다. 제일 불길한 징후는 물탱크 옆으로 길게 나 있는 핏자국이었다.

다리에 힘이 풀려 손을 뻗자 트위처가 얼른 잡아주었다.

"윌로우는 강한 원숭이야. 계속 찾아보자꾸나."

트위처의 말에 파피나도 고개를 끄덕였다.

온갖 불길한 증거들이 비명을 질러대도 믿고 싶지 않았다. 모든 상황이 그저 어제만 같다면 얼마나 좋을까. 그러나 마음속 깊이 파피나는 최악의 상황을 예감했다.

히스터는 밤늦게까지 남편을 기다리며 걱정에 사로잡혔다. 마이코가 비밀스러운 일을 한다는 사실을 알고 있었다. 집에 오는 시간도 일정치 않았다. 하지만 이번에는 마이코가 어디 있는지 아무도 모르는 것 같았다. 브레리 말로는 공동묘지로 되돌아갔다는데, 그때는 오후였고 지금은 하늘에 달이 높게 떠 있었다.

히스터는 조바심을 내며 문가에서 하염없이 남편을 기다렸다. 그러다 익숙한 형체가 어슴푸레 보이자 얼른 달려가서 남편을 꽉 붙들었다.

"무슨 일이라도 생긴 줄 알았잖아요!"

"난 괜찮소. 그냥 일이 있었어요."

마이코는 내심 정략결혼의 배우자라는 사실 때문에 히스터와는 어느 정도 거리를 두어왔다. 하지만 히스터가 정말 순수하게 걱정하는 눈빛으로 바라보자 설명을 덧붙일 수밖에 없었다.

"리서스 저항군이 생각보다 더 골칫거리여서."

"얼마나 걱정했는데요. 끔찍한 일이라도 벌어진 줄 알았어요."

히스터가 사랑스럽게 마이코의 어깨에 머리를 기대며 마이코를 집으로 이끌었다.

항상 그렇듯 마이코는 히스터의 따스한 머리가 닿자마자 마음에 가책을 느꼈다. 오늘밤은 히스터를 꼭 지켜줘야겠다는 생각도 불쑥 들었다.

이미 도시 속에 침투해 있는 바바리족은 흉포했다. 히스터처럼 연약한 여자는 한주먹거리도 안 될 터였다. 바바리족이 작정하고 맹공격에 나서면 또 어떤 지옥문이 열리겠는가. 생각만 해도 오싹했다. 지금은 도시의 모두가 심각한 위험에 빠진 상황이었다. 어떻게든 바바리족을 막아야 했다. 하지만 누구에게 도움을 청할 수 있을까?

처음에 마이코는 영도자 타이렐에게 달려가 모든 상황을 다 알려야겠다고 생각했다. 바바리족이 도시를 정복하러 왔다면 당연히 랑구르족과 리서스족은 서로에 대한 적개심을 잠시 내려놓고 힘을 합쳐 싸워야 했다.

하지만 문제는 복잡했다. 타이렐은 리서스족을 증오했고 이제까지 저항군이 저지른 끔찍한 악행을 낱낱이 랑구르족 모두에게 알려왔다. 저항군에 굴하지 않고 맞서는 모습을 계속 보여 온 것이 타이렐의 또 하나의 인기 비결이기도 했다. 지금의 타이렐은 그저 영도자가 아니라 '종족의 수호자'였다. 하지만 이 모든 악행의 배후가 리서스족이 아닌 바바리족이었다는 사실이 알려지면 타이렐의 인기는 타격을 받을 것이다. 랑구르족 모두 타이렐의 판단에 치명적인 오류가 있었다는 사실을 알게 되는 것이다. 덤으로 타이렐이 리서스족에게 퍼부어댄 온갖 분노와 증오의 말은 모두 헛말이 되고 말 것이다.

권위를 잃은 지도자는 오래가지 못한다. 그리고 그런 위기에 놓인 타이렐이 또 어떤 잔인한 짓을 저지를지 누가 알겠는가.

분명 타이렐은 바바리족에 대한 진실을 묵살할 것이다. 그리고 반발하는 자는 모조리 처단할 것이다.

마이코가 타이렐에게 보고하면 목숨을 내놓는 꼴이 된다.

이러지도 저러지도 못하고 히스터의 품에 안겨 고민에 빠져 있는데, 갑자기 문을 두드리는 소리가 들려왔다.

31장
생포

전령으로 온 생도는 세세한 내용은 잘 알지 못했다. 다만 저항군이 랑구르족의 주거지를 직접 공격했다고만 전했다.

순간 마이코는 바바리족이 철도역에서부터 자신을 따라온 줄 알고 가슴이 철렁했다.

"저항군이 아직도 여기 있나?"

"여기가 아니라, 동부지구가 습격당했습니다. 지금 포고 장군님께서 수습하고 계십니다."

마이코는 순찰대의 경호를 받으며 차가운 새벽공기를 가르며 부랴부랴 동부지구로 갔다. 도착해 보니, 저항군의 습격은 확실해 보였다. 높은 담장을 넘기 위해 사용한 덩굴들이 아무렇게나 커다란 나무에 걸려 있었다.

"식품 저장고가 목적이었어."

포고 장군이 마이코를 맞이하며 나지막한 석조 건물을 가리켰다. 식품 저장고는 나이가 들어 스스로 음식을 구할 수 없는 랑구르원숭이들을 위해 식량을 모아둔 곳이었다.

마이코는 무언가 이치에 맞지 않다는 생각이 들었다.

"왜 담장까지 넘어야 하는 위험을 감수했을까요? 도시 곳곳에 더 쉽게 음식을 찾을 수 있는 곳이 많은데 말이에요."

포고는 지친 눈빛으로 대꾸했다.

"어떤 식으로든 우리를 괴롭히고 싶었겠지. 리서스족 문제가 해결되지 않는 한 평화란 결코 없을걸세."

마이코는 고개를 끄덕였지만 혼자만 알고 있는 비밀 때문에 가슴이 무거워졌다. 포고 장군에게라도 바바리족에 대해 털어놓을까 곰곰이 생각해 보았다. 그러면 적어도 타이렐의 분노를 혼자서 감당해야 할 일은 없을 테니까.

갑자기 포고 장군이 덤불숲 쪽을 가리켰다.

"저기 한 마리가 남아 있네."

마이코가 홱 고개를 돌리며 물었다.

"저항군 중 하나를 잡았다는 말씀입니까?"

"뭐, 그렇게 볼 수 있지."

포고는 담장 아래 그늘진 곳으로 걸어갔다.

마이코는 두근거리는 가슴을 안고 뒤따라갔다. 만약 포고 장군이 바바리족의 사체를 발견했다면 타이렐이 원하든 아니든 저항군의 진실이 만천하에 드러나는 셈이다. 암담했던 상황이 완전히 뒤바뀔 수도 있었다.

"저기일세."

포고 장군이 덤불숲 속에 널브러진 원숭이 사체를 가리켰다.

한눈에 바바리족이 아니라는 것을 알수 있었다. 엎어져 있어 얼굴
은 안 보였지만 기다란 꼬리가 눈에 띄었다. 가까이 다가가자 실망감
은 두려움으로 변했다. 암컷 리서스원숭이의 사체였고, 털에 난 얼룩
덜룩한 반점들은 왠지 눈에 익었다.

마이코는 입이 바짝바짝 말랐다. 필사적으로 감정을 억누르며 사
체에 손을 뻗었다. 사체는 차가웠다. 마이코는 숨을 한 번 들이마신
뒤 사체를 굴려 뒤집었다.

갑자기 욕지기가 올라왔다. 하마터면 고통에 찬 오열을 내지를 뻔
했다. 하지만 그럴 수 없었고 그래서도 안 되었다. 포고 장군이 지켜
보고 있었다. 마이코는 랑구르족의 대령답게 적군의 사체에 대해서
는 냉혹하고 경멸에 찬 눈빛으로 반응해야 했다.

하지만 이 사체는 적군이 아니었다.

덤불숲에 널브러져 차갑게 식어 있는 사체는 파피나의 엄마인 윌
로우였다.

파피나는 뒤로 비틀거리며 털썩 주저앉았다. 무시무시한 소식에
도저히 몸을 가눌 수가 없었다.

어떤 말로도 위로할 수가 없어서 마이코는 그저 서 있을 수밖에 없었다. 잠시 뒤 파피나는 양손에 얼굴을 묻고 목 놓아 울기 시작했다. 멀리 수풀 사이로 울음소리가 퍼져나갔다.

피그와 로우나가 정원을 가로질러 달려와 파피나를 감싸 안았다.

로우나는 모든 것이 마이코의 탓이라도 되는 양 비난하는 눈초리로 쏘아보았다. 반면 피그는 언제나 상냥한 눈빛으로 나지막이 감사 인사를 잊지 않았다.

"용감하게 진실을 알려줘서 고마워요."

그러고는 둘이서 조용히 파피나를 데리고 갔다.

마이코는 파피나에게 지켜주겠다고 약속했던 기억이 떠올라 무거운 마음으로 뒷모습을 지켜보았다. 지금이라도 약속을 지키려면 윌로우의 죽음을 헛되이 해서는 안 되었다.

마이코는 정원을 가로질러 리서스족 원로들이 있는 곳으로 급히 달려갔다. 저항군의 진짜 정체를 알아냈기 때문에 이제는 트위처를 믿을 수 있었다. 동시에 아주 든든한 동지가 생긴 셈이었다.

"어떻게 돌아가는 상황인지 알았어요."

마이코가 돌기둥 사이로 뛰어내리며 말을 걸자, 트위처가 성난 눈빛으로 마이코를 쳐다보았다.

"내가 왜 랑구르원숭이가 하는 말을 믿어야 하지?"

"우리가 항상 의견이 일치하는 건 아니었죠. 하지만 사소한 감정다툼은 좀 미뤄두자고요."

"꿈 깨시지!"

"바바리족이 이 도시에 숨어들었어요."

"바바리족이라고?"

트위처가 마이코의 말에 깜짝 놀라 되물었다. 제발 잘못 들었기를 바랐다.

"저항군의 정체는 바바리족이었어요. 습격을 할 때마다 리서스족이 벌인 일처럼 꾸며놓은 거죠. 파파나의 엄마를 죽인 일당도 바바리족이라고 생각해요. 랑구르족의 증오를 더 키우려고 윌로우 아줌마의 사체를 보란 듯이 두고 간 거예요."

"아니, 믿을 수 없어……."

"제 눈으로 보고 제 귀로 들었어요."

"바바리족을 보고도 이렇게 멀쩡히 살아 있다고?"

"지금 제가 모르는 건 이것뿐이에요. 도대체 왜 바바리족이 이런 짓을 하고 있는지. 그리고 왜 원숭이 세계에 전면전을 일으키려 드는지, 그것뿐이에요."

트위처가 고개를 절레절레 흔들었다.

"믿을 수 없는 얘기야."

"믿지 않으셔도 돼요. 그냥 도와만 주세요. 가장 용맹한 리서스원숭이들이 좀 필요해요."

"왜? 뭘 하려고?"

"바바리원숭이 한 놈을 생포하려고요."

트위처가 모아온 리서스원숭이들은 군사 훈련은 받지 않았지만 힘이 세고 용감했다. 으슥한 뒷골목을 두려워하지도 않고 누비는 모습을 보니 마음이 든든했다. 모두 위기에 봉착한 리서스족을 위해 뭐든 해보겠다는 의욕이 넘쳐흐르는 원숭이들이었다.

마이코는 트위처 무리를 지하 공간의 맞은편 거리에 있는 어느 건물 현관 지붕 위로 데리고 갔다. 바바리족이 계속 떼를 지어 다녔다면 가망성이 전혀 없었겠지만 가끔씩은 주의를 끌지 않기 위해 하나나 둘씩 움직일 것이라는 직감이 들었다.

마이코와 트위처 무리는 조용히 달이 높이 떠오르는 것을 지켜보며 기다리고 또 기다렸다. 그리고 드디어, 트위처가 바바리원숭이 하나를 발견했다. 마침 으슥한 곳을 찾아 거리를 건너 그들 쪽으로 다가오고 있었다. 이 바바리원숭이는 비밀 작전에 익숙한 것 같았다. 본능적으로 사각지대의 길을 골라서 걷고 있었다. 공교롭게도 그렇게 고른 길이 현관 지붕 아래쪽으로 향하는 길이었을 뿐.

"신호에 맞춰 일제히 뛰어내려 잡는 겁니다."

마이코가 트위처에게 속삭이자, 나머지 무리에게도 차례로 귓속말이 전해졌다.

바바리원숭이가 점점 더 가까워졌다. 그러다가 마이코가 꼬리를 흔들자 다들 한꺼번에 뛰어내려 바바리원숭이의 팔과 다리를 하나씩 잡고 비틀었다.

바바리원숭이가 몸을 흔들면서 공격자들을 떼어내려고 안간힘을 썼다. 마이코와 트위처 무리는 죽을 힘을 다해 붙잡고 늘어졌다. 힘이 엄청나서 손아귀가 아팠지만 놓을 수는 없었다. 이 바바리원숭이를 제압하지 못하면 죽음뿐이었다.

바바리원숭이가 갑자기 앞으로 몸을 굽혀서 리서스원숭이 두 마리를 내동댕이쳤다.

"다리를 붙잡아!"

마이코가 소리치자 두 원숭이들이 바바리의 무릎을 붙잡아 당겼다. 땅에 쓰러뜨리려는 작전이었지만 바바리원숭이의 팔다리는 강철 같았다.

트위처는 바바리원숭이의 눈을 향해 필사적으로 달려들었지만 도리어 박치기를 당해서 담장으로 날아가 부딪쳐 코피가 쏟아졌다.

바바리원숭이는 숨을 들이마신 뒤 입술을 맞부딪쳤다. 소리를 질러 도움을 청하려는 듯했다. 마이코는 바바리원숭 입술을 붙잡고 죽어라 잡아당겼다. 바바리원숭이는 고개를 숙일 수밖에 없었다. 안 그러면 입술이 떨어져나갈 판이니까.

마이코는 바바리원숭이의 코를 팔로 감싸서 온 힘을 다해 조였다.

성난 콧김이 어마어마했지만 이제 소리를 치기는 불가능해졌다.

"덩굴! 덩굴을 가져와!"

마이코가 급히 외쳤다.

트위처가 정신을 차리려고 고개를 흔들자 담장에 코피가 흩뿌려졌다.

"저기 위에 있잖아!"

마이코가 다급히 현관 지붕 위를 가리키자 드디어 알아 들은 모양이었다. 트위처는 얼른 현관 지붕 위로 기어 올라가서 덩굴을 뜯어던졌다. 마이코와 무리는 즉시 덩굴을 밧줄삼아 바바리원숭이를 칭칭 감았다. 하지만 바바리원숭이가 힘을 한 번 쓰자, 덩굴이 끊어져버렸다.

믿을 수 없는 괴력이었다.

"코코넛을 던져! 빨리!"

이제 최후의 수단이었다.

개중에 제일 용맹한 리서스원숭이가 미리 숨겨둔 커다란 코코넛을 머리 위로 높이 들어올렸다. 하지만 바바리원숭이가 무서운 눈으로 노려보자 그만 그 자리에서 얼어붙고 말았다.

"빨리! 아니면 우리가 죽어!"

마이코가 비명을 지르듯 소리쳤다.

리서스원숭이가 눈을 질끈 감고 코코넛으로 바바리원숭이의 두개골을 힘껏 내리찍었다.

바바리원숭이가 고통에 몸부림을 치면서 더욱더 씩씩대기 시작했다.

"한 번 더!"

마이코가 냅다 소리를 질렀다.

리서스원숭이가 벌벌 떨면서 팔을 높이 올렸다가 다시 내리쳤다. 이번에는 온 거리가 울릴 정도로 코코넛 깨지는 소리가 났다.

마침내 바바리원숭이의 몸부림이 멎었다. 눈알이 빙글빙글 돌더니 커다란 한숨과 함께 정신을 잃고 바닥에 처박혔다.

잠시 동안 마이코와 리서스원숭이들은 숨도 제대로 못 쉬고 멍하니 서 있었다.

"뭐, 코코넛을 깨는 아주 좋은 방법을 하나 발견했군."

트위처가 바닥에 뚝뚝 떨어지는 끈적끈적한 액체를 가리키며 농담을 했다. 그 덕에 다들 정신이 퍼뜩 돌아왔다.

그들은 서둘러서 바바리원숭이를 덩굴자락으로 꽁꽁 묶었다. 그리고 어두컴컴한 뒷골목으로 질질 끌고 갔다.

32장
추악한 진실

바바리원숭이는 머리가 깨질 듯한 두통에 눈을 떴다. 사방이 칠흑처럼 캄캄했다.

일어서려 했지만 소용이 없었다. 알고 보니, 기둥에 묶인 신세였다.

모든 상황이 혼란스러웠다.

여기에 어떻게 온 거지?

바바리원숭이는 뒤죽박죽인 기억을 억지로 맞춰보았다. 거리를 걷고 있는데…… 고함이 들렸고…… 싸움을 벌였었지……. 그래, 떼로 나를 습격했어……. 그러다가 갑자기 정신을 잃었고.

기억이 거기서 끊겼다.

바바리원숭이는 눈을 껌뻑거리며 어둠에 눈이 적응하도록 애를 썼다.

코로 숨을 들이마시자 이상한 냄새가 났다. 썩은 물에 더러운 하수구 냄새, 찌든 연기 냄새…… 그리고 랑구르원숭이 냄새?

갑자기 기억이 떠올랐다. 자신을 습격한 랑구르원숭이와 똑같은 냄새였다.

"바바리원숭이들이 이 도시에서 뭘 하고 있는 거지?"

마이코의 목소리가 휑한 건물 안에 울려 퍼졌다. 이곳은 랑구르원
숭이들이 시가전을 연습하던 건물이었다.

마이코가 으슥한 곳에 있다가 쇠막대기를 들고 나타나서 큰 소리
로 겁박했다.

"어서 대답해!"

바바리원숭이가 마이코를 위아래로 훑어보더니 조롱하듯 콧방귀
를 꼈다.

"넌 아주 큰 실수를 하고 있어."

마이코는 울컥 화가 치밀었다. 바바리원숭이는 보란 듯이 대놓고
마이코를 비웃고 있었다. 마이코를 무서워하지도 두려워하지도 않
았다.

"날 풀어주고 달아나도록. 그러면 지금까지 일은 없던 일로 해주지."

바바리원숭이의 조소에 마이코는 분노를 참지 못했다. 쇠막대기를
들고 힘껏 바바리원숭이의 몸뚱이를 내리쳤다.

"날 우습게 보는 모양인데, 난 랑구르 군의 대령이다! 어서 대답해!"

마이코가 씩씩거리며 쇠막대기를 한 번 더 내리쳤다.

전투에 잔뼈가 굵은 바바리원숭이는 그저 신음만 한 번 내질렀을
뿐이었다. 고통스러운 신문이 길게 이어지는 동안, 바바리원숭이는

몸을 흔들면서 끈질기게 참아냈다.

"어디 더 해보시지."

바바리원숭이가 웅얼거리자, 마이코는 화가 부글부글 끓었다. 하지만 참아야 했다. 정보, 정보가 필요했다. 바바리원숭이가 정신을 잃거나 죽어버리면 곤란했다.

"바바리족이 우리의 도시에서 뭘 하고 있는 거지?"

"너네 도시라고?"

바바리원숭이가 코웃음을 쳤다.

마이코는 얼굴을 확 들이밀면서 또다시 윽박질렀다.

"정복하려는 건가?"

침묵이 흘렀다.

"대답을 해!"

바바리원숭이는 입을 닫은 채 버텼다.

마이코가 쇠막대기로 바바리원숭이의 발등을 찍었다.

"말하라고!"

바바리원숭이가 고통을 참아내며 신음을 흘렸다.

"침략을 하려는 거냐고?"

마이코가 발등뼈가 부스러지도록 더 세게 짓눌렀다.

"다시 한 번 잘 생각해 봐. 이 도시는 그렇게 호락호락하지 않으니까."

갑자기 바바리원숭이가 온 힘을 다해 괴성을 내질렀다. 마이코는

원숭이 전쟁

깜짝 놀라 뒤로 움찔 물러났다. 바바리원숭이가 낄낄거렸다. 마이코가 너무 쉽게 겁을 먹어서 신이 난 모양이다.

창피를 당하자 마이코는 얼굴이 달아올랐다. 자신의 계획이 어긋난 것도 따지고 보면 모두 바바리족 때문이었다. 마이코는 쇠막대기로 바바리원숭이의 가슴팍을 숨도 못 쉴 정도로 마구 내리치기 시작했다.

"왜 원숭이 종족 사이를 이간질해서 싸움을 붙이는 거야?"

마이코가 쇠막대기를 다시 휘둘러 바바리원숭이의 손등을 내리쳤다.

"왜 네놈들이 한 짓을 리서스족한테 뒤집어씌운 거야?"

마이코는 또다시 바바리원숭이의 발등을 강하게 찍었다.

"말해! 안 그러면 살아서 나가지 못할 줄 알아."

마이코는 사신이라도 빙의한 것처럼 냉혹한 말을 내뱉었다.

처음으로 바바리원숭이의 얼굴에 의아스러운 표정이 살짝 스치고 지나갔다.

"한 번만 더 말하지. 당장 풀어. 그러면 목숨만은 살려줄 수도 있어. 장담할 순 없지만."

마이코는 더는 참아줄 수가 없었다. 쇠막대기를 높이 쳐들고 모든 분노를 담아 내리치기 시작했다. 도저히 멈출 수가 없었다. 이 바바리원숭이의 목숨은 마이코의 손에 달려 있었다. 단 한 번이면 영원히 끝장낼 수 있었다. 마이코는 바바리원숭이의 두개골을 향해 쇠막대기를 내리꽂으려고 숨을 크게 들이마셨다.

바로 그때, 갑자기 바깥에서 소리가 들려왔다. 마이코가 획 돌아보자 원숭이 한 마리가 문가에 서 있었다.

"아주 잘 했어요."

건조한 목소리였다. 마이코는 실눈을 떴지만 누구인지 알아볼 수가 없었다.

"문제의 핵심에까지 이르렀군요."

원숭이가 발걸음을 내딛자 비로소 얼굴이 보였다. 영도자 타이렐이었다.

"정말 강력한 무기죠, 안 그래요?"

타이렐이 손바닥을 펴보이자, 마이코가 지하 공간에서 발견했던 무기와 똑같은 자그마한 쇳조각이 놓여 있었다.

타이렐이 훌쩍 뛰어 들어오더니 바바리원숭이의 목에 칼날을 확 들이밀었다.

"무시무시하게 강력하죠."

마이코는 곧 바바리원숭이의 피가 팍 솟구쳐 오를 거라 생각했다. 하지만 이상하게도 타이렐은 바바리원숭이의 뒤로 팔을 뻗더니 기둥에 묶여 있는 덩굴을 잘라냈다.

마이코가 당황해서 소리를 질렀다.

"저건 적입니다! 저항군의 정체가 바바리족이었단 말입니다!"

타이렐이 미소를 지었다.

"알고 있어요."

마이코가 놀라서 멍하니 쳐다보자, 바바리원숭이가 몸을 펴고 멍든 몸을 쓰윽 비비더니 타이렐에게 정중하게 인사를 했다.

"어떻게, 조용히 처리할까요?"

바바리원숭이가 마이코를 곁눈질로 흘긋 쳐다보고는 타이렐에게 물었다. 그러자 타이렐이 웃음을 터뜨렸다.

"처리한다고요? 아니, 안 돼죠. 가장 우수한 부하랍니다!"

바바리원숭이가 실망스러운 표정으로 신음소리를 냈다.

"그러나 그 충성심은 알아두죠. 오늘밤 대단히 잘 참아냈어요. 아주 두둑이 포상하죠."

타이렐이 바바리원숭이를 애완견 다루듯 토닥이며 칭찬했다.

포상 약속에 기분이 좋아진 바바리원숭이가 건물 밖으로 유유히 걸어 나갔다.

"저놈을 알고 계셨어요?"

마이코가 충격받은 표정으로 타이렐을 쳐다보며 물었다.

"내 소유지요. 그들 무리 전부가 내 수하랍니다."

타이렐이 씨익 미소를 지었다.

쇠막대기가 마이코의 손에서 스르르 미끄러져 내렸다. 바닥을 치는 쇳소리가 크게 울려 퍼졌다. 갑자기 모든 것이 비현실적으로 느껴졌다. 발밑의 땅이 모두 녹아내리는 것만 같았다.

"우리가 같은 편이 아니었다면 꽤나 큰일이었겠어요. 랑구르 군의 가장 깊은 비밀까지 파헤친 셈이니까요."

타이렐이 슬쩍 웃으며 말했다.

마이코는 두렵고 혼란스러운 마음으로 타이렐을 빤히 쳐다보았다.

"전부 다 말해주십시오. 진실을요."

"진실이란 때때로 추악한 법이지요."

"어서 말해요!"

타이렐은 이 정도쯤은 참아줄 수 있었다. 마이코가 받은 충격은 짐작이 가고도 남았기 때문이다.

"알다시피, 여러 계절 전에, 리서스족이 인간 지도자를 살해한 일이 있었지요. 그래서 인간들이 우리에게 질서를 회복하는 일을 맡긴 것이고요."

타이렐이 수심에 잠긴 표정으로 고개를 끄덕이며 말을 이었다.

"그런데, 꼭 그렇지만은 않았어요. 사실 살인 사건은 없었답니다."

마이코가 못 믿겠다는 표정으로 타이렐을 쳐다보았다.

"아, 물론 리서스족은 거친 야만족이죠. 하지만 인간을 죽이지는 않았어요. 그 인간 지도자가 발을 헛디뎌 발코니에서 떨어진 것뿐이에요. 너무 당황했던 거죠. 단순한 사고였어요. 그러나 인간들은 그렇게 보지 않았죠. 인간들은 사악한 범죄라고 단정 지었고, 두려움에

원숭이 전쟁

빠졌어요.

그래서 영도자 고스포더가 우리를 이끌고 전투에 나섰고 우리가 리서스족을 벌했던 겁니다. 그런데, 행복하고 평화로운 시대에 오직 나만이 우리 승리의 취약한 토대를 보고 만 거죠. 오직 나만이 우리 랑구르족은 리서스족이 위험한 적으로 존재할 때만 필요성이 있다는 사실을 알아 챈 거예요. 안전하다고 느끼면 인간들은 우리를 다시 내쫓을 거란 말입니다. 그래서 나는 이 기회를 놓치지 않으려 한 겁니다. 그래서 은밀하게……."

타이렐은 적절한 단어를 찾기 위해 말을 잠깐 멈추었다.

"새로운 사건을 만들어낸 거죠. 리서스족이 도시의 인간들에게 전쟁을 일으키려는 것처럼 보이도록 말이에요. 그러면 또다시 인간들이 우리에게 그 문제를 해결하라고 맡기는 거예요. 그런 식으로 계속 이어졌어요. 우리가 리서스족을 격파할 때마다 인간들은 우리에게 더 많은 음식과 더 좋은 땅을 갖다 바쳤죠."

타이렐이 활짝 웃음을 지었다.

"그런데 여기에서 제일 재미있는 부분이 뭔지 알아요? 고스포더가 모든 업적을 세운 양 거들먹거렸죠. 하지만 모든 상황을 뒤에서 조종하던 존재가 바로 나라는 사실은 아무도 몰랐다는 거예요."

타이렐이 마이코의 얼굴을 양손으로 어루만지듯 잡고는 진지하게 바라보았다.

"진실을 알게 된 두 번째 원숭이가 바로 마이코 대령입니다."

"그…… 그럼, 우리 랑구르족의 역사는 모조리 거짓이라는 말입니까?"

타이렐이 고개를 치켜든 채 할 말을 골랐다.

"우리 역사는 탁월한 발상으로 이뤄진 거죠. 과거뿐만 아니라 미래도 그럴 겁니다. 보넷족도 납치 사건을 일으키지 않았어요. 애초에 인간 아기는 있지도 않았죠. 그러나 인간 아기라는 발상 덕분에 동부 지구를 차지할 수 있었던 거예요."

비뚤어진 자부심이 타이렐의 목소리에 묻어났다.

"보넷족은…… 몰살당했어요."

마이코의 목소리에 끔찍한 혐오감이 묻어나왔다.

"그건 참 애석한 일이죠. 그래도 어쩔 수 없었어요. 최고 종족은 하나일 수밖에 없고 그건 우리 랑구르족이니까요."

마이코는 여름별장에서 벌어진 전투를 떠올렸다. 온통 피로 물들었던 전투였다.

"그렇다면 우리…… 우리 랑구르 군은 학살자란 말입니까?"

타이렐은 기분이 상했다. 경외에 찬 찬사를 기대했는데 고작 도덕적 비난이라니.

"마이코 대령, 권력이 어떻게 움직이는 것인지 좀 알 필요가 있겠군요. 권력이란 목숨을 노리는 뱀과 같아요. 양손으로 그 목을 단단히 잡아 조이지 않으면 도리어 물리게 된단 말이죠."

마이코가 뒤로 물러나려고 했지만 타이렐이 꽉 잡았다.

"대령은 짓밟힌다는 것이 어떤 것인지 몰라요! 빈민가에서 잠을 자고 썩은 음식 쓰레기를 구걸하러 다니는 게 어떤 것인지도!"

격한 감정에 목소리가 떨리자, 타이렐은 숨을 깊이 들이마시면서 진정하려고 애를 썼다.

"뭐, 좋아요. 그런 굴욕은 안 겪는 게 좋은 거니까. 하지만 옛날의 굴욕을 경험해봤다면 사소한 거짓말 정도는 지금 우리가 가진 것에 비하면 별것 아니라는 생각이 들 겁니다."

"그럼, 저놈은요? 저놈은 과거가 아니잖습니까."

마이코는 바바리원숭이가 묶여 있던 기둥 쪽을 가리켰다.

"더 큰 계획의 일부랍니다. 리서스 저항군이라는 게 없었다는 걸 알아냈죠? 리서스족은 소심한 족속이라 우리를 공격할 엄두도 못 내요. 그래선 안 되는데. 내겐 리서스족의 저항이라는 사실이 꼭 필요했죠. 그래서 습격 현장에 리서스족의 사체를 버려두기까지 했죠."

타이렐이 한발씩 다가서며 마이코를 점점 몰아세웠다.

"요즘처럼 어려운 시기에 랑구르 전군은 우리 지도부만을 바라보고 있어요. 나와 대령을 말이죠."

마이코는 도대체 얼마나 깊은 계략이 숨어 있는 것인지 알아내려고 타이렐을 뚫어져라 쳐다보며 물었다.

"하지만 모든 일이 다 끝났을 때 바바리족이 순순히 물러날까요? 살해도 서슴없이 하는 놈들이잖아요."

"바바리족은 어디서든 나를 따를 겁니다. 난 고스포더가 꿈조차 못 꿔본 숭배를 받고 있거든요. 내가 못 할 일은 없어요."

타이렐이 완전히 확신에 차서 대답했다.

"도대체 뭘 하실 생각이십니까?"

마이코가 두려운 듯 물었다.

타이렐은 마이코의 눈을 들여다보았다. 마이코의 눈빛에 의구심이 묻어났고, 타이렐은 그 의구심을 없애고 싶었다. 마이코처럼 머리 좋은 참모를 잃을 수는 없었다.

"대령을 속인 것은 미안해요. 이런 진실을 알게 한 것도. 하지만, 이제 우리 사이에 비밀은 없어요. 그러니, 대령이 여전히 내 편인지 알고 싶군요."

위험한 순간이었다. 마이코가 얼떨결에 알게 된 진실의 힘은 너무나 강력했다. 지금까지 속임수로 조종당해 왔고, 지난 역사도 거짓으로 점철되어 있다는 사실이 알려지면 랑구르족은 혼란에 빠질 터였다.

이제 모든 상황이 위태로워졌고 모든 것이 불확실해졌다.

마이코는 무섭도록 분명하게 깨닫고 말았다. 만약 타이렐이 마이코의 충성심을 의심하게 되면 오늘밤 이 건물을 살아서 나갈 수 없으리라. 확신컨대, 지금 건물 바깥에는 바바리족이 진을 치고 기다리고 있을 것이고, 여차하면 신속하게 마이코를 제거할 준비를 하고 있을 터였다.

옳고 그름은 나중에 따지고, 일단 지금은 살아야 했다.

마이코는 엄숙한 태도로 양팔을 벌리고 코가 흙바닥에 파묻힐 정도로 넙죽 엎드렸다.

"영도자시여, 저를 용서하시옵소서. 너무나 많은 진실들을 한꺼번에 알게 되어 잠시 당황하고 말았습니다. 영도자께 충성을 바치는 일이야말로 저의 영광이옵니다. 영도자께서 훌륭하게 일구어 오신 새 세상에 저도 기꺼이 헌신하겠나이다."

마이코는 과연 자신의 거짓말이 먹힐지 잠자코 기다렸다. 지금 원하는 바는 타이렐에게서 벗어나 마음의 혼란을 정리할 수 있도록 조용한 곳을 찾아가는 것뿐이었다.

마침내 타이렐이 양손으로 마이코의 어깨를 꽉 잡고 일으켜 세웠다.

"마이코 대령, 내 발밑이 아니라 내 옆에 나란히 서야 합니다. 대령이 없었다면 이룩할 수 없었을 세상이니까요. 기발한 발상으로 가득 차 있는 대령의 똑똑한 머리야말로 이 모든 것을 가능하게 해줬지요."

랑구르 군의 최고 지도자이자 랑구르 지역의 통치자이며 수호자인 타이렐이 마이코의 양팔을 단단히 잡았다. 충성심을 확신하는 눈빛이었다.

그러나 마이코는 속으로 떨고 있었다.

33장
한계점

고요함.

마이코에게 이보다 더 필요한 것은 없었다. 엉망진창으로 꼬인 삶을 조금이라도 풀어보려면 반드시 필요했다. 하지만 오늘은 제국의 날이었다. 랑구르 전사들이 동부지구를 정복한 날을 자축하는 기념일로, 고요함과는 영 거리가 멀었다.

집으로 돌아왔다. 히스터가 과일과 대추야자열매를 정갈하게 쌓아놓았고 방을 풀로 깔끔하게 쓸고 난 뒤 바닥에 새로운 야자수잎들을 깔아놓았다. 마이코가 들어오는 것을 보고 히스터가 서둘러 맞이했다.

"피곤해 보여요. 가족들이 오기 전에 잠깐 눈 좀 붙이는 게 어때요?"

히스터는 언제나 남편을 걱정했다. 하지만 쉴 틈이 없다는 것은 둘다 잘 알고 있었다. 곧 있으면 가족들이 들이닥칠 터였다. 마이코는 그저 견디는 수밖에 없었다.

브레리와 반다가 도착했고 뒤이어 트럼블과 키마가 음식을 가득

원숭이 전쟁

챙겨왔다. 히스터의 여동생 셋도 신이 나서 까불며 들어왔다. 히스터의 부모는 어린 딸들을 진정시키느라 애를 먹었다. 순식간에 마이코의 집은 시끌벅적하고 활기 넘치는 연회장으로 변했다. 아이들은 신나게 날뛰었고, 남자들은 군 정치에 대해 대화를 나눴으며, 여자들은 음식 옆에 모여 떠도는 소문을 주고받았다.

말소리들이 마이코 주위를 여름 저녁의 후끈한 바람처럼 맴돌았다. 평소에는 화목한 가족을 보며 뿌듯함과 안식을 느꼈을 텐데 지금은 외롭기만 했다. 가족들 사이에서 겉돌고 있는 느낌이 들었다. 자신과 완전히 다른 현실을 살고 있는 것 같았다. 복잡하지 않고 의문스럽지 않은 현실, 모든 것이 단순하고 당연한 그런 현실을.

대화의 한 토막이 마이코의 귀를 스치고 지나갔다. 브레리가 설익은 생각들을 당당하게 펼쳐놓고 있었다.

"모든 동물은 제각각 본분이 있어요. 이 도시 전체가 그렇게 돌아가는 법이죠. 영도자 타이렐은 우리 지도자예요, 그게 타이렐의 본분이에요. 난 정예부대원이고요, 그게 제 본분이죠. 하지만 리서스족은 본분이란 걸 모르는 족속이에요."

트럼블이 브레리의 말에 고개를 끄덕였다.

"리서스족은 인간을 공격했어요. 그러고는 우리에게 전쟁을 걸어왔잖아요. 누군가는 그들을 처리해야 하는데, 지금 그런 배짱을 지닌 종족은 우리밖에 없죠."

'멍청이 같으니라고.'

마이코가 속으로 내뱉었다. 언제나처럼 형은 제일 쉬운 답을 내놓았다. 어리석게도 브레리는 언제나 제일 강한 목소리를 따르는 것을 삶의 원칙으로 삼고 있었다. 의문을 제기하는 것은 브레리에게 고된 노동이나 마찬가지였기 때문이다.

갑자기 바깥이 소란스러워졌다. 히스터가 문을 열고 빼꼼 내다보더니 환한 웃음을 지었다. 방 안으로 돌아오는 히스터 뒤쪽으로 젊은 사관생도들이 커다란 바구니 두 개를 낑낑거리며 들고 들어왔다.

"영도자께서 마이코 대령님의 가족분들에게 내리는 하사품입니다."

사관생도들이 바구니를 내려놓으며 알렸다. 바구니에는 꿀이 뚝뚝 떨어지는 벌집과 진귀한 과일들, 각설탕이 흩뿌려진 훔친 초콜릿이 들어 있었다.

가족들이 신이 나서 함성을 질렀고, 마이코에게 앞 다투어 축하 인사를 건넸다. 트럼블과 키마는 자랑스러운 마음으로 아들의 성공을 바라보았고, 히스터도 소유욕을 드러내며 마이코의 팔짱을 꼈다. 브레리는 음식에 눈독을 들이면서 흐뭇해했다.

마이코만이 아무런 감흥이 없었다. 자신의 삶이 완전히 사기극에다 실패작이라는 것은 혼자만 알고 있었다.

지위도 높고 권력도 있었지만 마이코는 무력했다. 만약 타이렐 정권의 추악한 진실을 폭로하면 랑구르 공동체는 완전히 무너질 터였다.

그렇다고 거짓말에 동참하면 독재자를 지탱해주는 꼴이었다.

더 나쁜 건 타이렐 정권이 마이코가 협력해서 세운 정권이나 마찬가지라는 사실이었다. 이 사실이 마이코의 가슴을 찔렀다. 마이코는 타이렐이 권력을 잡도록 옆에서 도왔고, 여론 조작에도 가담했으며 공포라는 무기를 만드는 일에 조력했다. 평화를 이루기 위해 협력한 일이었지만 결과적으로 전쟁만 더 부추긴 셈이었다.

이렇게 멍청했다니! 제 꾀에 제가 당한 꼴이었다. 더구나 그 결과가 사체더미들이라는 사실이 마이코를 소스라치게 했다.

마이코는 보넷족을 학살한 전투를 떠올리며 몸을 떨었다. 파피나의 엄마가 처참하게 살해당한 일, 영도자 고스포더가 영묘궁 바닥에 고통스러운 표정으로 죽어 있던 모습을 생각하면 온몸에 소름이 돋았다. 독이 든 키위를 먹여 경쟁자를 따돌린 일화를 자랑하던 타이렐의 모습이 떠오르자, 영도자 고스포더도 비슷한 방법으로 처리했을지 모른다는 생각이 들었다.

가족들이 맛있는 음식을 펼쳐놓고 떠들썩하게 잔치를 벌이자 마이코는 갑자기 열이 올라 가슴을 쥐어뜯었다. 집 안 공기가 너무 답답해서 숨을 쉴 수가 없을 것만 같았다. 핑계를 둘러대며 마이코는 떠들썩한 자리를 슬쩍 빠져나왔다.

마이코는 헐레벌떡 지붕 위로 올라가 급히 숨을 들이마셨다. 떨리는 양손을 펼쳐 손바닥에 그려진 정보부 표식을 바라보았다. 이 문신은 권력과 힘의 상징으로 통했다. 하지만 이제 지워지지 않는 죄의 낙인이 되어버렸다.

마이코는 몸이 기우뚱하는 것을 느꼈다. 그대로 균형을 못 잡고 고꾸라졌다. 온몸이 마비된 것처럼 움직이지 않자 덜컥 겁이 났다. 이제 죽는구나 싶었다.

하지만 그렇게 생각하니 오히려 안도감이 들었다. 어쩌면 죽음으로 속죄하고 죄책감을 없앨 수 있을지도 몰랐다.

공포가 잦아들면서 마음이 편안해졌다. 죽음을 받아들이며 드러눕자 평화가 찾아왔다. 더는 싸울 일도 속을 끓일 일도 없었다. 어슴푸레한 체념 속에서 마이코의 작은 몸이 서서히 굳어가기 시작했다.

깊고 푸른 하늘에 구름 한 점이 원숭이들의 운명은 내 알 바 아니라는 듯 유유히 흘러갔다.

마이코는 눈을 감고 컴컴한 어둠 속으로 빠져들었다.

34장
거부

모두 마이코 곁에 다가가기를 꺼렸다. 랑구르족은 질병을 두려워했다. 특히 마이코의 질병처럼 뭔지 알 수 없는 질병은 더더욱 그랬다.

오직 히스터만 마이코 곁에 붙어 있었다. 마이코는 미동도 없이 침실 바닥에 누워 있었고, 히스터는 마이코를 지극히 보살피며 조심스럽게 물로 온몸을 씻겨주었다.

새벽녘에 소식을 전해들은 타이렐이 찾아와 마이코를 세심히 살펴보았다.

"말은 했나요?"

"아니요."

"쓰러지기 전에 뭔가…… 이상한 말은 안 하던가요?"

"이상한 말이라뇨?"

"평소와 다른 말이요. 과거에 대한 일이라든가."

히스터는 무슨 말인지 잘 몰라 고개를 저었다.

타이렐이 한손으로 마이코의 어깨를 잡고 흔들었다.

"마이코 대령, 나예요. 말 좀 해봐요."

대답은 없었다. 다만, 규칙적인 숨소리만 들려올 뿐이었다.

찜찜함이 타이렐의 가슴을 가득 채웠다. 어두운 생각과 불안한 마음이 들었다. 타이렐은 마이코가 랑구르족의 은밀한 진실을 듣자마자 몸져누운 것이 과연 우연의 일치일까 하는 의문이 들었다.

이 상황을 자세히 두고봐야 한다는 생각에 타이렐은 마이코를 영묘궁의 특별실로 옮기라는 명령을 내렸다. 특별실은 기다란 인공 연못이 내려다보이고 졸졸 흐르는 물소리가 평화롭게 들려오는 공간이었다. 이곳에서 히스터는 밤낮으로 마이코를 간병했다. 정성스럽게 우유와 꿀을 마이코의 입으로 떨어뜨려주었고, 깨끗한 야자수잎으로 바닥을 갈아주었다.

마이코는 세상을 잊어버린 채 가만히 누워만 있었다. 몸 안의 어떤 힘이 마이코를 꽉 잡고 치유 중인 것만 같았다.

그래도 꽤나 시간이 걸릴 모양이었다.

도시의 다른 쪽에서는 또 다른 원숭이가 애를 바짝바짝 태우고 있었다. 인내심이 거의 바닥을 드러낼 정도였다.

파피나는 하누만 동상 꼭대기에 앉아 북적거리는 거리를 내려다보았다. 여기에서 얼마나 많은 시간을 마이코와 보냈던가. 이곳에서 마이코와 함께 웃고 놀려대며 아웅다웅하면서 사랑을 나눴는데. 지금 생각하면 아주 오래전 꿈처럼 느껴졌다.

마이코는 윌로우의 복수를 맹세했었다. 하지만 그것도 거의 한달
전 일이었다. 그 이후로는 소식 한 점 없었다. 그대로 영영 사라져버
린 것이다.

마치 저주받은 운명 같았다. 운명은 이르든 늦든, 파피나가 좋아하
기만 하면 모두 빼앗아 가버렸다. 어린 시절 보금자리, 부모님, 이제
는 마이코까지. 파피나는 끈질기게 마이코를 기다렸지만 아무런 소
식이 없었다. 무소식은 나쁜 소식만을 의미할 뿐이었다. 마이코가 파
피나를 버렸다는 뜻이거나 마이코가 죽었다는 뜻이었다.

파피나는 광장에 모여드는 리서스원숭이들을 내려다보았다. 개중
에는 파피나를 마음에 들어 하는 꽤 괜찮은 수컷 원숭이들이 적지 않
았다. 그러나 파피나는 더는 상실의 고통과 아픔을 마주할 자신이 없
었다. 다시는 연약한 마음이 다치는 일이 없도록 이제부터 마음을 꼭
닫고 어떤 원숭이도, 어떤 보금자리도, 어떤 우정도 마음에 담지 않
을 것이다.

앞으로는 고독만이 파피나의 유일한 힘이 되어줄 터였다.

타이렐은 여름별장의 탑 속에 들어앉아 머리를 굴렸다. 마이코를
아들처럼 믿고 권력의 가장 내밀한 비밀까지 털어놓았는데, 괜한 짓
을 했다는 후회가 들었다.

마이코가 의식을 잃은 시간이 길어질수록 타이렐은 점점 더 초조해졌고, 불안감이 쌓일 때마다 타이렐은 권력의 고삐를 더 단단히 잡아당겼다. 당연한 반사작용이었다.

결국 타이렐은 직접 행동에 나섰다.

'저항군'의 공격이 점점 더 강도를 더하면서 무시무시한 공포 분위기가 최고조에 이르렀고, 납치 사건이 너무 자주 일어나는 바람에 일반 원숭이들은 도시 바깥을 나다니지 못하게 되었다. 시장 판매대를 돌아다니며 한가로이 물건을 훔치던 평화로운 나날은 이제 끝이 났다. 오로지 군 순찰대만이 담장 바깥을 돌아다닐 수 있었다.

영양 부족 사태는 피해야 하므로 타이렐은 정예부대를 시켜 식량을 모아오게 했다. 모아온 식량은 공식 보급소에서 나누어주었다. 식량을 모아오고 나눠주는 일은 타이렐의 명령에 따라서만 이루어졌다.

대부분의 랑구르원숭이들은 지도부가 나서서 모두를 안전하게 지켜주는 행동에 고마움을 표했다. 몇몇 나이 든 원숭이들은 자유롭게 돌아다니지 못하게 돼서 분통을 터뜨리기도 했지만 그다지 심하게 반발하지는 않았다. 어쨌든 식량을 풍부하게 나눠주는 정권에 대해 뭐라고 반박하겠는가?

이제 랑구르족은 군대를 제외한 모두가 담장 안에 갇힌 신세가 되어서 공식적인 소식에만 의지할 수밖에 없었다. 타이렐이 정보의 흐름을 완전히 장악하게 된 것이다.

원숭이 전쟁

영묘궁 한가운데에서 마이코는 홀로 치유 중이었다. 마이코의 몸이 끈질기게 버텨낸 결과, 조금씩 정신이 들기 시작했다.

처음에는 단지 몇 분간 누군가가 물어보는 말소리만 좀 알아들었을 뿐이다. 몸은 괜찮은지, 필요한 게 있는지를 묻는 말들이었다.

하지만 기력이 너무 없어 뭐라고 대답하기 전에 마치 물결에 휩쓸리듯 다시 정신을 잃고 말았다.

차츰차츰 정신을 차리는 시간이 길어졌고 시간 감각도 돌아왔다. 다시 말을 할 수 있게 되자 친구들과 가족들도 문병을 오기 시작했다.

제일 처음으로 부모님이 찾아왔다. 역시 부모님의 애정과 관심은 끝이 없었다. 키마는 양손 가득 음식과 약초를 싸들고 왔고 트럼블은 마이코의 재활을 돕기 위해 '오렌지 잡기' 놀이를 거들었다. 마이코는 이런 부모님이 늘 고마웠다.

그러나 제일 큰 놀라움은 히스터였다. 마이코는 항상 히스터를 하사품쯤으로 여기며 히스터의 헌신도 당연하게 생각했다. 하지만 병과 싸워내는 동안 히스터의 새로운 면을 발견한 것이다.

히스터가 보여준 헌신과 애정을 생각하면 마이코는 기묘한 감정에 휩싸였다. 고마움과 죄책감, 심지어 사랑까지 뒤섞인 감정이었다.

마이코는 삶의 한복판에 떡하니 자리한 추악한 진실을 회피해 보려고 치유에만 온 신경을 집중했다. 날마다 가족들이 도와준 덕분에 어느덧 미약하나마 기운을 차려가고 있었다.

그러나 아직 하나가 남아 있었다. 이 문제의 핵심에 있는 영도자 타이렐이었다.

"회복 중이라는 말은 들었어요. 하지만 서두르지 말자 싶었죠."

어느 날 아침, 타이렐이 방으로 들어서며 말을 걸었다.

타이렐은 선물로 잘 익은 키위 두 개를 바닥에 놓았다.

"다시 뵙게 되어 영광입니다."

마이코가 애써 불안감을 감추며 정중하게 대답했다.

"다시 건강을 찾아서 보기 좋군요. 걱정 많았답니다."

"죄송합니다……. 어쩌다 이렇게 된 건지 저도 잘 모르겠습니다."

"지도부가 받는 압박은 당사자만 아는 법이지요."

타이렐이 마이코를 뚫어져라 쳐다보았다.

"제가 나약하다고 생각하시죠?"

타이렐이 어깨를 으쓱했다.

"우리 랑구르족은 선천적으로 나약한 면이 있지요."

마이코는 귀를 의심했다. 타이렐은 랑구르족의 우수성을 공개적으로 입이 닳도록 말해 왔다. 그런데 지금 랑구르족의 나약함을 언급하고 있었다.

"오해는 말아요. 난 랑구르족을 사랑합니다. 하지만 군대의 약점은 군대의 지휘관만이 명확히 알 수 있는 법이죠."

타이렐이 슬쩍 미소를 지었다.

"반면 바바리족은 마음속 깊이 강력함을 지니고 있어요. 잔인성이 더해진 강력함이죠. 그래서 바바리족은 단지 그걸 풀어내기만 하면 돼요. 그렇게 생각하지 않나요? 바바리족이야말로 우리가 바라는 강력함을 지니고 있는 종족이죠."

대수롭지 않게 던진 질문이었지만 질문의 무게는 엄청났다.

바로 지금이 마이코가 동의를 표시해야 할 순간이었다. 하지만 죄책감 때문에 차마 맞장구를 칠 수가 없었다. 마음속으로 더는 거짓에 동참하지 않겠다는 결심도 서 있었다.

"마이코 대령, 내가 무슨 질문을 하는지 알겠나요?"

타이렐이 음산하게 되묻자, 마이코가 옆으로 돌아누우면서 대답했다.

"용서하십시오. 제가 너무 피곤해서 잠을 자야 할 것 같습니다."

타이렐은 눈 한 번 깜빡이지 않고 마이코를 내려다보았다. 마이코의 이런 모습은 처음이었다.

"유감이군요."

이 말을 끝으로 타이렐은 홱 돌아서서 나가버렸다.

이번 문병으로 타이렐의 불안감은 더 깊어졌다.

타이렐이 영묘궁을 나서자, 즉시 경호부대원들이 주위를 둘러싸고 공동묘지 정문으로 수행했다.

이것만은 분명했다. 마이코는 타이렐이 질문을 던진 의도를 정확히 이해하고도 동의를 표하지 않았다. 어째서일까?

타이렐은 마이코의 똑똑한 머리를 인정하는 만큼 한동안 마이코를 온전히 믿을 수 없겠다는 결론을 내렸다.

어쩌면 시간이 좀 필요한 것인지도 몰랐다. 시간이 지나면 모든 것이 제대로 돌아올 것이다.

아니, 어쩌면 기대감 섞인 희망일 뿐인지도 몰랐다.

어느 쪽이든 타이렐이 권좌를 지키려면 대담한 행동에 나설 필요가 있었다.

원숭이 전쟁

35장
어둠 밖으로

트럼블과 키마는 배급소 밖에서 평소보다 더 길게 줄을 서야 했다. 하지만 그럴 만한 가치는 있었다. 원래 배급받는 말랑한 과일들에 더해서 무화과를 덤으로 듬뿍 받았기 때문에 다들 기분이 좋았다.

각자 집으로 돌아가려 할 때쯤, 흥분에 찬 술렁거림이 퍼져나갔다. 고개를 들어보니, 브레리가 이끄는 소규모 정예부대원들이 영도자 타이렐을 둘러싸고 길을 물리고 있었다.

최고 지도자가 친근한 인사를 건네면서 청년들의 머리도 토닥여 주며 걸어오고 있었다. 이 모든 상황이 즉흥적이고 자연스러워 보였다. 하지만 타이렐이 하는 행동에 즉흥적인 것은 하나도 없었다. 정예부대원들이 보급식량대 위를 치우고 공간을 만들자, 타이렐이 올라가서 군중을 향해 연설을 시작했다.

"다들 식량은 충분히 배급받았겠지요?"

타이렐이 미소를 띠며 입을 열자 열성적인 함성이 울려 퍼졌다.

"그러나, 여기서 잠깐, 이 모든 것을 가능케 해준 우리 랑구르 전사들에게 경의를 표합시다. 우리 랑구르 전사들은 당당하게 거리의 모든 위험을 무릅쓰고 식량을 구해 오고 있습니다."

군중들이 땅을 쿵쿵 울리며 열렬한 응원을 표시했다.

"여러분들 대부분 사랑하는 가족이 복무 중이겠지요. 그들의 안전을 걱정하는 마음, 저도 잘 알고 있습니다. 단언컨대, 랑구르 전사 하나 하나는 저에게 아들과 같습니다. 그러니, 용감한 청년들에게만 그 많은 희생을 강요하는 건 정말 말이 안 되지요. 그래서 기나긴 생각 끝에 새로운 동맹을 맺기로 했습니다."

군중들 사이로 기대감이 드높아졌다. 무슨 동맹이지? 리서스족이랑 평화협정을 맺었나? 전쟁이 끝나는 건가?

"바바리족 원숭이들이 우리 랑구르 군을 지키기 위해 와주었습니다."

타이렐이 담담하게 공표했다.

한순간 혼란스러운 침묵이 흘렀다.

키마는 트럼블을 쳐다보며 눈썹을 찌푸렸다.

"지금 바바리족이라고 말한 거예요?"

트럼블이 고개를 절레절레 저었다.

"그건 불가능한……."

군중의 술렁임은 커다란 쇠문이 끼익 열리자 갑자기 딱 멈췄다. 바바리족 전사들이 줄지어 공동묘지 안으로 걸어 들어왔다.

원숭이 전쟁

모두 믿을 수 없다는 표정으로 멍하니 서 있었다.

"여러분, 괜찮아요. 진정하세요."

바바리족이 타이렐 앞에 한 줄로 늘어서자 타이렐이 군중을 안심시켰다.

타이렐이 군중의 낯빛을 세세히 살폈다. 다들 두렵고 의아한 표정이었다. 뭐, 조금쯤 불안해 하는 낯빛은 괜찮았다. 하지만 겁에 질린 표정은 원치 않았다. 그래서 타이렐은 훌쩍 뛰어내려 바바리족의 지도자에게 다가가 마치 오랜 동지라도 되는 양 끌어안았다.

랑구르 군중은 두 눈을 믿을 수가 없었다.

"바바리족에 대해 끔찍한 소문을 많이 들었을 겁니다. 모두 사실이긴 하지만 이제 바바리족은 우리 편입니다! 우리를 위해 저항군과 맞서 싸우겠다고 맹세한 겁니다!"

타이렐이 바바리족 앞으로 나서며 활짝 미소를 지었다.

군중 속에 섞여 있던 정보부 요원들이 찬성의 목소리를 높이며 선동하기 시작했다.

"바바리족 대장인 허밍버드의 지휘 아래, 바바리족 전사들이 선봉에 서서 우리의 영토 확장을 도울 것입니다. 우리 랑구르족을 위해 목숨을 걸겠다고 하니, 열렬히 환영해줍시다. 이제부터 바바리족 전사들은 특별히 귀한 손님으로 대접해야 마땅할 겁니다."

정보부 요원들이 찬성의 표시로 땅을 쿵쿵 울리자, 서서히 군중 사이로 찬동의 물결이 퍼져나가기 시작했다. 어쨌든, 랑구르족이 존중하는 미덕은 용기였고, 용기에 경의를 표하는 일은 가장 익숙한 일이었다.

하지만 현실은 상상할 수 있는 것보다 더 나빠졌다.

제일 좋은 보금자리는 즉시 바바리족들 차지가 되었다. 뿐만 아니라, 매일 랑구르족에게 돌아갈 식량을 깎아서 바바리족들에게 나눠줘야 했다.

이틀 뒤, 타이렐은 경호부대의 구성원을 바꾸었다. 원래 경호부대원은 정예부대원 중에서 고르고 고른 원숭이들이었다. 하지만 타이렐은 경호부대를 전부 바바리족으로 교체했다. 이로써 타이렐이 제일 신뢰하는 무리가 바바리족이라는 사실이 만천하에 드러났다.

이제까지 심복으로 충성을 다해온 카스트로와 라니는 어리석게도 반발하고 나섰다. 여름별장 탑 안으로 들어오는 타이렐을 막아서면서 이번 조치가 랑구르 군 전체의 분노를 살 것이라고 간언했다.

타이렐은 고개를 끄덕이며 들었다.

"여러분의 충고는 고맙군요. 한 번 고려해 보죠."

항상 그렇듯 타이렐은 아주 정중하게 대답했다.

그날 저녁, 카스트로와 라니는 정보부에서 차출되어 최전선 부대에 배치되었다. 도시에서 가장 위험한 지역을 순찰하는 부대였다. 며칠이 지나자, 카스트로와 라니가 작전수행 중 납치로 추정되는 사건에 휘말려 실종되었다는 소문이 돌았다.

이 사건 이후 어느 누구도 타이렐에게 반대할 생각조차 못하게 되었다. 타이렐의 머릿속에서 반대의 존재란 곧 약해진 권위를 뜻했다. 꼬치꼬치 캐묻는 원숭이들은 딱 질색이었다. 타이렐은 그저 고분고분한 군중만을 원했다.

이런 생각으로 타이렐은 '군중 활동'을 고안해냈다. 아침마다 랑구르 군 전원이 모여서 맨손체조를 하도록 명령한 것이다. 겉보기에 모두의 근력을 키워서 전투에 알맞은 신체를 갖추도록 하는 것이 목적같아 보였다. 하지만 실제로는 모두가 똑같이 생각하고 움직이게 만드는 것이 숨겨진 목적이었다.

이와 비슷하게 '드럼의 날'도 만들었다. 이날이 오면 모든 일반 원숭이들이 공동묘지 담장을 둘러싸고 한 줄로 빙 둘러 섰다. 타이렐이 정문 옆에 서서 커다란 드럼통을 한 번 두드리면 '드럼의 날' 행사가 시작되었다. 타이렐 옆의 원숭이가 즉각적으로 땅을 구르며 소리를 질렀다. 그러면 그 옆의 원숭이가 똑같이 땅을 구르며 소리를 질렀다. 그런 식으로 진행되다 보면 어느새 공동묘지 빙 돌아 물결처럼 소리가 퍼져나갔다. 그 소리가 다시 타이렐에게로 돌아오면 타이렐이 다시 한 번 드럼통을 두드렸고, 소리의 물결은 또다시 반복되었다.

모든 원숭이들이 최면 같은 리듬에 빠져서 옆만 지켜보며 자기 차례를 기다렸다. 소리의 물결이 길어질수록 각자의 개성은 완전히 사라졌다. 각각의 랑구르원숭이는 그저 커다란 소리의 물결을 이루는 부속품 중 하나로 전락하고 말았다.

 그리고 이 물결의 중심에는 타이렐이 우뚝 서 있었다. 어느새 영도자 타이렐은 높은 곳에서 랑구르족의 모든 면을 속속들이 들여다보는 존재가 되어 있었다.

36장
숙청

그들이 트럼블을 찾아온 때는 컴컴한 한밤중이었다.

트럼블은 목을 강하게 조여 오는 악력에 두 눈을 번쩍 떴다. 위협적인 형체가 셋이나 보였다. 본능적으로 마구 팔을 휘둘러 공격자들을 잡으려고 애를 썼지만 상대는 바바리족이었다. 바바리족은 트럼블의 발을 잡고 끌어당겨 양손을 등 뒤로 묶어버렸다.

"이게 뭔 짓이오!"

트럼블이 소리쳤다.

키마가 깜짝 놀라서 잠을 깼지만 일어나 앉기도 전에 바바리족이 키마를 벽으로 밀어붙였다.

"그냥 잠이나 자라고."

바바리족이 위협적인 목소리로 속삭였다.

"제발 우리를 풀어주세요!"

키마가 애원했지만 트럼블이 눈짓을 했다.

"여보, 그냥 하라는 대로 해."

트럼블이 급히 아내를 저지한 후, 습격자들을 쳐다보며 물었다.

"누가 시킨 일이오?"

바바리족은 대답할 필요도 없다는 듯 트럼블을 묶어서 밖으로 데리고 나갔다.

"어디로 데려가는 거요? 그것만이라도 알려주시오."

트럼블이 소리를 낮추며 달래듯 물었다.

여전히 대답은 없었다.

야수 같은 팔이 트럼블을 밀어서 정문 쪽으로 향하게 했다. 트럼블이 고개를 살짝 들어보니, 어두움 속에서 여러 무리가 움직이는 것이 보였다. 그때, 머리 위로 포대자루가 덧씌워져서 앞을 가렸다. 그러나 트럼블은 그날 밤 붙잡힌 원숭이가 자신만이 아니라는 사실을 똑똑히 알 수 있었다.

분명히 그랬다.

공동묘지와 동부지구를 가리지 않고 위협이 될 만한 원숭이는 바바리 습격조가 쳐들어가서 모조리 끌고 나왔다. 군사전략에 의문을 제기했던 퇴역 정예부대원이나 식량 배급에 불만을 토로했던 주부, 수업 중에 반항적이던 아이들 등이었다.

포대자루가 벗겨지자 트럼블은 어둡고 축축한 방 안으로 끌려왔다는 것을 알게 되었다. 낡은 밧줄 냄새가 고약했다. 고개를 돌리려 들자 갑자기 등 뒤에서 발길질이 날아오는 바람에 앞으로 고꾸라져서 얼굴이 흙바닥에 갈렸다.

트럼블은 이곳이 어디인지 알아차렸다. 실전훈련장으로 사용했던 버려진 시가지 건물이었다. 귀를 기울이자 여기로 끌려온 다른 원숭이들의 소리도 들을 수 있었다.

어떤 원숭이는 소리를 질렀고, 어떤 원숭이는 훌쩍훌쩍 눈물을 흘렸으며, 또 어떤 원숭이는 고통에 찬 비명을 질렀다. 입을 꾹 다물고 조용한 원숭이들도 있었는데, 트럼블은 그들도 자신처럼 잘못한 일이 전혀 없기에 두려울 것이 하나도 없어서이기를 희망했다. 그러나 이미 그들은 자기 핏물 속에 처박혀 숨을 거둔 지 오래였다.

트럼블은 왠지 익숙한 달그락 소리를 들었다. 회계용 돌멩이들이 바닥으로 우르르 쏟아졌다. 소중한 돌멩이들이 함부로 다뤄지는 것을 눈앞에서 보고 있자니, 너무나 분통이 터졌다. 어떻게든 움직여보려 했지만 바바리족에게 붙잡혀 있어 꼼짝도 할 수 없었다.

그러다가 얼굴이 하나 트럼블의 눈앞에 나타났다. 바바리족 대장인 허밍버드였다.

대장에게 직접 심문당할 정도로 내가 큰일을 저질렀던가?

"설명해."

허밍버드가 거의 속삭임에 가까울 정도로 나직이 입을 열었다.

"무엇을 말입니까?"

"말해."

허밍버드가 돌멩이 몇 개를 트럼블의 얼굴에 들이밀었다.

"이건 회계용 돌멩이입니다. 보급물품을 계산하는 용도죠. 군대에 필요한 보급품을 정리하고……."

"내가 모르는 걸 말하라고."

허밍버드가 으르렁거렸다.

"그러니까, 설명하긴 복잡한데…… 회계 시스템은…….."

허밍버드가 콧방귀를 끼고는 등을 돌려 멀찍이 물러섰다.

"혐의가 밝혀졌군."

"혐의라뇨?"

"범죄 혐의지. 증인도 있어."

허밍버드가 차가운 목소리로 선언했다.

"증인이 무슨 말을 하던가요?"

아무런 대답이 없었다.

"이제껏 랑구르 군을 위해 충성을 다해왔어요! 정예부대원으로서 싸웠고, 지금은…….."

"지금은 아주 곤란해졌지."

허밍버드가 가차 없이 몰아붙였다.

"도대체 내가 무슨 짓을 했단 말입니까?"

트럼블의 목소리에 분노가 묻어나왔다.

"이걸 혼자만 알고 있잖아."

원숭이 전쟁

허밍버드가 바닥에 굴러다니는 돌멩이 몇 개를 발로 뒤적거렸다.

"이게 권력이 되는 거지. 영도자 타이렐에 맞설 권력 말이야."

트럼블은 귀를 의심할 수밖에 없었다.

"미친 소리! 도대체 누가 그딴 소리를 하는 겁니까? 누가?"

허밍버드가 허리를 숙이고 트럼블 얼굴 주름 하나하나를 다 읽어 보듯 샅샅이 살폈다.

그러고 나더니, 희한하게도 허밍버드가 미소를 지었다. 슬쩍 마지 못해 짓는 미소였지만 흡족함이 묻어났다. 허밍버드가 원하던 답을 얻어낸 것이다. 트럼블은 충성스러운 신하였다. 만약 진짜 꿍꿍이속을 숨기고 있었다면 좀 더 자기를 지키며 상황을 남 탓으로 돌렸을 것이다. 하지만 트럼블이 표시한 행동은 오직 분노뿐이었다.

"충성심은 직접 증명해야 한다고."

허밍버드가 말투를 누그러뜨리며 트럼블의 뒤쪽 바바리원숭이에 게 줄을 조금 느슨하게 풀어주라는 손짓을 했다.

"뭘 더 해야 충성심이 증명이 되나요? 랑구르 군을 위해 내 평생을 바쳤는데……."

트럼블은 정말 상처받은 목소리로 말했다.

"더 많이 해야지."

허밍버드가 고개를 끄덕이자, 트럼블의 뒤쪽 바바리원숭이가 바닥에 떨어진 돌멩이를 줍기 시작했다.

"이걸 가르치라고."

"하지만……. 하지만 너무 복잡해서 아무도 알려 들지 않았어요."

트럼블이 말을 더듬으며 변명을 늘어놓았다.

"우리는 알고 싶어."

잠시 허밍버드는 조용히 위협적인 모습으로 웅크리고 앉아 있다가 천천히 손을 내밀었다.

트럼블은 깜짝 놀랐다. 이 단순한 행동 뒤에는 트럼블을 믿고 받아들인다는 의미가 숨어 있었다. 트럼블이 허밍버드의 손을 잡자 허밍버드가 힘껏 끌어당겨 트럼블을 일으켜 세웠다.

"바바리족은 빨리 배운다고."

이 말을 끝으로 허밍버드는 감방 문을 열고 트럼블을 풀어주었다.

트럼블은 여전히 충격이 가시지 않은 채로 허둥지둥 복도를 내달렸다. 이 어두컴컴한 곳을 한시라도 빨리 벗어나고 싶었다. 바바리족에게 조금 전까지 당한 일을 생각하면 트럼블은 분노에 휩싸여야 했다. 그러니 공동묘지로 돌아가 모두에게 이 사실을 폭로하며 불평을 토하는 정도가 트럼블이 할 법한 일들이었다.

하지만 그러지 않았다.

오히려 감사한 마음이 들었다. 트럼블은 다시 풀어준 것이 너무나 고마웠다. 최선을 다해 충성심을 증명해 보일 기회를 준 것도 감사하기만 했다. 핏물 웅덩이 속에 널브러져 있지 않은 것만 해도 다행이

원숭이 전쟁

다 싫었다.

이제부터 트럼블은 입을 꾹 다물고 충실하게 의무를 다할 작정이었다. 바바리족이 시킨 대로, 바바리족에게 회계 방법을 가르쳐줄 것이다.

무슨 짓을 해서라도 다시는 저 감방에 들어가고 싶지 않았다. 다시는.

숙청 사건에 대한 소문은 밀폐된 특별실에서 요양 중인 마이코에게도 들려왔다. 충격적인 소식이었다. 아빠처럼 충성스러운 원숭이마저 무사하지 못했다면 마이코의 목숨도 장담할 수 없었다. 한시 바삐 탈출구를 찾아야만 했다.

하지만 이 새로운 공포 분위기 속에서 과연 누구를 믿어야 할지 알수 없었다.

뜻밖에도 답은 우연찮게 찾아왔다. 어느 날, 화로 단지와 덩굴 밧줄이 금지되었다. 공식적인 이유는 구나가 제안한 혁신적인 방법이사용하기 어려워서였지만 진짜 이유는 구나의 방식이 개별 전사의자율성에 의지하는 전술이었기 때문이다. 이제 모든 명령은 중앙사령부에서 통제하게 되었다.

궁지에 몰린 구나가 마이코를 찾아와 금지를 풀어달라고 간절히요청했다.

마이코는 늙은 총교관을 지그시 바라보았다. 구나는 강한 인상에 단순하고 충성스러운 심성을 지녔고 전투 경험도 많았지만 이미 나이를 먹어 쇠약했다. 온몸의 털이 희끗희끗했고, 탄탄했던 몸도 많이 불어 있었다. 너무 많은 세상을 보아온 탓인지 눈빛도 지쳐 보였다. 그러나 이렇게 늙고 힘이 다 빠져버렸어도, 이 엄혹한 시기에 속마음을 소리내어 말할 수 있는 용기를 지닌 유일한 랑구르 전사였다.

"당장 달아나세요. 숨어야 합니다."

구나는 마이코가 충성심을 떠보는 것인가 싶어서 잠시 머뭇거렸다.

"하지만 대령님, 이곳이 제 집이고, 제가 아는 모든 것이 여기에 있습니다. 떠날 수는 없지요."

"그럼, 여기에서 죽을 겁니다. 생각보다 빠른 시일 내에."

마이코의 말을 듣자마자 구나는 등 뒤로 소름이 확 끼쳤다.

"그, 그런 명령이 내려졌습니까?"

구나가 두려운 표정으로 간신히 물었다.

마이코는 머리를 흔들었다.

"모릅니다. 하지만 타이렐이 교관님을 죽이고 싶어하는 이유는 알 수 있어요. 그렇기 때문에 얼른 달아나야 한다는 겁니다. 랑구르족이 예전에 살았던 기관차고에 대한 얘기를 들은 적이 있어요. 어딘가, 단추공장 옆이라고 했었는데."

"잘 압니다."

"아무도 그곳을 찾지 않을 거예요. 안 좋은 추억이 너무나 많을 테니까요. 떠돌이 원숭이로 살아남으세요……. 때가 올 때까지요."

"어떤 때를요? 뭔가 바뀔 예정입니까? 달아나는 게 어떻게 도움이 되죠?"

구나가 절박하게 물었다.

마이코가 고개를 저었다.

"모릅니다. 다만, 우리가 할 수 있는 일은 불확실한 미래를 대비하는 것뿐입니다……. 희망을 가지는 것도요."

마이코는 아파서 잠을 깼다. 뜨뜻한 액체가 끈적끈적했고 피 냄새가 났다.

욱신욱신한 손을 내려다보다 마구 뜯겨진 손바닥을 보고 충격을 받았다. 몸을 일으켜 앉은 뒤, 손바닥의 핏자국을 핥기 시작했다. 그러다 문득 깨달았다. 열에 들떠 잠든 사이에 자기 손바닥을 자기 손톱으로 쥐어뜯었던 것이다. 손바닥에 있는 정보부 표식을 지우기 위해서.

마이코는 피로 물든 손을 빤히 내려다보면서 자신의 죄를 정면으로 마주할 수밖에 없었다.

새벽녘이 오기도 전에 마이코는 자신이 얼마나 비겁한 겁쟁이였는지를 또렷하게 깨닫고 말았다. 평화를 위해 시도했던 모든 노력들은 마음속 두려움을 가리기 위한 눈가림에 불과했다. 남에게 인정을 받고자 하는 욕구가 마이코의 제일 큰 약점이었던 것이다.

이제 마이코는 타이렐의 부정한 손이 닿으면 모든 것이 썩어버릴 것이라는 사실을 알 수 있었다. 또한 맞서 싸우는 것만이 유일한 해결책이라는 사실도 절실히 깨달았다. 맞서 싸우는 일이야말로 마이코의 존재와 의미를 확인해 줄 터였다.

물론 투쟁이 쉽지는 않을 테지만 거짓으로 뒤범벅이 된 삶을 계속 살 수는 없는 노릇이었다. 마이코는 자신이 한몫해서 만들어낸 세계를 손수 부수어야 하는 운명에 처했다.

마이코에게는 단 하나의 길이 남아 있었다. 이 세상에서 마이코가 목숨을 걸고 믿을 수 있는 유일한 원숭이를 찾아가는 것이었다. 바로 파피나였다.

37장
한걸음

일단 결심을 하자 모든 것이 변했다.

마이코는 근육에 힘을 주고 힘들게 몸을 일으켜 세웠다. 팔을 뻗어 벽을 잡기까지 계속 비틀거렸지만 쓰러진 이후 처음으로 두 발로 일어섰다.

마이코는 다리를 움직여보려고 애를 썼지만, 이내 털썩 주저앉고 말았다.

손과 무릎으로 바닥을 기어서 영묘궁을 길게 가로지르는 도랑물까지 몸을 질질 끌고 갔다. 연못의 가장자리에 다다르자, 몸을 웅크린 채 연못물 위에 반사되어 일렁이는 달그림자를 바라보았다.

서서히 몸을 앞으로 구부려 눈을 감고 머리를 연못물 속에 담갔다.

그러자 몸 전체가 물속으로 완전히 빨려 들어갔다.

연못물은 차가운 물귀신처럼 마이코의 몸을 붙잡고 늘어졌다. 아무리 팔다리를 뻗어 헤엄을 치려 해봐도 온몸이 마비된 것처럼 옴짝달싹할 수 없었다.

더 깊은 물속으로 잠수해 들어가야 했다. 이렇게 자기 몸도 제대로 가눌 수 없는데 어떻게 타이렐 같은 독재자에게 덤벼들 생각을 감히 할 수 있었겠는가?

마이코는 입을 크게 벌리고 가슴이 터져라 비명을 질러댔다. 공기 거품이 터져 나오면서 연못물이 입안으로 한꺼번에 밀려들자 갑자기 마이코의 팔다리가 움찔했다. 처음에는 거칠게 허우적거리다가 이내 수영감각을 되찾았다. 발로 연못 바닥을 세게 차서 밀자 곧바로 수면 위로 솟아올랐다. 마이코는 헉헉거리며 숨을 급히 들이마셨다.

연못 밖으로 기어 나와 마이코는 몸을 굴려 드러누웠다. 하늘의 달이 보이자 웃음이 터져 나왔다.

이 사건 이후 마이코는 몰라보게 달라졌다. 날마다 근육을 키우기 위해 운동에 열중했고, 불굴의 의지로 더 세차게 자신을 몰아붙였다. 날이 갈수록 몸과 정신에 힘이 붙고 있는 느낌이 들어 무척 흡족했다.

하지만 영묘궁 바깥 세상에서는 타이렐 정권도 힘을 키우고 있었다.

랑구르 역사에 커다란 족적을 남기기로 결심한 타이렐은 공동묘지를 샅샅이 뒤지며 인간이 돌에 새긴 이상한 표식을 연구하기 시작했다. 개중에서 특별히 눈길을 끄는 한 가지 표식이 꽤나 흥미로웠다.

동시에 두 방향을 가리키는 '컴퍼스' 모양이었다. 이후 이 '컴퍼스' 표식은 타이렐의 상징이 되었다.

타이렐은 원숭이들을 모아 조각팀을 만들어서 영묘궁과 사관학교,

배급소, 여름별장 입구 위에 '컴퍼스' 표식을 새기도록 명령했다. 그러고 나서 공동묘지와 동부지구 정문의 돌기둥들에도 똑같은 표식을 새기게 했다.

얼마 지나지 않아 정예부대원들이 각자의 집 문 위에 '컴퍼스' 표식을 새기기 시작했다. 그러자 충성심을 공개적으로 내보이고 싶었던 원숭이들이 앞다투어 자기 집 바깥에 턱하니 '컴퍼스' 표식을 새겨놓았다.

이 표식은 랑구르 제국 전체로 퍼져 나갔다. 결국 랑구르족과는 아무런 연관 없던 표식이 타이렐의 음침한 목적에 의해 철저히 악용되고 만 것이다.

마이코는 은밀하게 방을 빠져나가 아래로 내려갔다. 그날 아침 허밍버드와 포고 장군을 비롯한 원로 참모들이 영묘궁으로 들어와 타이렐의 내실로 향했다. 태양이 중천에 높이 떠올랐건만 내실로 들어간 원숭이들은 아직도 모습을 보이지 않고 있었다. 무언가 심각한 계략을 논의 중인 것이 분명했다.

마이코는 내실의 문 앞에서 망설였다. 바닥에는 녹색 대리석이 한 줄 깔려 있었다. 이쪽은 마이코가 요양 중인 특별실이었고 저쪽은 권력으로 통하는 방이었다. 마이코는 서늘한 대리석 줄을 따라 선을 긋는 시늉을 했다. 마치 두 세계를 나누는 경계선 같았다.

마이코는 눈을 감고 예전의 자신감을 되찾으려고 노력했다. 마이코가 누구던가. 이 도시의 허름한 뒷골목까지 누비고 다니던 존재가 아니던가. 이 도시에서 마이코가 모르는 곳은 없었다. 다시 한 번 예전의 자신만만한 모습으로 돌아가야만 했다.

마이코는 눈을 번쩍 뜨고 경계선을 넘어 한걸음 내디뎠다.

회의실 밖은 정예부대원 둘이 지키고 서 있었다. 그러다가 마이코를 보자마자 깜짝 놀라 달려 나왔다.

"대령님, 회복하신 모습을 뵈니, 반갑습니다."

선임 부대원이 말했다.

"나도 다시 돌아오니 좋군요."

마이코가 대답했다. 하지만 회의실 문으로 향하자 선임 부대원이 앞을 막아섰다.

"영도자께서 비밀 회의를 주관하고 계십니다."

"나한테도 비밀이란 말입니까? 나는 어느 곳이라도 출입이 허용될 텐데요."

마이코가 예전 같은 목소리로 단호하게 어깃장을 놓았다.

두 부대원이 서로 불편한 시선을 주고받았다.

"회의가 끝나면 영도자께서 대령님을 직접 찾지 않으실까요?"

"아마 그러지 않으실 겁니다."

마이코가 단호한 표정으로 두 부대원을 밀치고 회의실 안으로 들어갔다.

한순간 회의실의 말소리가 딱 멈췄다.

타이렐은 상석에 앉아 있었고 그 옆에 허밍버드와 포고 장군 순서로 앉아 있었다. 그 밖의 다른 얼굴들은 낯설었다.

잠시 긴장된 침묵이 흘렀다. 그때 타이렐이 상황을 파악하고 벌떡 일어섰다.

"마이코 대령! 건강한 모습을 보니 기쁘군요."

타이렐이 반가운 목소리로 부르면서 얼른 달려 나왔다.

"마이코 대령이야말로 우리 군의 등불과도 같은 존재지요!"

타이렐이 부모라도 되는 양 뿌듯한 목소리로 말했다.

"우리 회의는 좀 미뤄둘까요?"

다들 긴장을 풀고 제각각 수다를 떨기 시작하자 타이렐이 마이코를 꼼꼼히 살폈다.

"회복이 빠르다는 말은 들었지만 정말 몰라보겠군요."

"수많은 일이 벌어지고 있는 판에 혼자 병실에 들어앉아 있을 수만은 없잖습니까?"

마이코가 넌지시 떠보듯 반문했다.

타이렐은 잠시 멈칫했다.

"마이코 대령……. 정확히 말하자면 상황이 너무나 빨리 변하고 있기 때문에 완전히 몸을 추슬러야할 필요가 있는 것이지요."

"하지만 제 몸은 확실히 좋아졌습니다. 어서 빨리 제 역할을 다하고 싶습니다."

"잘 알겠지만 대령의 자리는 바로 내 옆이지요."

타이렐이 슬쩍 마이코를 문 쪽으로 데리고 가며 말했다.

"하지만 이렇게 빨리 지도부 업무로 복귀해서 건강을 다시 해치게 만들 수는 없어요."

"지금은 확실히 회복……."

"바닥에 쓰러져 있는 대령을 직접 봤지요. 땀에 절어 완전히 지쳐 버린 모습을."

타이렐이 애석한 표정으로 고개를 절레절레 흔들었다.

"부탁이에요. 몸을 먼저 돌봐요. 히스터 생각도 좀 하고."

타이렐이 음흉한 눈빛으로 껄껄 웃음을 터뜨렸다.

"어쩌면 지금이 둘이 힘을 합쳐 머리 똑똑한 랑구르 전사를 생산할 때일지도 모르겠군요."

흐음, 그래, 이런 식으로 나오겠단 말이지.

마이코는 지금 이 회의실에서 중대한 이야기가 오가고 있다는 것을 알고 있었다. 하지만 끼어들 틈이 없었다. 이제 마이코는 권력의 상층부에서 쫓겨나고 만 것이다.

마이코는 이름 모를 원숭이들을 어깨너머로 쳐다보았다 권력의

향방이 어떻게 될 것인지 분석하느라 쉴 새 없이 머리를 굴리며 이리
저리 눈치를 보는 저들에게서는 두려움과 초조함의 냄새마저 풍겨
져 나오는 것 같았다. 결코 의심을 사서는 안 됐다. 그래서 마이코는
일부러 미소를 지으며 고개를 숙였다.

"옳은 말씀입니다. 회의 중에 불쑥 찾아와서 죄송합니다. 당장 일
하고 싶은 마음에……."

"사과는 안 해도 돼요. 대령의 충성심이 자랑스럽지 않나요?"

이 말을 끝으로 타이렐은 마이코의 등을 토닥여준 뒤 회의실 문을
열어주었다.

38장
두르가 푸자 축제

달이 하누만 석상 머리 뒤편에서 떠오를 때쯤 파피나는 불안한 꿈에서 깨어났다. 요 며칠 동안 제대로 잠을 잘 수가 없었다. 파피나의 생활은 인간들의 종교 축제 때문에 완전히 뒤죽박죽이 되어버렸다.

수도 없이 많은 성전들이 색색가지 화려한 석상들로 꾸며졌고, 큰 길가 양쪽에는 버섯처럼 양초들이 불을 밝히고 늘어섰다. 지붕 위는 온통 전구불로 장식되어 황혼녘에서 새벽녘까지 도시 전체가 별이 가득한 하늘처럼 반짝거렸다. 골목 모퉁이마다 거리의 악사들이 모여들어 밤새도록 악기를 시끄럽게 쳐댔다. 누가 더 큰 소리를 내는지 내기라도 하는 모양이었다.

사원 경내 정원에는 성전이 없었다. 하지만 축제 분위기 때문에 리서스족의 삶은 다른 방향으로 어려워졌다. 축제 기간 동안 거리의 시장들이 다른 곳에서 열리는 바람에 날마다 음식을 조금씩 훔쳐오는 일이 훨씬 더 힘들어졌고, 시끌벅적한 소음과 불꽃놀이가 끊임없이 이어져서 밤새도록 소란스러웠다.

원숭이 전쟁

무엇보다 힘든 점은 이런 소음에 재빨리 적응한 원숭이들이 코를 골며 잠꼬대를 하는 바람에 파피나의 불면증이 더 심해졌다는 사실이었다. 파피나는 잠시 바깥을 둘러보기로 했다. 일단 하누만 석상의 꼭대기까지 기어 올라오긴 했는데, 시끌벅적한 거리를 내려다보고 있자니 수많은 추억들이 몰려왔다. 파피나는 그런 추억들을 수없이 잊으려고 애를 썼고 마이코에 대한 마음을 끊어내려고 노력했지만, 기나긴 축제의 밤 때문에 모두 되살아나고 말았다.

이상하게도 파피나가 마이코를 떠올리자마자 랑구르원숭이처럼 보이는 형체가 언뜻 지붕 위를 가로지르는 것 같았다. 서둘러 어둠 속을 두리번거리자, 또다시 차가운 달빛에 기다란 꼬리가 휙 스치고 지나가는 것이 보였다.

파피나는 바짝 긴장했다. 잠시나마 마이코가 돌아온 것이 아닐까 생각했지만 이렇게 어슴푸레한 달빛으로는 분간하기 힘들었다. 그런데 랑구르원숭이가 지붕 끝자락에 얼굴을 내밀고 아래의 누군가에게 신호를 보내는 것 같아서 파피나도 아래를 내려다 보니…….

어두운 그림자들……. 수많은 그림자들이 뒷골목마다 가득 들어차 있었다.

그림자들이 착착 합쳐지더니, 나란히 골목길을 막아섰다.

파피나는 주위를 둘러보았다. 똑같은 불길한 움직임이 사원을 둘러싼 골목길마다 벌어지고 있었다. 너무나도 익숙한 쓴 맛이 입안에 느껴졌다. 공포의 맛이었다.

별안간 불꽃이 하나 터지자, 갑자기 사방이 환해졌다. 그 한순간에 사원을 향해 다가오는 랑구르 군 전체가 한눈에 보였다. 선봉에는 무시무시한 바바리족들이 진을 치고 있었다.

파피나는 목청껏 비명을 내질렀지만 리서스족은 여전히 깊은 잠에 빠져 꿈쩍도 하지 않았다.

파피나는 급하게 석상을 기어 내려가다가 잠든 리서스족을 향해 그냥 몸을 내던졌다.

"일어나! 어서! 일어나라고!"

드디어 리서스족이 어리둥절하고 짜증난 얼굴로 잠에서 깨어났다.

"랑구르족이 쳐들어왔어!"

너무 늦어버렸다. 순식간에 죽음 같은 무시무시한 함성이 골목마다 터져 나왔다. 파피나는 등골이 얼어붙었다. 빙 둘러보니, 랑구르 군이 몰려오고 있었다.

금세 아수라장이 벌어졌다. 사원 경내 정원은 필사적으로 도망치는 리서스원숭이들로 가득 찼다. 하지만 어느 쪽으로 도망치든 바바리족이 진을 치고 몰아붙이고 있었다. 리서스족은 점점 더 궁지에 몰렸다.

성난 리서스 원로가 바바리족들을 향해 돌진해서 포위를 뚫어보려 했지만 바바리족이 가차 없이 내두르는 칼날에 맞아 얼굴에 벌겋

원숭이 전쟁

게 상처만 남았다. 리서스 원로는 뒤로 비틀거리며 물러나다가 이내 쓰러져버렸다. 그러자 랑구르 군이 마구 짓밟으며 쏟아져 들어왔다.

리서스족은 바바리족의 위협적인 칼날에 겁을 먹고 계속 뒷걸음질만 쳤다. 그렇게 되자 리서스족은 한데 엉켜서 서로 짓눌리고 밟혀서 빠져나갈 구멍조차 찾을 수 없었다.

파피나는 필사적으로 몸을 움직여보려 했지만 팔이 옆구리에 붙은 것처럼 꼼짝도 할 수 없었다. 거의 압사당할 정도로 꽉 끼여서 서로의 공포어린 얼굴을 마주보며 겨우 숨을 쉬고 있었다.

갑자기 랑구르 군에 명령이 떨어지자, 기적적으로 공격부대 하나가 뒤로 빠졌다.

자유의 틈이 생긴 것이다.

리서스족은 그 틈으로 몰려들어 정원 밖으로 쏟아져 나왔다. 다들 허겁지겁 바바리족을 피해 골목길 아래로 내달렸다. 잠깐이지만 완전히 도망쳤다고 생각했다.

하지만 눈앞에 턱하니 찻집 창고가 골목길을 가로막고 있었다.

덫이다.

파피나가 뒤로 돌며 다른 리서스족에게 경고하려 했지만 또 너무 늦어버렸다. 점점 더 많은 리서스원숭이들이 파피나 쪽으로 몰려들고 있었다.

막다른 골목이 가득 차자 리서스원숭이들이 절박하게 서로의 머리 위로 기어 올라가기 시작했다. 다들 고개를 쳐든 채 짓밟히지 않으려고 필사적이었다.

파피나는 옆쪽 담장 위로 뛰어올라 간신히 배수관을 잡고 올라갔다. 그러자 바바리족 전술의 끔찍한 진상이 한눈에 보였다. 랑구르 대군이 난공불락의 벽처럼 골목길 끝을 막아서고 있었다.

"전진!"

주변의 건물이 울릴 정도로 커다란 명령이 떨어지자 랑구르 군이 떼로 움직였다.

그리고 대학살이 펼쳐졌다.

파피나는 공포에 질린 눈으로 지켜볼 수밖에 없었다. 최전선에 선 랑구르 군이 몽둥이를 치켜들고 원초적인 쾌락에 사로잡힌 채 리서스족의 두개골을 때려부쉈다. 리서스족이 바닥에 쓰러져 짓밟혔지만 랑구르 군은 아랑곳하지 않고 또다시 몽둥이를 치켜들었다.

배수관에 매달린 파피나는 비명과 신음에 귀가 먹먹했다. 리서스 원숭이들은 뒤로 물러서며 점점 더 심하게 궁지로 몰리고 있었다.

"제발! 이 아기를 받아주세요!"

밑에서 울먹이는 소리가 들려왔다. 젊은 엄마가 아기를 파피나 쪽으로 들어 올리고 있었다.

파피나는 얼른 한손으로 배수관을 잡고 매달린 채 아기를 낚아채 업었다. 아기는 겁에 질려 벌벌 떨고 있었다.

원숭이 전쟁

"꼭 붙잡아!"

아기 원숭이는 파피나의 털을 꼭 붙잡은 채 힘없이 훌쩍였다.

이 상황을 보고 수많은 리서스원숭이들이 배수관을 향해 뛰어오르기 시작했다. 하지만 그들의 무게를 지탱하기에는 배수관이 너무 약했다. 배수관 나사가 벽에서 뜯겨서 배수관 아랫부분이 떨어지는 바람에 파피나는 더 높이 기어 올라갔다.

이제야말로 리서스족이 무참히 살해당하는 광경을 마냥 지켜보는 수밖에 없었다. 발밑에 펼쳐진 두려움에 가득 찬 얼굴들이 흐릿해지면서 절망이 넘쳐나는 광란의 지옥처럼 보였다.

"파피나!"

한순간 외침이 귀를 울렸다. 퍼뜩 정신을 차리고 둘러보자, 조금 떨어진 곳에서 피그가 자식 둘의 목을 움켜쥔 채 필사적으로 들어올리고 있었다.

"이리로 넘겨주세요!"

파피나가 냅다 소리를 질렀다. 그러자 절망스러운 대혼란 속에서 목숨이 다할 지경에 놓인 원숭이들은 작은 생명이라도 살려보고자 애를 썼다.

리서스원숭이들이 합심해서 아기 원숭이들을 잡아 머리 위로 넘겨주기 시작했다. 훔친 과일꾸러미를 넘겨주듯 손에서 손으로 조심스럽게 옮겼다.

피그가 크게 안도의 한숨을 내쉬며 소중한 아기들이 쭉 옮겨지는 모습을 지켜보았다.

그런데 한순간 첫째 아기가 시야에서 사라져 군중 속으로 떨어졌다.

"안 돼!!!"

하지만 피그의 비명이 울려 퍼지자 혼란이 더 심해졌다. 둘째 아기도 형을 찾아 두리번거리다가 리서스원숭이들의 손에서 미끄러져 떨어져서 한순간에 사라졌다.

피그는 미친 듯이 울부짖으며 리서스원숭이들을 헤치고 앞으로 나가려 했지만 이 아수라장 속에서는 아무런 소용이 없었다. 모두들 불가능한 자유를 향해 팔을 마구 뻗쳐대며 서로의 머리를 잡고 기어오르느라 정신이 없었다.

그러는 동안, 랑구르 군이 피에 굶주린 눈을 번뜩이며 가차 없이 밀고 들어왔다. 입에서 신음소리가 절로 나올 정도로 있는 힘껏 몽둥이를 휘둘러대면서 힘을 과시하며 흡족해했다.

바로 그때, 바바리족 지휘관 하나가 배수관에 매달린 파피나를 발견했다. 파피나는 그 지휘관이 한쪽에 대기하고 있던 바바리족 분대에게 명령을 내리는 소리를 들었다. 곧 바바리족 분대가 파피나를 둘러싼 담장을 향해 커다란 바위들을 던지기 시작했다.

파피나의 등 뒤에 업힌 아기 원숭이가 겁에 질려 비명을 질렀다. 파피나는 여기에서 더 할 수 있는 일이 없다는 것을 깨달았다. 조금

원숭이 전쟁

이라도 기회가 있을 때 얼른 도망가서 등 뒤에 매달린 생명이라도 구해야 했다. 흔들거리는 배수관을 꽉 움켜쥐고 올라가서 지붕 위로 달아났다.

인간들. 파피나가 생각할 수 있는 것은 인간들뿐이었다.

곧장 인간들을 향해서 달려갔다. 아무리 랑구르족이라도 인간들 앞에서 학살을 저지르지는 못할 터였다. 그래서 파피나는 불꽃놀이가 벌어지고 있는 도시의 한복판을 향해 정신없이 내달렸다. 심장은 미친 듯이 뛰었고 머릿속은 온통 생존본능만이 꿈틀대고 있었다.

결국 파피나는 나지막한 지붕 위에 올라 앉아 성전에서 흥겨움에 취해 흥청거리며 아무렇게나 춤을 춰대는 사람들을 내려다보았다.

파피나가 지금 제일 원치 않는 것이 술에 취해 흥청거리는 사람들 곁에 있는 것이었다. 누군가 내장을 다 파내버린 것처럼 아무것도 느낄 수가 없었다. 하지만 지금 당장 이 도시에서 제일 안전한 곳은 이곳뿐이었다.

얄궂게도 저 멀리서 흥겨운 음악소리가 들려오는 가운데 대학살이 벌어졌다. 하지만 이런 모순적인 상황도 타이렐에게는 대수롭지 않았다.

"리서스족이 제일 인간들을 필요로 할 때 인간들은 어디에 있었느냐는 말이죠. 인간들은 그저 신들을 섬기느라 정신이 없었어요."

타이렐이 사체 가득한 거리를 내려다보며 허밍버드에게 말을 걸었다.

허밍버드는 그저 고개만 끄덕였다. 언제나 행동으로 보여줄 뿐, 언변이 좋은 원숭이는 아니었다. 허밍버드는 사원 경내 정원으로 쳐들어가서 리서스족을 제거하라는 명령을 받았기 때문에 즉시 아주 잔혹하게 효율적으로 처리했을 뿐이었다. 이제 바바리족의 앞날에는 아주 후한 보상만이 기다리고 있었다.

그러나 마지막으로 모두가 꺼리는 작업이 남아 있었다.

"사체들은 어떻게 했죠?"

타이렐이 물었다.

"쥐 떼에게 맡겨졌습니다."

허밍버드의 대답에 타이렐이 고개를 저었다.

"너무 느리고 지저분한 방법이에요."

타이렐은 뒤틀린 사체 더미를 보며 역겹다는 듯 손을 휘휘 내저었다.

"이렇게 놔두면 인간들의 눈에 띌 위험이 커요. 그러면 안 되지요. 증거 인멸이 필요합니다."

타이렐이 등을 돌리고 걸어가자 참모들이 주위를 에워쌌다. 갑자기 타이렐이 얼굴을 찡그렸다. 무언가 날카로운 물체가 발을 찔렀기 때문이다. 아래를 내려다 보니, 색색가지 조각들이 눈에 띄었다.

"이게 뭐죠?"

참모 중 하나가 허리를 굽혀 조각들을 주워 타이렐에게 건넸다. 아수라장 속에 짓밟혀서 깨진 조각상 같았다.

호기심이 동한 타이렐이 조각을 맞춰보자 세 마리의 리서스원숭이 조각상이 나타났다. 하나는 눈을, 다른 하나는 귀를, 마지막 하나는 입을 가리고 있는 모습이었다.

"별것 아니군."

타이렐이 코웃음을 치며 귀찮다는 듯 깨진 조각상을 하수구 도랑에 휙 던져버렸다.

허밍버드는 타이렐의 뒷모습을 지켜보았다. 바바리족은 이제껏 어떤 싸움도, 전투도 회피한 적이 없었다. 그런데 사체를 치우라고? 용맹한 바바리족 전사에게 그런 하찮은 작업을 시킬 수가 없었다. 그래서 포고 장군에게 떠넘겨버린 후 부하들을 이끌고 공동묘지로 돌아갔다.

포고 장군은 밤새도록 랑구르 순찰대를 데리고 사체들을 치웠다. 도시 전체를 오가며 도랑이나 쓰레기장에 사체를 하나씩 버려두었다. 앞으로 몇 주에 걸쳐 인간들은 쓰레기장이나 꽉 막힌 배수관, 버려진 건물 등에서 썩어가는 원숭이 사체를 발견하게 될 터였다.

태양이 떠오를 때쯤, 얼마 남지 않은 리서스원숭이들이 지붕 위에 앉은 파피나를 발견하고 용기를 내어 모여들었다. 몇몇은 파피나가 아는 얼굴이었지만 대부분 낯설었다. 대학살이 일어나기 전 사원 경내 정원은 너무나 많은 리서스 난민들이 복작거리며 살고 있어서 모두를 다 알고 지내기는 불가능했다.

살아남은 원숭이들은 제각각 사연이 있었다. 몇몇은 밖으로 식량을 구하러 나갔다가 돌아오는 길에 습격을 알아채고 정신없이 달아나 목숨을 지켰고, 또 몇몇은 사체 밑에 숨어서 대학살이 끝날 때까지 기다렸다가 근처 건물로 숨어들었다.

그러나 차라리 죽기를 원하는 이들도 있었다. 피그와 트위처가 그랬다. 파피나는 피그와 트위처를 발견하자마자 얼른 달려가 꽉 끌어안았다.

피그와 트위처는 아무런 반응 없이 가만히 쭈그리고 앉아 있을 뿐이었다. 어떤 말로도 둘의 슬픔과 고통을 표현할 길이 없었다. 소중한 자식 둘을 잃었으니 이제 무슨 낙으로 살아가겠는가. 피그와 트위처는 완전히 캄캄한 곳에 우두커니 서 있었다고 했다. 아무런 노력도 하지 않았는데 살아남아버린 셈이다.

파피나는 계속 엄마가 되지 못한 것을 후회했지만 오늘만큼은 다행이다 싶었다. 저렇게 가슴 찢어지는 아픔을 겪지 않아도 되니까. 이제 파피나의 고독은 힘의 원천이 되었다. 다른 원숭이들도 어렴풋이 그 사실을 감지한 듯했다. 본능적으로 파피나 주위로 모여들었고

원숭이 전쟁

파피나가 이끌어주기를 기대하고 있었다.

축제에 지친 인간들이 비틀거리며 집으로 돌아가고 있었다. 파피나는 더는 지붕 위에 머무를 수 없겠다고 생각했다. 지붕은 너무 훤히 드러난 곳이었고, 여전히 랑구르족과 가까웠다.

파피나는 살아남은 원숭이들을 최대한 조용히 불러 모았다. 다 합쳐 스물 남짓이었다. 나머지는 다 죽었다고 봐야 했다. 가슴은 찢어질 듯 아팠지만 절박한 처지의 리서스 난민들은 파피나를 따라 지붕에서 내려와 골목길로 숨어들 수밖에 없었다.

이제 어디로 가야할까? 파피나도 알지 못했다. 이 새로운 세상에서 도대체 어디로 가야 리서스원숭이들이 평화롭게 살 수 있을까?

한 가지는 분명했다. 다시는 랑구르족을 믿지 않으리라. 대학살의 밤에 느낀 공포 덕분에 분노가 증오로 더 단단히 굳어지고 말았다.

딱 한 번은 마이코를 믿고 평화로운 도시를 꿈꾸기도 했다.

이제는 아니었다.

만약 마이코가 살아 있다면 랑구르족의 공격을 미리 알려주었을 것이다.

만약 마이코가 죽었다면 이제 랑구르 세계에는 좋을 것이 하나도 없었다. 단 하나도.

39장
집회

대학살에 대한 소문이 공동묘지 안에 무성하게 퍼져 나갔다. 전투에서 돌아온 랑구르 군사들이 리서스 문제에 대한 '영구적인 해결책'을 흥분해서 떠들어대기 시작했기 때문이다.

아직 공식적인 발표는 없었다. 타이렐이 선호하는 방식은 황혼녘에 랑구르원숭이들을 모두 불러모아 '대승리'를 선언하는 집회를 여는 것이었다.

그러나 마이코는 해가 질 때까지 기다릴 수 없었다. 당장 진상을 알아내야 했다.

마이코는 헐레벌떡 부모님의 집으로 달려갔다. 브레리는 벌써 돌아와 있었다. 키마와 반다가 브레리 옆에서 전쟁 영웅이라고 치켜세우며 호들갑을 떨고 있었다. 트럼블도 맏아들 옆에 딱 붙어 앉아서 귀를 기울이고 있었다.

브레리가 고개를 들고 마이코를 향해 거들먹거리는 미소를 지었다.

"잘 왔어."

브레리가 마치 이 집안의 가장이라도 된 것처럼 양팔을 뻗어 마이코를 끌어안았다.

"무슨 일이 있었던 거야? 거기에 형도 있었어?"

마이코가 성급히 캐묻자 갑자기 방 안에 긴장감이 감돌았다.

"진짜야? 대학살이 벌어졌다는 게?"

키마와 반다는 관여하기 싫다는 듯 눈을 내리깔았다.

브레리가 마이코를 훑어보았다. 오랫동안 동생은 랑구르 군의 떠오르는 별처럼 모두의 존경을 한 몸에 받았다. 그러나 한 번 쓰러지고 난 이후 보잘 것 없는 존재로 전락해버렸다. 반면 그동안 브레리는 랑구르의 운명을 완전히 뒤바꿀 주요 전투를 호령하고 다녔다.

브레리는 이 순간을 만끽하면서 느긋하게 미소를 지으며 애매하게 답했다.

"이제 딱 하나의 원숭이만 남은 거지."

키마와 반다는 이 말을 브레리가 집안의 가장이라는 선언으로 받아들였다. 어쨌든, 브레리가 지금 이 집안에서 제일 강한 남자이긴 했다. 하지만 마이코와 트럼블은 이 말을 전혀 다르게 받아들였다. 즉, 리서스원숭이가 전멸했다는 뜻으로 풀이했다.

마이코는 털썩 주저앉았다. 사원 경내 정원을 돌아다니던 순박한 리서스원숭이들의 모습이 마음속을 스치고 지나갔다. 그러나 누구보다도 파피나가 걱정되었다. 과연 살아남긴 했을까? 파피나가 마이코

를 제일 필요로 할 때 또다시 지켜주지 못했다. 제일 강하게 나서야
할 때 약한 모습으로 드러누워 지냈다니, 후회로 가슴이 찢어졌다.

"자, 이제 자축연을 열어야지?"

키마가 분위기를 바꿔보려고 밝게 물었다.

그러나 브레리는 동생의 반응을 살피느라 여념이 없었다.

"어째, 넌 기쁘지 않은 것 같다?"

마이코는 이제 속마음을 숨기는 것이 지긋지긋했다. 그냥 역겨운
감정을 토해내며 랑구르족의 야만성을 성토하고 싶었다. 이런 분노
에 공감하는 누군가를 찾고 싶어서 아빠를 간절히 쳐다보았지만, 트
럼블은 마이코의 시선을 회피해버렸다.

참으로 한심했다. 어릴 적 마이코는 아빠를 우뚝 솟아오른 탑처럼
생각했는데, 이제 와서 보니, 완전히 허물어진 폐허일 뿐이었다. 트
럼블마저 의지가 꺾였다면 랑구르 군대 안에서 어느 누가 용기를 내
어 할 말을 하겠는가?

"난 이만 가보는 게 좋겠어."

마이코는 서둘러 집을 나왔다.

다른 곳에서도 위안을 찾을 수 없었다.

마이코는 멍한 눈빛으로 공동묘지를 돌아다니며 여러 대화를 엿
들어봤지만, 대학살에 충격을 받은 원숭이는 아무도 없었다. 주변의

누구도 경악하지 않았기에 아무도 경악하지 않았다. 순응하는 습관이 든 자들에게는 용기를 기대하기가 점점 더 힘들어졌다.

마이코가 배급소에서 걸어나오는데 으슥한 곳에서 불쑥 목소리 하나가 들려왔다.

"정말이군요."

마이코가 고개를 번쩍 들어보니, 낯선 원숭이 하나가 나무 위에 앉아 무심하게 이빨을 쑤시고 있었다.

"정말 기뻐하지 않는군요?"

"당신 누구요?"

"아무도."

마이코는 등골에 소름이 쫙 끼쳤다.

"도대체 무슨 말을 하는 거요?"

마이코가 애써 어리둥절한 표정을 지으며 되물었다.

"그렇게 대답하시겠다?"

낯선 원숭이는 훌쩍 뛰어내려 마이코의 얼굴을 빤히 살펴보더니, 영묘궁 쪽으로 서둘러 사라졌다.

타이렐의 강점 중 하나는 마음을 둔감하게 만들 수 있는 능력이었다. 순전히 의지만으로 마음을 차갑게 해 어떤 감정에도 휘둘리지 않을 수 있었다. 마이코가 랑구르의 공식 정책에 대해 혐오하는 태도를 내보였다는 말을 들었을 때, 타이렐은 단호하게 결정했다. 즉시 허밍버드를 불러 마이코의 암살을 지시했다.

호전적인 바바리원숭이조차 허를 찔린 듯 움찔했다. 허밍버드는 한때 타이렐이 마이코를 얼마나 아꼈는지 잘 알고 있었다. 그런데 이렇게 꼬리 뒤집듯 쉽게 사라질 애정이라면, 타이렐의 세상에서 과연 어느 누가 무사할 수 있을지 문득 의심이 들었다.

랑구르원숭이들이 기대감 어린 말들을 주고받으며 승리 집회에 모여들었다. 마이코는 자기 집 지붕 위에 앉아 군중들을 바라보고 있었다. 다들 마이코가 집회에 참석하리라고 예상하겠지만, 환호하는 군중 속으로 들어간다는 생각만으로도 구역질이 났다.

히스터는 마이코의 옆에 앉아 조용히 털을 골라주고 있었다. 마이코의 걱정거리는 히스터에게 딴 세상 이야기일 것이 분명했고 히스터가 무슨 말을 한다고 해결될 문제도 아닐 터였다. 그저 히스터가 제일 잘 아는 방식으로 마이코를 위로할 뿐이었다. 당연히 부드러운 손길로 털을 골라주는 일 말고 무엇이 더 있겠는가.

히스터가 마이코의 귀를 간질이며 입을 열었다.

"이제 움직일 시간이에요. 이러다가 연설을 놓치겠어요."

마이코는 고개를 끄덕였지만 꿈쩍도 하지 않았다. 그래서 히스터는 키득거리면서 마이코의 꼬리를 잡고 장난스럽게 지붕 아래로 끌어당겼다. 마이코가 털썩 넘어지며 히스터를 덮쳤다. 마이코는 히스터의 예쁘장한 얼굴을 내려다보며 새삼 놀라움을 금치 못했다. 어떻게 이렇게 아무렇지 않을 수 있을까. 주변이 어떻게 돌아가고 있는지 정녕 모른단 말인가.

"나 잡아봐요!"

히스터가 꿈틀거리며 빠져나와 영묘궁 쪽으로 달려가며 말했다.

마이코와 히스터가 집회에 도착했을 때는 이미 랑구르 전원이 모여서 환호성을 내지르며 구호를 외치고 있었다.

"랑-구-르! 랑-구-르! 랑-구-르!"

외침소리가 공동묘지 담장에 메아리쳤고 곧바로 타이렐을 연호하는 소리가 이어졌다.

"타-이-렐! 타-이-렐! 타-이-렐!"

히스터는 군중의 박력에 압도되어 웃음을 터뜨렸지만, 마이코는 등골이 서늘해졌다. 이성을 내던지고 흥분에 차 연호를 외치는 군중을 보고 있자니, 끔찍한 생각만 들었다.

연호 소리는 점점 더 커져서 사그라질 기미가 보이지 않았다. 바로 그때, 타이렐이 연단에 올라섰다.

타이렐이 느긋하게 연호를 즐기면서 양팔을 들어보였다. 그러고 나서 마치 이 역사적인 날에 부하들의 역할도 인정한다는 듯 겸손하게 포고 장군과 허밍버드를 가리켰다. 이 단순한 행동이 군중의 마음을 사로잡았고, 군중은 타이렐에게 더 열광하며 찬사를 보냈다.

모두가 행복감에 도취된 때, 타이렐은 군중을 쓱 훑어보다가 마이코의 눈과 마주쳤다. 아주 찰나였지만 마이코에게는 충분히 긴 시간이었다. 마이코는 독재자의 차가운 눈빛에서 결별을 읽었다.

마이코는 주위를 빙 둘러보며 옆에서 환호하는 군중의 얼굴을 하나씩 살폈다. 그리 멀지 않은 곳에 바바리원숭이 하나가 시커먼 눈을 번뜩이며 도사리고 있는 모습이 눈에 들어왔다. 음산한 표정의 바바리원숭이는 연설을 듣는 둥 마는 둥 하면서 오로지 마이코만 사냥감처럼 주시하고 있었다.

암살자다.

마이코는 얼른 히스터의 팔을 붙잡고 군중 속으로 끌어당기며 도망을 치기 시작했다. 그러나 어깨너머로 슬쩍 볼 때마다 암살자는 여전히 따라오고 있었다. 반격은 불가능했다. 오직 도망만이 살 길이었다.

히스터에게는 설명할 시간이 없었다. 그저 꽉 끌어안은 채 군중 속을 빠져나왔다.

"지금 당장 떠나야겠소."

남편의 작별인사에 히스터는 충격을 받았다.

"안 돼요……."

"미안하오."

"안 돼요! 마이코! 가지 말아요!"

"이러는 게 더 안전하다오."

히스터는 결코 놓아줄 수 없다는 듯 마이코의 팔을 붙잡고 늘어 졌다.

"당신을 위해 모든 걸 했어요. 모든 걸! 이렇게 날 버릴 순 없어요!"

히스터의 고통스러운 표정과 단호한 눈빛에 마이코의 가슴이 찢 어졌지만 히스터는 절대로 도망자의 고생길을 버텨낼 여자는 아니 었다.

마이코는 양손으로 히스터의 얼굴을 감싼 채, 이제 상황이 완전히 뒤집혔다는 사실을 제발 이해해달라는 눈빛으로 간절히 바라보았다.

"히스터, 미안하오. 당신에게 상처 줄 생각은 없었소."

그러나 아무 소용이 없었다. 지금은 어떤 말도 칼날처럼 가슴을 난 도질할 뿐이었다. 마이코는 이 고통을 정말 끝내고 싶었다. 결국 등 을 돌리고 달아났다.

히스터는 너무 큰 충격에 머리가 멍해졌다. 온 세상이 무너진 듯했 다. 이렇게 히스터가 휘청거리고 있을 때 군중 속에서 검은 형체가 불쑥 뛰어나왔다. 히스터가 돌아보니, 바바리원숭이 하나가 눈을 번 뜩이며 으슥한 곳들을 살피고 있었다. 바바리원숭이의 차가운 시선 과 마주치자 히스터는 움찔 움츠러들었다. 그러나 바바리원숭이는 히스터에게 달려들지 않았다. 아직 때가 아니었다.

바바리원숭이는 콧방귀를 뀌더니, 히스터를 스쳐지나갔다.

마이코가 오늘밤 살아남으려면 바바리 암살자를 혼란시켜 조금이라도 시간을 벌어야 했다. 으슥한 곳으로만 옮겨 다니며 영묘궁으로 내달렸지만, 병실로 사용했던 특별실이 아니라 다른 복도를 통해 빙 돌아 연못으로 향했다. 연못가에서 숨을 한 번 깊게 들이 마신 후, 슬그머니 물속으로 들어갔다.

그렇게 물속에서 물결 너머를 쳐다보며 암살자가 나타나기를 기다렸다. 폐가 쪼그라들어 등까지 뻐근해졌지만 당장은 물 밖으로 나갈 수 없었다. 지금은 기다려야만 했다.

여전히 바깥에는 아무런 움직임이 없었다.

공기가 폐에서 조금씩 새어나가자 마이코의 몸이 조금씩 떠올랐다. 가슴이 터질 것처럼 아파서 막 입을 열고 물속에서 숨을 쉬려는 순간, 바깥에서 어떤 움직임이 보였다.

마이코는 몸을 딱 굳힌 채, 거대한 바바리 암살자가 연못가를 내달려 마이코가 머물던 특별실 문을 발로 차는 모습을 지켜보았다.

당연히 빈 방이었다.

암살자는 좌우를 두리번거렸다. 마이코가 영묘궁 어딘가에 숨어들었다는 것쯤은 알고 있었다. 오늘밤 반드시 피를 보고 말겠다는 듯 결연한 얼굴로, 바바리 암살자는 영묘궁 입구로 되돌아갔다. 처음부터

　　　　　　　　　　　　　　　　원숭이 전쟁

더 샅샅이 뒤질 속셈이었다.

암살자가 사라지자마자 마이코는 수면으로 확 튀어올라 허겁지겁 숨을 들이켰다. 공기가 순식간에 폐를 채웠다.

그리고 두려움도 같이 차올랐다.

이제 낭비할 시간이 없었다.

마이코는 서둘러 영묘궁 벽 위로 올라가 도랑물로 뛰어내렸다. 그리고 도랑물을 따라서 공동묘지 담장 아래 구멍이 뚫려 있는 곳까지 걸어갔다.

마이코는 고개를 돌려 공동묘지를 마지막으로 바라보았다. 랑구르 군중의 열광적인 환호성이 지금도 들려왔다. 무지막지하고 폭력적이기까지 한 함성이었다.

마이코는 숨을 한 번 들이마신 후, 도랑물 속으로 살며시 들어갔다. 그러고는 감쪽같이 종적을 감췄다.

3부

원숭이 전쟁

모름지기 대대로 자식의 자식들까지 노예로 전락시켜 죄와 타협하
게 만들리라.

—제임스 러셀 로웰, 〈오늘날의 위기〉

40장
잠적

빈손으로 돌아가는 것은 계획에 없었다.

바바리 암살자는 마이코 암살에 실패하자 난감해졌다. 어쩔 수 없이 타이렐의 분노를 줄여보려고 부랴부랴 동료들을 모아 마이코의 집을 급습해서 비통에 잠겨 있는 히스터를 심문용 감방으로 끌고 갔다.

히스터는 아무런 저항도 하지 않았다. 이미 온 세상이 산산조각 나버렸기 때문에 주먹이나 막대기로 얻어맞아 몸이 아픈 것은 아무것도 아니었다.

하지만 바바리 암살자에게는 히스터를 끌고 가는 것이 빈손보다 나았다. 암살자는 초조한 심경으로 여름별장에 서 있었다. 바로 옆에서 허밍버드가 타이렐에게 상황을 설명하고 있었다.

"알고 있는 게 있다면 히스터는 반드시 말할 겁니다."

"히스터가 연관이 있다하더라도 정작 히스터는 혼자서 아무것도 못하는 여자입니다. 그저 예쁘장한 인형에 불과하니까요."

타이렐은 강박증세가 심해져서 금세 음모론을 꺼내들었다.

"틀림없이 마이코의 탈출을 도운 자들이 존재합니다. 우리의 의도를 눈치 채고 있던 누군가가……."

허밍버드는 잠시 망설였다. 여기에 동의를 하면 타이렐의 강박증에 부채질을 하는 격이었고, 동의를 하지 않으면 엄청난 분노를 살 위험이 있었다. 그래서 그저 같은 말만 되풀이할 수밖에 없었다.

"제가 책임지고 히스터의 입을 열겠습니다."

"그럼, 한 번 강하게 몰아붙여 보세요."

허밍버드는 고개를 끄덕이며 음산한 미소를 지었다. '강하게 몰아붙이라'는 말이 타이렐 정권에서는 이미 필수적인 어휘가 되었다는 점이 왠지 흥미로웠다.

"굳이 말할 필요도 없겠지만, 마이코는 이미 끝장난 셈이죠. 앞으로 죽어라 도망쳐 다닐 테니까요."

허밍버드가 마이코 문제에 종지부를 찍는 의미로 말을 덧붙였다.

"굳이 말할 필요도 없겠지만,"

타이렐이 슬쩍 경멸 섞인 미소를 지으며 말을 이었다.

"아주 약간이라도 마이코에게 동정을 보이는 자는 누구든지 뿌리째 뽑아야 합니다. 반대파는 결코 두고 볼 수 없지요. 누구든지. 알겠습니까?"

허밍버드가 정중하게 고개를 숙이며 답했다.

"네, 명심하겠습니다."

원숭이 전쟁

타이렐은 손짓 한 번으로 바바리족을 물리더니, 탑의 높은 창가에 앉아 꼬리털을 쓰다듬으며 생각에 잠겼다.

이 도시의 원숭이 가운데 오직 마이코만이 위협적인 존재로 느껴졌다. 타이렐은 계속 이성적으로 생각하자며 마이코는 보잘 것 없는 녀석이라고 스스로를 타일렀다. 도대체 왜 랑구르 군의 최고 지도자이자 랑구르 영토의 통치자이며 수호자인 내가 심지어 정예부대원들과도 싸워본 적 없는 한낱 도망자를 두려워해야 하는가?

오로지 마이코의 지능 때문이었다.

마이코는 타이렐 수준으로 머리를 쓸 줄 아는 유일한 원숭이였다. 한낱 도망자라고 생각하기에는 너무 영리했다. 타이렐은 마이코의 잘려진 머리를 직접 확인하기 전까지 앞으로 영영 평온함을 누리지 못할 것만 같았다.

그러나 바바리 암살자도 실패한 마당에 어느 누구에게 이 중요한 임무를 믿고 맡길 수 있겠는가?

대학살이 벌어진 이후 며칠 동안, 파피나는 살아남은 리서스원숭이들을 데리고 도시를 벗어났다.

허둥지둥 걷고 오르고 기어갔다.

판자집이 늘어선 판자촌을 지날 때는 인간들이 복작거려서 도저히 쉴 곳을 찾을 수 없었고, 조용한 교외 부촌을 지날 때는 인간의 눈에 띄면 큰일 나겠다는 생각에 걸음을 멈출 수 없었다. 그러다가 마침내 제멋대로 지어진 것 같은 제철공장에 이르렀다.

다들 철책선 바깥에 쪼그리고 앉아 거대하고 추잡한 건물 단지를 바라보았다. 설계도 없이 되는 대로 지은 것처럼 옥상 위에 연기를 뿜어대는 파이프들이 어지럽게 얽혀 있었다. 시커멓게 때가 낀 건물들이 현재 리서스원숭이들의 기분과도 얼추 어울렸다.

근처에 시장이 없어 식량을 구하기는 어려울 것 같았다. 반면 다른 동물들과 자리를 두고 싸울 일은 없을 테니, 그 점은 마음이 놓였다. 게다가 공장을 드나드는 노동자들과 트럭들만 잘 피하면 계속 안전할 수 있을 터였다.

조심스럽게 탐사에 나선 결과, 폐수탑 하나를 발견했다. 탑 속에 들어가 보니, 어둡고 축축하기는 했지만 남들 눈에 띄지 않아 한동안 보금자리로 삼을 만했다.

살아남은 리서스원숭이들은 다 같이 옹기종기 모여 있었다. 파피나는 온몸이 노곤했지만 잠을 푹 잘 수가 없었다. 마음속에 계속해서 떠오르는 의문들을 무시하기가 힘겨웠다.

이리저리 뒤척이다 보니, 잠을 못 이루는 자가 또 있다는 것을 알게 되었다. 저기 어두운 구석에서 피그가 최면에 걸린 듯 앞뒤로 몸을 흔들고 있었다.

반쯤 정신이 나간 듯 보이는 피그의 모습이 무섭기까지 했다. 피그는 자기 속으로 깊숙이 움츠러든 것만 같았다. 파피나는 앞뒤가 맞지 않는 말을 중얼거리는 피그를 보면서 자식들을 잃은 그 순간 피그의 가슴에 커다란 구멍이 뻥 뚫려버렸다는 것을 깨달았다. 마치 홍수가 휩쓸고 지나간 자리에 잔해만이 남듯이.

어느 누구라도 이 상상조차 할 수 없는 고통을 지우기 위해 할 수 있는 일이라고는 아무것도 없었다. 그저 시간이 지나가면 상처가 아물기를 바라고 또 바랄 수밖에.

이튿날 아침부터 새로운 생활이 시작되었다.

새롭게 생계를 꾸려나가기 위해, 파피나는 각자에게 임무를 맡겼다. 몇몇은 제철공장을 정찰하러 보냈고, 몇몇은 식량을 구하러 길을 나섰다. 그동안 파피나는 망보는 순서를 결정했다.

파피나는 조금 망설이다가 조심스럽게 피그에게 다가가서, 아이들이 안전하게 놀 수 있는 놀이터를 만들어보지 않겠냐고 물었다.

아무런 대답이 없었다. 그저 어두운 곳에 웅크리고 앉아 주변의 어떤 상황에도 반응을 보이지 않았다.

트위처조차 피그에게 어떻게 다가가야 할지 모르는 것 같았다. 대학살 이후 트위처는 자신감을 완전히 잃어버렸다. 주저하고 머뭇거리는 지금 모습을 보고 있자면 예전에 도시를 당당하게 누비던 모습이 거짓말처럼 여겨졌다.

살아남은 리서스원숭이들은 단순히 보금자리에서 내쫓긴 것만이 아니었다. 원래의 자기 모습도 잃어버렸다.

마이코는 대대적인 추적이 이미 시작되었다고 짐작할 수밖에 없었다. 제일 좋은 방법은 미로 같은 좁은 뒷골목을 고수하는 것이었다. 수많은 집들과 지하실이 다닥다닥 붙어 있어 여차하면 숨어들기 좋았다.

하지만 이런 골목도 나름 문제가 있었다. 커다란 쥐 떼가 먹이를 찾아 우르르 몰려다녔다. 게다가 쥐 떼가 상주하는 곳이라면 반드시 멀지 않은 곳에 뱀이 살았다. 그래서 마이코는 귀를 쫑긋 세우고 눈을 번뜩이면서 사방을 경계해야 했다. 그렇게 쉴 틈 없이 으슥한 곳만 찾아다니며 언제나 공동묘지와 거리를 두었다.

그래도 마이코에게는 계획이 있었다. 오로지 그 계획에만 정신을 집중했다.

도시 내부에 이리저리 교차하는 철도선이 많았지만, 마이코는 늘 도시의 거리와 골목길로만 돌아다녀 철길에 대해서는 하나도 아는 것이 없었다. 처음으로 철길과 마주쳤을 때도 철길이 어디로 이어지는지 전혀 알 수가 없었다. 결국 알아낼 수밖에 없었다.

마이코는 철길을 따라 내달리다가 신호교에 다다르자 얼른 신호탑 위로 올라가서 기다렸다. 그러자 이내 묵직한 쇳소리를 내며 교환 기관차가 들어왔다. 마이코는 마음을 굳게 먹고, 신호탑 아래로 교환 기관차가 지나갈 때 곧바로 뛰어내렸다. 하지만 기관차 위에 발을 디디자마자 뒤로 미끄러지기 시작했다.

필사적으로 손을 허우적대며 붙잡을 만한 것을 찾다가 파이프 하나를 발견했지만 타는 듯이 뜨거워서 잡자마자 손바닥에 물집이 생겼다.

도저히 뜨거운 파이프는 잡고 있을 수가 없었다. 어쩔 수 없이 그대로 계속 미끄러지다가 탄수차량 아래로 떨어져서 겨우 숨을 돌릴 수가 있었다.

손을 움켜쥐자 고통이 찌르르 퍼져나갔다. 하지만 기관사의 주의를 끌게 될까 두려워 신음조차 크게 낼 수 없었다. 그저 가만히 드러누워 고통이 가라앉기를 기다렸다.

마침내 교환 기관차가 엄청나게 넓은 철도교차역에 도착했다. 도시의 모든 철길이 교차하는 곳이었다. 또 다른 신호교 아래를 지나갈 때 마이코는 기관차에서 뛰어내려 빨간 신호등 옆 횟대에 올라앉았다.

마이코는 호기심 어린 눈으로 교차역을 내려다보았다. 온갖 형태와 크기의 기차들이 쉴 새 없이 앞뒤로 움직이면서 차량을 교환하고 있었다. 처음에는 차량 교환이 아무렇게나 이뤄지는 것처럼 보였지만 계속 지켜볼수록 순서가 눈에 들어왔다. 자그마한 교환 기관차가 객차를 골라서 어두운 곳으로 밀고 들어가 떨구어주고 나서 다른 짐을 신고 다시 모습을 드러냈다.

문득 새로운 발상이 떠올랐다. 기관차들을 차례로 올라타서 마이코가 찾고 있는 것을 발견할 때까지 갔다가 그 방향이 아니면 또다시 이 교차역으로 돌아와서 다른 선로를 선택하자는 발상이었다.

멋지고 긴 여정이었다. 움직이는 기차 위에서 내려다 보니, 원래 알고 있던 도시도 완전히 새로웠다. 지형이 낮설게 느껴졌고, 도로로 가기에는 멀리 떨어진 지역들도 놀랍도록 긴밀하게 연결되어 있었다. 하지만 이 '기차 파도타기'는 위험한 면도 많았다. 미끄러지거나 횃대에서 확 쏠려 떨어져 무시무시한 굉음을 내는 기차 바퀴 아래에 깔릴 뻔한 적도 있었다. 바로 이런 위험 때문에 평소 원숭이들은 기차를 멀리했다. 하지만 지금 마이코에게 제일 큰 위험은 기차가 아니라 다른 원숭이들이었다.

마침내 마이코의 끈질긴 인내가 보답을 받았다. 어느 측선을 지나가는데, 주위에 거대한 벽돌창고들이 보였다. 창고지붕 위에 단추처럼 구멍들이 뚫린 커다란 원반이 우뚝 서 있는 건물도 있었다. 바로 마이코가 찾던 실마리였다.

기차가 속도를 서서히 줄이자 마이코는 석탄더미로 훌쩍 뛰어내렸다. 마이코의 발이 닿자마자 석탄 더미에 검은 산사태가 일어났다.

단추 창고 맞은편에는 황폐한 넓은 기관차고가 있었다. 마이코는 이 기관차고에서부터 탐색을 시작해 체계적으로 주변의 건물을 모두 살펴보기로 했다.

가까이 들여다 보니, 기관차고는 아주 엉망진창이었다. 창틀이란 창틀은 전부 삐딱하게 틀어져서 유리 조각이 썩은 이빨처럼 창틀에 겨우 붙어 있었다. 낡아빠진 나무합판이 벽에서 떨어져 나와 덜렁거렸고 몬순 시기 폭풍우에 강철 지붕판의 반은 떨어져 나간 상태였다.

천장의 틈으로 쏟아져 들어오는 달빛이 마치 커다란 사원의 기둥들 같았다.

바로 그때, 위에서 무언가 조용한 한숨 같은 소리가 들려왔다.

마이코가 위를 쳐다보자 뭔지 모를 형체가 굽어보고 있는 느낌이 들었다. 마이코는 바짝 긴장해서 뒤로 확 돌아서려 했지만 너무 늦었다. 갑자기 무언가가 확 떨어져서 마이코의 팔다리에 엉켜 붙었다.

심장이 멈출 정도로 깜짝 놀란 마이코는 처음에 뱀인 줄 알고 허우적거리다가 몸에 닿는 감촉이 전혀 달라서 자세히 살펴보았다.

밧줄이었다. 그물망에 사로잡힌 것이다.

한 원숭이가 마이코의 등 위로 뛰어내려서 양손으로 목을 조르기 시작했다. 앞으로 구르며 손가락을 할퀴어 떼어내려 했지만 손아귀 힘이 무시무시했다. 그러다 갑자기 상대방이 두 무릎으로 마이코의 어깨를 짓눌러서, 마이코는 기름때로 번들번들한 기관차고 바닥에 얼굴이 처박혔다.

온몸이 덜덜 떨렸다.

마이코는 마지막 사정이라도 해보려고 안간힘을 썼지만 숨이 막혀 겨우 한 마디만을 내뱉었다. 목숨을 구하기 위한 한 마디였다.

마이코는 의지를 다 끌어 모아 겨우 한 마디를 짜냈다.

"첩자!"

공격하던 원숭이가 잠시 어리둥절해서 행동을 멈추었다. 첩자라고 비난하는 말인가? 아니면 첩자를 조심하라는 경고의 말인가?

공격자가 마이코의 어깨를 잡고 획 돌려 눕혔다. 마이코는 어둠 속에서 공격자의 얼굴을 알아보려고 눈을 껌뻑였다. 원숭이인 것은 확실했지만 검은 기름과 숯으로 위장을 하고 있어서 알아보기 힘들었다.

그때 공격자의 하얀 이빨이 번쩍 빛났다.

"마이코?"

마이코가 아는 목소리였다.

"구나 교관님?"

구나의 눈에 분노의 빛이 번뜩였다.

"암살자를 보내리라는 건 알았지만 당신일 줄은 생각도 못 했소."

구나가 다시 마이코의 뒷목을 감싸 쥐었다.

"잠깐만요!"

구나의 엄지가 마이코의 성대를 눌렀다.

"이제 한 번 누르면 당신은 죽은 목숨이오."

"저도 도망자 신세예요!"

구나가 미심쩍은 표정으로 주변을 둘러보았다. 이 상황이 덫이 아닐까 의심하듯 으슥한 곳들을 샅샅이 눈으로 훑었다.

"맹세해요! 타이렐은 내 적입니다. 언제나 그랬어요!"

마이코가 헐떡이며 소리쳤다.

구나는 마이코의 말을 곰곰이 생각하며 마이코의 얼굴을 찬찬히 뜯어보았다. 그러더니 한 번에 그물망을 확 벗겨주었다. 마이코는 비틀거리며 일어서서 입에 묻은 기름때를 닦았다.

두 원숭이는 달빛 아래 서로 처음 보듯 마주보았다. 구나가 생각하기에, 한때 랑구르 군의 최상층에 있던 원숭이가 지금은 겁에 질린 도망자라니, 꽤나 큰 변화였다.

그러나 마이코의 눈에 들어온 변화도 만만치 않았다. 고작 두 달전만 해도 구나는 진이 다 빠진 늙은 교관에 불과했다. 이제 그런 모습은 온 데 간 데 없었다. 지금 마이코 앞에 서 있는 구나는 거칠고 원시적인 힘이 넘치는 전사였다.

"도대체 무슨 일이 있던 겁니까?"

마이코가 날카롭게 묻자, 구나의 눈이 어둠 속에서 반짝 빛났다.

"자유요."

41장
반역죄

힘이 약한 지배자였다면 고위급 관료의 변절이 어떤 악영향을 끼칠지 두려워하며, 마이코의 실종을 어떻게든 쉬쉬하며 덮으려 했을 것이다. 그러나 타이렐은 자신이 당한 배신을 널리 알리면 군중의 연민과 동정을 얻을 수 있으리라는 계산이 서 있었다.

그래서 며칠 뒤, 랑구르 특별 조직이 마이코의 변절을 널리 퍼뜨리는 임무를 맡게 되었다. 타이렐이 손수 골라낸 감수성 예민한 청년들로 이뤄진 특별 조직으로 '컴퍼스 여단'이라고 불렸다. 이들은 지붕 꼭대기나 나무숲을 옮겨 다니면서 임무를 수행했다. 배급소에서 엄마들과 수다를 떨거나 뱅골보리수 덤불숲에서 어린 원숭이들과 놀면서 소문을 퍼뜨렸다.

특별 조직이 가는 곳마다 똑같은 소문이 퍼졌다.

'마이코는 배신자다! 방어 전략이나 식량보관소 같은 우리 랑구르 군의 비밀을 다 훔쳐서 달아났다. 지금 우리가 하는 말도 마이코의 선동에 넘어간 다른 배신자들이 다 듣고 있을 것이다. 이상하게 행동하는 이웃이 있는가? 군사 전략에 의문을 제기하는 친구가 있는가? 이런 점들 모두 배신자의 징후일 수 있다. 이런 자들을 보면 꼭 컴퍼스 여단에 신고하라. 입 다물고 있으면 배신자들을 돕는 셈이다.'

지붕 위나 나뭇가지 위에서 선동 선전 작전이 펼쳐지자, 타이렐의 강력한 지도력에 감사해하는 분위기가 퍼져나갔다.

그러나 마이코의 가족은 완전히 달랐다.

트럼블과 키마는 비참하고 비통한 마음뿐이었다. 거의 병으로 잃을 뻔했던 아들에게 이번에는 배신자라는 낙인이 찍히다니…….

트럼블과 키마는 마이코가 배신자일 리가 없다는 것을 본능적으로 알고 있었다. 이렇게 부당한 모함은 받아들일 수가 없었다.

브레리는 차가운 눈으로 부모님을 바라보다가, 랑구르 군의 적에 대해 너무 동정을 보내고 있다는 판단을 내렸다. 그래서 어느 날 저녁, 아버지를 지하의 조그마한 공간으로 몰아넣었다.

"마이코를 불쌍하게 여기면 안 돼요."

트럼블이 슬픔에 잠긴 눈으로 쳐다보았다.

"내 아들이잖……."

"반역자예요."

"그래도 아들은 아들이야!"

브레리가 어깨를 으쓱했다.

"더 불행한 일이죠."

"도대체 왜 그러니? 언제부터 이렇게 냉담해진 거냐."

트럼블이 실망감을 숨기지 못하고 물었다.

"지금까지 제 자신을 증명해 보이려고 얼마나 애를 쓴 줄 아세요?"

브레리가 뒷골이 송연하게 화를 내며 열변을 토했다.

"제가 아무렇게나 뽑혀서 모든 걸 노력 없이 얻어낸 줄 아냐고요? 한 계단, 한 계단, 얼마나 힘들게 올라왔는데, 마이코 때문에 모든 게 무너질 판이에요. 반역자의 형이 되어버렸단 말입니다!"

트럼블은 처음으로 맏아들의 극단적인 이기심을 보았다. 브레리에게 옳고 그름은 상관이 없었다. 그저 무엇이 이득이 될 것인가, 그것만이 중요했다.

트럼블은 제 속으로 낳은 자식의 추악함을 차마 볼 수가 없어서 고개를 돌리며 중얼거렸다.

"당장 이 집에서 나가거라."

브레리는 분노가 치밀어서 공동묘지의 어둑한 길을 쿵쾅거리며 내려갔다. 아버지도 자신만큼 힘들고 고통스러워 봐야 했다. 또한 그러려면 어떻게 해야 할지 정확히 알고 있었다.

잠시 후, 브레리는 '컴퍼스 여단'이 차지하고 있는 본부 건물 앞에서 불길한 검정 돔지붕을 올려다보고 있었다. 정문 위에 공식 표식이 조각되어 있었다. 이들이 아버지에게 충성심을 제대로 알려주리라.

그러나 무언가가 브레리의 발길을 붙잡았다.

마음속에 즐거웠던 추억이 떠올랐다. 어린 시절, 브레리가 나뭇가지에서 떨어지자 아버지가 들어올려 등에 태운 후 도시를 내달려 집으로 데려갔다. 집에서는 어머니가 밤낮으로 함께해주었다. 눈을 뜨면 언제나 어머니가 있었다. 어머니는 먹지도 자지도 않는 것처럼 보였고, 늘 브레리가 세상의 중심인 양 돌봐주었다.

브레리는 추억을 떨쳐내듯 고개를 흔들었다.

'과거는 잊자. 과거는 이미 지나갔어. 오직 미래만이 중요해.'

브레리는 옳은 일을 해야만 했다. 사적인 감정은 묻어두고 랑구르 군을 우선하는 것이 최선이었다. 정말이지, 진정 용감한 행동이 아닌가. 랑구르 군이 최우선이고 가족은 그다음이었다.

마침내 힘들게 자신을 설득한 브레리가 '컴퍼스 여단'의 본부 안으로 걸음을 내디뎠다.

지난번 바바리족은 도둑처럼 밤에 숨어들었지만 이번에는 훤한 대낮에 트럼블의 집으로 쳐들어왔다.

키마는 눈을 꼭 감고 밖으로 끌려나왔지만 트럼블은 여전히 항변했다.

"다 끝난 일이잖소! 허밍버드에게 물어보시오! 돌 계산법을 다 가르쳐줬으니!"

트럼블이 고래고래 소리를 질렀다.

바바리족은 트럼블을 발로 차서 땅에 쓰러뜨렸다.

"이건 그 하찮은 돌멩이 때문이 아니야."

나직하고 차가운 목소리가 들렸다.

트럼블이 고개를 쭉 빼고 보니, 랑구르원숭이 하나가 굽어보고 있었다.

"허밍버드와도 아무런 상관이 없지. 우리 컴퍼스 여단의 일이야."

트럼블이 컴퍼스 여단의 사령관 얼굴을 제대로 살펴보려고 눈을 찌푸렸다. 어딘가 친숙한 얼굴이었다.

"넌……. 넌 브레리의 친구가 아니냐. 어릴 적 같이 놀던……."

"당신은 반역자의 아버지이고."

사령관이 불길하게 읊조렸다.

그래, 이들이 출동한 이유가 바로 그거였군.

컴퍼스 여단의 사령관이 바바리족에게 고개를 끄덕이자, 바바리족이 트럼블과 키마를 한데 묶어서 끌고 갔다. 근처의 원숭이들은 그늘에서 힐끔힐끔 쳐다보며 반역자가 당하는 수모를 똑똑히 봤다.

바바리족은 이들을 끌고 공동묘지 밖으로 나가 동부지구까지 이동했다. 대초원으로 끌려온 죄수들은 좁은 계단을 내려가 여름별장의 지하감옥에 갇혔다. 어두컴컴하고 축축한 감방이었다.

감방문이 쾅 닫혔다. 이번에는 심문이 없었다.

트럼블과 키마는 햇빛 한 점 들지 않는 곳에 갇혀서 잊혔다.

여름별장의 탑 꼭대기 방에서는 타이렐이 브레리와 나란히 창가에 서 있었다. 둘은 아무런 말없이 죄수들이 끌려가는 광경을 지켜보고 있었다. 묵직한 철문이 쾅 닫히는 소리가 들려오자, 타이렐이 근엄한 표정으로 브레리를 쳐다보았다.

"생각이 바뀌진 않았겠죠?"

"네, 그렇습니다."

브레리가 재빨리 차렷 자세를 취하며 답했다.

"아주 어려운 선택을 해주었어요. 하지만 아주 옳은 선택이었어요."

"감사합니다."

"모든 원숭이들이 자기 부모까지 비난할 용기를 가지지는 못한답니다."

타이렐의 칭찬에 브레리는 잠시 머뭇거렸다. 마음속에 너무나 많은 감정들이 얽히고설켜서 차라리 확신을 갖고 싶었다.

브레리는 타이렐을 바라보며 마음에서 우러나오는 진심으로 대답했다.

"결코 쉬운 결정은 아니었습니다."

브레리의 담대한 결정을 인정하는 의미에서 타이렐은 양팔을 벌려 브레리를 안아주었다.

"지금부터 나를 아버지라고 생각하세요. 우리는 랑구르 군을 최우선에 두는 부자지간이 되는 겁니다."

영도자의 단단한 품 안에서 브레리는 커다란 안도감을 느꼈다. 이제부터 타이렐만을 따르면서 무조건 명령받은 대로 움직이면 아무 문제가 없을 것이다.

"충성심보다 더 대단한 것은 없지요. 우리 군의 근간이랍니다."

타이렐이 브레리를 다시 한 번 안심시켰다.

그러면서 슬며시 브레리를 커다란 도시 지도가 새겨진 벽 쪽으로 데리고 갔다.

"동생이 저기 어딘가에 있을 거라고 생각하나요? 아니면 이미 도시를 벗어났을까요?"

브레리는 이리저리 엉킨 선들을 바라보며 이해해 보려고 애를 썼다.

"태어났을 때부터 쭉 지켜봤을 테고, 함께 자라면서 같이 놀고 싸웠을 것 아닙니까? 만약 어디로든 갈 수 있다면 과연 어디로 도망을 쳤을까요?"

타이렐이 자신만이 먹는 과일 중에서 제일 즙이 많은 과일을 골라서 브레리에게 내밀었다.

"편히 앉아 먹으면서 생각해 봐요."

브레리는 정확히 타이렐이 하라는 대로 따랐다.

42장
가느다란 금

마이코는 귀가 째질 듯한 경적 소리에 잠에서 깨어나 정신없이 일어서서 주변을 두리번거렸다. 잠깐이지만 완전히 넋이 나가서 제대로 정신을 차리기 힘들었다.

바로 뒤에서 껄껄거리는 웃음소리가 들려왔다.

"내 세상에 온 걸 환영하오."

마이코가 뒤를 돌아보자 구나가 방금 훔쳐온 과일 더미를 뒤적이고 있었다.

"특급 열차 경적 소리가 원래 이렇다오. 익숙해질 거요."

구나가 뒷다리로 오렌지 하나를 던지며 말했다.

마이코는 여전히 잠이 덜 깨서 오렌지를 받지 못했다. 오렌지가 서까래 틈 속으로 떨어졌다. 저 밑바닥에서 철퍽 터지는 소리가 들렸다.

구나가 한숨을 쉬었다.

"잘 받아요."

구나가 또다시 오렌지를 던졌다. 이번에는 마이코가 제대로 받아서 한 입 콱 깨물었다. 그렇게 오렌지즙을 허겁지겁 빨아 마시면서 구나를 찬찬히 살펴보았다. 알고 보니, 구나의 거친 털은 빗지 못해서가 아니라 일부러 거칠게 자라도록 내버려둔 결과였다.

"미치광이 같은 모습이 좀 낯선가 보오?"

구나가 물었다.

"조금…… 심하네요."

"그래야 한다오. 떠돌이 원숭이란 약한 사냥감이 되기 십상이지. 미친 개 떼나 굶주린 쥐 떼, 다들 공격하기를 좋아하지만, 미치광이는 피하기 마련이라오. 예상이 안 되거든."

"그럼, 미치광이처럼 보일수록 더 안전하다는 말인가요?"

갑자기 구나가 마이코에게 달려들어 이빨을 드러내며 으르렁거렸다. 마이코는 깜짝 놀라 비틀거리며 뒤로 물러나다가 서까래 틈 속으로 미끄러져 빠져버렸다.

즉시 구나가 뛰어가서 마이코의 꼬리를 붙잡고 끌어올렸다.

"봤소? 예상이 안 되지."

늙은 전사가 음산하게 껄껄거렸다.

마이코는 살짝 짜증이 났다.

"적어도 사는 곳은 좀 안전하게 고쳐두면 좋잖아요."

서까래 사이에 뒤죽박죽 늘어놓은 녹슨 강판이 완전히 엉망진창이었다.

"이 틈들이 비결이라오. 아래에서 보면 잡동사니가 쌓인 것처럼 보이거든."

구나가 두 강판 사이로 머리를 들이밀었다.

"하지만 여기서 보면 틈 사이로 누가 오는지 지켜볼 수 있지."

마이코도 강판 사이로 아래를 내다보았다. 전경이 한눈에 들어왔다.

"게다가 이 틈 사이로 모든 소리가 들려온다오. 하수구에 떨어지는 물소리가 약간이라도 변하거나 석탄 굴러가는 소리가 나면 누군가가 왔다는 뜻이지."

"어쩐지, 그래서 내가 온 것도 알았군요!"

구나가 음흉한 미소를 지었다.

"미래를 내다보는 비결은 지금 현재 상황을 적들보다 더 꼼꼼하고 세심하게 분석하는 거라네."

마이코는 새삼 감탄했다. 랑구르 사회 바깥에서 살아가려면 아직 배우고 익힐 것이 정말 많구나 싶었다.

한시라도 빨리 적응할 필요가 있었다.

여름별장 탑 꼭대기의 지도가 새겨진 방에서는 마이코 추적 회의가 한창이었다. 새로이 추적 임무를 맡게 된 스웨토는 지하 공간 습격 작전 이후 마이코에 대한 원망이 깊었다. 언제라도 빚을 갚아줄 기회를 노리던 참이었다.

타이렐은 하룻밤 내내 브레리를 회의실에 붙잡아놓고, 어릴 적 같이 놀 때 마이코가 주로 숨던 곳들이나 평소 대화를 나누던 중 자주 언급했던 장소들을 기억해내도록 추궁했다.

타이렐은 브레리가 조금씩 풀어놓는 장소들(꿀 공장, 빵집 뒤 쓰레기통, 타버린 나무등치 등)을 들으면서 문득 그토록 오래 마이코와 함께 지내면서 제대로 된 사적인 대화는 전혀 해본 적이 없다는 사실을 깨달았다. 그런 대화를 나눴다면 마이코의 내면을 조금이라도 들여다볼 수 있었을 텐데. 오히려 마이코가 속마음을 꽁꽁 숨겨온 것 같다는 생각이 들자 타이렐은 화가 치밀어 올랐다.

다시는 어느 원숭이에게도 그만큼 애정을 쏟아 신뢰하는 실수는 저지르지 않을 것이다.

마이코는 배수관 위에 앉아 기관차고를 내려다보았다. 수많은 열차들이 궤도를 따라 바삐 움직이는 모습에 입이 떡 벌어졌다. 어젯밤에 이상한 기차 소리가 들리더니, 오늘 아침에 보니 여러 기관차들이 앞뒤로 객차를 길게 끌고서 어지러이 움직이고 있었다.

"그럼, 이제 뭘 하죠?"

마이코가 구나를 쳐다보며 물었다.

"초콜릿을 먹지."

구나가 훔쳐온 초콜릿바를 하나 던졌다. 하지만 마이코는 호락호

원숭이 전쟁

락 넘어가지 않았다.

"제 말 뜻을 알잖아요. 이게 다예요? 그냥 자유롭게 사는 게?"

마이코가 황폐한 기관차고를 가리키며 물었다.

"당신이라면 뭐 어쩌겠소? 타이렐 제국이라도 뒤집어보겠소?"

구나가 말도 안 된다는 듯 껄껄대다가 마이코가 따라 웃지 않는다
는 것을 알아챘다.

"오, 이런. 난 그저 미친 척 살아가는 것뿐인데, 당신은 진짜 미쳤
군. 어찌 그런 생각을……."

"우리는 타이렐의 비밀을 모조리 알고 있어요."

"엄청난 군대가 있잖소!"

"그들의 전략도 알죠."

"바바리족도 있소……."

"우리는 약점을 알아요."

"바바리족은 리서스족을 쓸어버렸소!"

"그럼, 우리가 그자를 그냥 가만히 내버려둬야 하나요?!"

마이코와 구나는 서로를 노려보았다.

"도망자 둘이서 어떻게 거대한 제국을 뒤집어엎는단 말이오? 타이
렐은 난공불락이오."

구나가 더는 논쟁하지 않겠다는 듯 단호하게 말했다.

"난공불락이 불가능이라는 소리는 아닙니다."

마이코가 화해의 의미로 초콜릿바를 도로 건넸다.

"그들의 강점 속에 치명적인 약점이 숨어 있어요."

"그들에게 약점이란 없소."

"타이렐이 모든 걸 통제하죠. 모든 결정은 타이렐에게서 나와요. 그 때문에 랑구르 조직은 유연하지 못하죠. 교관님이 직접 지적한 약점이었잖아요. 하지만 교관님의 전술은 제대로 실행되지 못했죠. 타이렐이 전권을 휘둘러야 했으니까요."

"과거는 지나갔소. 그저 우린 기회를 놓친 거요."

구나가 어깨를 으쓱하며 말했다.

"하지만 다른 원숭이들을 훈련시킨다면 어떨까요? 아주 소수정예 병력에게 새로운 전술을 훈련시킨다면…… 아주 강해질 텐데요, 그렇죠? 교관님은 공격 방법도 알고 있고……."

마이코는 대들보를 향해 코코넛을 힘껏 던졌다. 그러자 정확하게 두 조각으로 쪼개졌다.

구나가 깨진 코코넛을 보다가 얼른 반쪽을 들고 달콤한 액체를 들이켰다.

"버리긴 아깝지."

"우리가 새로운 방법으로 타이렐을 공격한다면 랑구르 제국에 가느다란 금 정도는 낼 수 있을 겁니다."

마이코가 나지막이 말했다.

원숭이 전쟁

구나는 코코넛 밀크를 꿀꺽 삼켰다. 확실히 구미가 당기는 제안이었다. 새로운 전투 방식의 실험은 갑자기 중단되었지만 그 효과는 강력했다. 만약 적들이 중앙 명령 체계에 따라 명령을 마냥 기다려야 한다면 수적으로 아주 열세일지라도 소수의 고도로 훈련된 전사들이 정말 이길 수도 있었다.

구나는 생각할수록 흥미가 생겼다. 가슴속 깊이 묻어두었던 전투 의지가 끓어올랐다.

"살아남은 리서스족이 있다는 걸 알고 있소?"

구나의 물음에 마이코가 믿을 수 없다는 듯 쳐다보았다.

"살아남았어요? 확실해요?"

"확실하오."

"얼마나 살아남았나요? 어디에? 어떻게 찾을 수 있을까요?"

마이코의 입에서 질문이 쏟아져 나왔다. 이제껏 감히 파피나가 살아있으리라는 희망은 품지도 못했다.

구나는 초콜릿바를 마이코에게 다시 돌려주었다.

"일단 먹어요. 기나긴 여정이 기다리고 있으니까."

스웨토와 정예부대원들이 기관차고에 도착한 때는 황혼녘 무렵이었다. 하루 종일 도시의 구멍이라는 구멍은 다 뒤졌지만 아무것도 나오지 않았다. 그러나 스웨토는 이 기관차고에 제일 큰 기대를 걸었다. 원숭이들이 제일 꺼려할 만한 곳이야말로 교활한 반역자가 선택할 만한 장소였다.

추적 암살단은 서둘러 철길을 건넜다. 우선 스웨토가 기관차고의 담장 틈 사이로 훔쳐보며 반역자가 숨어 있을 만한 곳을 찾아보았다.

은신처로 쓸 만한 곳은 모두 둘러보았다. 버려진 사무실은 너무 빤했고, 정비 구멍은 너무 축축했다. 신호교는 너무 눈에 띄었고, 천장 대들보들 사이라면…… 가능해 보였다.

스웨토는 수신호를 해서 부하들을 안으로 들여보냈고 부하들은 신속하게 그림자처럼 벽을 기어 올라갔다. 지붕 바로 밑으로 올라가자 곧 무너질 것처럼 보이는 은신처가 나타났다. 스웨토는 은은하게 남아 있는 랑구르원숭이의 체취를 맡았다. 그리고 분명한 증거를 찾았다. 오렌지 껍질 조각이었다.

스웨토는 가슴이 뛰었다. 오로지 원숭이만이 이런 식으로 오렌지 껍질을 벗겼다. 이런 흔적도 치우지 않다니, 얼마나 부주의한 녀석인가.

스웨토의 먹잇감이 아주 가까이에 있었다. 마이코는 곧 있으면 죽을 운명이었다.

조용히 차근차근 포위망을 좁혀갔다. 스웨토가 가만히 나무판자 하나를 잡아 옆으로 휙 던졌다.

아무것도 없었다.

반역자는 이미 달아나고 없었다.

원숭이 전쟁

43장
정신력

파피나는 폐수탑의 구멍으로 새어 들어오는 햇살의 색을 확인했다. 이제 아이들을 불러들일 시간이었다.

파피나는 익숙한 움직임으로 몸을 날려 곧 무너질 듯한 철사다리를 잡고 폐수탑 꼭대기로 올라갔다. 어린 원숭이들이 폐수탑 주위에 쌓인 철 부스러기들 사이에서 신나게 놀고 있었다. 지난번에 커다란 녹슨 스프링을 발견했고, 나무판자를 스프링 위에 넘어지지 않게 잘 올려놓느라 하루 종일 고생했지만, 그 결과 꽤 괜찮은 트램펄린이 탄생했다.

파피나는 어린 원숭이들이 숨이 넘어갈 듯 깔깔거리며 나무판자 위에서 노는 모습을 가만히 지켜보았다. 지칠 줄 모르고 몸을 던져대며 제멋대로 방방 뛰어노는 모습을 보고 있자니, 저런 때가 언제 있었나 싶었다. 저렇게 삶이 신나고 즐거운 놀이로만 가득 찼을 때가 있긴 있었는데, 너무나 오래전 기억이었다. 파피나는 곧바로 아이들을 불러들이지 않고 앉아서 좀 더 지켜보기로 했다.

아이들이 대학살의 공포나 가족을 잃은 아픔을 잊은 것은 아니었다. 하지만 어떻게든 순간을 즐기며 마음을 툭 터놓고 웃을 수 있는 여유도 잊지 않았다.

언제부터 변하는 걸까? 파피나는 궁금했다. 도대체 언제부터 기억의 무게에 짓눌려서 다시는 일어설 수 없게 되는 걸까? 아마도 그런 것이 진짜로 늙어간다는 의미가 아닌가 싶다. 단순히 다리가 뻣뻣해지고 시력이 떨어지는 것뿐 아니라 가장 내밀한 마음이 딱딱하게 굳어버려서 한 번 떨어지면 다시는 튕겨 올라가지 못하고 완전히 부서질 때까지 조금씩 좀먹어 들어가는 것이 늙음이 아닐까.

곧 해가 져서 어둑어둑해질 판이었다. 파피나는 서둘러 어린 원숭이들을 불러 모았다. 그런데 아이들이 스프링을 밤 동안 잃어버리지 않도록 폐수탑 안으로 가지고 들어가게 해달라며 졸라댔다. 파피나는 칭얼대는 목소리에 그저 미소만 지었다. 아이들은 내일 아침에 더 크고 더 좋은 놀이기구를 어떻게 만들 수 있을지 왁자지껄하게 떠들어대기 시작했다.

바로 그때, 파피나는 왠지 모르게 뒷골이 당기는 느낌이 들었다.

귀를 쫑긋 세워 공장지대의 익숙한 소음을 쫙 훑었다. 뒤를 돌아보니, 어슴푸레한 빛 속에 두 형체가 파피나 쪽으로 다가오는 것 같았다.

원숭이 두 마리였다.

순간 등골이 오싹했다. 랑구르원숭이였다. 이번 생은 여기서 이렇게 마감할 모양이었다. 결국 도시의 끝자락의 버려진 폐수탑 안에서 잡히고 마는구나 싶었다.

파피나는 경고의 외침을 지르려고 입을 벌리려다가 잠시 망설였다. 랑구르 군이라면 겨우 둘만으로 공격해 들어올 리가 없었다. 그리고 첩자라면 저렇게 대담하게 나타날 리 만무했다.

파피나는 좀 더 자세히 살펴보았다.

그러자 심장이 멎는 줄 알았다.

어둠 속에서 다가오는 형체는 다름 아닌 마이코였다. 조금 늙고 약해 보였지만 분명히 마이코였다.

파피나는 시야가 흐릿해지고 다리에 힘이 풀렸다. 결국 땅바닥에 푹 쓰러지고 말았다.

정신을 조금 차리고 보니, 파피나는 마이코의 품에 안겨 어딘가로 옮겨지고 있었다. 품에서 벗어나려고 버둥거렸지만 마이코가 절대로 놓아주지 않겠다는 듯 더 단단히 꽉 끌어안았다.

다시 의식이 흐려졌다.

파피나는 방전이라도 된 것처럼 기나긴 잠에 빠졌다. 꿈도 꾸지 않았다.

깨어났을 때는 이미 해가 중천에 떠서 이글거리고 있었다. 눈을 깜빡이며 주위를 두리번거리는데, 귀에 익숙한 목소리가 나지막이 들려왔다. 참으로 오랫동안 듣지 못했던 목소리였다.

"아이들은 바깥에서 놀고 있어."

고개를 돌려보자 조금 떨어진 곳에 마이코가 웅크리고 앉아 있었다. 너무나 많은 생각이 파피나의 마음속에 떠올라서 어떤 표정을 지어야 할지 몰랐다. 너무나 많은 말들을 퍼부어대고 싶었다. 왜 자신을 버렸는지, 왜 사랑을 저버리고 늘 지켜주겠다던 약속을 깨버렸는지, 그동안 느꼈던 분노와 아픔을 고스란히 쏟아내고 싶었다.

그러나 아무런 말도 나오지 않았다. 마이코의 눈을 바라보니, 마이코도 길고 긴 여정을 힘들게 거쳐 왔다는 것을 이해할 수 있었다.

"나도 속고 배신당했어. 내가 맞서는 상대가 얼마나 간교한지 전혀 알지 못했던 거야. 하지만 앞으로 남은 시간 동안, 어떻게든 타이렐을 무너뜨리겠어."

파피나는 마이코의 목소리에서 깊은 후회를 느꼈지만 아무 말도 하지 않았다. 지금 상황이 전혀 실감이 나지 않아 자신의 감정조차 못 믿을 판이었다.

"파피나, 다시 한 번만 기회를 줘. 더 나은 세상을 만들기 위해 내가 할 수 있는 일이 있을 거야. 우리를 위해서가 아니어도 좋아, 저 바깥에서 뛰어놀고 있는 어린 원숭이들을 생각해서라도, 응?"

파피나는 꼼짝도 하지 않았다. 살아남은 리서스족에게 지금 무엇보다도 필요한 것이 도움과 영감을 주는 지도자이긴 했다. 하지만 과연 이 랑구르원숭이를 다시 믿어도 될까? 이미 한 번 지독하게 실망을 했는데?

마이코가 조금씩 다가와서 파피나의 옆에 앉았다. 파피나의 따스한 온기와 가냘픈 숨소리를 온몸으로 느낄 수 있었다. 마이코는 살며시 파피나의 얼굴에 손을 갖다 대었다.

파피나는 멀리 달아나지도, 가까이 다가서지도 않았다.

드넓은 랑구르 제국은 평온했다. 포고 장군은 점점 더 내부 보안 업무에 매이게 되었다. 마음에 드는 업무는 아니었다. 포고 장군은 군인 체질이어서 심리 작전이나 책략보다 전쟁이 더 몸에 맞았다. 그러나 타이렐이 은퇴 전 마지막 임무라며 은퇴 뒤에는 여유롭고 풍족하게 살게 해주겠다고 약속을 했다.

그래서 포고는 언제나 그랬듯 부지런히 업무에 임했다. '컴퍼스 여단'을 조직했고 모든 지역에 비밀 수용소를 만들었으며 전문 심문관을 길러내 다루기 힘든 랑구르원숭이들을 교화시켰다.

하지만 포고가 설득하지 못한 특별 죄수가 셋이나 있었다. 마지막 방편으로 타이렐에게 직접 도움을 요청했다.

타이렐은 바바리족 경호대를 위층에 떼어놓고 지하감옥으로 내려갔다. 사실 이곳에 내려오는 것이 싫었다. 특유의 음산하고 무기력한 분위기가 이 정권의 추악한 기반을 드러내는 것 같아서 아주 질색이었지만 어쨌든 처리해야 할 일이었다.

감방문이 열리자 악취가 진동을 해서 구역질이 올라왔다. 타이렐은 마음을 다잡고 어둠 속으로 들어섰다.

더럽고 헝클어진 모습으로 바닥에 웅크린 죄수들은 트럼블과 키마, 히스터였다. 다들 푹 꺼진 눈이 휑했고 몸은 바싹 말라 있었다. 벽과 바닥은 온통 핏자국이었다.

타이렐이 가엾다는 듯 고개를 저었다.

"컴퍼스 여단 녀석들, 아주 괴물이 따로 없군요."

키마와 히스터는 꼼짝도 하지 않았고 트럼블은 쓰디쓴 표정을 지었다. 타이렐이 자신들을 살살 구슬리려 한다는 걸 알았다.

"그 녀석들을 좀 통제해보려고 했지만……."

타이렐이 한숨을 쉬었다.

"나에 대한 충성심이 도를 넘을 때가 많아요."

타이렐은 동정 어린 눈으로 감방 안을 둘러보았다.

"사실, 오늘이라도 이 모든 걸 멈추게 할 수 있답니다."

속임수든 아니든, 트럼블은 더 잃을 게 없겠다 싶어 납작 엎드려 빌기 시작했다.

"우리를 도와주신다면 은혜는 절대 잊지 않겠습니다."

"충성심 가득한 신하에겐 당연히 그래야겠지요. 하지만 당신이 충성스러운지 내가 어떻게 아나요?"

　　　　　　　　　　　　　　　　　　　　원숭이 전쟁

"저는 랑구르 군을 위해 한평생을 바쳤습니다. 전투에 나가서 피도 흘려봤습니다. 더 무엇이 필요하신가요?"

"아들을 비난해보세요."

잔인할 정도로 간단한 대답이었다.

"마이코의 죄에 대해 공개적으로 비난을 하세요. 아들과 의절하고, 나에 대한 충성 맹세뿐만 아니라 마이코 추적에 동참하겠다는 맹세를 하세요."

트럼블은 고통스러운 표정을 숨기려고 고개를 돌렸다. 하지만 타이렐이 마지막 칼날을 날렸다. 가까이 다가와 나지막이 속삭였다.

"마이코가 처형될 때, 맨 앞에서 지켜보고 박수도 먼저 치세요."

"그렇게는 못 합니다."

트럼블이 고개를 떨군 채 울먹였다.

"그래야 할 겁니다."

"못 합니다."

"어쩔 수 없어요. 새로운 세상의 현실을 받아들여야죠."

트럼블이 키마를 슬쩍 쳐다보았지만 키마는 그저 땅만 바라보고 있었다. 트럼블이 지난번에 끌려왔을 때 바바리족의 힘에 눌려 억지로 돌멩이 계산법을 가르쳐주었지만 말짱 헛일이었다. 다시는 똑같은 실수를 하지 않으리라.

트럼블은 팔을 뻗어 키마의 손을 잡았다.

"그냥 우리를 죽이십시오. 지금 당장."

타이렐이 듣고 싶던 대답은 아니었지만 기대하던 대답이기는 했다. 늙은 원숭이들은 별로 잃을 것이 없어서 다루기가 힘들었다. 그래서 타이렐은 히스터에게로 시선을 돌렸다. 히스터는 어두운 구석에 앉아 눈에 띄지 않으려고 애를 썼다.

"그럼, 당신은 어떻지요?"

타이렐이 달래듯 부드럽게 물었다.

"아직 젊고 이렇게 예쁜데, 어두컴컴한 곳에서 고생할 필요가 없지 않겠어요?"

트럼블은 히스터도 자신을 따라 마이코의 편에 설 거라고 생각했다. 하지만 히스터는 타이렐의 시선을 피하면서 나직이 속삭였다.

"네, 그도 그렇네요."

"그럼 어떻게 하실 거죠?"

타이렐이 고개를 끄덕이며 되물었다.

"자유롭게 풀어 주세요. 공개적으로 마이코를 비난하겠어요."

트럼블은 자신의 귀를 믿을 수가 없었다. 키마조차 고개를 들고 히스터를 쏘아보았다.

"남편에게 모든 걸 바쳤어요. 그런데 버림받았죠."

히스터의 목소리가 분노로 떨렸다.

"그럼, 그 죄의 대가도 물어야겠지요."

타이렐이 선언하듯 말하며 허리를 숙여 히스터를 일으켜 세웠다.

"이제 자유입니다."

타이렐은 히스터를 문가로 데려가다가 고개를 돌려 키마와 트럼블을 쳐다보았다.

"봤지요? 얼마나 쉽습니까?"

경호부대가 히스터를 데리고 사라지자 포고 장군과 타이렐은 습기 가득한 여름별장의 정원으로 발을 옮겼다.

"정말 트럼블을 처리하실 겁니까?"

포고 장군이 물었다.

"아뇨, 아뇨. 죽이기에는 너무 유용하죠."

포고가 히스터 쪽으로 고갯짓을 했다.

"그럼, 저 여자는 살려두실 겁니까?"

"물론이죠. 약속했으니까요."

"외람되지만, 우리가 저 여자를 믿어도 될까요?"

"이미 기가 꺾였어요. 내가 구해준 거죠. 오로지 나에게 고마움만 느낄 겁니다. 장군도 이런 방식으로 원숭이들의 고집을 꺾어보세요. 이 랑구르 제국을 순응자들로만 채워보시란 말입니다."

그들은 히스터를 극진하게 대우했다. 먹을 것을 주고 깨끗이 씻겨주면서 공개 비난의 기술까지 전수해주고는 혼자 쉴 수 있게 배려해주었다.

하지만 히스터는 그냥 가만히 쉬지 않았다.

밤새도록 히스터는 양심과 씨름하며 영도자에 맞설 용기를 끌어모았다. 새벽녘에 드디어 결심이 섰다. 어떤 거창한 철학 때문이 아니라, 자궁 속에서 조그맣게 뛰고 있는 박동 소리 때문이었다.

비록 버림받았지만 히스터는 배 속의 아이만을 위해 살기로 했다. 아버지가 반역자라는 낙인이 찍힌 이 세상에서 끝없이 두려움에 떨며 자라게 할 수는 없었다.

새 생명은 더 나은 세상에서 살아가야 했다.

아침에 경비대가 찾아왔을 때, 히스터는 연기처럼 사라지고 없었다.

44장
다시 시작하다

"어떻게요? 몇 되지도 않는 난민들이 어떻게 군대에 맞서 싸우겠어요? 아무래도 기관차고에서 너무 오래 숨어 사셨나 봐요."

파피나가 따져 묻자, 구나가 빙그레 미소를 지었다.

구나는 이렇게 할 말 다 하는 원숭이가 좋았다. 리서스족이 다 파피나 같았다면 애초에 정복당하는 일도 없었을 것이다.

"어떻게라고? 간단하지. 타이렐의 방식대로 싸우지 않는 것이오."

파피나가 고개를 절레절레 흔들었다.

"우리가 살아남을 방법은 아예 싸우지 않는 것뿐이에요. 숨어서 수를 불려야만 한다고요."

"그게 다야?! 그게 네가 내린 답이냐고? 앞으로 계속 이런 쓰레기장 같은 곳에 숨어서 살겠단 말이야?"

마이코가 소리를 쳤다.

마이코는 파피나라면 당연히 반격할 기회를 덥석 잡으리라고 생각했다. 그런데 파피나는 고집스럽게 머리를 흔들고 있었다.

"우린 지금까지 너무나 많은 고생을 해왔어. 평화가 필요해."

마이코는 더러운 공장지대를 가리켰다.

"이런 걸 평화라고 부르나 보지?"

"지금 당장은 그래."

"자기 그림자에도 깜짝 깜짝 놀라면서?"

"진짜 랑구르족은 어쩔 수가 없구나! 무기를 휘두르지 않으면 강하다는 생각조차 못 하지."

"때로는 그게 유일한 방법이……."

"때로는 그저 살아남는 게 강한 것일 수도 있어! 우리가 그래. 절대 포기하지 않는다고."

구나가 서둘러 둘 사이를 막아섰다.

"파피나, 난 전사요. 깊이 생각하지 못하지. 하지만 한 가지는 안다오. 타이렐이 죽기 전까지 당신은 안전하지 못할 거요."

구나의 말이 간명하고 힘 있게 공중에 퍼졌다.

파피나는 마당에서 뛰노는 어린 리서스원숭이들을 바라보았다. 낡아빠진 스프링을 갖고 새로운 놀이를 찾아 헤매고 있었다. 저들을 위해서라면 무슨 일이든 해야겠지.

마이코가 슬퍼하는 파피나 곁으로 와서 달래듯 어루만졌다.

"두려움 속에 살아남은들 무슨 소용이야?"

파피나는 마이코의 눈을 들여다보았다. 예전에 사랑했던 청년 마이코를, 목숨을 다해 믿었던 그 원숭이를 다시 찾고 싶었다.

"멋들어진 말만 늘어놓지 말고 제대로 설명해봐. 실제로 어떻게 할 수 있다는 말이야?"

구나가 미소를 지었다.

"내일 아침 일찍 일어나면 된다오."

"아이들도요?"

"아이들은 특히나 더."

리서스원숭이들은 첫 수업에 대한 기대를 안고 줄을 맞춰 서서 구나와 마이코를 맞이했다. 병사라면 그래야 할 것 같아 그렇게 선 것이었지만, 구나는 그런 모습에 고개를 저었다.

"이 전쟁에 이기려면 딱 이런 짓만 안 하면 됩니다."

리서스원숭이들이 불안한 시선을 주고받았다.

"자, 둥글게 모여보시오. 앞으로 몇 달간은 놀이만 할 겁니다. 다르게 싸우려면 다르게 생각해야 합니다. 그리고 다르게 생각하려면 모든 걸 다시 새롭게 배워야 하죠. 놀이까지 말입니다."

어떤 놀이를 새롭게 배운다는 걸까.

몸싸움은 힘이 다른 상대를 맞서는 훈련이 되었다. 구나는 어른은 어른끼리, 아이는 아이끼리 둘씩 짝을 지어 사각형 선 밖으로 밀어내도록 몸싸움을 시켰다.

처음에는 팽팽하게 몸싸움이 이어져서 확실히 승패가 갈리는 짝이 별로 없었다. 다음에는 구나가 한쪽 원숭이들에게만 전술을 바꾸도록 은밀히 지시했다. 그냥 무턱대고 씨름하지 말고 온 힘을 다해 상대방의 한곳만 공략하라는 지시였다.

지시를 들은 원숭이들은 어리둥절했지만 어쨌든 실행에 옮겨보려고 했다.

트위처는 캐드비라는 남자 원숭이와 맞붙었다. 그날 아침에 둘은 지쳐 쓰러질 때까지 몸싸움을 했지만 승부를 내지 못했다. 하지만 이제 캐드비는 트위처의 왼팔만을 힘껏 공격하기로 했다.

"공격!"

구나의 외침에 두 원숭이가 서로에게 달려들었다. 캐드비는 곧바로 트위처의 팔을 붙잡고 늘어졌다. 트위처가 팔을 마구 흔들어댔지만 소용없었다. 캐드비는 끝까지 팔에만 집중했다. 심지어 훌쩍 뛰어올라 두 발로 트위처의 팔을 감싸고 흔들어댔다.

트위처가 어떻게 반격해야 할지 몰라 멈칫하는 동안, 캐드비가 몸을 날리자 트위처가 기우뚱하면서 둘 다 땅바닥에 쓰러졌다. 그래도 캐드비는 팔을 놓지 않은 채 벌떡 일어서서 트위처를 질질 끌었다. 트위처는 타는 듯한 고통을 줄여보려고 어쩔 수 없이 허둥지둥 캐드비에게 딸려가다가 사각형 선 밖으로 내던져졌다.

원숭이들은 이 괴상하지만 효과적인 기술에 감탄을 연발했다.

원숭이 전쟁

"당신이 점수를 땄소."

구나가 사각선 안으로 들어오며 선언했다.

"힘이 비등비등한 몸싸움은 질질 끌기만 할 뿐 결과가 쉽게 안 나오죠. 하지만 전투는 이겨야 맛이지요. 힘이 세든 약하든 온 힘을 집중해서 상대의 허를 찔러 혼란을 줘야 합니다. 그렇게 균형을 잃게만 하면 이길 수 있죠."

구나가 원숭이들을 둘러보았다.

"어디 젊은이들도 한 번 도전해보겠소?"

"저요!"

아주 열성적인 청년인 주프가 소리를 꽥 질렀다.

"좋아요. 또 다른 도전자 있소?"

구나가 다른 아이들을 쳐다보았다.

"아뇨, 전 캐드비 아저씨랑 하고 싶어요!"

원숭이들이 웃음을 터뜨렸다. 주프는 몸집이 캐드비의 반밖에 안 되었다. 분명 가망이 없어 보였다.

구나는 씨익 웃어보였다.

"뭐, 더 좋지."

구나는 주프에게 사각선 안으로 들어오라고 손짓을 했다.

원숭이들이 웅성대기 시작했다.

주프는 진지한 표정으로 캐드비를 올려다보았다.

"봐주면 안 돼요."

캐드비가 거만하게 웃었다.

"그럴 리가."

"공격!"

구나가 소리를 질렀다.

캐드비는 곧장 달려들어 주프의 어깨를 턱 잡았다. 몸집이 작은 녀석이니 확 들어 올려 밖으로 내동댕이치려는 계획이었다. 그러면 엄청 웃기겠지. 하지만 캐드비는 이 훈련의 목적이 계획을 뒤집어엎는 것이라는 사실을 잠깐 잊고 있었다.

캐드비가 달려들자 주프는 캐드비의 손을 피해 땅으로 몸을 던졌다. 반사적으로 캐드비가 몸을 젖히는 순간, 주프가 캐드비의 왼쪽 다리를 향해 달려들었다. 주프가 달려드는 속도와 힘에 깜짝 놀란 캐드비는 미처 근육에 힘을 줄 시간도 없이 다리를 붙잡혀 땅에 처박히고 말았다.

구경하던 원숭이들도 깜짝 놀라 숨을 내뱉었다. 몇몇은 웃음을 터뜨렸다. 캐드비는 화가 머리끝까지 치밀어 올랐다. 이 조그마한 애송이의 들러리가 되다니.

하지만 주프는 시간을 주지 않고 곧바로 다시 공격에 들어가 캐드비의 귀를 잡아채 머리를 비틀었다. 그러자 캐드비의 몸이 머리를 그대로 따라갈 수밖에 없었고……. 결국 사각선 밖으로 굴러나갔다.

원숭이 전쟁

구경꾼들은 약자의 승리에 신이 나서 땅을 쿵쿵 울리며 기뻐했다.

전투가 끝나자 주프는 전사에서 예의바른 꼬마로 다시 돌아와 캐드비를 일으켜 세웠다.

"괜찮아요?"

마치 자신이 공격한 일은 다 잊어버린 양, 상냥한 목소리였다.

구나는 즉시 모두에게 이 기술을 훈련시키기로 결정했다. 청년이 장년과 몸싸움을 했고, 여자가 남자와 몸싸움을 했다. 여기에는 그 어떤 서열도 필요 없었다.

새로운 놀이들에서는 기존의 예상을 뒤집어엎을수록 뜻밖의 승리들이 늘어갔다.

구나는 '통제냐 자율이냐'를 두고 장년과 청년으로 편을 나누어 경쟁을 시켰다. 제철공장 뒤편의 도랑에 다리를 놓는 작전이었다. 쉬운 일은 아니었다. 폭우에 대비하려 만든 콘크리트 도랑은 도로만큼 넓었고 항상 넘칠 듯한 물이 빠르게 흘렀다.

구나는 장년팀을 전통적인 군대 방식으로 조직했다. 트위처가 총지휘를 맡아 폐수탑에서 직접 명령을 내리기로 했다. 엄격한 군대식 기강이 계속 유지될 터였다.

반면 청년팀은 지휘관이 없었다. 대신, 구나는 그들에게 각자가 책임을 지게 될 것이라고 말해두었다. 팀원 모두를 이미 훌륭한 지휘관처럼 대우해준 것이다.

트위처는 서열이 잘 정리된 장년팀과 무질서한 청년팀, 과연 경쟁이 될까 싶었다. 어느 편이 이길지는 불 보듯 뻔했다.

청년들이 아무렇게나 흩어져 일을 벌이는 동안, 트위처는 고심 끝에 결정한 명령들을 차례로 선포했다. 명령에 따라 몇몇 원숭이들은 재료를 구하러 갔고 다른 원숭이들은 다리를 놓을 최상의 지점을 찾으러 갔다.

해가 중천에 떠오를 때까지도 트위처는 여전히 모래 위에 다리 모양들을 그려놓고 고심하고 있었다. 그러는 동안 경쟁팀은 이미 도랑 옆에 재료들을 수북이 쌓아놓고 이리저리 다리를 만들어보고 있었다.

캐드비가 청년팀의 상황을 보고했지만 트위처는 개의치 않았다.

"다리가 무너져버리면 빨리 지어도 소용없네."

트위처는 껄껄 웃어넘겼다. 훌륭한 조직이 끝내는 이길 것이라는 확신을 갖고 있었다.

그러나 해가 질 무렵 청년팀은 이미 다리의 마지막 조각을 완성한 후 도랑을 건너가는 데 성공했다. 경쟁은 끝이 났다. 장년팀은 아직 토대도 마무리 짓지 못했다.

트위처는 충격을 받았다. 다른 어른들도 마찬가지였다. 그들은 믿을 수 없다는 눈빛으로, 신이 나서 다리를 방방 뛰며 건너다니는 아이들을 쳐다보았다. 전선으로 묶은 낡은 타이어 위에 둥둥 띄워놓은,

세상에서 제일 괴상망측한 다리였다. 하지만 엄연한 다리였다. 그 점이 중요했다.

"결과는 어떻소?"

구나가 물었다.

"우리가 이겼어요! 우리가!"

"그런데, 어떻게 이긴 겁니까?"

구나가 다시 물었다.

청년들은 갑자기 할 말을 잃었다. 어떻게, 왜 이겼는지는 자신들도 몰랐다.

"하나뿐입니다. 자유요."

구나의 말이 공중에 맴돌았다.

"청년팀은 마음대로 원하는 것을 해볼 수 있는 자유가 있었소. 장년팀은 명령을 따를 수밖에 없었고."

"그럼, 제 잘못이군요. 잘못된 명령을 내리는 바람에……."

트위처가 성마르게 입을 열었다.

"명령이 잘못된 게 아니에요. 아저씨 혼자서 명령을 내려야 했다는 게 문제였죠."

마이코가 달래듯 불쑥 끼어들었다.

"모두 서열에 따라 일을 할 수밖에 없었죠. 통제력은 있었지만 시간이 모자랐던 거예요. 청년팀은 괜찮아 보이는 재료는 모두 끌어 모앗을 뿐이죠. 고물만 쌓여가는 것 같았지만 청년팀은 개의치 않았어요. 그렇게 고물 더미를 갖고 놀다보니 자연스럽게 새로운 발상들이 떠오른 거죠. 게다가 명령을 따라야 할 걱정이 없으니, 저렇게 미치광이 같은 발상도 나오는 겁니다."

마이코가 다리 중간 아래 고무타이어를 가리켰다.

"저 타이어를 끌고 오지 않았다면 저렇게 지지대로 사용할 생각도 못 했을 거예요."

"나도 타이어 더미는 봤어요. 작은 창고 뒤에서."

캐드비가 장년팀의 체면을 세우려는 듯 반박했다.

"그럼, 왜 끌고 오지 않았소?"

구나가 물었다.

"허락을 구하러 보냈어요."

"그래서요?"

"명령이 떨어졌죠. 지금 우리는 배가 아니라 다리를 만드는 중이니, 그냥 놔두라고요."

구나가 고개를 끄덕였다.

"명령을 잘 따랐군요. 좋은 병사의 자질이오."

마이코가 트위처의 어깨에 손을 올리며 안심시켰다.

"아저씨도 모두에게 작전의 목표를 정확히 알려 주었어요. 배가 아니라 다리를 만드는 것이라고요. 훌륭한 사령관이 갖춰야 할 덕목

원숭이 전쟁

이죠."

마이코가 고개를 돌려 장년팀을 두루 둘러보았다.

"아무도 잘못하지 않았어요. 요점은 이기기 위한 자유가 없어서 졌다는 것입니다."

구나가 땅을 가로질러 뛰어가서 과장되게 다리 위로 뛰어올랐다. 다리가 구나의 무게에 아래로 쏙 내려갔다.

"랑구르족도 마찬가지. 우리가 타이렐 제국을 공격할 때는 청년팀이 이 다리를 만든 것처럼 할 필요가 있소. 재빨리 움직이고 신속히 반응해서 랑구르 군이 명령을 기다리는 동안 공격하는 거요. 물론 실수도 할 거요."

구나가 다리를 잡고 흔들었다.

"처음 세 번은 다리가 무너졌지만 재빨리 문제를 고칠 수 있었소. 명령을 기다릴 필요가 없었기 때문이오. 전투에 이기기 위해 항상 올바른 결정을 내려야 하는 건 아니오. 절대 아니지. 때로는 빠른 결단이 승리를 불러오는 법이오."

마이코는 원숭이들을 둘러보았다. 구나의 말을 진짜 이해하고 있는지 궁금했다. 몇몇은 혼란과 의심이 가득했다. 하지만 파피나가 미소 짓고 있었다. 파피나는 마이코와 구나가 무슨 말을 하는 것인지 정확히 아는 것 같았다. 파피나가 이해했다면 조만간 모두가 이해하게 될 터였다.

파피나는 미소를 짓지 않을 수 없었다. 새로운 훈련에 임할 때마다 세상을 보는 눈이 달라졌다. 수년 만에 처음으로 더는 피해자라는 생각이 안 들었다.

파피나가 제일 좋아하는 훈련은 날마다 처음과 끝에 하는 '지그재그' 놀이였다. 원숭이들이 모두 원을 그리고 모여서 팔짱을 낀 뒤, 구나의 신호에 맞춰 한 마리씩 번갈아가며 동시에 앞으로 숙이고 뒤로 젖혀서 서로를 의지한 채 편안히 매달려 있는 것이다. 모두가 서로를 신뢰할 때만 성공할 수 있는 합동 작업이었다. 바로 옆 이웃에게 몸을 온전히 내맡기고 중력을 거부한 채 평화롭게 매달려 있는 광경은 상상만 해도 아름다웠다.

파피나는 언제나 마이코 옆자리를 차지하려고 애를 썼다. 마이코의 팔을 단단히 걸어 잡고 동시에 마이코의 온기를 음미하며 서로에게 기대는 느낌이 정말 좋았다. 어릴 적 몰래 달빛 속에서 서로 나눴던 믿음이 다시 살아나는 듯했다.

아픔은 있었지만 다시 믿을 수 있게 되어 기분만은 좋았다.

　　　　　　　　　　　　　　　　　　　　　　　원숭이 전쟁

45장
우월성

히스터가 사라지자 타이렐의 강박증은 더욱 심해졌다. 타이렐은 마이코가 어떻게든 자신을 조롱하려고 공동묘지의 심장부까지 숨어 들어 히스터를 빼내간 것이라고 확신했다.

하루라도 빨리 마이코를 잡아들여야 했다. 반역자가 살아 있는 한, 영도자의 권력에는 치명적인 위협이 될 터였다.

타이렐은 브레리와 스웨토를 여름별장의 탑 꼭대기 회의실로 불러들여 이 문제를 어떻게 해결할 것인지 몰아붙였다.

"아마 진즉에 도시를 벗어났을 겁니다."

브레리가 말했다.

"그럴지도."

타이렐이 성미 급하게 맞장구를 쳤지만 미심쩍은 표정이었다. 짜증나는 일이지만, 경솔하게 내던진 오렌지 씨앗은 가장 뜻밖의 곳에 뿌리를 내리기 십상이었다.

"쓸 만한 부하들을 두 배로 늘려주지요. 단서란 단서는 다 쫓아서 모든 장소, 모든 거리를 샅샅이 뒤지도록 해요."

타이렐이 스웨토를 보며 명령했다.

"걱정 마십시오. 반드시 찾아낼 겁니다."

"지난번에도 그랬지요. 이제 나가봐요!"

타이렐이 톡 쏘아붙이며 조급하게 꼬리를 휘둘러 브레리와 스웨토를 내보냈다.

타이렐은 방 한가운데 홀로 앉아 손으로 머리를 어루만지며 괴로운 마음을 달래려 애를 썼다. 요즘 마음의 평온을 주는 것은 하나밖에 없었다. 바로 '원대한 계획'이었다. 이 계획만 생각하면 안도감을 느꼈다.

타이렐은 방을 훌쩍 가로질러 도시의 지도 앞에 섰다. 벽에 새겨진 선들을 따라 손가락으로 살며시 쓰다듬었다. '원대한 계획'이 이뤄지면 이 모든 것을 완벽히 장악할 수 있었다. 타이렐이 모든 것을 알고 타이렐 모르게는 아무것도 바뀌지 않을 세계이자, 마침내 타이렐이 행복을 누리게 될 세계이리라.

고위급 간부들이 기대감을 안고 연못이 내려다보이는 방에 모여들었다. 요 며칠 동안 타이렐이 무슨 공표를 할 것인지 소문은 무성했지만 한 가지만은 확실했다. 이번 모임이 제일 중요하다는 사실이었다. 아주 소수의 고위급 간부들만 부름을 받았기 때문이다.

오랜 충성도 덕분에 포고 장군은 당연히 초청받았다. 바바리족에서는 허밍버드와 부관 오트색이 불려왔다. 타이렐이 결정한 것은 무엇이든 피비린내 나는 임무가 뒤따랐기 때문에 바바리족도 올 수밖에 없었다. 브레리는 부름을 받자마자 뛸 듯이 기뻤다. 손수 부모를 고발한 보상을 이제야 받는구나 싶었다. 마지막으로 요즘 들어 영향력이 날로 커지고 있는 듯한 스웨토가 초청을 받았다.

간부들이 기다리는 동안 매력적인 시녀들이 돌아다니며 희귀한 과일들을 접대했다.

그러다 시녀들이 뒤로 물러나자 간부들은 입을 다물고 문 쪽을 쳐다보며 영도자가 등장하기를 기다렸다.

타이렐은 바깥에 잠시 멈춰 서서 기대감을 고조시켰다. 그러고 나서 기운찬 걸음으로 단번에 방으로 들어갔다.

"동지 여러분, 정말 이런 일이 벌어지지 않기를 빌었습니다. 이 소식을 처음 들었을 때 완강히 믿지 않았지요. 하지만 제가 틀렸더군요. 두렵게도 우리는 가장 추악한 진실과 마주해야 합니다. 반역자 마이코가 인간들과 붙어먹고 있었어요. 서로 공조해서 우리를 공격하려고 한다는군요. 랑구르 제국을 쳐부수고 우리 랑구르족을 잡아서 죽이거나 모조리 쫓아내려고 한답니다."

다들 저도 모르게 신음을 흘렸다.

스웨토와 브레리는 놀라움을 감추지 못했다. 계속 마이코를 추적

했지만 이런 음모의 기미는 전혀 발견하지 못했다. 둘은 타이렐을 경탄어린 눈으로 쳐다보았다.

바로 이것이 영특한 거짓말의 묘미였다. 반박할 증거가 전혀 없기에 감히 누구도 대들지 못하는 것.

"솔직히 인정하건대, 마이코의 계획은 훌륭해요."

타이렐이 씁쓸한 미소를 지었다.

또다시 간부들은 충격을 받았다. 타이렐이 반역자를 철저히 비난할 줄 알았는데, 이렇게 대놓고 칭찬을 할 줄은 꿈에도 몰랐다.

"사실, 다른 동물들은 감히 우리를 공격할 생각도 못 합니다. 한때, 리서스족이 덤벼들었다가 도시에서 완전히 쫓겨났지요. 그러나 인간은…… 우리에게 유일하게 등 돌릴 만큼 거만한 종자입니다. 인간이 얼마나 위험한 존재인지는 구태여 말하지 않겠어요. 인간이 우월한 재주를 지녔다는 증거는 넘쳐나죠. 거대한 건물들, 굉음을 내며 달리는 열차들, 굶주린 배를 채우려고 잡아 죽이는 동물들. 만약 그런 재주를 우리를 공격하는 데 발휘한다면……."

타이렐이 간부들 얼굴을 차례로 훑어보았다. 간부들은 모두 대학살 장면을 떠올린 듯 겁에 질린 표정이었다.

"그렇다면 스스로를 보호하려면 어떻게 해야 할까요? 우리가 먼저 공격하는 겁니다."

타이렐이 음산하게 웃으며 단언했다.

원숭이 전쟁

다들 경악했다. 혹시 잘못 들은 걸까?

"전투에서는 선제공격이 최선이죠."

타이렐이 벌떡 일어서서 간부들 사이로 걸어 들어갔다.

"눈을 감고 상상해 보세요. 인간들을 완전히 몰아내고 난 뒤 이 도
시의 모습이 어떨지 말입니다. 자동차도 버스도 없어서 우리 아이들
이 치일 걱정이 사라지겠죠. 밤낮으로 시끌벅적하던 소음도 없어질
테고, 인간이 내놓는 더러운 오물 때문에 쥐 떼가 불어나는 일도 없
을 테죠. 인간들은 저렇게 전경 좋은 거대한 건물을 차지하고 사는
데, 왜 우리는 이렇게 낡고 음습한 곳에 살아야 하나요?"

이제 타이렐의 목소리에서 진짜 분노가 묻어나왔다.

"얼마나 오랫동안 인간들이 이 도시를 지배해왔습니까? 이만하면
충분합니다. 우리 원숭이들이 훨씬 더 민첩하고 더 높이 올라가며 더
빠르게 뛸 수 있어요. 이빨도 더 날카롭죠. 게다가 꼬리까지 있어요!
우리가 이 도시의 지배자가 되어야 합니다. 바로 이것이 우리의 운명
이고, 여러분이……."

타이렐이 간부들을 확 돌아보았다.

"이 대업을 이루기 위해 선택된 분들이란 말입니다."

야심찬 열기가 방 안을 가득 채웠다. 지금껏 상상도 못 해봤지만,
도시 전체를 지배한다는 생각만으로도 가슴이 벅차올랐다.

브레리는 타이렐의 말에 심취해서 이 원대한 계획이야말로 타이

렐에게 영원한 충성을 맹세한 이유라고까지 생각하게 되었다. 뿌듯한 자부심에 벅차서 브레리는 주먹을 쳐들고 바닥을 쾅쾅 내리쳤다. 한 번, 두 번 내리치자 스웨토도 즉시 합세해서 무조건적인 지지를 보냈다.

오트색도 랑구르의 충성심에 지기 싫어서 '우리의 운명이다!'라고 외치면서 주먹을 내리쳤다.

허밍버드만이 주저했다.

인간이 없는 도시를 생각하면 황폐해진 시장이나 텅 빈 가게들이 먼저 떠올랐고, 우물이 완전히 마르고, 뱀 떼를 몰아내줄 인간이 전혀 없는 세상만 떠올랐다. 확실히 인간이 없는 도시란 원숭이가 살기 힘든 곳이었다.

그러나 다들 떠들썩하게 찬성하고 나서는 모습을 보니, 허밍버드도 얼른 따라할 수밖에 없었다. 당장은 어쩔 수 없지 않은가.

허밍버드의 머뭇거림은 그다지 길지 않았지만 포고 장군은 예민하게 알아챘다. 사실, 포고 장군도 우려가 컸기 때문이다. 하지만 의심을 바깥으로 드러낼 만큼 어리석지는 않아서 누구보다도 열렬히 박수를 치고 있었다.

결국 타이렐의 방을 나와 각자의 길로 흩어졌을 때야 포고 장군은 자유롭게 생각에 잠길 수 있었다. 그제야 정확히 왜 그토록 불안한지 깨달았다. 랑구르 권력의 기반은 인간들이 원숭이들의 폭력으로

　　　　　　　　　　　　　　　　원숭이 전쟁

부터 지켜달라고 랑구르족을 선택한 사실에서 비롯된 것이 아니었던가? 그렇다면 지금 타이렐이 제안한 것은 그야말로 자멸로 향하는 길이었다.

처음으로 포고 장군은 영도자 타이렐이 예지자의 선정은커녕 미치광이의 폭정으로 치닫고 있다는 사실을 깨달았다. 그러나 어느 누가 감히 타이렐에게 이런 말을 전하겠는가?

46장
전사들

대학살 사건 이후, 피그의 삶을 지배하는 생각은 한 가지뿐이었다. 어떻게 목숨을 끊을 것인가?

자식들이 무참히 죽은 후, 피그는 희망도 목표도 사라졌다. 심장이 뛰고 피가 흐르고 의식은 있었지만 정작 제일 중요한 영혼 깊숙한 곳에서는 아무런 박동이 없었다.

다른 원숭이들이 열심히 일을 할 때도 피그는 홀로 폐수탑 꼭대기에 조용히 앉아 죽음만을 떠올렸다.

피그는 매일 아침 원숭이들이 활기차게 박차고 나가서 저녁마다 피곤에 지쳐도 즐거운 얼굴로 돌아오는 모습을 지켜봤다. 처음에는 다른 원숭이들이 힘차게 생활하는 모습을 보며 절망감만 깊어졌다. 하지만 계속 지켜보자, 살아남은 원숭이들 사이에 끈끈한 연대감이 자라나는 것을 느낄 수 있었다. 청년들이 주고받는 정감어린 농담들 속에서 서로 열린 마음들이 느껴졌다.

날이 가면 갈수록 희망이 두려움을 조금씩 걷어내는 것을 보며 피그는 마음속 박동이 빨라지는 것을 느꼈다. 그래도 희망은 아니었다.

어느 날, 파피나가 폐수탑 안 물웅덩이 옆에 앉아 있는데, 등에 와 닿는 손길이 느껴졌다. 뒤를 돌아보니, 피그가 조용히 웅크리고 있었다.

"어디가 안 좋아요?"

피그가 고개를 흔들었다.

"그냥 털을 골라주려고."

파피나는 놀라움을 숨길 수 없었다. 몇 달 동안의 침묵을 깨고 나온 말이 이토록 평범한 말이라니.

"미안해, 난 그저……."

피그가 뒤돌아서서 나가려고 했다.

"아뇨!"

파피나가 손을 뻗어 피그의 팔을 붙들었다.

"제가 부탁할게요……. 털 좀 골라주세요."

파피나는 미소를 지으며 등을 내밀면서 어서 시작하라는 듯 어깨를 움찔거렸다.

"어서요."

피그가 얼른 다가가 앉아 손을 뻗다가 멈칫했다. 너무나 오랫동안 슬픔 속에 갇혀 지내다 보니, 죄수처럼 빛 속으로 걸어 나가기가 불안했다.

"하루 종일 가려웠는데, 거기쯤에 벼룩 한 마리가 있을 거예요. 참

통통한 녀석일 것 같아요."

파피나의 말에 피그가 슬며시 웃음을 지었다.

"농담도 참."

그렇게 피그의 손가락이 파피나의 털을 빗어 내리기 시작했다.

한동안 아무 말이 없었다. 서두를 필요가 없긴 했다. 일단 털 골라 주기부터 시작하면 되었다. 피그가 막 파피나의 정수리 부분을 만지면서 나지막이 입을 열었다.

"나도 내 몫을 하고 싶어……. 전투에서."

파피나는 너무 기뻐 환호성이라도 지르고 싶었다. 하지만 현명하게 차분함을 유지하기로 결정했다.

"음, 전사의 수는 많을수록 좋죠. 가능한 모든 전력을 끌어 모아야 하니까. 어떤 분야를 생각하고 계세요? 의료 담당?"

피그는 손을 딱 멈추고 파피나 앞으로 가서 불타는 눈빛으로 마주 보았다.

"내 속에서는 시커먼 분노가 타오르고 있어. 뭐라도 하지 않으면 나 자신을 태워버릴 거야. 복수가 필요해."

언제나 상냥하고 온화했던 피그가 이런 말을 하다니, 파피나는 믿을 수가 없었다. 누구 하나 공격할 줄 몰랐던 피그가 복수를 입에 담다니.

"너무 오래 끙끙대서 미안해."

피그가 마치 조금이라도 연약한 모습을 내보인 것이 무슨 창피한 비밀이라도 되는 양, 나지막이 속삭였다.

"사과할 필요 없어요. 아무것도요."

파피나가 팔을 벌려 피그를 꽉 끌어안았다.

마이코가 거의 잠이 들락 말락 할 때 파피나가 조용히 어두운 폐수 탑 안으로 뛰어내려 마이코 옆에 누웠다. 파피나는 마이코의 뒷머리를 쓰다듬었다. 아직도 마이코의 털이 파피나의 손길을 기억하고 있는지 궁금했다. 마이코의 등골을 타고 기분 좋은 전율이 흘렀다.

"다 괜찮아?"

마이코가 속삭였다.

"우리가 널 조각조각 찢어버리지 않을 걸 어떻게 알았어?"

"뭐?"

"우리한테 다시 돌아왔을 때 말이야. 우리가 배신하지 않을지 어떻게 알았어?"

마이코가 어깨를 으쓱했다.

"진짜 세상이 그렇게 돌아간다면 아예 그런 세상에서 사라지는 편이 낫겠지."

파피나가 마이코를 뒤에서 감싸 안았다.

"피그가 돌아왔어."

마이코가 놀란 눈으로 파피나를 마주보았다.

"싸우길 원한대?"

파피나가 미소를 지었다.

"이제 우린 모두 전사야."

피그가 돌아오자 모두들 펄쩍 뛰며 기뻐했다. 구나와 마이코는 훈련을 새롭게 재정비하기로 했다.

원숭이라면 아기 때부터 도시의 하늘을 가로지르는 전선에서 꼭 멀찌감치 떨어져서 움직이라고 배웠다.

"하지만 요점은 아무도 가보지 않았으니 우리가 가봐야 한다는 거예요."

마이코가 말했다.

"타이렐을 죽이자고 했지, 우리 자신을 죽이자고는 안 했어."

트위처가 딱 잘라 말했다. 피그가 삶의 의지를 되찾은 판에, 또다시 피그를 잃고 싶지는 않았다.

"저기도 전선이 있고, 저기도 전선이 있소."

구나가 무슨 암호를 말하듯 애매하게 말했다.

"여러분들이 단잠을 자고 있을 때 우리는 일찍 일어나서 조사를 했단 말이오."

"보시다시피 저 위에는 두 종류의 전선이 있어요. 하나는 위험하

원숭이 전쟁

고 다른 하나는 안전해요. 전선들은 서로 엉켜 있지만, 차이점만 익힌다면 전선을 타고 타이렐 제국의 심장부로 곧장 갈 수 있어요. 모든 랑구르족은 하늘 위 전선을 피해 다니죠. 정예부대원까지도요. 그런 그들이 우리를 따라 오는 순간, 위험한 전선에 살짝 닿기라도 하면……."

"번쩍!"

구나가 음산하게 웃으며 마이코의 말에 양념을 쳤다.

"공중을 날아다니는 방법을 새롭게 익혀야 합니다. 정확성과 시력, 균형 감각이 무엇보다 필요하죠. 높은 하늘 위를 빠르게 획획 날아다닐 배짱도 필요해요. 손가락이 조금이라도 삐끗하면 바로 황천길이니까. 성공하면 어떤 원숭이도 못 이뤄낸 걸 해내는 셈이죠. 공중전 말입니다."

마이코의 말이 끝나자, 라파가 손을 들고 물었다.

"아무도 해본 적이 없다면 두 분은 어떻게 배우셨나요?"

구나가 미소를 지었다.

"우리도 배운 적은 없소. 아직까지는."

전사들은 매일 새벽녘에 일어나서 탐색에 나섰다. 도시의 하늘 위에 얽힌 전선망을 하나하나 다 외워야 했다. 아침이 밝아 랑구르 순찰대가 돌기 시작할 때쯤에는, 안전한 제철공장 지대로 숨어들었다.

구나는 폐수탑 주변 땅에다 특별 훈련 코스를 만들었다. 땅바닥에 나뭇가지를 늘어놓은 뒤, 쓰레기장에서 주워온 색색가지 파이프도 끼워 넣어 전선망처럼 꾸며놓았다. 파이프만을 밟고 나뭇가지 위를 건너가는 훈련이었다.

처음에는 불가능해 보였다. 어떤 원숭이도 그만큼 민첩하지는 못했다. 하지만 날이 갈수록 요령이 붙었다.

비결은 순간적인 선택이었다. 선택지를 보고 잘 골라서 뛰면 되었다. 움직임이 빨라질수록 판단도 빨라졌다. 나중에는 한 번 헛디디면 죽음이라는 생각을 잊어버린 채 완전히 직감을 믿고 몸을 움직일 수 있었다.

파이프 훈련을 완료하자, 구나는 훈련 장소를 나무 위로 옮겼다. 인적 드문 작은 공원으로 나가서 나뭇가지에 짓이긴 꽃물로 '위험'이나 '안전' 표시를 해두었다.

여기에서 리서스 전사들이 하루하루 속도를 높이며 공중전 연습을 했다. 자칫 머리를 느리게 돌렸다가는 확 떨어지는 고통을 감수해야 했다.

마이코와 구나는 점점 더 대담해지고 날카로워지는 전사들을 보면서 이 새로운 기술을 '전차 파도타기'에 적용해야겠다고 생각했다.

전차망은 랑구르 제국을 관통하고 있었다. 전차의 집전장치에서 번쩍거리는 전기 때문에 원숭이들은 모두 전차를 피해 다녔다. 그러나 배짱 있게 전선을 잘 골라서 움직이는 전차 위로 뛰어내릴 시점만 잘 판단할 수 있다면 도시 전체를 누비는 데 최상의 수단이 될 터였다.

'오로지 연습밖에 없다.' 구나가 언제나 목숨처럼 여기는 말이었다. 문제는 실천력이었다.

전사들은 육교 위에서 밑을 통과하는 트럭 위로 뛰어내리는 훈련을 시작했다. 일단 트럭 위로 뛰어내린 다음, 자동차 같은 더 작은 목표로 바꿔서 정확성을 높이는 훈련을 했다.

몸에 멍이 늘어갈수록 전사들은 이 새로운 기술을 완벽히 익혀갔다. 하지만 훈련은 단지 대담한 행동에만 머무르지 않았다. 리서스원숭이들은 천성이 평화롭고 온순해서 마이코는 걱정이었다. 실제로 전투가 일어나서 추악하고 고통스러우며 엉망진창인 현실이 눈앞에 드러났을 때 리서스 전사들이 각오를 잃어버리고 손을 놔버리지 않을지 불안했다. 그들의 각오와 의지를 단단히 다지기 위해 마이코는 '따돌림 시련'이라는 훈련을 고안했다.

우선 모든 원숭이들에게 새로운 보름달을 기념하는 연회를 준비하라는 간단한 임무를 주었다. 그리고 나서 은밀하게 딱 한 원숭이만 따돌리라고 지시를 내렸다. 고심 끝에 희생양은 캐드비로 결정했다.

처음에 캐드비는 모두가 자신을 무시하자 이유를 몰라 당황했다. 그러다가 이것도 훈련이라는 것을 눈치 채고 그냥 웃어넘겼다.

그러나 그 웃음은 오래가지 못했다.

훈련이 반도 지나기 전에 캐드비는 우울해 하면서 성을 내기 시작하더니 이내 모든 걸 부수고 다녔다. 다른 원숭이들의 관심을 끌기 위해서였다. 하지만 다들 거들떠보지도 않고 등만 돌릴 뿐, 마치 캐드비를 존재하지도 않는 유령처럼 대했다.

캐드비는 좌절해서 분노가 속에서 부글부글 끓어오르는 것을 느꼈다. 자신을 인정해주지 않는 세상을 다 부숴버리고만 싶었다. 그래서 녹슨 철조망이나 깨진 유리, 쇠막대기 같은 것을 무기삼아 쌓아두기 시작했다. 마치 피 튀기는 살육전이라도 벌이려는 것처럼 보였다.

마이코는 경계의 눈으로 지켜보았다. 모든 원숭이들이 얼마나 처참하게 캐드비가 변해 가는지 보고 있었지만 아무도 나서서 규칙을 어기려 들지 않았다. 훈련이 너무 잔인하다며 반발하는 원숭이도 없었다. 마치 어떤 사악한 힘이 작용해서 원숭이들을 서로 뭉치게 하는 것 같았다. 한마음 한뜻으로 캐드비를 잔인하게 따돌릴수록 원숭이들의 결속은 더더욱 강해졌다.

바로 그때 마이코가 훈련을 중단시켰다.

마이코가 캐드비에게 말을 거는 순간, 모든 마법이 풀렸다. 캐드비는 정신이 번쩍 든 것처럼 처참한 눈으로 무기들을 바라보았다. 고작 훈련 하나 때문에 중심까지 흔들린 셈이었다. 캐드비는 내면의 끔찍한 어둠을 보고 온 것 같았다.

잠시 후, 모두가 원을 그리고 앉자 캐드비가 자신이 느낀 두려움과 무기력함을 다 털어놓았다. 캐드비의 말이 끝나자 마이코가 이어받았다.

"타이렐이 우리한테 저지른 짓이 바로 이런 겁니다. 우리 모두를 따돌리고 우리가 존재하지 않는 세상을 만들었죠. 그래서 우리가 타이렐을 쳐부숴야 하는 겁니다."

47장
먹구름

마이코는 몬순 시기를 기다리며 하늘을 쳐다보았다.

몬순 시기가 원숭이들에게는 제일 위험한 때였다. 갑자기 하늘에서 폭우가 가시처럼 쏟아져 내렸고, 시장의 판매대가 거리에서 사라져 식량도 훔치기 어려워졌다. 도랑들도 하나같이 괴물처럼 넘실대며 불어나서 운 나쁜 원숭이들을 휩쓸어가기도 했다.

몬순 시기에는 꼭 필요하지 않는 한, 어떤 원숭이도 밖으로 나다니지 않았다. 하지만 마이코는 오히려 그런 이유로 랑구르 군과 전쟁을 벌이기에는 가장 적기라고 판단했다. 허를 찌르기에 최적의 시기였기 때문이다. 그래서 리서스 전사의 마지막 훈련도 수중전에 대비한 훈련으로 결정했다.

훈련은 콜카타의 명물인 춤추는 분수대에서 시작했다. 매일 저녁, 황혼이 지면 인간 아이들이 환상적인 분수쇼를 보려고 공원으로 몰려들었다. 극적인 음악이 쾅쾅 울려 퍼지고 색색 조명이 불을 밝히면 수없이 많은 움직이는 물줄기가 음악에 맞춰 공중으로 치솟아 밤하

원숭이 전쟁

늘에 수를 놓았다.

리서스 전사들은 솜씨 좋게 전화선을 타고 휙휙 날아서 분수대 안에 착지했다. 이제 곧 분수쇼가 시작될 것이다. 분수대를 찾아온 이유는 놀거나 목욕을 하기 위해서가 아니라 물에 대한 공포를 극복하기 위해서였다. 꼼짝도 하지 않고 가만히 앉아 쏟아지는 물줄기를 그대로 온몸으로 맞는 것이 훈련이었다.

분수쇼의 시작은 꽤 약했다. 물줄기가 박자에 맞춰 조금씩 공중으로 솟아올랐다가 빗물처럼 떨어져 내렸다. 원숭이들은 그저 소나기를 맞은 것처럼 젖었을 뿐이었다. 하지만 분수쇼가 본격적인 움직임을 보이자 물줄기는 로켓처럼 솟아올라 빙글빙글 돌다가 정교하게 소용돌이무늬를 만들어낸 다음 갑자기 푹 꺼져서 철퍼덕 물을 튀겼다. 이럴 때는 완전히 정신없는 와중에 강철 같은 빗물을 견뎌야 했다.

훈련 초기에는 바로 이때 대부분의 원숭이들이 분수대를 뛰쳐나왔다. 물줄기가 너무 사납고 무섭게 솟아올라 익사할 것만 같았기 때문이다.

피그가 최초로 두려움을 이겨내고 동상처럼 서서, 물줄기가 사방에서 포탄처럼 떨어지는데도 고스란히 다 맞으며 버텨냈다. 피그는 신음소리 한 번 내지 않았다.

파피나도 피그의 각오를 보며 질 수 없다는 듯 참아냈다. 여자들이 앞서 나가자 남자들도 어쩔 수 없이 따를 수밖에 없었다. 캐드비는 속으로는 진저리치면서도 용감한 얼굴로 꿋꿋이 버텨냈다. 그러나 제일 큰 변화를 보여준 전사는 주프와 라파였다. 처음에 둘은 공포에 질린 나머지, 분수대 안으로 질질 끌려 들어가다시피 했다. 그런데 일단 사방에서 물이 쏟아져 들어와도 계속 숨을 쉴 수 있다는 사실을 깨닫고 난 뒤로는 마음을 편안히 먹고 완전히 무질서한 상황을 도리어 즐기기 시작했다.

전사들이 물을 두려워하지 않게 되자, 마이코와 구나는 훈련 장소를 홀리강으로 옮겼다.

무서운 도전이긴 했다. 춤추는 분수에 비해 흙탕물이 넘실대는 강은 완전히 딴 세상이었다. 나뭇가지와 부스러기들을 모조리 휩쓸어 갈 정도로 물살이 무섭게 몰아쳤다.

"물살이 강할지 모르지만 덕분에 손쉽게 도시 전체를 누빌 수 있다는 사실을 기억하세요. 이 물살은 여러분의 친구일 뿐이에요. 누가 강한 친구를 마다하겠어요?"

전사들은 진흙에서 강물에 떠내려 온 물건들을 뒤지기 시작했다. 어떤 물건이 물에 뜨고 가라앉는지 실험을 해서 물 위에서 원숭이 무게를 감당할 만큼 튼튼한 표류물을 골라냈다.

그 뒤 선택한 표류물을 붙들고 홀리강으로 뛰어들었다. 손으로 노를 젓거나 헤엄을 쳐서는 안 되었다. 표류물에 몸을 내맡긴 채 강물의 흐름에 집중하면서 다리만 조금씩 움직여 방향을 바꿔야 했다.

원숭이 전쟁

연습을 거듭하자 두려움이 재미로 변했다. 물살을 따라가며 때로 기지를 발휘해서 물결을 타고 넘자, 엄청난 전율이 흘렀다. 얼마 지나지 않아 전사들은 둥글게 휘어진 강물을 타고 하우라역 강둑에서 식물원까지 이동할 수 있게 되었다.

이로써 리서스 전사들은 육해공 훈련을 모두 완료했다. 남은 일은 하늘을 쳐다보며 비가 내리기를 기다리는 것뿐이었다.

요즘 들어 타이렐은 하늘을 보는 일이 좀체 없었다. 몬순 시기가 걱정되어서는 아니었다. 제국을 다스리는 일상이 예전처럼 즐겁지가 않았다. 지금 타이렐이 푹 빠진 일은 오직 '원대한 계획'뿐이었다.

이 계획은 불멸을 위한 도전이었다. 인간을 이 도시에서 완전히 쫓아낸다면 어디의 누구든 원숭이를 얕잡아보지 못할 것이다.

타이렐은 이 '원대한 계획'을 실현하는 일에 전력을 쏟고 있었다. 타이렐이 가장 신뢰하는 참모로 우뚝 선 스웨토와 브레리가 피곤도 잊은 채 여름별장의 꼭대기 방에서 열심히 일을 했다. 영도자의 지시하에 스웨토와 브레리는 벽의 지도를 다시 새겼다. 어떤 지역들은 싹 지우고 새로운 지역을 다시 새기자, '인간 추방' 이후의 도시가 생생하고 대담하게 눈앞에 드러났다.

하지만 타이렐이 흡족해 할수록 허밍버드는 점점 더 불안해졌다. 언젠가 허밍버드가 '어떻게' 인간들을 추방할지 물어보자 타이렐은 불같이 화를 내며 불충이라고 몰아붙였다. 그런 의심을 품는 것조차 반역죄로 간주할 수 있다는 뜻이었다.

결국 모두 입을 다물었다. 하지만 허밍버드는 재앙이 다가오는 것을 느낄 수 있었다. 어느 날 저녁 허밍버드는 은밀하게 부하들을 콜카타 노천극장 무대 위로 불러모았다.

"우리는 바바리족이다. 용병이지. 그래서 여기로 왔고 보상도 괜찮았다. 하지만 지금 타이렐은 제정신이 아니다."

불편한 웅얼거림이 퍼져 나갔다.

"인간과 싸우겠다는 욕망이 타이렐의 눈을 가리고 있어. 타이렐의 세계가 무너지기 전에 우리는 타이렐을 버려야만 한다. 안 그러면 우리도 질질 끌려가게 되겠지."

실망감에 휩싸인 침묵이 흘렀다. 이제 다 끝났다. 바바리족은 편안한 삶을 버리고 다시 길을 나서야 했다.

다들 흩어질 때쯤 목소리 하나가 들려왔다. 오트색이었다. 평소처럼 할 말만 하는 말투가 아니라 좀 더 은근한 말투였다.

"어쩌면 다르게 볼 수도 있지 않을까요?"

"이미 결정한 사안이다."

"하지만 그냥 이대로 지켜봐도 괜찮지 않을까요? 그동안 우리 바바리족은 수많은 곳에서 수많은 지도자를 위해 전투에 나섰지요. 그래도 이 콜카타의 랑구르족만큼 강력한 군대가 있었나요?"

원숭이 전쟁

잠시 아무런 대답이 없었다.

"타이렐은 원숭이 세계에서 제일 위대한 제국을 이룩했어요. 솔직히 이 제국이 무너질 것 같진 않아요."

"모든 게 무너져!"

허밍버드가 소리쳤다. 랑구르족처럼 머리를 굴리며 느끼한 말투로 말하는 오트색의 모습에 분노가 치밀었다.

"인간들이 지어놓은 것조차 다 무너져왔어. 정글에서 본 사원들을 기억하나? 다 허물어진다고!"

"타이렐이 정확하게 지적했죠. 한낱 덩굴식물도 인간을 굴복시킬 수 있는데, 왜 원숭이는 안 됩니까?"

오트색이 고집을 부렸다.

"그 이유를 말해주지. 대부분의 랑구르족은 인간과 싸우길 원하지 않아. 타이렐이 두려워서 입 밖으로 꺼내지 못할 뿐이지. 그들의 눈을 보면 알 수 있다고. 타이렐과 랑구르족 사이에 틈이 벌어졌어."

허밍버드는 인내심이 거의 바닥이 나고 있었다.

"그렇다면 우리 바바리족이 나서서 랑구르 군을 뺏으면 되잖아요. 타이렐을 몰아내고 우리가 직접 통치하자고요. 굳이 뒤집어엎을 필요도 없이, 이 제국을 그대로 지키면서 특권을 누리면 되죠."

오트색은 바바리족을 바라보며 동의를 얻기 위해 직접 호소하기 시작했다.

"얼마나 힘들게 돌아다녀야 할까요? 이렇게 좋은 보금자리를 찾으려면 또 얼마나 수많은 전쟁을 벌여야 할까요?"

몇몇이 머뭇거리며 고개를 끄덕이자 오트색은 자신감이 생겼다. 모두의 시선이 허밍버드를 향했고, 허밍버드는 허리를 펴고 우뚝 섰다.

"우리는 싸우는 전사들이지 번지르르하게 말만 하는 정치가가 아니다. 바바리족은 전사로 태어났지. 수세대에 걸쳐 그렇게 살아왔어. 타이렐도 제 본분을 알았다면 '원대한 계획'은 꿈도 꾸지 않았을 거다. 하지만 타이렐은 이제 끝났어. 이 말 하나만 해두지. 타이렐은 여기에서 무너지겠지만 그 후로도 계속 우리 바바리족은 여전히 두려움을 주는 전사로서 존경을 받을 것이다."

허밍버드는 확신을 갖고 말을 마쳤다. 허밍버드의 말이 오랜 전통을 일깨웠다. 침묵 속에서 바바리족의 의지가 허밍버드를 떠받쳤다.

오직 오트색만이 감흥을 느끼지 못했다.

"다들 틀렸어! 전부 다! 야만적인 삶을 지키자니, 원시적인 생각일 뿐이라고!"

허밍버드는 무섭도록 차분하게 오트색의 눈을 쏘아보았다. 이 녀석은 계속 골칫거리가 될 터였다.

"보아 하니, 자네만 그렇게 생각하는 것 같군."

허밍버드가 차갑게 말했다.

원숭이 전쟁

섬뜩한 상황을 처음 발견한 자는 브레리였다.

브레리는 일찍 일어나서 공동묘지 외곽 담장으로 걸어가다가 이상한 형체가 레몬나무 가지에 매달려 있는 것을 보았다.

어슴푸레한 빛 속에 눈을 찌푸려서 무슨 형체인지 알아보려고 했지만 알아볼 수가 없었다. 그래서 나뭇가지 위로 훌쩍 뛰어올라 자세히 살펴보자마자 공포에 얼어붙어버렸다.

발목이 묶여 매달려 있는 물체는 흠씬 얻어맞아 벌겋게 피가 말라붙은 오트색의 사체였다. 아래로 쏠린 얼굴은 거의 알아보기가 힘들 정도였고, 몸은 뒤틀리고 뼈가 부러져 있었다. 털에는 피가 덕지덕지 굳어 있었고 아직도 피가 흙바닥에 뚝뚝 떨어지고 있었다.

사태를 알려야겠다는 절박함에 브레리는 허둥지둥 레몬나무를 넘어서 바바리족의 처소로 들어갔다. 하지만 안은 텅 비어 있었다. 바바리족은 마치 존재한 적도 없던 것처럼 사라져버렸다.

브레리는 숨통을 죄어오는 두려움을 억지로 참아내며 생각했다.

'어서 타이렐에게 알리자. 당장 알려야 돼. 무슨 일이 벌어졌는지. 영도자는 이미 알고 있을지도 몰라. 어쩌면 바바리족에게 비밀임무를 맡긴 건지도 모르지.'

그러나 브레리는 이렇게 생각하면서도 사실이 아니라는 것을 알고 있었다.

바로 그때, 빗방울이 머리 위로 떨어졌다.

48장
첫 공격

리서스 전사들은 폐수탑 꼭대기에 앉아 몬순 시기의 첫 폭우가 굵은 빗방울을 드리울 때를 기다렸다.

드디어 오랜 기다림이 끝났다.

다들 침묵 속에 무시무시한 하늘을 쳐다보았다. 앞으로 얼마나 많은 전사가 살아남을 수 있을지 아무도 몰랐다.

주프의 호들갑스러운 외침에 다들 무심히 먹구름에서 눈을 돌렸다. 하지만 제철공장 마당을 급히 가로질러 달려오는 주프를 보면서 마이코는 불안함에 속이 조여들었다. 주프는 교회당 탑 위에서 망을 보고 있었는데, 원래 한낮까지 돌아오면 안 되었다. 무언가 잘못되었다!

"바바리족이…… 바바리족이 사라졌어요!"

주프가 숨을 헐떡이며 소리쳤다.

"사라졌다고?"

마이코가 깜짝 놀라 되물었다.

　　　　　　　　　　　　　　　　　　　원숭이 전쟁

주프는 사다리를 밟고 올라오면서 웃음을 터뜨렸다.

"새벽에 공동묘지를 다 빠져나갔어요. 바바리족 전부가 싹 사라졌어요. 처음에는 무슨 임무라도 받았나 싶어서 따라가봤죠. 그런데 그냥 도시 밖으로 나가더라고요!"

마이코와 구나는 믿기지 않는다는 듯 서로를 쳐다보았다.

"믿을 수 없어. 덫을 놓은 거라고."

트위처가 얼굴을 찡그렸다.

"맹세해요! 바바리족 전부였어요. 아기들까지요."

주프가 반박했다.

"바바리족은 절대 전체로 움직이지 않소. 오히려 소규모 습격대를 선호하지."

구나가 말했다.

"내 눈으로 봤단 말이에요. 아주 먼 여행을 떠나는 것처럼 해가 떠오르는 곳을 향해 걸어갔어요. 진짜 영영 가버렸다고요!"

주프가 장담했다.

마이코가 리서스 전사들을 둘러보며 슬쩍 미소를 지었다.

"그렇다면 전쟁을 시작하죠."

정오 무렵, 하늘이 온통 어두컴컴해졌다. 먹구름이 빠르게 몰려들더니 강풍이 거리를 휩쓸었다. 집이 있는 사람들은 얼른 집 안으로 들어갔고, 판자촌에 사는 사람들은 허술한 지붕이 바람에 날아가지 않도록 기도를 올렸다.

자동차가 전조등을 환히 밝히자 거리의 개들이 안절부절못하고 낑낑거렸다. 아이들은 신이 나서 창가에 붙었다.

드디어 폭우가 쏟아졌다. 빗물이 지붕 위로 떨어져서 번들거렸고, 도랑은 넘쳤으며, 모든 거리와 골목을 물이 채웠다. 사람들은 부자나 가난한 자나 똑같이 흠뻑 젖었다.

도시의 생활이 잠시 멈춘 듯했다. 사람들은 웃고 마시며 물폭탄 같은 폭우에 감탄사를 연발했다. 하지만 이튿날이 되자 폭우도 일상이 되었다. 비가 내리건 말건, 도시는 다시 원래대로 돌아갔다.

이런 상황은 랑구르족도 마찬가지였다.

타이렐은 식량으로 정권을 유지했기 때문에 계절에 관계없이 충분한 식량 보급이 필수였다. 저장고를 가득 채워두기 위해 매일 아침마다 교통체증에 걸린 트럭들을 급습했다.

랑구르 정예부대원들은 으슥한 곳에 숨어 교통이 막힐 때까지 기다렸다가 트럭들이 한 줄로 늘어서면 잽싸게 달려갔다. 우선 냄새를 맡아 제일 맛있어 보이는 음식 몇 개를 훔쳐낸 후 지휘관에게 보냈다. 지휘관의 허락이 떨어지면 습격대가 작전에 나섰다. 트럭 기사에게 쫓겨날 때까지 최대한 많이 훔쳐 임시저장고에 갖다두었다.

원숭이 전쟁

이런 방식은 아주 잘 돌아갔다. 날마다 다른 도로를 골라서 어느 트럭도 너무 자주 털지 않도록 조심했다. 가판대도 여럿 눈여겨 봐뒀기 때문에 트럭이 여의치 않을 경우에도 식량 보급에는 문제가 없었다. 충분한 식량은 핵심적인 문제였다. 랑구르족의 미래를 원한다면 결코 빈손으로 돌아와선 안 되었다.

그렇기 때문에 마이코는 식량습격대를 첫 공격의 목표로 삼았다.

주프와 졸라는 빗물이 쏟아지는 지붕을 가로질러 도시 한복판의 교회당까지 달려가서 사다리를 타고 첨탑 꼭대기의 풍향계까지 올라갔다. 여기에서는 도시가 한눈에 들어왔다. 며칠 전 거리 시장에서 훔쳐온 종교 행사 가면들도 가져와서 암호 깃발로 삼았다. 각각의 가면이 다른 도로를 의미했다.

서서히 교통체증이 시작되자, 주프는 중앙도로를 향하는 랑구르 습격대를 발견했다. 졸라는 가네쉬 도로를 뜻하는 코끼리 가면을 높이 들었다. 임시지휘관이 된 마이코가 그 가면을 보았다.

"중앙도로다!"

마이코가 소리치면서 전차 위로 뛰어내리자, 트위처와 피그, 가장 힘세고 젊은 리서스원숭이 세 마리가 뒤따랐다. 속도가 생명이었다. 랑구르 습격대가 작전을 펼치기 전에 먼저 자리를 잡고 잠복하는 것이 핵심이었다.

마이코 무리는 마단 거리의 끝에서 내렸고, 구나와 파피나, 캐드비를 비롯한 나머지 전사들은 바로 뒷전차를 타고 몇 거리를 더 지나갔다. 그들은 중앙도로 교차로가 습격 지점이면 랑구르족의 임시저장고는 폐허가 된 빵집이라는 것을 알고 있었다. 구나가 이끄는 무리는 이 빵집을 공격할 계획이었다.

폭우 때문에 교통체증은 평소보다 심했다. 트럭기사들도 점심 전까지는 꼼짝도 못 할 것이라고 이미 포기한 지경이었다. 모두 운전석에 앉아 신문을 보거나 담배를 펴대면서 도로에는 눈길조차 안 주고 있었다. 덕분에 작전은 훨씬 더 수월해졌다.

마이코가 이끄는 무리는 어느 트럭이 랑구르의 입맛을 자극할 음식을 싣고 있는지부터 탐색에 나섰다. 트위처가 호두를 실은 트럭을 가리키자 마이코가 고개를 흔들었다.

"이왕 훔치러 나왔는데 겨우 호두겠어요?"

"빨리 결정해야 해!"

트위처가 재촉했다. 저기 앞에서 벌써 랑구르 정찰대원 두 마리가 다가오고 있었다.

"정확히 맞춰야 해요. 아니면 아무런 소용이 없어요."

신경을 곤두세운 채 트럭을 하나씩 살펴보다가 갑자기 피그가 딱 멈춰 섰다. 깊게 숨을 들이마시며 향기를 음미했다.

"복숭아야. 트럭 한 가득이야."

"이쯤 되면 절대 거부 못 하죠."

마이코가 환한 미소를 지었다.

마이코 무리는 서둘러 트럭 옆을 타고 올라가서 방수포 아래로 미
끄러져 들어가 과일상자 사이에 숨었다.

랑구르 정찰대에게는 일상적인 작전이었다. 방수포 아래로 숨어들
어가 상자를 깨고 복숭아 몇 개만 꺼내 도망치면 되는 일이었다.

그러나 어둠 속에서 비명이 울렸다.

랑구르 정찰대원이 고개를 돌리자 번쩍이는 이빨이 보였다. 리서
스 전사들이 달려들어 정찰대원의 목을 물어뜯자 털 위로 뜨거운 피
가 끈적끈적하게 흘러내렸다.

나머지 정찰대원들이 목에서 뿜어 나오는 피를 보고 주춤 물러섰
다. 때를 놓치지 않고 리서스 전사들이 덮쳐서 가슴을 치고 목을 비
틀었다.

랑구르 군의 숙련된 발차기도 만만치 않았다. 금세 주먹으로 반격
해 들어오며 닥치는 대로 물어뜯고 할퀴었다.

과일 상자 사이 좁은 공간에서 목숨을 건 난투극이 벌어졌다.

어두컴컴한 대혼란 속에서 피그는 마음껏 분노를 발산했다. 랑구
르 정찰대원 하나를 붙잡아 얼굴을 할퀴고 팔다리를 꺾어 죽을 때까
지 주먹질을 했다. 정찰대원이 쓰러져도 피그는 공격을 멈추지 않았
다. 완전히 숨통을 끊어놓을 때까지, 이미 뼈가 부러진 몸을 주먹으

로 계속 내리쳤다. 어느새 트럭 바닥은 피로 흥건했지만 피그는 가슴 속 고통이 사라질 때까지 그만두지 않을 모양이었다.

트위처가 피그의 팔을 붙잡았다.

"이제 됐어. 충분하다고."

피그가 숨을 몰아쉬며 냉담하게 사체를 내려다보다가 동료들을 바라보며 눈을 깜빡였다.

"다음은 어디야?"

폐허가 된 빵집에서 랑구르 습격대 지휘관은 훔쳐온 식량을 정리하느라 여념이 없었다. 아직은 달콤한 과자와 케이크, 오렌지주스 상자 몇 개가 전부였다. 최고 사령관의 칭찬을 받기에는 많이 부족했지만, 아직 시간이 이른데다 트럭 줄이 길 테니까 기대는 컸다.

그때, 정찰대원 하나가 겁에 질린 얼굴로 헐레벌떡 뛰어 들어왔다.

"다 죽었어요!"

지휘관은 깜짝 놀라 정찰대원의 얼굴을 멍하니 쳐다보았다. 정말 오랫동안 랑구르원숭이가 이렇게 겁에 질린 모습은 보지 못했다. 오히려 적군이 두려움에 떠는 모습이 더 익숙했다.

"습격을 당했어요!"

"앞장 서."

둘은 빗물이 넘치는 진흙탕 길을 뚫고 트럭이 늘어선 도로에 도착했다. 정찰대원이 어두운 골목 어귀를 가리켰다.

"저기 안쪽입니다."

겁에 질린 목소리였다.

지휘관은 골목 안으로 들어가다가 우뚝 멈춰 섰다. 부하 셋이 온몸이 부러진 채 죽어 널브러져 있었다. 상처에서 쏟아진 피가 빗물에 섞여 도랑으로 흘러갔다.

충격이 사라지자 혼란이 찾아왔다.

"어떻게 된 일이지?"

정찰대원이 떨리는 손으로 복숭아 트럭을 가리켰다.

"저 안에서 살해됐어요. 괴물이 있어요……."

지휘관은 잠시 망설였다. 얼마나 강한 괴물이길래 부하를 이토록 잔혹하게 죽일 수 있단 말인가. 당장 달아나고 싶었지만 하루치 식량을 확보하라는 명령을 수행해야 했다. 빈손으로 돌아갔다가는 크게 문책을 당할 터였다. 상황은 바뀔 수 있지만 명령은 절대 바뀌지 않는 법이다.

지휘관은 빵집에 있던 부하들까지 다 끌어 모아 복숭아 트럭을 포위하라고 명령했다.

"공격!"

지휘관의 명령에 습격대원들이 일사분란하게 사방에서 트럭 옆을 타고 올라가서 방수포 아래로 잠입했다. 무엇이 있든 빠져나갈 구멍은 없었다.

랑구르 대원들은 어둠 속에서 주먹으로 상자를 치고 상자 틈 속으로 막대기로 찔러대며 숨을 만한 곳은 다 뒤져보았다.

하지만 아무것도 없었다.

괴물도, 적군도, 아무것도.

계속 움직이고 계속 전투상황을 바꾸는 것, 그것이 마이코가 이끄는 리서스 전사들의 핵심전략이었다.

전사들은 랑구르 사체를 골목길에 버리고 나서 곧바로 줄행랑을 놨다. 폭우 덕분에 발자국이 지워졌고 체취도 씻겨 내려갔다. 그렇게 옆길로 되돌아가서 구나와 파피나 무리와 합류했다.

이제 빵집은 경비대도 사라진 상태였다. 리서스 전사들은 저 멀리 있는 지붕 위까지 줄을 지어 서서 옆에서 옆으로 식량을 차례대로 옮겼다. 거기에서 자축 연회를 즐겼다.

전쟁 1일차, 첫 승리는 리서스 전사 차지였다.

49장
2차 공격

랑구르 군 전체에 충격이 전해졌다.

습격대 지휘관은 무능을 드러냈다. 정황상 모든 잘못은 지휘관 때문인 것으로 보였다. 절대 그럴 리 없겠지만, 이 도시에 랑구르 군보다 더 강한 군대가 있다면 모를까, 어떤 변명도 어림없었다.

그러나 타이렐은 혼자 속을 끓이고 있었다.

타이렐은 바바리족이 떠난 충격이 아직 가시지 않았다. 물론 약삭빠르게 영도자의 탁월한 전략에 따라 바바리족을 내보냈다고 발표해두었다. 바바리족의 빈자리는 랑구르 지휘관들을 서둘러 승진시켜 메꾸었고, 모두를 안심시키려고 여분의 식량까지 두루 나눠주었다.

그러나 타이렐은 밤낮으로 한 가지 고민을 하느라 괴로웠다. 대체 왜 그토록 믿었던 바바리족이 자신을 버리고 떠났을까?

바바리족 문제로 애를 끓이고 있는데, 이제 습격 문제까지 해결해야 했다. 타이렐이 걱정하는 것은 식량 탈취나 랑구르 대원들의 죽음이 아니었다. 감히 타이렐에게 저항하는 무리가 나타났다는 사실 그 자체였다. 게다가 그 습격은 아무 흔적도 남기지 않는 비상한 방식으로 이뤄졌다.

타이렐은 꼭 잡고야 말겠다는 의지를 다지며 화려한 연설을 했다.

"우리를 도발하는 자는 누구든 처참한 응징을 받을 겁니다! 우리는 원숭이 세계에서 최고가는 군대입니다. 우리에게 반기를 드는 자는 누구라도 무력으로 처단될 겁니다. 앞으로 모든 식량습격대에는 경호수비대원 여섯이 배치되어 안전을 지켜줄 겁니다!"

타이렐은 정확히 마이코가 원하던 대로 반응을 보였다. 경비대원이 더 많이 보강될수록 좋았다. 리서스 전사들은 같은 곳을 두 번 습격할 생각이 전혀 없었기 때문이다. 예측불가능이야말로 리서스 전사의 핵심 무기였다.

전사들은 폭우가 조금 잦아들 때까지 기다렸다가 공동묘지로 향하는 전차 위로 올라탔다.

미끄러운 전차 지붕에 바짝 엎드린 채 빠르게 지나가는 거리를 내려다보니, 악천후 속에서도 랑구르 순찰대가 도시 곳곳을 돌아다니고 있었다. 타이렐이 엄청 이를 갈고 있는 모양이었다.

공동묘지에 다다르자, 리서스 전사들은 세 편으로 나뉘었다. 마이코와 구나, 파피나가 각각 지휘를 맡았다. 공동묘지의 내부 지리를 얼마나 잘 아느냐가 이번 작전의 성공을 좌우하는 키였다.

홍수로 넘치는 물 때문에 담장 아래 물웅덩이는 배수로로 바뀌어서 빠르게 담장 밑으로 물이 빨려 들어가고 있었다.

"준비됐나?"

마이코가 물었다.

다들 바짝 긴장한 채 고개를 끄덕였다. 그러나 마이코는 뭔가 찜찜했다. 전사들과 하나씩 눈을 맞췄다. 피그는 눈도 깜빡이지 않은 채 결연한 의지의 눈빛을 보냈다. 어린 원숭이들은 긴장되고 흥분된 눈빛으로 당장 뛰어들고 싶어 했다. 하지만 파피나는 마이코의 시선을 피했다.

"뭐가 문제야?"

마이코가 나직이 묻자 파피나가 주저했다.

"얼마나 더 죽여야 해?"

그래, 바로 이것이었다. 지난번 혈투가 파피나에게 영향을 준 것이다. 공격은 굉장히 성공적이었지만 처참히 짓밟히고 비틀린 사체들이 파피나의 양심에 무겁게 내려앉은 것이다. 그런데 이제 또 죽이러 들어가야 했다.

"이제 시작일 뿐이야."

피그가 냉담하게 말했다.

"알아요."

파피나가 중얼거렸다.

마이코는 생각에 잠긴 눈으로 두 원숭이를 바라보았다. 그토록 힘든 고초를 겪고도 파피나에게는 여전히 연민의 감정이 남아 있었다.

지금 당장은 그 연민을 묵살해야만 하는 것이 문제였다.

"기억해봐. 먼저 전쟁을 걸어온 건 타이렐이었어. 리서스족을 보금자리에서 쫓아낸 자도, 골목까지 몰아넣고 무참히 살해한 자도 다 타이렐이었다고. 물론 혼자 그런 건 아니었지. 평범한 랑구르원숭이들이 타이렐을 도왔고 지지했어. 대신 주먹질을 날리고. 사실 타이렐의 명령을 꼭 따를 필요는 없었어. 저항을 선택할 수도 있었잖아."

마이코가 공동묘지를 가리켰다.

"저 안에 사는 모든 원숭이가 그대로 머무르기를 선택했어. 지금 현 상황을 비판 없이 받아들이기로 선택한 거라고. 그런 의미에서 모두에게 죄가 있어. 내 가족조차도."

마이코의 말에 파피나는 얼굴 표정이 변했다. 의지를 다잡은 것 같았다.

"우리가 이 전쟁을 시작하진 않았지만 우리가 끝을 낼 거야. 우리가 끝을 내야만 해."

마이코가 엄숙하게 말하면서 파피나의 머리를 살며시 쓰다듬었다.

"이제 알겠어?"

파피나가 고개를 끄덕였다.

"그럼, 가자!"

리서스 전사들은 소용돌이치는 물웅덩이 속으로 차례차례 뛰어들어, 물결에 몸을 내맡긴 채 빨려 들어갔다. 담장 안쪽으로 고개를 내밀고 도랑물을 따라 공동묘지 안으로 들어갔다.

내부 공기는 으스스하고 황량했다. 랑구르족은 무시무시한 폭우를 피해 모두 집 안에서 나오지 않았다. 비석에 무겁게 빗물이 떨어졌고 길에는 커다란 진흙 웅덩이밖에 없었다.

전사들은 도랑물 속에서 조용하고 신속하게 영묘궁으로 향했다.

영묘궁 뒷담에 이르러 담쟁이덩굴을 타고 올라가 보니, 넓은 마당과 연못이 한눈에 들어왔다. 마이코가 마지막으로 지내던 때 이후 거의 달라진 것이 없어 보였다. 정문만 보안이 철통같을 뿐, 안으로 들어가면 영묘궁은 조용한 안식처였다.

이제부터는 그렇지 않겠지만.

구나의 습격조가 정문을 지키는 경비대를 노리는 동안, 마이코는 더 안쪽으로 들어가 관료들이 일상 업무를 보는 곳까지 들어갈 참이었다.

파피나의 습격조는 중요한 탈출구인 연못 지역을 지키는 임무를 맡았다. 그래서 둘씩 짝지어서 주변의 방들에 누가 있는지 살펴보기로 했다.

트위처가 첫 번째 방문을 발로 차서 열자 파피나가 얼른 들어갔다. 두근거리는 심장을 안고 랑구르 군을 죽일 준비를 하고 쳐들어갔는데, 아무도 없었다.

다음 번 문도 트위처가 쾅하고 열고 나서 파피나가 급습했지만 텅 비어 있었다.

그때 연못 반대편에서 목 졸린 듯한 비명이 들려왔다. 파피나가 휙 돌아보니, 캐드비가 경비대원 하나의 목을 졸라서 쓰러뜨리고 있었다.

캐드비는 자신의 행동에 충격을 받아 휘청거렸다. 한순간 후회의 감정이 온몸을 감싸는 듯했다.

"캐드비!"

파피나는 강하고 흔들림 없는 목소리로 캐드비를 불렀다. 캐드비는 눈을 깜빡거리면서 고개를 들어 파피나를 바라보았다. 파피나가 임무를 상기시키듯 연못을 가리켰다. 캐드비는 고개를 흔들어 정신을 차리고, 경비대원의 사체를 연못 속으로 던졌다.

영묘궁의 정문에서 구나의 습격조는 경비대원 셋을 신속하게 처리했다. 죽인 사체들을 연못가로 질질 끌고 가자 돌바닥에 핏자국이 이리저리 선을 그렸다.

마이코의 습격조는 영묘궁 내부로 깊숙이 들어갔다. 돌벽에 웅얼 거리는 목소리가 메아리쳤다. 가까이 다가가 문가를 살피니, 방 안에 랑구르 관료 셋이서 파파야를 먹으며 담소를 나누고 있었다.

그 중 하나는 마이코가 아는 얼굴이었는데 누군지 금방 생각이 나지 않았다. 그러다가 마음을 다잡았다. 기억해낸들 무슨 소용이람.

마이코의 습격조는 연습한 대로 신속하게 방 안으로 들어가 관료 셋을 처리했다. 관료들은 영문도 모른 채 맞아 죽었다.

공격은 오래 걸리지 않았다. 하지만 마이코는 피로 물든 연못을 바라보며 이로써 원숭이 세계가 완전히 뒤집어질 것이라고 생각했다. 랑구르 권력의 상징과도 같은 이 연못이 경비대의 사체로 가득 찼다. 잔혹하게 변한 연못을 보고 있자니, 씁쓸하지만 뿌듯했다.

"리서스다!!!"

영묘궁 바깥에서 외침이 들렸다. 랑구르 경비대원 하나가 빠져나간 모양이었다.

반사적으로 리서스 전사들은 담장을 기어오른 뒤 나무 위로 뛰어올라 죽기 살기로 도망쳤다.

아래를 보니, '컴퍼스 여단' 경비대원들이 흙탕물을 튀기며 달려와 죽어라 나무 위로 쫓아오고 있었다.

하지만 나무 위의 전투는 리서스의 작전 계획에 없었다. 리서스 전사들은 나뭇가지를 잡고 날아서, 전선이 닿을 만한 곳까지 달아났다. 전선은 빗속에서 위험스럽게 지지직거리고 있었다. 리서스 전사들은 잠시 멈춰 서서 전선 종류를 확인한 후 뛰어올라 전선들 사이로 뿔뿔이 흩어졌다.

선임 경비대원은 침입자들이 멀리 사라지는 모습을 지켜보며 자신의 경력도 사라져가는 것을 직감했다. 결국 지푸라기라도 잡는 심정으로 후임들에게 명령을 내렸다.

"나를 따르라!"

선임 경비대원은 전선을 향해 뛰어올라 전선을 손과 발로 꽉 잡았다.

뭐, 그리 어렵지도 않네.

이 생각을 끝으로 선임 경비대원은 수천 볼트의 전기에 감전되어 생을 마감하고 말았다.

습격 소식이 공동묘지 전체에 퍼지자, 믿지 못하는 랑구르족들이 집 밖으로 나와 비가 내리는 하늘을 쳐다보았다. 그러자 당황한 경비대원들이 허둥지둥 나무 위를 뛰어다니는 모습이 보였고 전선에 걸린 사체도 눈에 들어왔다.

완전한 패배를 알리는 괴기한 모습이었다. 오랜 적들이 소탕되기는커녕 다시 돌아와 제국의 심장부에 강타를 날렸다. 훤한 대낮에 영묘궁까지 습격당했으니 이제 안전한 곳은 없었다.

타이렐은 곧바로 현장조사에 나섰다. 음산한 표정으로 브레리와 스웨토, 포고 장군을 거느리고 공동묘지로 걸어 나왔다.

공격의 대담성도 걱정스러웠지만, 또다시 '원대한 계획'에 차질이 생겼다는 사실에 분노가 치밀었다. 진짜 걱정스러운 점은 평범한 랑구르족의 표정이었다. 충격에 휩싸인 침묵 속에서 타이렐은 뭔가가

원숭이 전쟁

변했다는 것을 감지했다. 예전에는 타이렐을 최고 지도자로 경외하는 눈빛이었다면 지금은 그 눈빛에 의심이 가득했다.

결정적인 조치를 단행했다. 영묘궁 경비대원을 두 배로 늘리고, 새롭게 외곽 담장 순찰대를 조직해서 밤낮으로 공동묘지를 돌아보도록 했다. 또한 희생 대원들의 가족들에게는 식량으로 충분히 보상하고 동부지구로 집을 옮겨 주었다.

타이렐은 보안이 최우선이며 모든 랑구르족의 생명이 중요하다고 길게 연설을 했다. 앞으로 다시는 공동묘지에 대한 공격은 없을 것이라고 장담도 했다.

포고 장군은 연단 위에 서서 타이렐의 연설을 의무적으로 듣고 있었지만 이미 진실을 알고 있었다. 리서스족이 또다시 공동묘지를 습격할 리가 없으니, 보안 강화는 소용이 없었다.

그리고 그것은 사실로 판명되었다.

마이코는 매번 다른 전술을 이용해서 매번 다른 목표물을 공격했다. 리서스 전사들은 랑구르 군이 듣도 보도 못한 공격을 함으로써 매번 승리를 이끌어냈다.

꿈속이라도 이렇게 전쟁에서 매번 승기를 잡기란 기대하기 힘들었다.

하지만 이 모든 승전보에도 마이코는 걱정스러웠다. 이제야 겨우 이 상황의 어려움이 얼마나 큰지 실감하게 되었다. 그래서 폭풍이 몰아치는 어느 날 저녁에 마이코와 구나는 리서스 전사들을 불러 문제를 툭 터놓고 의논했다.

"랑구르 군에게 우리도 그들만큼 잘 싸울 수 있다는 사실은 이미 보여줄 만큼 보여주었다고 생각합니다."

마이코가 짓궂은 미소를 짓자 모두 웃음을 터뜨렸다.

"그러나 전투를 이겼다고 전쟁을 이길 수 있는 것은 아닙니다. 지금처럼 계속 타이렐 제국을 조금씩 갉아 들어갈 수는 있겠죠. 하지만 언제까지 그래야 하죠?"

리서스원숭이들은 당황한 표정으로 마이코를 쳐다보았다. 리서스 전사의 싸움 철학은 힘의 불균형을 이용하자는 것이었다. 그런데 이제 와서 마이코가 의문을 제기하고 있었다.

"우리가 공격을 하면 할수록 랑구르 군의 타이렐에 대한 실망이 커질 거라고 하지 않았었나?"

트위처가 반문하자 파피나가 동의하고 나섰다.

"우리가 계속 압박을 가하면 랑구르족 스스로 타이렐을 끌어내릴 거야."

그러나 마이코는 이미 그 이상을 고민했다.

"이론적으로는 그렇지만, 실제로는 얼마나 오래 걸릴까요?"

"우리가 얼마나 강하게 공격하느냐에 달려 있지."

피그가 차갑게 대답했다.

원숭이 전쟁

"몬순 시기가 지나가면 우리는 큰 이점을 하나 잃게 돼요. 그때쯤 이면 타이렐이 무너질까요?"

마이코의 끈질긴 물음에 다들 말이 없어졌다. 구체적인 시점을 언 급하자 갑자기 목표 달성이 아주 어렵게만 느껴졌다.

"그리고 명심하세요. 전쟁이 길어질수록 힘의 균형은 저들에게 유 리하게 돌아갈 겁니다. 언젠가는 우리도 사상자가 나올 거예요. 그러 나 랑구르 군에게 죽음은 아무것도 아니죠. 수많은 랑구르족이 있으 니까요."

"그래서 뭘 어떻게 하자는 거야?"

파피나가 물었다.

"나도 알고 싶어. 하지만 우리가 전투만 하다가 죽고 싶지 않다면 결정적인 한방을 먹일 수 있는 방법을 찾아내야 돼. 랑구르의 심장을 멎게 할 강력한 결정타를 말이야."

50장
순종

타이렐은 랑구르 군의 최고 사령관 및 최고 지도자이자, 랑구르 지역의 통치자 및 수호자이며, 컴퍼스 여단의 장군이자 미래의 등불이었지만, 리서스 전사의 공격에는 속수무책이었다. 랑구르 군이 어떤 조치를 취하든 리서스 전사들은 새로운 목표와 전술을 찾아냈다.

목격 보고를 들으면 적군의 그림이 그려졌다. 이제 타이렐은 더 씁쓸한 현실을 알게 되었다. 반역자 마이코와 구나가 리서스 군을 이끌고 있었다. 그래서 이 전쟁에 새로운 원한과 앙심이 더해졌다.

배신의 아픔보다 더 나쁜 감정이 떠올랐다. 타이렐이 어릴 적 이후 경험해보지 못한 감정이었다. 바로 무기력하게 당하는 약자의 느낌이었다. 이 도시에서 리서스족을 몰아내려고 온갖 수단을 다 동원했는데, 여전히 살아남아 있지 않은가.

타이렐의 얼굴에 주름이 잡히기 시작했고 눈은 푹 꺼져서 퀭했다. 눈썹은 늘 찌푸린 인상이었고, 위풍당당하던 어깨는 앞으로 쪼그라들었다.

원숭이 전쟁

그러나 타이렐은 워낙에 고집불통인 성격이었다. 궁지에 몰리면 몰릴수록 더 세게 반발했다. 우선 전쟁 위원회를 소집해서 폭도들을 진압할 새로운 전략을 짜내라고 명령을 내렸다.

"간단합니다. 우리 군이 문제였던 겁니다. 정복군으로서 오랫동안 승리만 겪다 보니 병사들이 싸우는 방법을 잊어버린 겁니다. 진짜로 싸우는 방법, 즉 상대가 죽을 때까지 이빨로 물어뜯고 손톱으로 할퀴는 방법 말입니다."

포고 장군처럼 전쟁 경험이 많은 노병만이 내놓을 수 있는 간단명료한 분석이었다.

"장군이 말하는 '병사'에는 지휘관들도 포함되는 겁니까?"

타이렐이 꼭 집어 물었다.

포고 장군은 정치적 수사와 거리가 멀었다. 그러나 이것은 전쟁이었고 전쟁만큼은 잘 알았다.

"리서스족은 지금 피에 굶주려 잔인하고 다부집니다. 반면 우리 전사들은 약해빠졌지요. 그러나 패배를 겪을수록 더더욱 강해지고 있습니다. 전투가 심해질수록 더더욱 단련될 겁니다. 장담컨대, 전쟁이 길어질수록 승기는 우리 쪽으로 기울 겁니다."

타이렐은 포고 장군의 분석을 속으로 곰곰이 따져 보았다. 장군이 제안하는 게 뭐지? 아무것도 하지 말고 적이 지칠 때까지 기다리자고? 패배를 거듭할 때마다 정권의 권위가 떨어질 텐데?

잠깐, 혹시 포고 장군의 기만 전략이 아닐까? 어쩌면 장군은 다음 번 영도자가 되고 싶은 건지도 몰라. 그래, 그러면 말이 되지. 충성스럽게 들리는 조언을 해서 영도자의 자리를 노린다?

타이렐은 자신이 그렇게 쉽게 당할 만큼 멍청하지 않다며 슬며시 미소를 지었다. 자신이 누군가? 오로지 한마음으로 타이렐 제국을 이뤄낸 존재였다. 예지력과 정치력을 발휘해서 의지 하나로 이 모든 것을 이뤄내지 않았던가? 타이렐은 자신의 직감을 믿었고, 지금 그 직감은 손수 전쟁의 고삐를 틀어쥐라고 강요하고 있었다.

타이렐은 자신감을 보여주려고 벌떡 일어섰다.

"지금 이 시간 이후 모든 전투의 결정은 영도자가 내립니다. 브레리, 영도자의 명령이 밤낮으로 군사 전원에게 정확하게 전달될 수 있도록 새로운 명령 체계를 만들어보세요."

"알겠습니다."

브레리가 정중하게 고개를 숙였다. 또 다른 영역에서 권한을 휘두를 생각에 벌써부터 가슴이 뛰었다.

"이번 조치가 전환점이 될 겁니다. 이 전쟁의 최종 책임은 영도자인 나 타이렐이 집니다. 역사가 말해주듯 영도자가 직접 나서서 안 된 일이 없었지요."

타이렐은 고개를 한 번 끄덕이고 나서 방 안을 성큼성큼 걸어 나갔다. 그때, 목소리가 하나 들려왔다.

"외람되지만……."

타이렐이 홱 뒤돌아서 포고 장군을 노려봤다.

"용서하십시오, 하지만 그렇게 하면 적군들의 손에 놀아날까 두렵습니다."

포고 장군이 대담하게 말을 끝맺었다.

"이 영도자의 능력을 의심하는 겁니까?"

"우리가 상대하는 건 완전히 새로운 전사들입니다. 구나 교관은 특이한 전투 방법을 실행에 옮기고 있지요."

"이미 예전에 구나 교관이 틀렸다는 것을 증명한 적이 있지요. 이번에도 그렇게 할 겁니다. 그 결과는 아마 더 뼈아프겠죠?"

타이렐의 말에 브레리와 스웨토가 아부 섞인 웃음을 터뜨렸다.

"리서스족이 어떻게 싸우는지 직접 봤습니다. 그들의 성공은 반응 속도에 있어요. 우리가 이 전쟁에서 이기려면 그들만큼 빠르고 유연하게 움직여야 합니다."

포고 장군은 군사 전략을 말할수록 확신이 들었다.

"그래서 내 말이 틀렸다고요?"

타이렐이 차갑게 장군을 노려보았다.

"이 전쟁에서 중앙 명령 체계는 제일 불필요한 요소입니다."

긴장된 침묵이 고조되자 공기마저 얼어붙은 것 같았다.

타이렐은 분노가 부글부글 끓어올랐다.

"장군!!!"

타이렐이 무시무시한 목소리로 소리를 질렀다.

"장군이 제대로 했다면 이런 전쟁을 치르지도 않았을 거요! 모조리 다 싹쓸이하고 싶었는데! 그게 그렇게 어려운 요구였소? 하지만 그러지 못했지!"

타이렐이 위협적인 걸음으로 포고 장군에게 다가갔다.

"이 모든 건 다 장군 탓이란 말이오! 전부! 그런데 감히 장군이 이 영도자의 결정에 반기를 들어?"

타이렐은 포고 장군의 멱살을 잡고 흔들어댔다.

"왜 마이코를 살려뒀소? 둘이 뭘 작당한 거지? 장군도 반역자요?"

타이렐은 주체할 수 없는 분노에 포고 장군을 바닥에 내동댕이쳤다.

"넌 아무것도 아니야! 약해빠지고 무능력한 노병에 불과하지! 원대한 계획을 이해해 보려는 용기도 없는 주제에! 어서 용서를 빌어! 어서!"

타이렐이 부들부들 떨면서 포고 장군을 내려다보며 외쳤다.

"용서를 빌라고!!!"

침묵이 흘렀다.

포고 장군은 엄청난 충격에 빠졌다. 그토록 오랫동안 타이렐을 봐왔지만 이런 모습은 처음이었다.

"용서를 빌어!"

원숭이 전쟁

포고 장군도 화가 스멀스멀 솟아올랐다. 도대체 무슨 용서를 빌라는 말이야? 이 피가 난무하는 전쟁을 불러온 원인은 타이렐이었다. 구나 교관의 능력을 알아보지 못한 자도, 마이코 추적을 직접 맡아 실패한 자도 모두 타이렐이었다. 바로 타이렐이 지금의 괴물 같은 리서스 전사를 만들어낸 셈이다.

그러나 타이렐은 전혀 다르게 기억하고 있었다.

포고 장군은 여기에서 조금이라도 반항적인 태도를 내보인다면 바로 끝장이라는 것을 알았다. 그동안 수없이 사라져간 자들처럼 숙청될 터였다.

일단 살아야 했다. 어떤 희생을 치르더라도 살아남는다. 그것이 세상 돌아가는 이치였다. 목숨을 잃고 나면 자부심, 명예, 진실이 다 무슨 소용인가. 아주 오랫동안 포고는 냉소로 마음을 달래며 순종해왔다. 이제 생존이라는 절박한 이유만이 남았다.

결국 언제나 용맹함으로 전투에 임했던 장군은 바닥에 머리를 조아리는 수모를 견디며 나직이 용서를 빌었다.

"심기를 불편하게 했다면 용서하십시오. 분부대로 따르겠습니다."

정확히 타이렐이 듣고 싶던 말이었다.

타이렐은 허리를 숙여 손을 내밀어 포고 장군을 일으켜 세운 후 오랜 친구처럼 끌어안았다.

거리의 분위기는 흉흉했다. 랑구르 지휘관들이 정보를 엄격히 통제했지만 보병들의 입을 통해 패전이 이어지고 있다는 사실이 퍼지고 있었다.

공식적인 발표로는 지난 두 번의 전투에서 랑구르 군이 승리한 것으로 되어 있었다. 리서스 폭도 몇몇은 죽었고 나머지는 생포했다고도 했다. 그러나 아무도 리서스 포로들을 직접 보지 못했다.

타이렐의 정보원들은 불안한 말투로 거리에 이상한 소문이 돌고 있다고 보고했다. 어떤 원숭이들은 바바리족이 되돌아와 랑구르족을 구해줄 거라 믿고 있었고, 어떤 원숭이들은 리서스족이 투명해지거나 날아다니는 초능력을 갖게 되었기 때문에 아무도 랑구르족을 구해주지 못할 것이라고 믿고 있었다.

모두 타이렐의 권위를 위협하는 소문이었다. 쫓겨난 몇 안 되는 원숭이들도 제대로 처리 못 하는데 어떻게 인간과 전쟁을 벌이겠는가?

타이렐은 무자비하게 소문을 탄압했다. 스웨토와 컴퍼스 여단에 명령을 내려 불충한 생각을 모조리 뿌리 뽑게 했다. 모두 힘을 합쳐 전쟁에 나서야 할 엄중한 시기였다. 악의적인 헛소문을 퍼뜨리는 원숭이는 가차 없이 숙청해야 했다.

컴퍼스 여단의 대원들은 순종적이고 부지런했다. 때리고 고문하고 감옥에 처넣고 입막음했다. 그러나 이들의 잔인한 탄압도 소문을 막을 수는 없었다.

51장
악몽

　제철공장 지대의 폐수탑 안에서 파피나는 밤마다 똑같은 악몽에 시달리느라 잠을 이루지 못했다.

　꿈은 언제나 즐겁게 시작되었다. 찬란한 햇빛을 받으며 나무 위를 자유로이 뛰어 다니면서 반짝이는 푸른 나뭇잎을 바라보며 신선한 공기를 들이마셨다. 그러나 뛰어다닐수록 나뭇가지가 점점 가늘어지더니, 결국에는 잔가지 위를 달리게 되었다. 어느 순간, 갑자기 곤두박질쳐서 계속 추락했다. 거센 바람에 털이 날리는 가운데, 손으로 나뭇가지들을 잡으려 들 때마다 연약한 잔가지들이 꺾여서 손이 아팠다. 그러다가 겨우 덩굴 하나를 거머쥐고 나무 위로 날아갔다.

　바로 그 순간, 손에 쥐고 있던 것이 덩굴이 아니라 거대한 비단뱀의 꼬리라는 것을 깨닫고 경악하고 만다. 곧장 달아나려 해도 언제나 비단뱀이 더 빠르게 앞을 막아섰다.

　비명을 지르려고 입을 벌려도 아무 소리도 내지 못했다. 거대한 비단뱀에 짓눌려서 폐에서 공기가 다 빠져나간 탓이었다. 비단뱀이 괴물 같은 턱을 벌렸다 닫을 때 나는 끔찍한 소리 때문에 미칠 것 같던 바로 그때…….

파피나는 퍼뜩 잠에서 깨어나서 몸을 부르르 떨었다. 어둠 속에 벌떡 일어나 앉아서 두려운 마음으로 주위를 둘러보았다. 잠자고 있는 원숭이들 사이 그늘진 곳마다 뱀이 숨어든 것은 아닌지 자세히 살폈다. 확실히 뱀이 없다는 것을 확인하고 나서야, 파피나는 사다리를 타고 올라가 지붕 꼭대기에 앉아 끈적끈적한 밤공기를 들이마시며 안정을 되찾을 수 있었다.

언제나 똑같은 악몽인데다, 언제나 똑같은 부분에서 잠을 깼다. 처음에는 전투의 긴장 때문에 옛 기억이 떠오른 것뿐이라고 생각했다. 하지만 문득 이런 생각이 들었다. 어쩌면 이런 악몽을 계속 꾸는 데는 특별한 이유가 있을지도 몰랐다. 괜히 스스로를 괴롭히려고 그럴 리가 없지 않은가? 그러니, 파피나의 무의식이 무언가를 알려주려는 것일지도 몰랐다.

파피나는 폐수탑 꼭대기에 앉아 악몽 때문에 흘린 식은땀을 식히면서 어떻게 자신이 죽는 악몽이 이 전쟁에 도움이 될 수 있을지 머리를 굴렸다.

뒤죽박죽 여러 생각들이 떠오르다가 서서히 하나의 생각으로 모아졌다. 정말 생각지도 못한 방법으로 최대의 골칫거리를 해결할 수 있을 것 같았다.

원숭이 전쟁

정말이지, 너무나 확실한 해결책이라서 온몸에 전율이 흘렀다. 파피나는 흥분을 억누르지 못하고 폐수탑 안으로 훌쩍 뛰어내려 마이코를 흔들어 깨웠다.

"무슨 일이야?!"

번쩍 눈을 뜬 마이코가 일어나 앉아서 파피나를 끌어안고 쓰다듬었다.

"랑구르 군을 이길 방법을 알아냈어. 꿈에서 봤다고!"

파피나가 흥분해서 말을 늘어놓았다.

마이코가 파피나의 손을 잡고 사다리 쪽으로 끌고 갔다.

"차가운 바람 좀 쐬라고."

"아니, 내 말 좀 들어봐! 치명타 말이야. 좋은 방법이 있어."

52장
악몽을 좇아서

리서스원숭이들은 종종 이른 아침이면 기분이 좋지 않았다. 그래서 마이코는 아침 식사가 끝난 뒤에 의논을 해보는 것이 낫겠다 생각했다. 실제로도 그때쯤이 되어서야 다들 어슬렁어슬렁 폐수탑 아래 그늘로 모여들었다.

"파피나가 방법을 하나 생각해 냈어요."

마이코가 대수롭지 않게 툭 던지며 말을 이었다.

"다들 파피나가 공상을 별로 좋아하지 않는다는 건 잘 알죠? 그러니, 마음을 열고 파피나의 말에 귀를 기울여주세요. 대담한 방법인데다 미친 소리로 들릴지도 몰라요. 하지만 내 생각엔 아주 기발해요."

모두의 눈이 파피나에게로 쏠렸다. 따가운 시선을 받으며 다시 생각해 보니, 파피나는 한밤중에는 좋은 생각인 것 같던 방법이 별안간 말도 안 되는 방법처럼 느껴졌다. 그러나 되돌리기에는 너무 늦었다.

"저기 커다란 비단뱀이 있거든요. 빈민가 쓰레기장 속에 살고 있죠."

'비단뱀'이라는 말을 듣자마자 원숭이들이 움찔거렸다.

　　　　　　　　　　　　　　　　　　　원숭이 전쟁

"처음으로 공동묘지에서 쫓겨났을 때, 우리 중 하나가 비단뱀에게 죽임을 당했어요. 한 입에 삼켜버렸죠. 엄마의 재빠른 판단이 아니었다면 나도 먹혔을 거예요."

파피나는 잠시 멈칫했다. 갑자기 엄마에게 사랑받던 시절이 떠올라 울컥했다. 엄마를 잃은 아픔과 마찬가지로 평화를 갈망하는 마음도 컸다. 그러니 이 계획은 꼭 필요했다. 다시 생각을 가다듬고 말을 이어나갔다.

"전쟁에서 이기려면 이 비단뱀을 꼭 생포해야 해요. 그러고 나서 이 비단뱀을 랑구르 지역 중심부에 풀어놓는 거예요. 그러면 비단뱀이 타이렐과 참모들을 모조리 죽이겠죠. 이게 내가 생각한 방법이에요."

차분하고 담백한 말투와 달리 아주 충격적인 계획이었다. 다들 믿을 수 없다는 표정으로 얼어붙었다.

"이 계획은 듣기만 해도 너무나 충격적이어서 아무런 말도 못하는 게 당연하죠. 게다가 이 광경을 직접 보게 된다면 어떨지 상상해 보세요. 지도자가 커다란 비단뱀에 잡아먹히는 장면을 본다면……."

다들 불안한 얼굴이었다.

"고작 한 줌도 안 되는 원숭이들이 이렇게 강력하고 끔찍한 수를 쓰리라고는 생각도 못 할 겁니다."

"우리가 죽을 수도 있지."

캐드비가 지적하자 주프를 비롯한 젊은 원숭이들이 안도의 웃음을 터뜨렸다. 누구라도 이런 미친 짓을 반대해주어서 마음이 놓였다.

"난 비단뱀의 목구멍 속으로 사라지긴 싫어. 전쟁터에서 죽는 거랑은 다르다고. 뱀은……."

트위처가 몸서리를 쳤다.

"두려움이 핵심이에요. 우리가 두려움을 이겨낸다면 랑구르족을 공격하는 건 더 쉽겠죠."

"하지만 불가능해! 비단뱀을 잡으려다가 우리가 죽는다고!"

"여태껏 이겨온 전투들을 생각해보세요. 얼마 전까지만 해도 그런 건 불가능하다고 했을 테죠. 소수의 도망자들이 어떻게 랑구르 제국을 치겠냐면서 말이에요. 하지만 우린 훈련을 하고 머리를 굴려 방법을 찾아냈어요. 지금도 같아요. 목표는 정했으니, 우리가 할 일은 계획을 짜는 것뿐이죠."

리서스원숭이들이 불안한 시선을 주고받았다. 평소의 생각에서 너무나 벗어나서 감히 합당한 결정인지 불합리한 결정인지 판단하기도 어려웠다.

이때, 졸라가 구나를 쳐다보며 솔직하게 물었다.

"가능할까요?"

구나는 고민하듯 머리를 긁었다.

"가능하냐고? 솔직히 모르겠소. 하지만 방법을 찾을 수만 있으면……."

구나의 얼굴에 장난기 어린 미소가 번졌다.

그렇게 토론이 시작되었다.

한낮의 찌는 듯한 열기 속에서도, 오후의 도시를 가득 채우는 폭우 속에서도 열띤 토론이 이어졌다.

열심히 의견을 나누다보니, 어느덧 비단뱀은 끔찍한 괴물이라기보다 전략적 목표가 되어 있었다. 두려움이 가시고 나자 다들 자유롭게 생각을 해볼 수 있었다. 마치 놀이라도 되는 듯, 이것저것 여러 가지 방법들을 실험해 보기도 했다.

얼추 계획이 완성되었다. 아주 어렵게 다듬고 다듬어서 형태를 갖추게 된 계획이었다. 또한 강력하고 대담한 계획이자, 불가능을 가능으로 바꿀 수 있을 계획이었다.

이틀 후, 모든 준비가 끝났다. 마이코는 리서스 전사들을 이끌고 시내로 나와서 전차에 올라탔다. 그 어느 때보다 자신만만했다.

아니, 그 어느 때보다 걱정스러웠다. 이번에는 실수가 용납될 수 없었다.

전차가 종점에 다다르자 모두 지붕에서 뛰어내려 옆 골목으로 들어갔다. 다들 피그를 보호하듯 에워쌌다.

"뭐, 달리 필요한 거라도 있어요?"

파피나가 살며시 묻자 피그가 고개를 저었다.

"혼자 감당하게 해서 미안해요."

"미안해 할 것 없어. 누군가는 해야 할 일이잖아."

다들 말이 없었다.

"저기…… 서두르는 게 좋겠어요."

마이코가 하늘을 쳐다보며 말하자 피그가 고개를 끄덕였다.

"행운을 빌어."

"행운을 빌어요. 행운이 우리보다 더 필요할 테니까요."

마이코가 말했다.

"곧 알게 되겠지."

그러고 나서 피그가 트위처를 꽉 껴안았다. 잠깐이지만 예전의 행복한 추억들이 스쳐지나갔다.

"날 위해서라도 살아줘요."

피그가 속삭이자 트위처가 가만히 고개를 끄덕이며 피그의 털을 꽉 잡았다. 조금이라도 이별을 늦추고 싶었다. 하지만 피그가 팔을 놓았다.

"잘 가요."

피그가 나직이 작별 인사를 남기고 돌아섰다. 단독임무를 위해 떠나면서 뒤도 한 번 돌아보지 않았다.

"저것 봐. 정말 행운의 날이로군."

스웨토가 사악한 미소를 지으며 복작거리는 거리를 가리켰다. 리서스원숭이 두 마리가 햇살을 받으며 느긋하게 걸어가고 있었다.

적들의 사체를 가지고 가면 엄청난 포상을 받을 수 있었다. 게다가 생포해서 고문하고 심문할 수 있으면 타이렐의 더 특별한 총애도 받을 수 있었다.

하지만 셋으로 둘을 제압하기는 힘들었다. 이런 상황에서 규정은 이렇게 되어 있었다. 적군들을 감시하면서 원병을 요청하라.

그러나 규정대로 따르기에는 스웨토의 야망이 너무 컸다.

"저들을 잡자고…… 당장!"

스웨토가 소리를 지르며 부하들을 이끌고 거리를 내달렸다.

바로 트위처와 캐드비가 원하던 상황이었다. 둘은 즉시 방향을 돌려 서둘러 옆 골목으로 달아났다. 그러나 랑구르 군들이 더 빨랐다. 트위처와 캐드비가 골목 끝에 있는 화재용 비상사다리를 향해 달려갈 때 뒤에서 물웅덩이를 밟고 쫓아오는 랑구르 군들의 발소리가 박동 소리처럼 쿵쿵 들려왔다.

캐드비가 어깨너머로 흘긋 쳐다보니, 성난 얼굴과 날카로운 앞니가 언뜻 보였다. 랑구르 군들의 눈이 피에 굶주린 듯 번들거렸다.

"돌아보지 마! 계속 뛰어!"

트위처가 고함을 치자 캐드비도 얼른 정신을 차리고 비상사다리를 향해 뛰었다. 폐가 찢어질 듯 아팠고 다리가 잡아끌 듯 무거웠지만 이를 악물었다.

열 발자국, 다섯 발자국…… 캐드비가 막 비상사다리를 잡았을 때, 갑자기 라파와 주프가 1층 창문에서 뛰어내려 랑구르 군들의 시선을 끌고는 곧장 달아났다.

스웨토는 잠시 혼란스러워서 어떻게 할 줄을 몰랐다. 이제껏 쫓아 온 리서스 두 마리는 지쳤을 테지만 이미 사다리를 타고 지붕 위로 달아났다. 리서스족은 몸집이 작고 가벼워서 지붕 위가 유리했다. 새 롭게 발견한 두 마리는 기운이 넘치는지 땅 위로 도망을 쳤다. 어차 피 리서스는 리서스니까, 다를 바 없었다.

"저들을 잡아!"

스웨토의 명령에 부하들은 라파와 주프를 쫓아 골목길을 내달리 기 시작했다.

랑구르 군들은 미로 같은 뒷골목을 누빌수록 피냄새를 찾아 코를 실 룩거렸고 판단력은 흐릿해졌으며 모든 것을 잊어버리고 머릿속은 그 저 적들을 죽일 생각만으로 가득 찼다. 그러다가 눈앞에 쓰레기장이 나 타났다. 산처럼 쌓인 쓰레기 더미 위에 리서스족 두 마리가 서 있었다. 랑구르 군들은 자신들이 쫓던 원숭이들이라고 생각하고 급하게 쓰레 기장으로 뛰어들었다. 플라스틱 쓰레기가 산사태처럼 쏟아져 내렸다.

반쯤 쫓아가다가 보니, 리서스족은 달아날 생각도 없이 당당하게 그 자리에 서 있었다. 아침 햇살에 눈을 깜빡이며 자세히 들여다보자

원숭이 전쟁

이제껏 쫓던 리서스원숭이들이 아니었다. 하나는 리서스였고 다른 하나는 랑구르였다.

정말 반역자 마이코일까? 영도자 타이렐이 가장 원하는 선물을 들고 갈 수 있단 말인가?

그렇게 희망에 들뜨기 무섭게 곧바로 현실이 희망을 가차 없이 꺾어버렸다. 스웨토는 마이코와 리서스원숭이가 늘어뜨려진 밧줄 두 개를 각자 하나씩 잡고 머리 위 전선까지 타고 올라가는 모습을 입을 벌린 채 쳐다봐야만 했다.

하지만 이상하게도 두 원숭이는 얼른 도망가지 않고 전선에 매달린 채 뭔가에 홀린 듯 아래를 내려다보고 있었다.

스웨토는 쓰레기장을 둘러보았다. 저렇게 흥미로운 게 뭐지? 그러다가 뭔가가 가까이 다가오는 소리가 들렸다.

쓰레기가 꿈틀거렸다.

스웨토는 등골이 오싹했지만 이미 너무 늦어버렸다. 쓰레기가 폭발하듯 튀어 오르더니, 무시무시한 비단뱀이 모습을 드러내며 랑구르 군들을 덮쳐왔다.

랑구르 군들은 뒤로 물러섰지만 비단뱀의 기다란 꼬리에 금방 갇혀버렸다. 너무나 순식간에 벌어진 일이라 스웨토는 제대로 생각할 시간도 없었다.

비단뱀의 몸통이 한 번 움찔하자 랑구르 군들이 쓰레기 더미 아래로 끌려들어가기 시작했다.

랑구르 군들은 끌려들어가지 않으려고 절박하게 손톱으로 쓰레기를 긁어댔다. 하지만 그들의 힘은 어마어마한 비단뱀의 힘에 비하면 너무나 미약했다.

쓰레기 안으로 완전히 들어가기 직전에 스웨토가 마지막으로 하늘을 쳐다보았다. 마이코가 전선에 앉아 승리에 찬 표정을 짓고 있었다. 비단뱀이 한 번 더 꼬리를 움직이자 스웨토는 영원히 어둠 속으로 끌려가버렸다.

"자, 이제부터가 진짜로 까다로운 부분이지."

마이코가 지붕 위에 있는 트위처와 캐드비를 쳐다보자 준비 완료 신호가 돌아왔다. 위에서 독약을 떨어뜨리는 임무를 맡은 구나는 이미 전선을 타고 내려가 자리를 잡고 있었다. 나머지 리서스 전사들은 주변의 지붕 위에 늘어서서 여차하면 끼어들 준비를 하고 있었다. 물론 성난 비단뱀을 상대로 무슨 도움을 줄 수 있을지는 미지수였다.

트위처와 캐드비가 녹이 슨 커다란 에어컨 실외기를 온 힘을 다해 끌어 지붕 끝에 간당간당하게 놓은 다음, 발로 힘껏 차서 떨어뜨렸다. 실외기는 건물 벽을 타고 우당탕 굴러 떨어졌다.

마침내 에어컨 실외기가 쓰레기장에 떨어지자 충격파가 쓰레기장 전체에 퍼져 나갔다. 비단뱀도 별 수 없이 충격파를 느낄 수밖에 없었다.

다들 두려운 마음으로 비단뱀의 반응을 기다렸다.

아무런 일도 일어나지 않고 잠잠했다.

마이코는 밧줄에 매달린 채 약간이라도 움직임이 포착되면 곧바로 덤벼들 준비를 했다. 마이코 위쪽 전화선 위에서는 구나가 숨을 죽이고 기다렸다. 파피나는 지붕 위에서 지켜보며 왜 이렇게 오래 걸리는지 의아해 했다.

그때, 움직임이 눈에 들어왔다.

아까처럼 확 솟아오르지 않고 그저 귀찮다는 듯 비단뱀이 고개를 내밀고 주변을 두리번거렸다. 막 원숭이 하나를 삼켰기 때문에 느긋하게 소화를 하고 싶은 듯했다.

마이코는 비단뱀의 주의를 끌려고 끽끽 소리를 질렀다. 비단뱀이 고개를 삐죽이 들고 돌아보았다.

비단뱀은 밧줄에 대롱대롱 매달려 귀찮게 하는 동물에겐 관심 없는 듯 움직임이 느렸다.

마이코는 재빨리 팔을 뻗어 양철 깡통을 몇 개 집어 비단뱀을 향해 냅다 던졌다.

반응이 즉각 나타났다.

비단뱀이 괴상하게 입을 쫙 벌리고 식도를 한 번 움찔하더니 구역질을 하기 시작했다. 그러자 역겨운 소화액에 뒤덮인 스웨토의 사체가 비단뱀의 입 밖으로 조금씩 튀어나왔다. 발부터 팔다리까지 나왔는데, 비단뱀이 구역질을 계속하며 옆으로 구르기 시작하자 드디어 스웨토의 얼굴이 미끄러져 나왔다. 괴기스럽게도 너무나 평화로운 얼굴이었다.

이제 다시 문제가 생겼다.

비단뱀이 쓰레기 아래로 들어가 버린 것이다.

잠시 기다리자, 비단뱀이 위로 솟구치더니 턱을 쫙 벌린 채 마이코에게로 곧장 달려들었다. 마이코는 허겁지겁 밧줄을 타고 올라갔다.

이제 구나가 나설 차례였다. 구나는 비단뱀의 입을 내려다보며 손을 쭉 뻗었다. 비단뱀이 점점 더 가까이 다가오자 구나는 뭉쳐 놓은 독미나리를 정확히 식도 안으로 떨어뜨렸다.

비단뱀은 원숭이가 떨어진 줄 알고 얼른 입을 닫고 꿀꺽 삼켰지만 이내 곧 원숭이가 아닌 것을 알고 실망했다. 게다가 이제 원숭이에게 닿지도 않아서 가망이 없다는 사실에 분노를 표출하듯 꼬리를 휙 움직이며 쓰레기 안으로 다시 들어가 버렸다.

구나는 초조하게 지켜보면서 독약의 효과가 나타나기를 기다렸다. 원숭이 셋을 죽일 수 있는 양을 준비했지만 결과는 장담할 수 없었다.

다들 숨을 죽인 채 기다리는데, 혼란스러운 움직임이 눈에 들어왔다. 비단뱀은 휘청대면서 눈을 제대로 뜨지 못했다. 고개를 좌우로 흔들며 정신을 차리려 애를 썼지만 점점 더 안 좋아질 뿐이었다.

"좋았어. 산책 좀 시켜줄까!"

마이코가 소리치자 리서스 전사들이 쓰레기 위로 뛰어내려 빗물이 불어나 넘실대는 도랑으로 달려가기 시작했다.

비단뱀은 머리를 길게 빼고 두리번거렸지만, 약에 취해 제대로 집중할 수가 없었다. 눈에 어른거리는 것이라고는 이리저리 뛰어다니는 원숭이들뿐이었다.

지금 상태에서 비단뱀이 방어를 하려면 공격이라는 수단밖에 없었다. 그래서 억지로 의지를 그러모아 쓰레기 사이를 스르륵 미끄러져가면서 원숭이들을 쫓아갔다.

리서스 전사들은 빗물이 넘실대는 도랑으로 달려가서, 버려진 타이어를 엮어 만든 뗏목 두 개에 나눠 올라타고 성난 물길을 헤치며 나아갔다.

얼마 후, 첨벙 소리가 들려왔다. 비단뱀이 원숭이들을 쫓아 도랑으로 들어온 것이었다.

"뱀이 쫓아오고 있어! 꽉 잡아!"

마이코가 소리쳤다.

리서스원숭이들은 손으로 빠른 물결을 헤치고 발로 도랑벽을 차면서 필사적으로 뗏목을 조종했다.

비단뱀은 거대한 몸뚱이로 물살을 헤치면서 떠올랐다. 꼬리로 물을 치면서 고개를 들면 뗏목이 방향을 옆쪽으로 홱 틀어 피하는 통에 약만 오르는 상황이었다.

마이코는 비단뱀이 점점 더 힘이 약해지는 것을 느낄 수 있었다. 결국 비단뱀은 독이 온몸에 퍼져 헤엄조차 못 치게 되는 바람에 도랑물에 떠밀려서 땅으로 밀려왔다.

"정지!"

마이코가 소리쳤다.

재빨리 트위처와 구나가 늘어진 나뭇가지를 잡아채자, 파피나를 비롯한 나머지들은 미친 듯이 물살을 저어 뗏목을 옆으로 몰아갔다. 훨씬 더 하류 쪽으로 내려간 두 번째 뗏목도 일부러 다리 기둥에 박아서 멈춘 다음 원숭이들은 얼른 땅으로 올라왔다.

리서스원숭이들은 물에 흠뻑 젖은 채 덜덜 떨고 있었다.

"이 정도면 괜찮은 거리에요?"

파피나가 물었다.

구나가 건물들 사이로 공동묘지 담장을 유심히 바라보더니 입을 열었다.

"어떻게든 가능할 것 같소."

"하지만 뱀이 진짜로 정신을 잃은 경우에만 그렇겠죠."

트위처가 땅바닥에 축 늘어져 있는 비단뱀을 불안한 듯 바라보며 말했다.

"확인할 수 있는 방법은 하나밖에 없잖아요."

마이코가 이렇게 말하면서 살금살금 비단뱀에게로 다가갔다. 그

원숭이 전쟁

리고 비단뱀의 기괴스러울 만큼 조그마한 머리 바로 옆에 서서, 살짝 찔러보았지만 아무런 반응이 없었다.

마이코가 고개를 숙여 냄새를 맡아보니, 비단뱀의 숨결에서 비릿한 고기 냄새가 났다. 숨은 쉬고 있었지만, 비단뱀은 완전히 정신을 잃은 것 같았다.

마이코가 급하게 손짓을 하자, 나머지 원숭이들이 전날 밤 과일창고에서 훔쳐온 커다란 광목자루를 가지고 즉시 비단뱀 곁으로 모여들었다.

"어서 빨리! 언제 정신을 차릴지 몰라!"

마이코가 재촉했다.

리서스원숭이들이 비단뱀을 광목자루 안으로 꾸역꾸역 밀어 넣기 시작했다. 있는 힘을 다했지만, 믿을 수 없을 만큼 무거워서 계획보다 시간이 훨씬 오래 걸렸다.

광목자루를 다 묶고 나자, 다들 쓰러져버렸다. 하지만 쉬고 있을 시간이 없었다.

"일어나! 어서!"

마이코가 소리를 쳤다.

"뱀이 정신을 차리기 전에 도착해야 한다고!"

원숭이들은 지친 다리를 이끌고 광목자루를 질질 끌면서 공동묘지로 향했다. 독 효과가 조금이라도 오래 지속되기를 빌고 또 빌면서.

53장
종말의 나날

브레리가 스웨토와 부하들이 사라졌다는 불길한 소식을 전해왔다. 타이렐은 이제 대놓고 초조함과 불안감을 드러냈다. 털썩 쭈그리고 앉아 양손에 얼굴을 묻으며 괴로워했다. 스웨토는 영리하니 죽지는 않았을 터였다. 혹시 납치라도 당한 건가? 리서스족이 인질로 삼으려고?

타이렐은 눈썹을 찌푸렸다. 뭐, 그런 짓을 한다고 꿈쩍이라도 할 줄 아나? 적들이 스웨토의 목숨을 대가로 군사적 이득을 얻어내려고 든다면 착각을 해도 한참 잘못된 착각이었다. 부하들은 모두 장기판의 말일 뿐이었다. 언제든 또 다른 똑똑한 부하를 뽑아서 훈련시키면 될 일이었다. 이전에도 해보았으니, 다시 하는 건 일도 아니었다.

갑자기 바깥 계단쪽이 소란스러워졌다. 포고 장군이 숨을 헐떡이며 들어왔다.

"적군 하나를 잡았습니다!"

정예부대원들이 리서스원숭이 하나를 질질 끌고 들어와 바닥에 주저앉혔다. 리서스원숭이는 구타당해서 멍투성이였다. 경비대원들이 이미 손을 쓴 듯했다.

"담장 밖 덤불에 숨어 있더군요."

"혼자?"

타이렐이 물었다.

"땅굴을 파서 숨어들려 한 모양입니다. 식량까지 챙겨서 왔더군요. 분명 정보를 가지고 있을 텐데, 고집불통입니다."

타이렐이 천천히 다가가 리서스원숭이의 작고 나약한 몸을 내려다보았다.

"고집불통은 딱 질색인데."

타이렐이 나직이 말하더니, 팔을 뻗어 리서스원숭이의 머리를 확 잡아당겼다.

"내 말 들리나?"

피그는 당당한 눈빛으로 타이렐을 쏘아보았다.

드디어 피그는 자신의 모든 것을 앗아간 원숭이와 마주하게 된 셈이었다.

"할 말은 없다."

피그가 조용히 답하자, 타이렐이 코웃음을 쳤다.

"장담하지. 결국에는 다 불게 될 거야."

이번 고문은 타이렐이 직접 나섰다.

원래 타이렐은 직접 폭력을 행사하지 않았다. 그럴 필요가 없었으니까. 최근 신설한, 난폭하고 야만적인 특별조사실 대원들은 고문기술이 무시무시했다. 아주 기본적인 구타부터 이빨이나 발톱 뽑기까지 다양했다. 몇몇 고문기술자들은 물고문 기술까지 갖추고 있었다.

하지만 고통쯤은 간단히 견뎌내는 부류가 항상 존재했다. 용감한 원숭이일수록 고통이 심해지면 저항이 더 강력해질 위험성이 컸다. 이런 원숭이들은 죽을지언정 의지를 꺾지 않았다. 죽어버리면 아무런 정보나 이야기를 들을 수 없으니 정보를 중요시하는 타이렐에게는 손해였다. 그래서 타이렐은 자기만의 고문 기술을 개발해냈다. 바로 정신적인 고문이었다.

타이렐의 술수는 예측불가능성에 있었다. 때로는 잔인한 구타를 명령하다가 또 다른 때에는 친구처럼 다가가 물과 약초를 건네며 고문을 멈추게 했다. 인질이 돌아가는 상황을 깨달아가면 계속 구슬리고 또 구슬려서 타이렐의 권위에만 매달리도록 만들었다. 어두컴컴한 고문실 바깥은 아예 잊어버리도록 만드는 것이었다.

어떤 원숭이도 이런 정체성 파괴 공작을 견딜 만큼 강하지 못했다.

피그만 예외였다.

피그는 훨씬 더 잔인한 고문을 받았다. 랑구르 고문기술자들의 손에 몸이 찢겨나갈수록, 고통이 커질수록 피그에게는 속죄처럼 느껴졌다. 주먹으로 맞을 때마다, 피를 뚝뚝 흘릴 때마다, 마음을 옥죄고 억누르던 죄책감이 차츰차츰 덜어지는 것 같았다.

이제 곧 이 모든 상황이 끝나고 결국에는 평화가 찾아오리라.

하지만 아직은 아니었다.

"그만해요."

피그가 바닥에 침 섞인 핏물을 뱉어내면서 잠긴 목소리로 말했다.

타이렐의 마음속에 흡족한 햇살 한 줄기가 스며들었다. 아무렴, 어느 누가 이 영도자를 거역하겠는가. 타이렐이 고갯짓을 하자, 고문기술자들이 어둠 속으로 물러났다. 타이렐은 엉망진창이 된 피그 옆에 쭈그리고 앉아 부드럽게 피그의 머리를 쓰다듬었다.

"말해봐요."

"납치……. 널 납치하는 게 우리 계획이야."

피그가 헐떡이며 말했다.

새삼스럽지도 않았다. 랑구르 제국 전체가 타이렐만 바라보고 있으니, 타이렐을 잡으려 드는 건 당연한 결과였다.

"야망이 크군요. 하지만 보안이 이토록 철저한데, 가능할까요?"

"정보원."

피그가 기침을 하며 한 단어를 뱉어냈다.

타이렐이 피그를 쏘아보았다.

"정보원. 우리는…… 네 움직임과…… 은신처를…… 모두 알고 있지."

타이렐은 피그를 확 붙잡고 일으켜 세웠다.

"그 정보원이 누구야?"

타이렐이 다급히 캐묻자, 피그는 미소를 감출 수가 없었다. 겁먹은 표정의 타이렐을 보고 있자니, 고문 받은 보람이 있다는 생각이 들었다.

"누구냐고? 누가 나를 배신했냐고?"

피그는 그저 힘없이 고개를 저을 뿐이었다.

"몰라⋯⋯. 마이코가 알지. 마이코만이⋯⋯."

또 그 이름이다. 또, 또. 내내 타이렐을 괴롭히던 이름이 또 나왔다.

마이코, 마이코, 마이코.

벌레 떼처럼 타이렐의 마음을 좀먹고 있었다.

마이코, 마이코, 마이코.

타이렐을 갈기갈기 찢어 산 채로 잡아먹으려는 모양이었다.

"대체 뭐야!"

타이렐은 참을 수 없는 분노에 사로잡혀 고함을 내지르고 말았다. 그러고 나서 피그의 머리를 꽉 붙잡아 바닥에 내리쳤다. 손쉽게 화풀이할 수 있는 대상에 두려움과 좌절을 쏟아낸 것이다.

하지만 한 번으로는 부족했다. 양손이 의지를 가진 것처럼 또다시 피그의 머리를 세게 바닥에 처박았다. 그리고 또 한 번 더⋯⋯. 어느

원숭이 전쟁

새 타이렐의 손가락에서 뜨끈한 핏방울이 뚝뚝 떨어졌다.

그제야 타이렐은 숨을 가쁘게 몰아쉬며 모든 감정이 소멸된 듯 동작을 멈추었다.

"조사는 끝났어요."

타이렐이 나직이 말했다.

타이렐은 아무도 믿을 수 없고, 아무도 믿지 않기 때문에 이런 신경질적인 발작을 보이는 것이 당연했다. 아주 오래전부터 반역자가 있을 것이라는 의심은 하고 있었다. 그렇지 않다면 리서스족이 계속 승전을 거두는 것이 말이 되겠는가?

반역자가 누구이든 뿌리를 뽑아 철퇴를 내리리라. 하지만 지금 중요한 것은 반역자의 뒤통수를 치는 계획이었다.

분명히 정보원은 타이렐이 여름별장에서 전쟁위원회 회의에 참석할 것이라는 정보를 넘겼을 터다. 그렇다면 예정 그대로 행동하는 것만이 최고의 전략이 될 터였다. 그래서 타이렐은 예정대로 움직이면서도 비밀리에 포고 장군에게 동부지구 군대를 재배치하라고 명령했다. 동부지구에 마이코와 리서스 저항군이 납치 작전을 벌이려고 숨어들면 일망타진할 속셈이었다.

타이렐은 속임수를 완성시키려고 보란 듯이 여름별장의 꼭대기 방으로 들어갔다. 하지만 몰래 빠져나와 컴퍼스 경비대원 둘만 데리고 도시를 가로질러 공동묘지로 돌아왔다. 그러고 나서 영묘궁의 제일 안쪽 방에 들어가 앉았다. 물론 입구에는 경비대원들을 세워두었다.

이제야 타이렐은 리서스 저항군을 어떻게 대응할 수 있을지 감을 잡았다. 리서스 저항군은 똑같은 곳을 두 번 공격한 적이 없었다. 그래서 타이렐은 그들의 전술을 역으로 이용하기로 했다. 영묘궁은 이미 공격받은 적이 있으니까, 도리어 안전한 곳이었다. 타이렐에게 남은 일은 마이코가 이끄는 저항군이 덫으로 걸어 들어오기를 기다리는 일뿐이었다.

리서스족은 무거운 광목자루를 질질 끌면서 공동묘지 담장 아래 물웅덩이에 다다랐다. 마이코와 트위처, 주프가 먼저 웅덩이 속으로 뛰어들어 잠수해 공동묘지 안쪽으로 들어갔다.

마이코는 번뜩이는 눈빛으로 이리저리 주변을 돌아보았다. 사방이 고요했다.

"해냈어요! 피그 아주머니가 모두를 내보낸 거예요."

마이코가 안심하라는 듯 트위처의 어깨를 토닥였다.

트위처는 희미하게 미소를 지어보였다. 랑구르 군이 미끼를 물었을지도 모르지만, 만약 속았다는 것을 알아챈다면 피그는 어떻게 되겠는가.

담장 밖 거리에서 구나와 파피나를 비롯한 일행이 광목자루를 물속으로 집어넣어 억지로 구멍을 통과시켰다. 잠시 후, 리서스 습격조

모두 공동묘지 담장 안쪽으로 들어왔다. 하지만 광목자루는 쉴 새 없이 움찔거리고 있었다. 차가운 물 때문에 비단뱀이 깨어난 듯했다. 서둘러야 했다.

보통 랑구르원숭이들은 폭우 때문에 집 안에서 꼼짝도 하지 않았다. 리서스 습격조는 그 틈을 타서 신속하고 조용하게 영묘궁으로 나아갔다. 비단뱀이 든 광목자루는 덩굴을 묶어 지붕 위로 올려서 영묘궁의 내부로 떨어뜨렸다.

파피나와 구나, 캐드비가 전력질주해서 타이렐의 경호부대원들을 처리하는 동안, 마이코와 트위처를 비롯한 나머지는 제일 안쪽 방까지 꿈틀대는 광목자루를 질질 끌고 갔다. 한걸음씩 내디딜 때마다 비단뱀이 힘을 되찾고 요동치는 것이 느껴졌다. 금방이라도 자루를 찢고 나올 것만 같았다.

타이렐은 웅크리고 앉아 정보원이 누구일지 머리를 굴리고 있었다. 또 다른 반역자를 캐내야 한다는 사실에 화가 났지만, 다른 한편으로는 흥분을 억누를 수 없었다. 최종 승리가 눈앞에 어른거렸기 때문이다. 포고와 브레리가 동부지구에서 리서스 저항군을 몰살한다면 원숭이 전쟁은 종료될 터였다.

절대적인 힘에 의한 평화가 찾아온다면 모든 원숭이들이 타이렐을 우러러볼 것이며 타이렐의 권위는…….

문이 끼이익 열렸다.

타이렐이 홱 뒤를 돌아보고는 입을 딱 벌렸다. 문가에 마이코와 구나가 서 있었기 때문이다. 이 두 원숭이는 타이렐이 가장 두려워하고 증오하는 원숭이였다.

"경비대! 경비대!"

타이렐이 큰 소리로 불렀다.

"죽었어요. 모두 사라졌죠. 처음부터 정보원은 없었어요. 랑구르 군은 엉뚱한 곳을 지키고 있는 거죠. 여기에 당신을 구하려고 달려올 구원군은 없어요."

마이코가 침착하게 말했다.

타이렐은 머리를 세게 얻어맞은 것처럼 충격을 받았다. 하지만 스스로를 지키려면 반격을 해야 했다. 필사적으로 머리를 굴렸다. 적을 분열시키고 의심의 씨앗을 심자.

타이렐은 고개를 흔들고 나서 마이코와 구나를 측은한 눈길로 바라보았다.

"아, 이런, 이게 누구신가요? 하나는 늙어빠진 퇴역노장에다, 다른 하나는 소심한 겁쟁이 녀석이네요. 약해빠진 외톨이 둘이서 정말로 원숭이족 최고의 제국을 쓰러뜨릴 수 있을 것이라 생각했나요?"

타이렐이 코웃음을 치며 말했다.

"진짜 강한 힘에 대해 말해주죠. 피그 아주머니는 자처해서 인질

　　　　　　　　　　　　　　　원숭이 전쟁

로 잡힌 거예요. 스스로 고문에 맞선 거죠."

마이코는 천천히 타이렐을 향해 다가가면서 말을 이었다.

"모든 것을 빼앗겼지만 그 절망을 돌처럼 단단한 의지로 바꿀 수 있는 강한 힘을 가졌던 겁니다."

타이렐이 못마땅한 듯 고개를 까딱했다.

"그렇게 강하다면 왜 죽었을까요?"

타이렐의 말이 마이코와 구나에게 거센 충격을 주었다. 문밖에서 듣고 있던 트위처가 바닥에 털썩 주저앉아 약하게 울음을 토했다. 파피나는 트위처의 어깨에 팔을 두르며 애써 위로를 했다.

"오, 아직까지 살아 있으리라 생각했나 보군요?"

타이렐이 흐뭇하게 되물었다. 타이렐에게는 궁지에 몰린 상태에서도 남들의 희망을 부숴버릴 수 있는 능력이 있었다.

"내가 직접 처리했지요."

마이코는 정신을 다잡았다. 피그의 죽음은 고통스러웠지만 그 죽음이 헛되지 않도록 이 상황을 잘 헤쳐 나가야만 했다.

"자기희생보다 더 크고 강한 힘은 없습니다. 마음껏 찾아보세요. 랑구르족 안에서는 그런 용기를 가진 원숭이를 결코 찾아낼 수 없을 테지만요."

마이코가 타이렐을 똑바로 쳐다보며 말했다.

타이렐은 콧방귀를 끼면서 고개를 돌렸지만 마이코가 팔을 잡아채서 억지로 말을 듣게 했다.

"그래서, 우리가 이길 겁니다."

폭군 타이렐이 벌컥 화를 내며 마이코를 밀어젖혔다.

"질서, 상명하복, 규율, 순종! 이런 것들이 힘 자체지. 그렇게 거대한 제국이……."

"그건 위에서 아래로 썩어가는 거죠!"

"그래서 네가 가진 게 뭐지? 도망자들이 우르르 몰려다니면서 흙 파서 먹고 사는 것? 그게 미래 계획인가?"

"당신이 만든 건 괴물일 뿐이에요. 모든 원숭이들이 그 속에서 당신의 의지대로 억압받고 있죠. 당신이 지배하는 세상에는 자유가 없어요. 모든 것이 당신을 떠받드는 것만을 목표로 하고 있잖아요."

"그 괴물의 배 속에 계속 머물렀으면 좋았잖아. 그랬다면 너도 같이 떠받들어졌을 테지."

잠깐이나마 타이렐은 옆에 마이코를 거느리고 제국을 다스리는 꿈을 꿨다는 사실을 떠올렸다. 함께 형제처럼 모든 것을 나누고 싶었는데……. 마이코의 배신이 여전히 쓰라렸다.

"너의 '영웅적인 저항'은 질투심일 뿐이야."

타이렐이 경멸을 담아 단언했다.

"저항에 영웅적인 것은 하나도 없어요. 그리고 질투심도 아니에요. 나를 괴롭히는 건 부끄러움이죠. 남들을 짓밟고서 당신이 권력을 잡는 데 한몫했다는 부끄러움이요."

"내 세상은 잘 돌아가고 있어. 내 밑의 원숭이들은 안전하지. 언제나 식량을 제공받는다고."

타이렐은 인내심이 점점 사라지는 것을 느꼈다.

"대신 얼마나 많은 희생을 치렀는지 아세요?"

"모든 일에는 대가가 있지. 오늘에야말로 네 녀석이 무너지는 꼴을 봐야겠어. 반드시."

마이코가 천천히 고개를 저었다.

"이번에는 안 될걸요."

마이코가 신호를 보내자, 파피나와 트위처가 꿈틀거리는 광목자루를 질질 끌며 들어왔다.

타이렐이 당황한 눈으로 자루를 쳐다보았다. 자루 속에서 사납게 움직이는 것이 무엇인지 고심하는 눈치였다. 바로 그때, 광목천의 솔기가 뜯어지는 소리가 들렸다.

타이렐의 눈에 뱀 비늘이 들어왔다. 비단뱀 비늘이었다.

순식간에 두려움이 타이렐의 온몸을 감쌌다. 비단뱀의 크기와 꿈틀거리는 분노를 볼 때 금방이라도 자루를 뚫고 나올 것은 분명했다. 타이렐이 고개를 들어 쳐다보니, 마이코와 파피나, 구나가 뒤로 물러나고 있었다. 졸지에 타이렐은 홀로 괴물을 상대하게 되었다.

"나를 죽일 테면 죽여 봐. 그래도 또 다른 원숭이가 나타나서 내 자리를 차지할 테니!"

타이렐이 떨리는 목소리로 외쳤다.

"절대로 원숭이 족속의 본성을 바꾸지 못할 거야. 원숭이들은 순종하기 위해 태어난 종자라고! 언제나 우르르 몰려다니는 추종자들일 뿐이지! 지금도 똑같아! 그래야 안전을 보장받으니까!"

마이코는 열변을 토하는 타이렐을 마지막으로 쳐다보았다. 그 순간, 비단뱀의 머리가 자루를 찢고 튀어나왔다. 비단뱀은 주위를 둘러보면서 독 기운을 떨치려고 애를 썼다. 당연하게도 대체 어떻게 된 영문인지, 여기는 어디인지 전혀 알지 못했다. 혼란스러움이 극에 달한 비단뱀이 할 수 있는 행동은 유일했다. 바로 공격이었다.

마이코가 문을 쾅 닫았다. 잠시 후, 끔찍한 비명이 방 안을 뒤흔들었다.

"안 돼!!!"

순전히 원초적인 공포가 담긴 비명이었다.

문의 경첩이 흔들렸다.

마이코와 구나는 문손잡이를 단단히 쥐고 필사적으로 비단뱀이 나오지 못하게 막았다.

그러자 필사적으로 도망치려고 나무문을 손톱으로 긁어대는 소리가 들려왔다.

마이코는 마음을 다잡기 위해 눈을 질끈 감았다. 나무문을 긁어대는 소리가 점점 더 미친 듯이 빨라졌고 심지어 소리에서 두려움과 공포까지 느껴졌다. 바로 그때, 숨이 막히는 소리가 들리더니, 한순간 고요해졌다.

마이코와 구나는 문에 귀를 갖다 대고 가만히 기다렸다. 묵직하고 불길한 '쉬익'하는 소리가 들려왔다. 비단뱀이 돌바닥을 움직이는 소리였다.

"끝났군."

구나가 속삭였다.

마이코는 여전히 문손잡이를 꽉 잡고 놓지 않았다. 구나가 살며시 문손잡이를 틀어 문을 끼이익 열었다.

방 안에서는 때마침 비단뱀이 타이렐의 몸뚱이를 입에 넣고 식도를 꿀렁거리며 삼키는 중이었다.

이제껏 잔혹하게 도시 전체를 공포에 떨게 했던 지도자가 지금은 한낱 고기 덩어리였다. 비단뱀이 마지막으로 빨아들이자 타이렐의 발이 뱀의 몸속으로 영영 사라져버렸다.

"드디어……."

마이코가 속삭였다.

"쉿!"

구나가 입술에 손가락을 갖다 대며 마이코를 조용히 시켰지만 너무 늦었다. 비단뱀이 고개를 홱 돌려 마이코와 구나를 발견하고는 곧장 달려들었기 때문이다.

마이코와 구나는 주춤하며 물러나 영묘궁 밖으로 내달렸다. 비단
뱀이 사납게 꿈틀거리며 정문까지 쫓아왔다.

"지금이야!"

구나가 캐드비에게 소리를 치자 캐드비가 영묘궁 문을 활짝 열었
다. 비단뱀을 공동묘지에 풀어버린 것이다.

원숭이 전쟁

54장
대참사

빗속에서 떨고 있던 컴퍼스 경비대원들은 어찌할 바를 몰랐다. 영묘궁 안쪽에서 들려오는 기묘한 소리에 긴장해서 얼른 동부지구로 증원을 요청했지만 그건 시간이 걸릴 터였다. 그리고 영묘궁 문이 활짝 열리자, 더는 기다릴 시간이 없다는 사실을 깨달았다.

선임 경비대원이 슬쩍 영묘궁 안을 살펴보았다. 그러자 어둠 속에서 천둥치듯 비단뱀의 머리가 튀어나와 가슴 쪽으로 확 달려들었다.

허둥지둥 뒤로 물러났지만, 무시무시한 속도로 비단뱀의 몸뚱이가 경비대원을 감싸버렸다. 경비대원이 마지막으로 본 것은 죽음을 예고하는 차가운 눈빛이었다. 비단뱀은 사납게 내려 보다가 턱을 쫙 벌리고 경비대원의 머리를 꽉 물어서 옆으로 휙 던져버렸다.

비단뱀은 좌우로 고개를 돌리며 차갑고 성난 눈으로 꽉 막힌 공동묘지를 둘러보았다. 혀를 빠르게 날름거리면서 원숭이 냄새를 맡는 것 같았다.

비단뱀이 묘지들 사이로 빠르게 움직이자, 마이코와 파피나, 구나,

트위처는 재빨리 나무 위로 올라가 공중의 전선 위에 자리를 잡았다. 전선 위에서조차 공동묘지 안을 가로지르는 공포가 느껴졌다.

비단뱀이 무시무시한 속도로 움직이자, 압도적인 몸뚱이 크기 때문에 공동묘지의 모든 곳에 비단뱀이 존재하는 듯 보였다. 비단뱀은 고개를 묘지 속으로 들이밀어 벌벌 떨고 있던 원숭이들을 물어뜯으면서, 몸뚱이는 또 다른 묘지를 공격해서 달아나는 원숭이들을 눌러 죽였다. 비단뱀은 꼬리를 미친 듯이 흔들면서 사나운 눈으로 원숭이가 숨을 만한 곳을 샅샅이 살폈다.

그리고 완전히 분노에 사로잡혀 눈앞에 어른거리는 모든 것을 가차 없이 죽여버렸다.

공동묘지에서 몇 거리 떨어진 곳에서 포고 장군과 브레리는 끔찍한 비명을 들었다. 새들은 나무 위를 빙빙 돌며 미친 듯이 울어대어 위험을 알렸다. 가까운 골목의 떠돌이 개들도 덩달아 짖어대기 시작했다. 심지어 쥐 떼도 쪼르륵 달아나고 있었다.

포고가 이끄는 군대가 공동묘지 정문에 다다라 안으로 들어갔다. 어디에도 원숭이는 보이지 않았다. 분명히 어딘가에 리서스 저항군이 숨어 있을 터였다.

조용히 포고 장군은 군사를 배치했다. 브레리가 이끄는 정예부대는 담장 아래에 쭉 늘어서서 측면에서 공격하기로 했고, 포고 장군은

원숭이 전쟁

주력부대를 이끌고 중앙통로로 곧장 들어갔다.

포고 장군의 군사들은 공동묘지 안으로 전진하면서 부스럭거리는 소리에 귀를 기울였고 덤불들을 샅샅이 눈으로 훑었다. 그들이 유일하게 못 보는 곳이 뒤쪽이었다.

캐드비와 주프, 졸라가 나무에서 쏙 뛰어올라서 거대한 정문을 살며시 닫았다. 다른 리서스원숭이들이 수레바퀴 밑에서 나타나 수레를 굴려 정문 앞을 가로막았다.

뒤쪽의 랑구르 군사들은 정문이 닫혀서 갇혀버린 것을 알아챘지만 복종에 길이 들어서 명령 없이는 아무런 행동도 할 수 없었다. 그들이 할 수 있는 행동이라고는 그저 앞쪽으로 말을 전하는 일뿐이었다. 결국 포고 장군에게 소식이 전해졌을 즈음에는 이미 늦어버린 뒤였다. 랑구르 군은 덫에 걸린 셈이었다.

"뱀이다!"

부대원 하나가 옆길을 가리키며 소리를 질렀다. 뱀 비늘이 묘지 사이를 꽉 채우며 스르륵 미끄러져 다가오는 모습이 보였다.

"저기다!"

또 다른 대원이 맞은편을 가리키며 고함을 쳤다.

랑구르 군사들은 어디로 달아날지를 몰라 우왕좌왕하며 서로 모였다.

그러자 어두운 그림자가 군사들 위를 덮쳤다. 다들 위를 쳐다보자 비단뱀이 사나운 기세로 거대한 몸뚱이를 쳐들고 있었다.

비단뱀의 몸뚱이가 랑구르 군사들 위로 떨어지자, 다들 정신없이 흩어져 달아났다.

몇몇은 나무 위로 올라갔지만 나뭇가지 위에 숨어 있던 리서스 전사들이 거침없이 사납게 주먹을 내리치고 이빨로 물어뜯고 손톱으로 할퀴어서 바닥으로 다시 떨어졌다.

공격의 강도가 점점 더 격해지자, 브레리는 중앙통로로 달려가며 소리쳤다.

"장군님이 위험하다!"

브레리가 급하게 군사들을 재촉했지만 다들 두려움에 달아나기 바빴다. 비단뱀이 모든 군기를 흩뜨려 놓은 것이다. 이제 각자 목숨을 각자가 부지할 수밖에 없었다.

완전히 당황한 브레리가 고개를 들자, 공중의 전선 위에 마이코가 리서스 저항군과 함께 앉아 있는 모습이 보였다. 잠깐이지만 형제 사이에 눈길이 마주쳤다. 브레리는 눈을 깜빡거렸다. 그래도 동생이 뭔가 달아날 길을 알려줄 줄 알았다. 하지만 마이코는 꼼짝도 하지 않았다.

바로 그때, 공포에 질린 비명이 울려 퍼져서 브레리는 깜짝 놀라 정신을 차렸다. 비단뱀이 포고 장군의 남은 군사들을 에워싸고 똬리를 틀고 있었다. 브레리는 재빨리 반대 방향으로 내달렸다.

영묘궁의 어두운 그늘 속에서 포고 장군은 비단뱀의 눈과 마주쳤다. 비단뱀이 서서히 다가오며 거대한 몸뚱이로 퇴로를 막아버리자, 포고 장군은 무거운 마음으로 비단뱀의 입안을 노려보았다. 이제껏 충성을 다해 복종해 온 삶의 마지막이 바로 이 순간인가 싶었다.

마지막 찰나의 순간에야 비로소 힘과 권력은 완전히 다른 것이며, 좀 더 다른 전투를 벌였어야 했다는 회한에 사로잡혔다.

하지만 때는 늦었다.

포고 장군은 눈을 꼭 감고 마지막 순간을 기다렸다. 어쩌겠는가, 살 만큼 살았으니 그냥 받아들일 수밖에.

마이코와 리서스 전사들은 관객처럼 암울하게 펼쳐지는 대참사를 내려다보았다.

비단뱀의 잔혹함은 끝이 없었다. 마치 최면에 걸린 듯 원숭이 사체들을 영묘궁 바깥으로 휙 날려 쌓아두었다. 몇몇 사체는 나중에 먹겠지만 대부분은 그대로 썩어갈 것이다. 먹잇감 사냥이 아니라 대학살에 가까웠다. 비단뱀은 이 공동묘지를 보금자리로 삼으려는 모양이었다. 담장 안에서 움직이는 것은 모조리 잡아서 죽이고 있었다.

리서스원숭이들은 랑구르원숭이들이 죽어나가는 광경을 조용히 지켜보았다. 이 순간을 얼마나 기다렸던가. 이런 심판의 순간 정도는 음미할 자격이 있었다.

대참사 소식이 도시 전체로 퍼져나가자, 동부지구에 사는 랑구르 원숭이들이 모두 급하게 공동묘지로 모여들었다. 하지만 전투에 뛰어들지 못했다. 그저 랑구르 군대가 몰살되는 광경을 지켜볼 수밖에 없었다.

랑구르원숭이들이 비단뱀보다 더 경악한 사실은 마이코와 리서스 저항군이 저 거대한 비단뱀을 잡아서 위대한 영도자에게 풀어놓았다는 점이었다.

대참사에서 눈을 돌려 마이코가 옆을 둘러보니, 수많은 랑구르원숭이들이 지붕 위에 늘어앉아 겁에 질린 얼굴로 마이코를 쳐다보고 있었다. 수많은 랑구르 군중이 한 줌도 안 되는 마이코 무리를 향해 단 한 마리도 감히 저항의 주먹을 휘두르지 못했다.

원숭이 전쟁

55장
평화 그리고…….

문이 끼이익 열리자 어둠 속으로 햇살이 내리비추었다. 처음에는 정적뿐이었다. 어떤 움직임도 소리도 없이, 그저 감옥의 퀴퀴한 냄새만 풍겨왔다.

마이코는 이 몇 남지 않은 마지막 감방들에서 최악의 상황과 맞닥뜨리지 않기를 간절히 바라면서 어둠 속을 자세히 들여다보았다. 눈에 힘을 주고 어둠 속을 샅샅이 훑는데, 어디선가 희미한 숨소리가 들려왔다.

"마이코…….."

너무나 약한 목소리라서 겨우 들릴 정도였지만, 여전히 살아 있다는 증거가 되기에는 충분했다.

"이제 안전해요."

마이코가 부드럽게 말했다.

마이코는 성급하게 달려들면 안 된다고 생각했다. 마이코의 부모가 어둠 속에서 천천히 일어나서 문 쪽으로 걸어 나왔다. 마이코는 문가에서 한 발짝 물러나, 다가오는 발소리에 귀를 기울였다. 그러자 눈을 찡그리며 자유의 빛을 찾아 서서히 걸어 나오는 원숭이 두 마리가 보였다.

초췌하고 엉망이 된 부모의 모습에 온몸에서 힘이 빠져나가는 것 같았지만, 마이코는 트럼블과 키마의 어깨에 팔을 두르고 꽉 끌어안았다. 마이코가 언제나 꿈에 그리던 의기양양한 해방의 순간과는 거리가 멀었다.

한동안 마이코와 부모는 그 자리에 웅크리고 앉아 가만히 서로를 보듬었다. 한 마디라도 입 밖으로 꺼내면 이 꿈 같은 순간이 깨어질까 두려웠던 것이다.

대초원의 따스한 햇살 속으로 나와 앉았을 때에야 비로소 트럼블은 아들에게 감사의 말을 전할 수 있었다. 트럼블은 마이코의 얼굴을 어루만지며 눈물 젖은 목소리로 입을 열었다.

"네가 우리를 찾으러 와주었구나. 모두가 포기한 일을……."

"당연히 그래야죠."

마이코는 망설이다가 용기를 내어 물었다.

"히스터는요?"

트럼블은 진실을 털어놓을 수밖에 없었다.

"포기하고 말았지."

"죽었어요?"

　　　　　　　　　　　　　　　　　　　원숭이 전쟁

마이코가 죄책감을 느끼며 속삭이듯 물었다.

트럼블이 고개를 저었다.

"너를 포기했다는 말이야. 적에게 넘어간 거지."

"그럼, 지금은 어디에 있나요?"

트럼블은 또다시 고개를 저었다.

"우리는 캄캄한 감옥 속에서 아무것도 듣지 못했단다. 아무것도."

마이코는 공동묘지의 대참사 현장에서 히스터를 보지 못했다. 이곳 동부지구로 리서스 전사들과 함께 들어올 때 쭉 늘어서 있던 랑구르 군중 속에서도 발견하지 못했다. 완전히 사라져버린 것이다. 이제 히스터가 어떻게 되었는지 알아낼 길이 묘연했다. 마이코가 이 승리를 마음껏 즐기지 못하는 또 하나의 이유가 생겼다. 히스터에 대한 일은 영원히 후회로 남을 터였다.

그러나 대부분의 리서스원숭이들에게는 한 점의 후회도 없었다. 고생 끝에 쟁취해낸 최종 승리를 한껏 음미하지 못할 이유란 하나도 없었던 것이다.

하지만 이 승리란 것이 완전히 새로운 문제를 낳고 말았다. 나머지 랑구르원숭이들을 어떻게 한단 말인가?

"복수를 해야지."

리서스원숭이들이 토론을 위해 모인 여름별장 안에 트위처의 단호한 목소리가 울려 퍼졌다.

"무엇보다도 죄는 처벌받아야 하니까."

트위처는 우레와 같은 환호성을 받으리라 기대했지만 아무런 반응이 없었다. 몇몇 원숭이들이 동의의 표시로 고개를 끄덕였지만, 대부분은 트위처의 음산한 목소리에 위화감을 느꼈다. 다들 이제 전쟁은 끝났다고 내심 안도하고 있었기 때문이다.

"랑구르 군을 무찔렀으니, 복수는 끝난 셈이죠."

마이코가 말했다.

"넌 그렇게 쉽게 말할 수 있겠지. 아무것도 잃은 게 없으니까."

트위처는 랑구르족에 대한 증오에 감히 반대하려면 해 보라는 듯이 사나운 눈빛으로 방 안을 둘러보았다.

"파피나, 네 부모님도 랑구르족 손에 죽임을 당했으니, 너만은 나를 이해하겠지?"

파피나는 연민의 눈길로 고개를 끄덕였다.

"아무도 아저씨보다 더 고통스럽지는 않겠죠. 하지만 피그 아주머니는 어떤 일을 감수하려는지 분명히 알고 있었어요."

"그렇다면 그 희생을 기리기 위해서라도 더더욱 철저히 복수를 해야지."

"타이렐은 죽었고, 정권도 무너졌어요."

마이코가 강조하며 말했다.

원숭이 전쟁

"하지만 단지 타이렐만이 아니었잖아. 네가 직접 말했지. 랑구르족 모두가 알고 있었다고. 모두가 타이렐한테서 얻어먹었고 자식들을 군대에 보냈고 랑구르 군의 승리에 환호성을 질러댔지. 그들 모두가 협력자였어. 그렇다면 그 대가를 치러야지."

"어떻게요? 또다시 다 죽여버리자고요? 정말 피그 아주머니가 그런 걸 바랄 거라고 생각하세요?"

파피나가 직설적으로 물었다.

"그저 용서하려고 이제껏 싸워온 게 아니라고!"

트위처가 울부짖었다.

"우리는 진실이 승리한다고 굳게 믿고 싸운 겁니다. 그리고 그렇게 될 거고요. 모든 랑구르원숭이들이 각자 타이렐 정권에서 무슨 역할을 했고 무슨 잘못을 저질렀는지 고백하고 인정하면……."

"고백?"

마이코의 말을 끊고 트위처가 침을 뱉듯 경멸을 담아 단어를 내뱉었다.

"겨우 그거야? 그저 말하라고?"

"타이렐의 압제 속에 살아야 했다고요! 그렇게 막강한 권력을 휘둘러대는 강압 속에 억눌려 사는 게 어떤 건지 상상도 못 할 겁니다."

마이코가 반박했다.

"넌 압제를 깨고 나왔지. 저들은 못했고. 그게 저들의 죄목이야."

트위처가 창밖을 손가락으로 가리키며 성난 목소리로 말했다.

파피나는 불안한 얼굴로 마이코와 트위처를 번갈아 쳐다보았다. 전쟁의 압박이 사라지자마자 해묵은 악감정들이 다시 터져 나오려 하고 있었다.

"저도 화가 나요. 하지만 지금 상황에서 그런 감정은 도움이 안 된다고 생각해요."

파피나가 긴장된 상황을 풀어보려 애를 쓰며 끼어들었다.

파피나는 창가로 훌쩍 다가가서 생각에 잠긴 얼굴로 창밖을 내려다보았다. 대초원에는 랑구르원숭이들이 옹기종기 모여 있었다.

"저들을 좀 보세요. 마치 꿈에서 깨어난 것 같은 모습이에요. 악몽에서 말이죠. 원숭이들은 의문을 던져요. 그게 우리의 본성이죠. 언제나 우리는 의문을 던지고 시험을 해봐요. 또한 기존의 것을 부수고 새로운 발견을 하죠. 당연히 엉망진창에 혼란스러워 보이겠지만 그게 우리다운 모습이에요. 타이렐은 저들이 그런 본성까지도 잊어버리게 만든 거예요."

파피나는 다시 리서스원숭이들을 바라보았다.

"우리가 저기로 달려 나가서 저들에게 벌을 주거나 죽이거나 내쫓는다면 저들의 본성이 살아나 반격을 해올 거예요. 하지만 우리가 저들에게 자신들의 잘못을 뉘우칠 시간과 여유를 준다면, 어떻게 스스로를 속여왔는지 깨닫는다면……."

파피나가 말을 잠시 끊고 트위처를 쳐다보았다.

"전쟁을 이기기 위해서라면 모든 랑구르에게 죄가 있다고 믿어야 겠죠. 하지만 평화를 원한다면 저들 대부분은 죄가 없다고 믿어야 해 요."

파피나가 말을 끝내고 자리에 앉자, 리서스원숭이들이 하나씩 주 먹으로 바닥을 치기 시작했다. 차츰차츰 동의의 울림이 커지자 방 전 체가 흔들리는 것 같았다.

물론 반대자들도 눈에 띄었다. 트위처는 꼼짝도 하지 않고 가만히 앉아 있었다. 캐드비도 동의의 울림에 거부하듯 팔짱을 끼고 있었다. 어린 주프 역시 가만히 앉아 있었다. 더 많은 랑구르족의 피를 보기 전까지 전쟁을 끝내서는 안 된다는 생각이었다.

하지만 지금 상황에서 반대자들은 가만히 있을 수밖에 없었다. 리서 스족 다수가 화해의 편을 들었으니, 새로운 정책이 결정된 것이었다.

마이코는 논쟁 때문에 마음이 어지러웠다. 그렇지 않아도 정리해 야 할 일이 산더미였다. 음식과 보금자리, 보안과 교육 문제 등등. 모 든 사안이 리서스족과 랑구르족의 평화로운 공존에 달려 있었다.

"정말 잘 돌아갈 수 있을까?"

마이코는 파피나와 함께 대초원을 가로질러 걸어가며 물었다.

"우리가 뭘 하든지 잔혹한 타이렐보다는 나을 거야."

파피나가 담담하게 말했다.

"괜히 무질서와 혼란만 더하는 게 아닐까?"

"그만!"

파피나는 마이코를 쳐다보았다. 파피나의 눈빛에는 확신이 넘쳤다.

"그런 식으로 말하지 마. 그래도 이제는 희망이란 걸 가져볼 수 있잖아. 그것만으로도 대단한 발전이라고."

"희망을 먹고 살 순 없잖아."

마이코의 말에 파피나가 웃음을 터뜨렸다.

"희망 하나로 얼마나 오래 버틸 수 있는지 안다면 아마 놀라 까무러칠걸?"

파피나는 이미 깜짝 선물로 타이렐의 여름별장 꼭대기 방을 둘만을 위한 방으로 준비해두었다. 그래서 아무런 말없이 마이코의 손을 잡고 방 안으로 이끌었다.

방 안은 아름다웠다. 꽃과 과일로 장식되었고 은은한 향기가 풍겼다. 바닥에는 갓 따온 야자수 잎들이 펼쳐져 있었다.

그날 오후, 마이코와 파피나는 함께 자리에 누웠다. 그러자 모든 바깥세상이 희미해지고 둘만의 세상이 남았다.

마이코는 퍼뜩 잠에서 깨어났다. 도시의 소음으로 미루어볼 때, 아직 한밤중이었다. 하지만 수개월 만에 처음으로 몸이 가뿐했다.

살며시 파피나의 팔에서 빠져나와 물그릇에서 신선한 물을 한 모금 마셨다. 그러고 나서 타이렐이 인간 없는 도시를 꿈꾸며 벽에 그려놓은 지도를 유심히 바라보았다. 독재 정권이 무너지고 나자 이 지도의 진상이 드러났다. 미치광이의 착각일 뿐이었다.

도대체 어떻게 이런 걸 진지하게 받아들일 수 있었단 말인가? 하지만 그들은 그랬다. 랑구르 군 전체가 아무런 생각 없이 타이렐의 방식을 맹목적으로 따랐던 것이다.

마이코는 도시가 여전히 잘 돌아가고 있다는 것을 확인하려고 창가로 걸어가서 끈적끈적한 밤공기를 깊게 들이마셨다.

지붕들 위로 안개가 자욱하게 끼어서 불빛들이 흩어지듯 아련하게 빛나고 있었다. 도시의 야경을 바라보는 기분이 묘했다. 아무런 두려움 없이 밖을 내다보고, 도주로를 생각하지 않고 전경을 즐길 수 있다는 사실이 낯설었다. 평화란 익숙해지기까지 시간이 걸리는 법이었다.

마이코가 막 등을 돌리려던 순간 대초원에서 뭔가 움직이는 게 보였다. 가만히 내려다 보니, 조금씩 형체가 보이기 시작했다. 밤하늘 아래 가만히 앉아 있는 원숭이들이 눈에 띄었다. 마이코가 눈을 더 가늘게 뜨고 쳐다볼수록 더 많은 수의 원숭이들이 보였다. 온가족이 다 나와 앉아 있는 것 같더니, 어느새 랑구르원숭이들이 모두 모여서 집단최면에라도 걸린 듯 마이코를 올려다보고 있었다.

"뭘 기다리는 겁니까?"

마이코가 큰 소리로 물었다. 하지만 아무도 감히 입을 열지 못하는 것처럼 아무 반응이 없었다.

"말해봐요!"

마이코가 조금씩 불안함을 느끼며 다시 소리쳤다.

"도대체 뭘 기다리는 거예요?"

그러자 군중 속에서 누군지 모를 목소리가 들려왔다.

"당신이요. 우리는 당신을 기다리고 있었어요."

군중 모두가 동의하듯 웅얼거리기 시작했다.

마이코는 당황스러웠다. 눈으로 모두의 얼굴을 재빠르게 훑었다. 모두의 눈이 마이코를 향해 깜빡거렸다.

갑자기 등골이 서늘해졌다. 여기에 모인 원숭이들은 조용히 순종적으로 마이코의 명령과 지시를 기다리고 있었던 것이다.

마이코는 소극적이고 수동적인 얼굴들을 쳐다보며 깨달았다. 저들 모두는 무엇을, 어떻게, 언제 생각해야 할지를 마이코가 알려 주기를 바라고 있었다. 무엇이 옳고 그른지를 알려 주기를 원하고 있었다. 저들은 그저 아무 말 없이 따를 수 있는 규칙을 원하고 있었다.

마이코는 속에서 구역질이 올라왔다. 이제껏 힘들게 이뤄낸 승리가 모두 허사였다는 생각이 들었다. 고생 끝에 폭군을 끌어내리고 보니, 랑구르족은 전혀 자유를 원하지 않았던 것이다.

원숭이 전쟁

권력의 부패는 타이렐이나 측근의 잘못만이 아니었다. 랑구르족 마음속의 약함 때문이었다.

타이렐이 고통스럽게 죽어가며 외쳤던 말들이 마이코의 귓가를 울렸다.

'나를 죽일 테면 죽여 봐. 그래도 또 다른 원숭이가 나타나서 내 자리를 차지할 테니!'

"아니, 아니야, 아니라고!"

마이코가 비틀거리며 창가에서 뒷걸음쳤다.

"마이코!"

마이코가 뒤를 돌아보자 파피나가 어둠 속에 서 있었다.

"무슨 일이야?"

파피나가 마이코를 꽉 붙들며 물었다. 마이코는 열병에 걸린 것처럼 온몸을 떨고 있었다.

"말해봐!"

"끝난 게 아니었어. 결코 끝나지 않을 거야."

마이코가 속삭였다.

"쉬……. 진정해."

파피나가 마이코의 눈썹을 쓰다듬었다.

"다 괜찮아질 거야."

마이코가 고개를 들어 파피나를 쳐다보았다. 마이코의 얼굴은 끔찍한 슬픔으로 가득했다. 마이코는 고개를 흔들었다.

"타이렐이 옳았어. 원숭이들은 본성이 추종자일 뿐이야."

마이코는 수치스러움에 털썩 주저앉았다.

파피나는 부드럽지만 단단하게 마이코를 끌어안아 다시 들어 올려 눈을 맞추었다.

"아니, 네가 틀렸어. 그래야만 해."

"저들은 자유를 원하지 않아."

"한 번도 가져본 적이 없는 걸 어떻게 원할 수 있겠어? 자유란 목숨을 걸어야 얻을 수 있어. 폭군을 쓰러뜨릴 만큼 강한 염원이지."

파피나는 양손으로 마이코의 얼굴을 다정하게 어루만졌다.

"나를 믿어 봐. 랑구르원숭이들도 자유의 맛을 한 번 보고 나면 절대로 놓치고 싶어 하지 않을 거야."

마이코는 팔을 둘러 파피나를 꼭 껴안았다. 제발 파피나의 말이 맞기를 가슴속 깊이 바라고 또 바랐다.

비단뱀이 공동묘지에서 난리를 치는 동안, 두려움에 맞서 몸을 숨기고 있던 랑구르원숭이 한 마리가 있었다. 브레리였다.

브레리는 어느 비석 뒤에 숨어서 밤이 될 때까지 기다렸다가 비단뱀이 곯아떨어지자 오랜 덩굴을 타고 올라가 담장을 뛰어넘어 미로 같은 뒷골목으로 달아났다.

　　　　　　　　　　　　　　　　　　　　원숭이 전쟁

브레리가 조금이라도 현명했다면 그 길로 사라져 스스로의 삶을 살았겠지만, 도저히 마음속의 분노를 억누를 수 없었다. 동생 마이코가 거대한 제국을 무너뜨리고 자신의 삶을 송두리째 앗아갔다는 사실 때문이었다.

브레리는 모든 것을 잃었다는 것을 결코 받아들일 수가 없었다. 이 대참사를 그냥 그대로 넘길 수는 없는 법이었다. 반드시 마이코에게 복수하고 말리라.

어쩌면 기적적으로 살아남은 랑구르원숭이들이 있을지도 몰랐다. 그들이라면 브레리의 분노에 공감할 것이고 그렇다면 승산이 있었다.

몇 거리 떨어진 곳에 젊은 암컷 랑구르 한 마리가 오래전에 잊힌 식민지 시절의 지도자 동상 아래 그늘에 옹송그리고 앉아 있었다. 품속에는 갓 태어난 새끼 원숭이가 안겨 있었다. 아빠를 꼭 빼닮은 아들이었다.

히스터는 모두에게 버림받고 배신당했다. 이제 남은 건 이 아기뿐이었다. 히스터는 순수한 사랑의 눈빛으로 아들을 내려다보았다. 아들의 미래가 어떨지 알 수 없었지만 한 가지는 확실했다. 아들에게는 아무런 잘못이 없었다. 히스터는 아들의 크고 동그란 눈을 바라보면서 결코 빈민가의 떠돌이 원숭이로는 키우지 않으리라고 다짐했다.

하지만 혼자서는 아무런 일도 할 수 없다는 것도 잘 알았다. 이제 마음씨 좋은 이웃들을 찾아 나서야 할 때였다.

마이코는 동이 트자마자 변화의 기운을 느꼈다. 축축했던 공기가 갑자기 바싹 마른 것 같더니 한결 가벼워졌다. 그동안 묵직하던 분위기가 한순간에 풀어져버린 것이다.

마침내 몬순 시기가 끝이 났다.

마이코는 창밖을 내다보았다. 도시 위로 맑고 푸르른 하늘이 펼쳐졌다. 마치 밤사이에 모조리 줄행랑을 쳐버린 듯 구름 한 점 보이지 않았다.

마이코는 혼자 미소를 지었다. 어쩌면 이번에야말로 비를 머금은 먹구름이 영원히 사라진 것인지도 몰랐다.

어쩌면 이제 더는 폭풍이나 홍수에 시달릴 일이 없을지도 몰랐다.

어쩌면 영영.

원숭이 전쟁

메시아 vs. 더 많은 민주주의

이 책은 두 원숭이 종족 간의 전쟁을 다룬 이야기이지만, 인간 세상의 정치 상황을 빗대어 보여주는 일종의 우화다.

이야기는 어느 날 공동묘지에서 평화롭게 살고 있던 리서스족 원숭이들이 랑구르족 원숭이들의 습격을 받아 하루아침에 쫓겨나면서 시작된다. 랑구르족은 리서스족이 인간 지도자를 살해했다면서 이 도시의 평화를 지키려면 인간에게 '선택받은 종족'인 랑구르족이 리서스족을 완전히 없애버려야 한다는 명분을 내세우며 공동묘지로 쳐들어갔다. 하지만 실상은 리서스족이 인간 지도자를 직접 죽인 것이 아니었고, 그저 오해를 한 인간들이 리서스족을 몰아내려고 호전적인 랑구르족을 이용한 것에 불과했다. 결과적으로 랑구르족은 인간을 등에 업고 리서스족을 공공의 적으로 삼아 도시를 마음대로 누비고 다녔다.

인간 세계로 따진다면, 랑구르족은 명령에 순응해 일사불란하게 움직이는 전체주의 사회다. 독재자 타이렐은 여론 선동에 의한 조작과 역사 조작, 정보 통제 등을 이용해 군중을 현혹시키며 지배했다. 이에 반발한 랑구르원숭이 마이코가 리서스 저항군을 이끌면서 우여곡절 끝에 타이렐을 무너뜨리고 랑구르족을 해방시키게 된다.

이 책의 마지막 부분에서 주인공 마이코는 독재의 억압에서 벗어난 랑구르원숭이들이 갑자기 주어진 자유를 마음껏 누리지 못하고 그저 자기만을 바라보며 명령을 기다리는 모습에서 절망을 느낀다. 마이코는 랑구르원숭이들을 함께 살아갈 동등한 이웃으로 바라보았지만, 랑구르 군중은 마이코를 메시아로 바라본 것이다.

이 책의 이야기는 랑구르원숭이들도 한 번 자유를 맛보면 다시는 잃지 않으려고 노력할 것이라는 희망을 제시하며 마무리되기는 하지만, 작가의 문제의식은 이 끝자락에서부터 시작된다. 민주 세력이 독재 권력을 무너뜨렸지만 여전히 깨어나지 못하고 메시아만을 바라보는 대중에게 자유란 불안 요소나 다름없는 사치가 아닐까 하는 의문을 던지고 있기 때문이다. 작가는 독재자 하나를 무너뜨렸다고 금세 자유로운 민주주의 세상이 펼쳐지지는 않는다는 말을 전하고 싶었던 것이 아닌가 싶다.

결국 우리 사회에 더 많은 민주주의를 정착시키려면 온전히 홀로 설 수 있는 개인들이 더 많아져야 하는 것은 분명해 보인다. 더 나은

원숭이 전쟁

민주시민으로 거듭나기 위해서라도 이 책을 읽으면서 우리의 모습을 되돌아보는 계기로 삼아보는 것은 어떨까?

원숭이 전쟁

리처드 커티 글 | 유수아 옮김

초판 발행일 2017년 12월 29일 | 2쇄 발행일 2018년 11월 9일
펴낸이 조기룡 | 펴낸곳 내인생의책 | 등록번호 제10-2315호
주소 서울시 서초구 나루터로 60 정원빌딩 A동 4층
전화 (02) 335-0449, 335-0445(편집) | 팩스 (02) 6499-1165
전자우편 bookinmylife@naver.com
편집 박호진 | 디자인 황경실·위하영

ISBN 979-11-5723-350-2

이 도서의 국립중앙도서관 출판예정도서목록(CIP)은
서지정보유통지원시스템 홈페이지(http://seoji.nl.go.kr)와
국가자료공동목록시스템(http://www.nl.go.kr/kolisnet)에서 이용하실 수 있습니다.
(CIP제어번호 : CIP 2017030559)